我在摩洛哥当医生

Médecins Chinois Travaillent au Maroc

顾宇彤 著

文匯出版社

序

复旦大学附属中山医院院长

王玉琦

这是一群可爱的医务工作者,他们为了祖国的援外事业,抛家别子,不远万里,来到完全陌生的摩洛哥,克服了种种困难,把自己最好的医疗服务奉献给北非人民。看过这本书,读者会体验到他们单调的生活、艰苦的食宿条件、简陋的医疗环境以及巨大的文化差异带来的冲击,更能感受到他们在援外医疗工作中的乐观开朗、积极向上、互帮互助、团结友爱、无私奉献。他们在繁忙的工作之余,利用假期去欣赏美丽的异国风光、独特的风土人情、悠久的文化遗产以及伊斯兰文明带来的灵感。本书作者顾宇彤从医生的视角描写在北非古国摩洛哥的见闻,文图并茂,栩栩如生,情真意切,着实令人感动。

据悉,中国援助摩洛哥医疗队开始于1975年,全部成员来自于上海市卫生系统的各个单位,至今已经派出120多批共1400多名医疗队员。中山医院一直非常重视援外医疗工作,每次组队时都有很多医务人员踊跃报名,每批都会派出思想觉悟过硬、医疗技术精湛的医生参加,涌现出一个个与作者一样的优秀援外医疗工作者。今后,中山医院仍将一如既往地重视和支持援外医疗工作,让中非友谊之花盛开在摩洛哥。

2011年10月24日

目 录

序 / 复旦大学附属中山医院院长　王玉琦

002 / 飞到地球的另一面
004 / 游拉巴特
006 / 翻越重山，穿过无人区，进入荷塞马
008 / "解放军"光临穆罕默德五世医院
010 / 荷塞马初夜
011 / 送别老队员
012 / 荷塞马医院里的中国驻地
014 / 厨房里的乐趣
015 / 荷塞马的医疗趣事（一）
017 / 美丽的地中海城市荷塞马
019 / 美丽的地中海
020 / 一个人的美
020 / 摩洛哥足球处子秀
022 / 二次足球秀梅开二度
023 / 特殊的生日
025 / 骨科医生的幸福和无奈
026 / 荷塞马的外滩
027 / 夕阳下的荷塞马
028 / 一个医生对中国足球的建议

荷塞马的云 / 030
永远给自己希望 / 031
中国007 / 032
宰羊节 / 033
电光火舌险酿火灾 / 035
荷塞马的风 / 036
伤兵满营 / 037
摩洛哥人家做客 / 038
岁末感言 / 040
卡萨布兰卡之旅 / 040
游梅克内斯 / 043
智斗摩盗 / 045
驴背上的古都——菲斯 / 048
黑暗中的手术 / 050
直面挑战，沉着应对 / 051
恋上央视四套 / 052
阳光明媚的除夕夜 / 053
总队部春节慰问荷塞马医疗分队 / 054
情人节的约会 / 056

057 / 保重！援摩医疗队员们
058 / 感受摩洛哥的足球热情
059 / 重返拉巴特总队部
060 / 穆罕默迪亚见闻
062 / 海鸥之城——雅蒂达
064 / 摩洛哥工作的困惑
065 / 竭尽全力，提高疗效
066 / 我们的奉献
067 / 展现中国医生的人格魅力
068 / 一次务实的党支部会
071 / 荷塞马的医疗趣事（二）
073 / 摩洛哥男人的情调生活
075 / 荷塞马的夜上海
076 / 荷塞马见闻（一）
078 / 荷塞马野餐
079 / 领导帮助解除后顾之忧
080 / 联合国维和部队中国军人来访
081 / 医院里的宝库
082 / 由荷塞马看摩洛哥医疗体制
083 / 荷塞马的脊柱手术
086 / 用法语捍卫中国医生的尊严
087 / 荷塞马首例椎体成型术
089 / 卫生局领导慰问荷塞马医疗分队
090 / 荷塞马省医疗表彰大会
092 / 警惕猪流感病毒全球蔓延
092 / 沉痛悼念老同学
093 / 我的故乡，我成长的足迹
095 / 我骄傲，因为我是"中山"人
097 / 沙翁—得土安—丹吉尔
100 / 荷塞马医药师协会学术研讨会
103 / 后勤补给到位，军心稳定合力
104 / 荷塞马的广场
106 / 西班牙学校

来自中山医院的关怀 / 108
知难而上，因地制宜 / 109
我评"神医" / 111
荷塞马见闻（二）/ 112
新急诊室启用 / 114
魔鬼工作日 / 115
激情荷塞马，畅游地中海 / 116
荷塞马的夏天 / 118
王者归来 / 119
恐怖主义吓不倒我们 / 121
国王光临荷塞马穆罕默德五世医院 / 122
荷塞马首例椎弓根钉内固定术 / 125
摩洛哥国王在荷塞马庆祝登基日 / 126
荷塞马随想 / 128
摩洛哥的医患关系 / 129
摩洛哥的医疗价值观 / 130
穆罕默迪亚医疗队来了 / 131
理发 / 132
面对死亡，我微笑！/ 133
穆斯林的斋月 / 134
荷塞马首例前后路联合脊柱手术 / 135
荷塞马的医疗趣事（三）/ 138
塔扎医疗队来访 / 139
封刀又出鞘 / 139
回国度假见闻（一）/ 140
回国度假见闻（二）/ 142
回国度假见闻（三）/ 143
为祖国的外交事业奉献自我 / 144
欧洲脊柱外科年会之旅 / 145
空中惊魂 / 149
荷塞马见闻（三）/ 150
重归荷塞马 / 151
新一届总队部领导来慰问 / 152

154 / 参加摩方外科手术协调会
156 / 养花
157 / 荷塞马见闻（四）
158 / 车祸
159 / 胡子随想
160 / 荷塞马的体育运动
162 / 摩洛哥地震
163 / 感冒终于好了
164 / 荷塞马的圣诞节
167 / 荷塞马见闻（五）
169 / 处死英国毒贩所想到的
170 / 新年礼物
171 / 随时准备赴海地救援
171 / 荷塞马的中国外科医生愤怒了！
173 / 荷塞马中摩医疗谅解备忘录
175 / 我被评为"优秀援摩通讯员"
176 / 每逢佳节倍思亲
177 / 虎年春节假日行
186 / 和精神病人踢足球
187 / 荷塞马的医疗趣事（四）
189 / 参加西班牙人的生日聚会
190 / 出门在外，互相关爱
191 / 摩洛哥的糖尿病
192 / 荷塞马的医疗趣事（五）
193 / 荷塞马见闻（六）
194 / 塔扎印象
197 / 小憩穆罕默迪亚
199 / 塞达特——本格里
200 / 红色之城——马拉喀什
205 / 震后重生的旅游城市——阿加迪尔
208 / 风之城——爱索维拉
211 / 用足球驱逐感伤

怀念舅舅 / 213
我的球鞋我的球 / 213
地球感冒了 / 215
心系灾区，奉献海外 / 216
想念上海！期待世博！ / 218
腹腔镜初体验 / 219
炼狱安哥拉 / 220
荷塞马见闻（七）/ 239
激情世界杯 / 240
摩方组织大旅游 / 242
庆祝中国共产党诞辰89周年 / 245
悲情世界杯 / 248
晋升感言 / 249
分享世界杯 / 249
复旦大学领导来了！/ 251
荷塞马的医疗趣事（六）/ 252
荷塞马的医疗趣事（七）/ 254
援摩总队部领导二度看望我们 / 256
荷塞马的医疗趣事（八）/ 256
精彩入球回顾 / 257
荷塞马见闻（八）/ 259
荷塞马的医疗趣事（九）/ 260
沙滩足球 / 261
荷塞马的告别演出 / 262
荷塞马的小苏克 / 264
如何取异物 / 266
荷塞马的医疗趣事（十）/ 267
扎古拉巡回医疗纪实 / 268
大使馆举行国庆招待宴 / 282
援摩总结欢送会 / 283
援摩体验 / 285

附录：发表文章荟萃

重托使命
　　——参加援摩洛哥医疗队有感 / 288
荷塞马的医疗趣事 / 289
荷塞马的春节 / 290
克服困难，坚持到底 / 291
我骄傲，因为我是中山人 / 292
不辱使命，把援外医疗事业进行到底
　　——记援摩洛哥第八批荷塞马医疗分队 / 293
美丽的荷塞马，我们的第二故乡 / 298
在摩洛哥过春节
　　——西撒哈拉漫记 / 301
援摩洛哥第八批荷塞马医疗分队为灾区献爱心 / 304
白色之城卡萨布兰卡 / 305
履行白衣使命，跨国救助同胞 / 308
摩洛哥国王光临荷塞马 / 311
在摩洛哥边区巡回医疗 / 312
仙境荷塞马 / 315

跋 / 317

后记 / 318

荷塞马的奎马多海滩

荷塞马的萨巴蒂亚外滩

朝阳下的荷塞马

荷塞马的夕阳

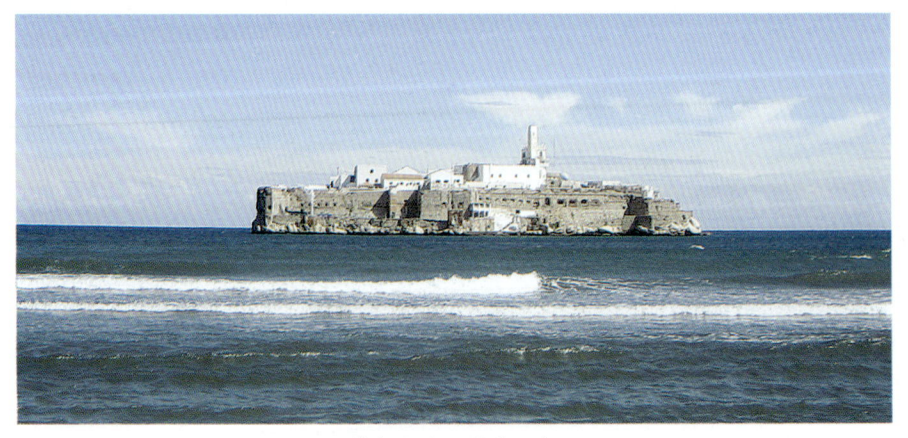

荷塞马的西班牙小岛

援摩洛哥医疗总队领导与第八批荷塞马医疗分队全家福

阳光医生

手术中的我

蜗居两年

摩洛哥国王和我们在一起

在摩洛哥度过的难忘生日

被评为"优秀援摩医疗队员"

酷爱足球的我  　　　　　　　畅游地中海

西撒哈拉沉思  　　　　　　　单调生活中的爆发

卡萨布兰卡
哈桑二世清真寺
（世界第三大清真寺）

金碧辉煌的哈
桑二世清真寺大殿

卡萨布兰卡里克酒吧（《北非谍影》的拍摄地）　　　菲斯的物质文化遗产

旅游新星马拉喀什的德杰玛阿·爱勒法纳广场

马拉喀什的马约赫勒花园(国际时装设计大师伊夫·圣洛朗的骨灰埋葬于此)

梅克内斯北面的伊斯兰教圣地穆雷·伊德利斯清真寺(无法去麦加的穆斯林可在此朝圣)

梅克内斯北面的古罗马遗址沃吕比利斯

大西洋边的海鸥之城雅蒂达

大西洋边的风之城爱索维拉

伊夫汗雪山（从地中海边的荷塞马前往南部沙漠，一天感受四季）

乌尔扎扎特的电影城（《通天塔》等多部影片在此拍摄）

迷人的西撒哈拉（作家三毛曾在此生活）

援摩日记

　　我们是复旦大学9人和同济大学3人共同组成的援摩洛哥第八批荷塞马(Al Hoceima)医疗分队,也是拥有博士最多的一支援摩医疗分队。2008年4月参加近半年的法语培训后,我们于10月7日由浦东机场出发,经巴黎转机共历时约15小时到达位于摩洛哥首都拉巴特(Rabat)的援摩医疗总队部,再乘上十多个小时的汽车,翻越重山,穿过无人区,进入荷塞马,我们在这个摩洛哥北部的小山城工作至2010年10月。

飞到地球的另一面

北京时间2008年10月7日早上5点半，想到今天即将启程飞往万里之遥的北非摩洛哥，已睡不着的我从床上爬起来，兴奋而紧张地漱洗着，心里夹杂着对亲人朋友的眷恋，这种感受颇为复杂。看着自己整理出的一大堆行李，似乎什么东西都想带走，又担心超重会在机场过关时引起麻烦，只能先分批次预先邮寄一部分物品。其中最占分量的可能还是一些手术器械，为了更好地在当地开展一些有难度的手术，我带上一些自己惯用的专用特殊工具，可能会在关键时刻派上用场。穿上黑色衬衫、浅灰色西服，头发打上啫喱水，用手搞出稍显凌乱的造型，看着镜子中的我，还真有点韩剧男主角的味道，哈哈，有点自恋。随手拿出法语三百句，再读一读国外要用到的常用语，觉得有种对未来生活的使命感。医院的面包车来了，党委副书记沈辉和人事处长魏宁亲自送行，

初到位于首都拉巴特的中国援摩洛哥医疗总队部

同去的还有我们中山医院的心内科医生老杨,我们俩以后就是一个战壕的战友了。推着行李进入机场出发大厅,戴着墨镜显得有点酷,早已等候多时的医疗队友都说我像黑社会老大,其实只是想掩饰离别时悲伤的眼神。合影、握手、拥抱、话别,这一刻终于到来,转过身毅然坚决地离去,眼睛里还是渗出了一滴眼泪,伤离别也是生命中的永恒主题。

总队部的小院落

　　登上法航的大型客机,心情似乎好转起来,阴霾渐渐散去。法国空姐的迷人微笑,宽敞机舱的淡淡幽香,各种肤色的多国风味,耳边传来的不同语音……坐在座位上,系好安全带,中午 11 点 10 分飞机腾空而起,朝着巴黎飞去,长途旅行开始了。看看电影,吃吃东西,睡睡小觉,起来动动,再想想过去、现在和未来。实在无聊就找空姐练练法语,找找感觉,也很有意思。飞越了大半个欧洲,经历整整 12 个小时的旅程,我们到达了巴黎戴高乐机场。没顾得上领略巴黎的美景,又得踏上另一条征途,马上转机前往摩洛哥首都拉巴特。两个半小时以后,北京时间 8 日凌晨 4 点,当地时间 7 日晚上 8 点,我们终于踏上了摩洛哥的土地。拉巴特空气里弥漫着一股新鲜而陌生的味道,到处是法国、西班牙风格的建筑,路边长着热带特有的植物,汽车收音机里播放的是阿拉伯音乐，也许这就是集欧洲、非洲、阿拉伯特色于一身的摩洛哥风情。摩洛哥人看上去似乎有点像新疆人，北面的长相偏向于西欧，南面的长相接近阿拉伯人。中国援摩洛哥医疗总队部领导已在机场等候，取完行李后我们一行二十几名队员乘车前往总部，一座两层楼的别墅和一个四合院式的庭落。路上的舟车劳顿令每个人都很疲乏，简单吃了点晚饭后洗澡睡下。此时已是北京时间 8 日凌晨 5 点，我已身处地球的另一面。

游拉巴特

现任摩洛哥国王穆罕默德六世的王宫

摩洛哥时间：2008 年 10 月 8 日

休息四五个小时后大家都纷纷醒来，尽管疲劳，但再也不能入睡，这就是时差反应，毕竟这时的上海是 8 日上午 9 点，平时都已经上班，而这里仍然沉浸在黑夜中。外面稍有些凉，大概在摄氏 10 度左右，这儿的冬天并不冷。我换上平时锻炼经常穿的运动服、运动鞋，开始在总部的小院子里绕圈跑步……20 圈后放慢节奏改为散步，全身已被汗水湿透。客厅里传来兄弟们起床聊天的声音，这就是我们的卧室，由于条件所限，我们只有挤在沙发上睡觉。

上午8点，我们去参观拉巴特的王宫和王陵。王宫由古老的红色城墙包围着，占地约十几个足球场大，由几个大的建筑群和数个花园组成。入门便是一条宽阔的林荫大道，两边种着当地特有的树木，枝繁叶茂连成一片并修剪成整齐的长方形。向里走一百米左右看到一座清真寺，具有伊斯兰特色的塔楼高高耸立；再向前是一个很大的中央广场，和平鸽在这里悠闲地散着步；广场后面就是两层高的王宫主楼，是现任国王穆罕默德六世的办公之处，门口有几组卫兵把守，身上的制服和头上的帽子五颜六色；两侧还有两座辅楼，同样的金碧辉煌、庄严肃穆。

穆罕默德五世王陵前残留的石柱林和著名的伊斯兰光塔哈桑塔

穆罕默德五世王陵位于拉巴特的东面、大西洋的支流布雷格雷格河边，门口由骑着高头大马、着古式军装的士兵把守。大理石建造而成的王陵安葬着现任国王的祖父穆罕默德五世和父亲哈桑二世。王陵前的广场上是残留的石柱林和著名的伊斯兰光塔哈桑塔，这里曾是一座清真寺，由阿勒穆拉维王朝（Almoravids）的索丹（sultan，某些伊斯兰教国家最高统治者的称号）雅各比·曼苏尔（Yacoub al-Mansour）在1195年建造，1755年的大地震将清真寺毁于一旦，只剩下这片废墟，而哈桑塔依然矗立着，成为拉巴特的标志性建筑之一。

总队部领导与第八批荷塞马医疗分队、塔塔分队全体队员合影

下午总队部刘大队长召开队内会,介绍援摩医疗队的历史及现状,并提出一些比较现实的问题。发挥自身技术优势,开展一些医疗项目,这是援摩的主要任务,但同样重要的是,两年国外生活枯燥乏味,饮食习惯与国内相差甚远,如何让自己顺利度过?这种生活多少都会让人出现情绪反常,甚至失控,有的还会精神抑郁,队友间的矛盾也会随之增多。我认为要注重锻炼身体、注重调整情绪、注重与人交流,尽量做到宽容豁达。今天恰逢一位队友过生日,总队部摆上两桌丰盛的中式酒席,大家热闹了一把。明天就要开赴驻地荷塞马,又一个10个小时左右的旅程等待着我们。

翻越重山,穿过无人区,进入荷塞马

摩洛哥时间:2008年10月9日

到达摩洛哥的第二个晚上过去了,大家依然起床很早。抓紧时间洗漱后,将稍显凌乱的行李整理好。早餐已经准备就绪,大家围坐在一起,喝着粥吃着馒头,我们荷塞马队和青浦的塔塔(Tata)队能这样再聚在一起可能要等两年以后了。今天又是一个10小时左右的艰苦行程等待着我们，努力吧。上午7点钟，所有行李搬上车，由两名兄弟负责押运，先行出发。简单寒暄后又送走塔塔队的队友，动情的大厨胖子眼睛都有点湿润了。7点半，我们九个人乘上卫生部的面包车上路，向着东面驶去，要从大西洋的东海岸一直开到地中海的南海岸，横跨整个摩洛哥。司机是位阿拉伯人，对我们很热情，我只能用还不太熟练的法语和他交流，有点费劲但很有成效。

建造在山坡上的荷塞马省穆罕默德五世医院

车子渐渐开出拉巴特，路边的楼房越来越少，田野和树木越来越多，还有些小农舍和羊群、正在耕作的农夫、骑着驴的摩洛哥男人。摩洛哥的高速公路比想象的要好得多，双车道路面宽阔而平坦，指示牌醒目而清晰，这里面当然少不了中国公司的功劳。汽车收音机里播放着阿拉伯音乐，似乎里面还融合了现代元素，听起来节奏感很强，让人情不自禁地想跳起来。道路两边隐约出现一些小山峦，公路穿行其间，有点像我国贵州一带的地貌。慢慢地队友们都在摇晃中睡去，这两天确实比较辛苦，还要对抗时差。大约3个小时以后，我们经梅克内斯（Mèknes）到达摩洛哥第二大城市、四大王城之一的菲斯（Fèz），大街上繁华而热闹，人流穿梭不息，古代王宫依旧辉煌。我们下车稍作歇息，随即继续赶路。不巧的是开始下雨，而且越来越大，雨水顺坡而下，越积越多，其中还混着黄土，真有点泥石流的味道，有的道路被阻断，底盘低的汽车陷于其中无法自拔。我们小心翼翼地开过去，向目标继续进发。

不知不觉已经进入盘山公路，两侧的大山越来越陡峭，道路也蜿蜒起来，车窗外就是深沟险壑。发卡弯越来越多，两车交会时好像快要相撞，车速也渐渐慢下来，有种蹒跚而上的感觉。翻过一座大山后进入一段相对平坦的道路，路边满眼是种植的橄榄树，当地小贩将橄榄果和橄榄油灌在雪碧瓶里摆摊叫卖。摩洛哥的橄榄油世界闻名，香润可口养胃，营销海内外。大约中午12点半，我们来到塔扎（Taza）的一个小村庄，扑鼻而来的是烤肉的香味，该吃午饭了。这儿有很多农家饭店，门口挂着刚宰杀的牛羊，有的上面还沾着鲜血。我们10个人点了两公斤羊肉、十几个新疆馕样的大饼、一壶摩洛哥茶和一盘橄榄果，吃得还是蛮过瘾。饭后继续赶路，前面还有好几座山要爬。

一会儿上一会儿下，我们整个下午都在山路上慢慢前行。越往前走山体的绿色越来越少，有的几乎是光秃秃的一片，满眼望去是茫茫的黄沙，犹如进入沙漠一般。路边的仙人掌也多了起来，看不到一个人影。难道这儿已经进入冬季了吗？面对不毛之地，我们队友依然乐观地说笑着，没有一丝的后悔……不知颠簸了多少路，翻越了多少座大山和小山，我们终于看到了大海，这就是传说中的地中海，我们的神经开始兴奋。转了几个弯后，一个建在海边山坡上的城市跃然出现在眼前，这就是我们的目的地荷塞马，我们都欢呼起来！这时已经是当地时间6点半左右。我们一步步进入这座陌生的城市，睁大眼睛好奇地看着，街道两旁是各种各样的商店和坐在咖啡馆前休息的男人们。顺坡而上过了几个路口终于到达荷塞马穆罕默德五世医院，在这里我们即将工作两年。

"解放军"光临穆罕默德五世医院

摩洛哥时间10月9日下午7点左右，我们经过一天的长途旅行终于到达荷塞马穆罕默德五世医院，虽说是一个省立医院，其实门面和我们的县医院差不多。摩洛哥现有68个省（相当于中国的县级市），被划分为16个地区，荷塞马省属塔扎-荷塞马-达乌纳特（Taza-Al hoceima-Taounate）大区。我们的医院建在山坡之上，除荷塞马省卫生厅大楼外，还有行政楼、门诊楼、急诊病房楼和附属卫校，均为两至三层高的建筑，外墙被刷成白色，楼顶上都装着锅盖式卫星天线。我们的驻地在行政楼二楼，院长办公室的隔壁，而楼下就是精神病房。

驻地位于医院行政楼的二楼，楼下是精神病房。

下了车并没看到夹道欢迎的人群，上两楼走到行政办公室过道的尽头看到一扇大门，上写"Privée"（私人领地，闲人莫入）。门一开，顿然就像炸了锅一样热闹起来，已经等了很久的老队员鱼贯而出，个个喜笑颜开，嘴里喊着："解放军来了！解放军来了！我们终于被解放！可以回家啦！"大家纷纷握手、拥抱、寒暄、问好。中国驻地里面的空间还是蛮大的，有十几间单人宿舍，一间很大的厨房，还有活动室、库房和男女卫生间。摆在走廊里的黑板上赫然写着：回国倒记时6天。

荷塞马初夜

　　荷塞马的第一顿晚饭是在医院食堂吃的摩餐,面包和自来水是主食,加上一荤一素和一份炒饭,还有浓汤和水果。食堂就在太平间隔壁,显得很拥挤,只能放下三张桌子,坐上 12 个人,里面的操作间相对宽敞一点。刚出炉的面包很香,时间放长后表面就会变得很硬,用牙咬有点困难,结果吃面包成了撕面包。摩洛哥人喝水很简单,取出的自来水从不烧沸就直接饮用,当地的水质偏硬,很容易得结石,我们一般都买 5 升桶装的纯净水喝。摩洛哥人信奉伊斯兰教,禁吃猪肉,这点对我们有些喜欢猪味的国人来说是个挑战,当地的荤菜以牛羊肉和鸡肉为主,由于牛羊肉相对较贵,平时吃的更多的是鸡肉,有的时候甚至是火鸡,味道有点怪。蔬菜以土豆、西红柿、洋葱为主,绿色食品不多,这可能与当地的土质有关,种不出国内常见的青菜、豆苗,有点怀念。当地的所谓炒饭是用像小米一样的东西做成,称为古斯古斯(Couscous),很有名气,但里面不知道加了什么调料,入口味道很不习惯,所以摩洛哥人厨师有时会用中国大米做炒饭,这更对中国医生的胃口。浓汤一般由西红柿制成,还有一种斋日晚上喝的哈里拉汤,很美味。令人惊奇的是,摩洛哥常年少雨,土地不算肥沃,但出产的水果极甜,可能是糖分浓缩所致,也是糖尿病多发的原因。吃完摩餐和老同事叙叙旧,聊聊在此生活两年的感受,从中也吸取些经验和教训。

　　由于我们要和老队进行一个星期的交接,到达荷塞马的第一个晚上只能住在临时宿舍,位于驻地对面的卫校两楼。临时宿舍空间不大,为较小的双人间,里面的东西很简单,两张床、一张桌子和两张壁橱,连椅子、电源、宽带也没有,反正是过渡,只有坚持一下。一天的旅程已经很累,洗个热水澡倒头就睡,知何时醒来就再也不能入眠,这时的上海应该是 10 月 10 日下午 1 点,能做的就是看看法语书。不经意地从窗口望出去,荷塞马的早晨还真美丽。

送别老队员

2008年10月15日,星期三,阴,有雨。

来荷塞马快一周,主要是和老队员进行思想交流和业务交接,对医院也有了初步的印象和了解。医院里是清一色的石子路面,听说一年要跑破好几双鞋。门诊就一层楼,有七八个房间,还算宽敞明亮;急诊室相对较小,狭窄而拥挤,显得光线不足;穿过一扇专供工作人员使用的木门,就到了隔壁的外科病房,包括绝大部分手术科室,如普外科、骨科、五官科、眼科等等,大约有四五个房间,每间里面有六张床;对面是内科病房,格局与外科病房相似;另一侧是手术室和监护室,条件设备相对比较陈旧,能用作开刀的只有两三间房间,不过有骨科专用的C臂机和牵引床;楼上是妇产科病房,有两间专供妇产科使用的手术室;小儿科、放射科、心超室和血透室在楼下,还有一个收费处和供患者及家属出入的大门;精神病房在行政楼的一楼,化验室在省卫生厅大楼内。后面有一些新的病房和手术室正在装修。这就是荷塞马穆罕默德五世医院,总的感觉是这儿的硬件相对落后。

今天一大早,老队员整理好行装,将出发至拉巴特,然后是一周的欧洲之旅。他们已经完成两年的援外任务,终于可以荣归故里,喜悦之情溢于言表,但其中包含的艰辛、痛苦和磨难只有自己才能体会。也许他们也有过磨擦、有过争执,但这一刻都随风而逝、烟消云散,留下的是在万里之遥的异国他乡同甘共苦、携手相助而结下的深情厚谊。又下雨了,是不是穆斯林的真主也舍不得他们的离去?再见了,中国援摩医疗队的老队员们!挥一挥衣袖,作别荷塞马的云彩,你们都是好样的!荷塞马人民不会忘记你们,摩洛哥人民不会忘记你们,非洲人民不会忘记你们。我们这些新队员会沿着这条路继续走下去,无论有多困难、多曲折、多坎坷,都一定要将中摩友谊进行到底。

荷塞马医院里的中国驻地

送走老队员,我们正式搬进属于自己的中国驻地,顿觉在荷塞马有了归宿感。我们一人一间房间,面南的可以看到大山,向东的就是海景房,可以看到地中海。在这里要生活两年,个个都把房间整理一新,清除所有不需要的东西,将家具重新摆设放置,营造一个舒适的环境。我的宿舍窗口朝南,前任布置较为合理,原来的格局基本保留下来。门上贴着中国传统的大红剪纸,进门迎面是用床架做的屏风,不至于让人一眼看到里面。门与屏风之间形成一个不大的空间,有气味的洗衣粉、洗头膏、沐浴露均放在门后,另一侧有一张小桌子,可以放点热水瓶、饭盆等用品,形似小的厨房,中间是一张壁橱,把手上挂着中国结,可装衣服、被褥等物件。里面的空间相对较大,最靠外相对而立的是一台电冰箱和一张双门铁柜,写字台放于西侧墙边;南侧就是一张东西方向的单人床,太阳一出来就可以晒到,但睡觉时被子很容易滑到地上;电视位于房间的东南角,斜向摆放确保任何角度都能看到。这儿都是卫星电视,只能收到国内的两个台,中央四套和九套,其它都是本地、中东和欧洲的节目。每个房间都有宽带接口,平时可以上网与亲朋好友交流,给枯燥的生活增色不少,所以电脑是我们的必备。但网速特别慢,还会经常中断,没聊完就戛然而止,有时甚至瘫痪一两天,完全和国内失去联系,仿佛进入世外桃源。

我们的生活区里还有一间厨房,还算比较宽敞明亮,配有煤气灶、

微波炉、净水器、消毒柜，还有一张拼起来的大桌子，可以供 12 个人一起用餐，另一侧有两台公用的洗衣机。天天吃摩食确实受不了，来自同济大学的厨师小丁可以在这儿一展身手，我们也能吃上中餐。北侧是一间活动室，有乒乓球台、康乐棋和跑步机，可以在这儿锻炼身体。对面有两间库房，堆着一些生活物资及各科的常用药品、器械，都是医疗队每年预订后由国内运来。这儿有些富人开宝马坐奔驰，但也有没钱看病的摩洛哥穷人，遇到这种情况我们的药品就可以派上用场。

在荷塞马生活最令人头痛的是突然停水停电，带来很多不便。有时停电就像发疯一样，一会没一会来，电灯、电视、电脑等所有电器都要经受考验，难怪影碟机已经损坏，笔记本必须常规装上电池，不然文件可能会一下子丢失。不知道是什么原因，有一次停水整整两天，不洗脸、不洗澡、不洗衣服、不洗碗，连厕所都没办法冲，简直让人抓狂，只有耐着性子等待。这一刻对水的渴望是那么强烈，想到以前在上海时生活的方便，用水是那么的毫无顾忌，想怎么洗就怎么洗，那种感觉太幸福。后来去找医院领导，总算有了答复，让我们把所有的面盆摆到两楼阳台，他们派消防车把水喷上来。太有才了！这水又黑又脏，不知道能用来干什么？两天后总算来水，一大早起来跑完步，一头扎进浴室里一通享受，简直跟过年似的。换下所有的脏衣服，全部扔到洗衣机里，好像获得新生一般。

怀念水的感觉

我可爱的温柔的水呀，
你何时能回到我身边，
我定会好好地
亲吻你，
抚摸你，
拥抱你，
让你轻轻滑过我的面庞
和宽阔的胸膛，
还有久旱的奔腾着的能量；
渴望你把我紧紧包绕，
吞没我的身体，

让激情欢快地释放。
失去才知道珍惜,
为何当初没有把你留下。
再次见面时,
定是山花浪漫,
我不会让你到处流浪。

厨房里的乐趣

　　自从搬进我们的家,用上自己的厨房,也吃上了中国味的饭菜。每到开饭时间也是最热闹的时刻,一声"mangez"(法语吃饭的意思)后,除开刀或处理急诊的医生外,都齐聚食堂一起进餐。队里有个年轻的专职厨师,来自同济大学的后勤部门,竟然也是本科毕业,大学里学的就是餐饮专业,难怪炒菜做饭像那么回事。12个人的菜放在大锅里看上去挺多,要颠起来还真有点难度,不过小伙子干起来游刃有余。虽然原料有限,但炒出来的菜色香味俱全,吃在嘴里感觉更好,能让人想起家乡的味道。为大家做一日三餐还是蛮辛苦的,早上6点半左右就要起床,煮上白米粥和鸡蛋,有时还要蒸馒头;上午、下午要捡菜、洗菜、切菜,然后是下厨蒸炸煎炒一番;吃完还要清洗碗筷锅盘,收拾残局、打扫战场、清除垃圾。所以我们医生两人一组帮厨,一个星期轮一组,负责买菜、参与做饭前的准备工作及饭后的清洁事宜,每到星期天厨师休息,由我们自己来掌勺。10月19日周日,轮到我和来自同济医院的

厨师小丁

高医生，前一天晚上我们就商量好菜谱，一大早起来，除了常规的粥和蛋外，正好利用前一天剩下的馒头，切成片后放在油锅里煎炸，色泽发黄且微微有点发焦时捞起，入口外脆内嫩，唇齿留香；吃了一周冰箱里已所剩无几，还有土豆、青椒和茄子，灵机一动便想出一个东北菜——地三鲜，中午除这个还做了道红烧鸡翅，里面加点辣椒花椒更加入味，还有一个紫菜蛋汤；晚餐相对简单一点，洋葱炒蛋和醋溜包菜。好久没有下厨，要是菜不好吃，可对不起这一大家子人！真是对我们的考验。幸好我的底子不错，以前也有过做饭的经验，加上悟性好学习快，这大锅菜不仅样子做的像，吃起来也很可口，得到大家一致好评。这就是摩洛哥的生活，在厨房里也能找到乐趣。

我在帮厨

荷塞马的医疗趣事（一）

从10月15日起，我们全面接替老队员的医疗工作，从门诊、急诊、病房到手术室全部到位。

门诊每周一般1至2次，根据各个科室情况而定，像我们骨科有三次，周一、周三下午分别由来自同济医院的队友和摩方医生担当，我的安排在周五。10月17日中午12点半第一次去门诊，刚推开诊室门，就看到一名包着头巾的中年妇女跪在地上虔诚地祈祷，嘴里还念念有词，弄得我有点突然，这应该就是穆斯林的祷告仪式，赶紧加以回避，她的家属在一旁连忙向我解释。原来这名妇女是骨科门诊护士，精通法语、阿拉伯语和柏柏尔语，来就诊的很多阿拉伯人根本不懂法文，只有靠她进行翻译沟通,再加我们的法语刚学会,有时发音还不够标准,也真难为她了。我和她简单寒暄后开始叫号看病,靠着在中国打下的法语基础,加上医用法语书和法汉电子词典,必要时手脚并用使出肢体语言,总算把第一次给对付过去。我把刚学到的法语单词和专业术语全部记录下来,还学会如何写病历、开摄片单和住院证,进入工作状态比较顺利。印象深刻的是有一个中年女性患者,与我们的翻译大妈用阿拉伯语交流,虽然我一句也没听懂,但通过动作初步判断她患的是肩周炎,没等大妈翻译我就说出了诊断,她向我竖起大拇指并说:"bien！bien！"(厉害)可见有时语言并无国界,世界人民的心是相通的。我们骨科还有个专门负责打石膏的大叔,长着一张典型的阿拉伯面孔,还留着特征性的大胡子,也会来诊室客串语言大使,有趣的是他还有个工作就是负责挂号,摩洛哥真会人尽其用。

　　急诊由我们和摩洛哥人轮流承担,一人一个星期。值班时可以待在宿舍,若有情况他们会打电话,或来我们驻地找人。我们每个房间都装有一个电子铃,门口相应的按钮上写着名字和科室,想叫谁摁一下就行。每次铃声一响,当班的医生就会条件反射式地忙碌起来。我第一次值班从10月20日至26日,整整一周被叫了无数次,可以算得上出镜率最高的男主角。从局部软组织扭伤、皮肤挫伤、肌腱断裂到关节脱位及各种骨折,创伤骨科的病人应有尽有,五花八门,这可能与荷塞马建在山坡上有关,道路坑坑洼洼,高低不平,容易发生车祸,行人极易摔跤。还算好的是,急诊护士清一色男性,简单的打石膏、小缝合他们都能干,除需手法复位的骨折、脱位及开放性损伤需要马上处理外,其它的骨折都可安排为择期手术。不像妇产科,来了就得上手术台,急急忙忙、风风火火,感觉比骨科要更辛苦。自从周三第一台手术开张以来,一发而不能停止,连续开了五台,下周还有四个病人等着开刀,想不到骨科生意这么兴隆,正对我的胃口,只要有手术做,到哪里都行。奇怪的是,摩洛哥人认为关节脱位复位很疼,一定要上麻醉,而骨折复位就无需麻醉,其实疼痛都是一样的。有个肘关节脱位的患者,因为麻醉师太忙而苦苦等了几个小时,我实在看不过去,只花了一两秒钟就完成复位,惹得急诊室的医生护士直夸,其实这在中国真不算什么。还有一次遇到割腕自杀的女患者,急诊的全科医生首诊处理,一直止不住出血,连忙叫我去救火,探查发现一根小动脉断裂,夹血管时所用止血钳是开叉的。太搞笑了,这样怎么能止血!弄得我血染白大褂,换了工具后马上搞定。

外科病房由一个55岁左右的男护士长负责,手下有五六个中年护士,加上两三个年老的西班牙嬷嬷和几个实习生。我们一般早上8点半至9点去查房,看看已做过手术的病人,切口换药只要下口头医嘱即可,护士会很认真地去做。这儿没有正规的医嘱本,要用药开处方就行,格式跟国内也不一样。准备开刀的患者只要查尿素氮、血糖,年龄大点的再加个血常规和心电图,确实有点简单。如果要用钢板、石膏的话,得由医生开处方,家属去外面的药房买,内固定的类型、规格及数量要写得相当精确,不然手术台上很容易出状况,不是型号不对就是数量不够,不像国内可以有一整箱的材料供你挑选。10月22日第一次去手术室开刀,术前洗手时水流很不足,后来竟然变成一滴滴地出来,涂了一手的肥皂无法冲干净,只有用生理盐水来解决。这儿医生洗手只用肥皂,也不需要其它消毒液,手术铺单也就一两层,根本达不到无菌要求,真让人担心呀。但因此而感染的情况还真不多见,也许摩洛哥紫外线强烈,气候干燥,不适合细菌病毒的滋长。手术时台上最多两人,一个主刀和一个护士,护士既要递器械还要拉钩,有时骨折复位的同时还要固定,如果能多长几只手该多好呀!手术前后也不点纱布、器械,更没有三查七对,完全靠医生自身的责任心。这儿的工作节奏永远都是 Doucement！Demain！（法语慢慢来、明天做的意思）哪怕有时出现难产或肠梗阻肠坏死,他们仍然不紧不慢地做事,这种心理素质真令人佩服,在国内是不可想象的。有一次全院停水,手术室也随之停工,Pas l'eau Pas opération,没水就不开刀,所有手术都只能向后推迟一天。不过摩洛哥病人对医生非常尊敬,专科医生是绝对的权威,这种感觉国内是体验不到的,但我们治病时更加认真仔细,绝不会放松丝毫警惕。

美丽的地中海城市荷塞马

荷塞马地处摩洛哥北部山区,濒临地中海,位于首都拉巴特东北445公里处,属多风干燥少雨的地中海气候,每年的10月至来年2月为

山坡上的地中海海滨小城荷塞马

雨季,天气凉爽湿润,冬季最低温度5~10℃,其余时间都为旱季,天气晴朗阳光充足。荷塞马城最初为西班牙人建造,建筑大多为二至三层的小楼,具有西班牙、法国和阿拉伯的风格,依山坡自下而上排列呈阶梯状,从高处一眼望去很有层次感。给人印象深刻的是这儿有很多清真寺,标志性的绿边白壁的方塔上装着高音喇叭,每隔几个小时就会发出穆斯林祷告声,像防空警报一般低沉凝重传遍全城,刚来这儿的人经常会因此而从梦中惊醒。摩洛哥人都信奉伊斯兰教,会经常看到有人在那里虔诚祷告,走在大街上处处可见包着头巾的女人。但也有些思想开放的年轻女孩,去掉头巾穿上时髦的衣服,显得婀娜多姿、妩媚动人。由于荷塞马毗邻西班牙,又长期被欧洲殖民统治,这儿的人都以混血为主,外貌兼有多种民族的特点,眼睛深邃,鼻梁高挺,轮廓分明,皮肤白皙细腻,身材高大丰满,连农民长得都很英俊、漂亮。这儿的另一道风景线就是处处可见的咖啡馆和门口坐着的一群群男人们。大多数摩洛哥男人十分慵懒,一杯咖啡可以从早上喝到傍晚,晒晒太阳,看看来往的车辆和人群,也不知道是依靠什么维持生计,也许是家里的四个老婆干活供养他们。荷塞马的男女老少对中国人颇有好感,一上街也总能遇到几个治疗过的病人,他们会主动热情地打招呼:"Bonjour, Ca va? Ca va bien!"(你好)有时还用中国话讲"nihao",让我们有种宾至如归的感觉。看来中国援摩医疗队已在这里深入人心,无偿救治了很多当地贫困的病人,展现了中国医务人员的仁心妙术,赢得了摩洛哥人的尊重和信任。

美丽的地中海

来到荷塞马，终于看到传说中的地中海，坐在海边露天咖啡馆，要上一杯摩洛哥咖啡，沐浴着温暖的阳光，呼吸着新鲜的空气，仿佛置身于风景如画的仙境。奎马多（QUEMADO）海湾在荷塞马的东面，这片地中海三面被大山环绕，碧蓝的海水清澈见底，显得纯洁而浪漫；豪华游艇静静地停靠在海湾里，每到夏季便开往西班牙，运送来往于欧洲和非洲的游客；南侧可见一块伸出海面的礁石，好像是大山和大海爱的结晶，它就是荷塞马的象征；平坦的奎马多海滩上金光闪闪，柔软而细腻的黄沙被海浪轻轻地拍打着。每年的七八月份，沙滩上总是挤满游泳的人，宁静的海湾是一番热闹的景象。

在奎马多海滩留影

荷塞马奎马多海湾和停靠在港湾的西班牙游艇

一个人的美

　　荷塞马的夜幕渐渐降下,街上的路灯又再次亮起,周末的晚餐也已吃完,然后便是一起散步购物,似乎逛超市也算一种消遣,成了驱赶孤单寂寞的良方。今晚我没和同事一起出去,想独自享受这难得的安静。关上门熄了灯,打开电脑音乐播放器,抒情老歌像涓涓细流萦绕在整个房间,我又一次开始心灵对话。在这浪漫的氛围里,看着显示屏,轻击键盘,这才是我最享受的时刻,不知何时已爱上了写作。地球的另一面已是凌晨3点,人们都沉浸在睡梦里,我的窗外夜色也正阑珊,遗憾的是异国星空少了明月。我又想起自己的过去,小学、中学和大学,择业、创业和治业,友情、亲情和爱情,像电影一般从脑海掠过,丰富的经历也是一种资本。尽管犯过不少错误,走过不少弯路,也吃过不少苦头,但依然在人生的道路上拼搏、奋斗、抗争,胸中永远怀着一颗充满激情的心。没有什么可以阻挡我的前进,没有什么可以折断我的坚韧,没有什么可以摧毁我的意志,更没有什么可以击垮我的信心。我不要普通,我不要平淡,我要创造辉煌!一个多么轻狂的我,请原谅,这时的我已飘飘欲仙。

摩洛哥足球处子秀

　　到荷塞马以后,为了保持良好的状态,每天早上6点半起床后都要到医院外面跑步。这儿的马路带有坡度,上上下下兜一圈,还是很锻炼体能。到了摩洛哥还没踢过足球,在手术室开刀时听他们说,医院有一支男护组成的足球队,每个星期天上午10点比赛。这个消息太令我兴奋,看来在摩洛哥还可以继续我的足球生涯。11月2日依然早起跑步,然后是吃早饭读法语,整理球衣球裤球鞋,稍做休息后背上行囊出发。比赛场地在市中心的三月三体育馆外,从医院去那里打的约10分钟,一路下坡拐过好几条弄堂便是。一个较大的足球场铺有草皮,另一个是五人制的小场地,地面由水泥铺就,下雨地滑很容易受伤。十几个人分成两拨,一边除守门员外各上四人,还有几个人轮换,我和医院护士一个队,上午10点准时开赛。我身着AC米兰队的队服,上场后跑动积极、防守到位、进攻犀利,无论是带球、传接球、射门所需的个人技术,还是拼抢、跑位、配合意识、技战术素养,都不亚于摩洛哥人,制造了不少杀机。虽然中国国家队不怎么样,但民间交流我们要充分展示,也对得起江东父老。不过他们脚法很细腻,踢得非常讲究技术,也很注重传球配合,有南美和非洲足球的特点,这正是我欣赏的理念。所以和他们踢球并不怵,很快就融入其中,有点反客为主的感觉,尽情享受足球的快乐。两队焦灼很久不相上下,终于在一次进攻中,我在左前场跑出一个空位,后卫心领神会送出一记妙传,我外脚背一停再向前一趟已进入禁区,有两三个对方球员急忙回防至我这侧,挡在球门前方令我无法施射,而在另一侧露出很大的空档,我迅速改变进攻策略,没有强行带球过人,而是挑传右侧已经到位的队友,对方球员情急之下用手挡下,被处以极刑——判罚点球,由我方队长亲自操刀,皮球急如闪电应声入网,比分改写为1:0,我方先声夺人。局面打开后接下来踢得更流畅,我方在比赛中占尽优势,由于突然下雨不得不中止,最终比分

在摩洛哥踢足球

定格在3∶1，我们赢得胜利。值得一提的是我方的队长，白发银须精神抖擞，真猜不出他已是六十几岁的老者，在场上的表现不亚于小伙子，正应了那句"运动使人年轻"。

二次足球秀梅开二度

11月9日星期天，天气晴朗，阳光普照，是个运动的好日子。上午为了给一个病人换药，去足球场的时间晚半小时。一到就看见他们激战正酣，站在场边的手术室护士哈桑一见我，大声叫道："Docteur Gu（顾医生），你迟到了！"我无奈地向他解释，做医生的是为病人活着，他非常不解地说："人首先要爱生活，然后才是其它。"摩洛哥人确实很热爱生活，一杯咖啡从早喝到晚，能不工作就不工作；下午2点后医院里除值班的全都回家，急诊能不开的刀就不开，能拖的就往下一班拖，摩洛哥人的命真悬呀。正说着，队长招呼我上场，我马上脱下外套，抖擞精神投入战斗。刚上去身处左侧边前，后位就给我送出一记好球，往前带了两步看见右侧有一空档，抓住时机将球传过去，对方收缩在禁区附近防守，弧顶至中圈一大片空地，我顺势插入，右侧队友心领神会，向中间传出地滚球，速度不紧不慢正好赶上我的节奏，在无人防守下迎球足弓推射，球又平又急直奔球门左下死角，对方守门员只能望球兴叹。进了！我终于进了在国外的第一个球，这是一个很有价值很有意义的进球，那种喜悦之情难以言表，队友纷纷过来祝贺，我也对给我助攻的球员竖起大拇指以示夸奖，在这个得分里他至少占一半的功劳。借着这股劲我在场上兴奋起来，跑动拼抢更加积极，给队友创造了不少机会。但对手似乎受了刺激般疯狂反扑，竟然连灌我们两个球，这个时间段没踢好，大家好像有点轻敌。重新调整战略战术，集中注意力认真做好每个动作，马上就有了成效，以压倒对方的气势连续进攻，终于扳回两分而反超。中场休息时，队长知道我是中国医生，而且还是骨科的，连忙向我咨询他的腕部外伤，我又在足球场边做了一回义诊，国内踢球时也经常是这样。下半场开球后我方依然占优，大家轮换的频率也不断增高，人人都有表现的机会，我也乐得在场边休息，还可以和当地人练练法语，在异国他乡也应该出来多活动，不仅能锻炼身体，还能学习语言，一举两得。比赛进入尾声，我们仍以大比分领先，我再次上场舒展筋骨。一轮进攻后我方获得一个角球，双方队员纠集在罚球侧，门前出现一个大的真空，我从另一侧甩开防守队员，快速进入这一区域，队长已看到我的跑动，将球挑向门前，我飞身跳起右脚已做好凌空抽射准备，动作似乎稍有点早，只能尽力在空中保持姿势，等球刚到我的身前，摆动右腿向前踢出，球撞在踝关节上方的胫骨部，改变方向直窜网窝，所有的摩洛哥人都鼓起掌来，我也为这个不可思议的进球而兴奋，和一年前连过五个防守队员单骑闯关、马拉多纳式的得分一样，令人难忘，回味无穷。今天的比赛就这样结束，想不到的是，我今天竟然梅开二度，看来荷塞马真是我的福地。

特殊的生日

摩洛哥时间11月11日下午16点刚过，正是北京时间11月12日的凌晨，已到了我的阳历生日，这天也是孙中山先生诞辰的日子，而我又在中山医院工作，是不是冥冥中有什么联系？第二天早晨起床后打开电脑，从网络上收到很多朋友给我送来的生日祝福，心里倍感温暖；

我的 2009 年生日

特别是我们队的大哥肿瘤医院麻醉科主任张勇寄来的电子贺卡,非常精美漂亮;王老师在电话里用古筝弹奏出"生日快乐"和"青花瓷",听后让人情不自禁,真是一份特别珍贵的生日礼物。其实以前我对生日并不重视,这可能与小时候养成的习惯有关,家里人从来就没正式办过生日聚会,更不要提什么生日礼物。直到大学才渐渐对生日有了概念,同学朋友之间互赠礼物,大家在一起聚餐开派对,完全是一个热闹的好机会。工作以后好像也没有搞过大型生日聚会,即便是迈过30岁门槛时也没留下什么深刻印象,对过生日的感觉也越来越淡。不过今年有点不一样,这是出国的第一个生日,我们队有一个不成文的规定,所有队员的生日不仅都要过,而且要过得开心热闹、有中国特色,不同的是以摩洛哥时间来计算,所以我的生日聚餐是在当地11月12日晚上进行。为了到时能助兴,我特地去买了两瓶威士忌和两瓶红酒。这儿大多是穆斯林,商店超市里只卖无酒精饮料,只有在CTM车站边上有一家酒水专卖店,里面啤酒、红酒、洋酒样样齐全,不过价格要贵一点,因为商家办张酒证要四五十万,奇怪的是这儿卖酒的生意不错。为了晚上的生日派对,我们将电视和卡拉OK机搬到厨房,这样可以边吃边唱。厨师小丁提前一小时开始做饭,有牛肉、鸡翅鸡爪、西葫芦、番茄蛋汤,还手工做了些长寿面。刚过18点,小丁就大喊"Mangez",所有人都来到食堂就坐,我给每人斟上一杯威士忌,里面再加点冰块,情调不比上海babyface里的差。觥筹交错吃喝一阵后,气氛渐渐兴奋起来,再加来摩洛哥刚满月,大家情绪也很高涨,又开了两瓶红酒,个个已是满面春风。突然灯光熄灭,一支蜡烛燃起,边上传来生日快乐的旋律,今晚的派对进入高潮,我面对微微摇曳的烛光,闭上双眼许愿天下所有人健康平安快乐!所有的患者都能摆脱病魔早日康复!所有的援外人员都能顺利完成任务安全归国!随后憋足劲吹灭唯一的一根蜡烛,拿起刀将蛋糕平均分为12块,让大家一起分享这份祝愿和好运。乘兴我以一首"故乡的云"寄托思乡之情,每个队员都演唱了自己拿手的曲目,整个厨房里沸腾起来。异国他乡的生日真是令人难忘。

骨科医生的幸福和无奈

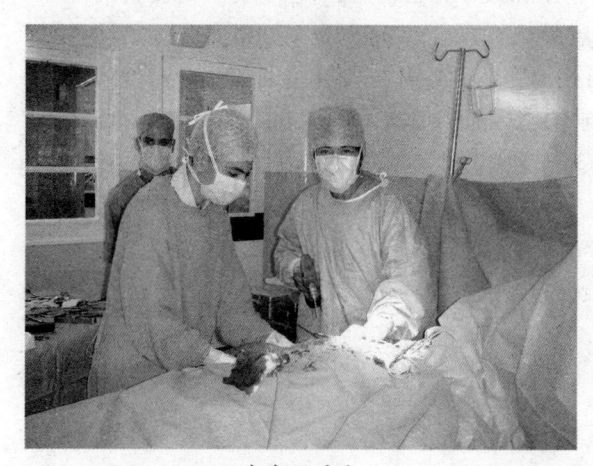

我在做手术

在荷塞马做骨科医生是忙碌的，因为这儿有很多外伤病人，罪魁祸首是不平的山路，因当地人喜欢穿长袍，摔跤和车祸频繁发生。值一天班会有10例左右的创伤，要做一至两台骨科急诊手术。手术室还有C臂机和牵引床，对于一个喜欢开刀的骨科医生来讲这是一种幸福，尽管谁也不希望出现这种伤病和痛苦。但令人无奈的是，没有齐全和如意的内固定材料和工具，外面的药房并不能提供特殊形状的钢板和长度合适的螺钉；遇到没钱的病人，也只能挑我们医疗队或医院里仅有的一些材料和器械使用，有时甚至是从别人体内取出的内固定物，术后摄片的效果就不可能完美。碰到一些复杂、粉碎、涉及关节面的骨折，做起来更是显得捉襟见肘，只有在台上发挥自己的想象力，充分利用瞬间即逝的灵感，用不寻常的办法来完成难度极高的手术；实在不行就使用外固定来解决问题，比如外固定支架、石膏和牵引，遗憾的是患者的功能会受到影响，这也是没有办法的办法。另外，这边的无菌观念和无菌条件较差，手术消毒铺单都不是很规范，无论是大手术还是小手术都要当心，特别是一些开放性软组织创伤和骨折，清创扩创一定要到位，使用双氧水、大量流水、碘液冲洗干净，清除一切污染和坏死组织。严格把握内固定时机也较为关键，6至8小时以内的病例，争取一期完成固定并关闭创口；污染极重或超过8小时的患者，细菌繁殖较猛，最好开放伤口，坚持每天换药，待创面情况好转后，再行内固定手术较妥；

超过 24 小时的闭合性骨折,此时肢体肿胀开始加剧,会出现张力性水泡,内含大量细菌,手术感染的可能性加大,而且切口缝合困难,待肢体肿胀消退后手术为宜。千万不能忘记的是,所有手术都要放置引流,小的切口可以用橡皮片,大的就用引流管,必要时使用负压吸引,一根不够就放数根,引流通畅可大大降低感染机会。当然也不要忘记使用抗菌素,非洲人要么不感染,感染起来就很难控制,也不知道是什么可怕的细菌病毒。还有,摩洛哥人永远是生活至上,手术室过下午两点就休息,接台的手术只能推迟到第二天,而且这儿的休息还特别多,除了周六周日外,还有什么绿色长征节、独立日等,有时病人一拖就是几天,我只能看着他们在床上呻吟。要在国内的话我可以从早做到晚,这些病人一天就能搞定,记得前年有一次值班,从下午 3 点到第二天凌晨 5 点完成五台手术,虽然累点但很有成就感。

荷塞马的外滩

荷塞马的外滩

摩洛哥是历史悠久的文明古国,曾强盛一时。最早居住在这里的是柏柏尔人(Berber),公元前 15 世纪起受腓尼基人统治,公元前 2 世纪至公元 5 世纪属于罗马帝国,6 世纪被拜占庭帝国占领,7 世纪阿拉伯人进入,并于8世纪建立阿拉伯王国。从15世纪起,西方列强先后入侵。1904年10月法国和西班牙签订协定瓜分在摩势力范围。1912年3月30日摩洛哥沦为法国的殖民地,同年11月27日,法国同西班牙签订《马德里条约》,摩北部的狭长地区和南部部分区域划为西班牙保护地。1921年2月,摩洛哥北部的里夫地区爆发大规模的反西运动,1924年成立"里夫部落联邦共和国",后遭法、西联军的残酷镇压。1947年摩洛哥苏丹穆罕默德五世要求独立,1953年8月法国废黜穆罕默德五世,另立阿拉法为苏丹。1955年11月法国被迫同意穆罕默德五世复位,1956年3月法国承认摩洛哥独立,同年4月7日西班牙也承认摩洛哥独立。1957年8月14日正式定国名为摩洛哥王国,苏丹改称国王,11月18日被定为摩洛哥的独立日。

今年的独立日照例全国休假一天。上午做完一台股骨颈骨折固定术后,下午决定去荷塞马的萨巴蒂亚(Sabadilla)外滩逛逛,以放松工作之余稍显疲惫的心情。冬天的阳光依然温暖而刺眼,我们开着队内的自备车,一路下坡拐过几道弯,便来到荷塞马西面的外滩。之所以称它为外滩是因为这儿的路人工造就,海边的山崖凿平后水泥铺成,边上种着绿色的热带树木,还有一长列路灯透着温馨气息,宽阔的观景台上摆着浪漫的长椅,游人可在此小憩谈天望海。与上海黄浦江边的外滩有得一比,只是这儿缺少些繁华和人气,多了一份自然、广袤和宁静。远处一望无际的地中海与蓝天融于一色,那白色的海鸥犹如天使般盘旋穿行于海天之间,会让你忘记一切烦恼忧愁,忘记人世间的恩恩怨怨。这儿的海滩布满嶙峋的礁石,涨潮时波涛汹涌,令人想起苏轼的"赤壁怀古",乱石穿空,惊涛拍岸,卷起千堆雪。沙滩上静静躺着的石头长年被海水冲刷,呈现出不同的形状和图案,每个都有着一段动人的故事,"精美的石头会唱歌",把它拾起轻轻擦去陈年的沙土,慢慢发掘尘封已久的美丽传说。

夕阳下的荷塞马

11月22日星期六,又是一个休息天,太阳下是那么的炙热,而没有阳光的地方显得很阴冷,温差之大感觉天壤之别。边看法语边上网聊天,不知不觉已到下午4点,望着窗外西下的太阳,突然想去看看夕阳下的荷塞马。背上照相机和三角架,一路下坡走过荷塞马广场,再拐入通往渔港的大路,经过街心花园走向气象山。气象山位于荷塞马的东北角,山体延伸至地中海,因地势较高而将气象台建于此。山上并没有专门的路,只有石头交错而形成的石阶,虽然没有攀岩那么陡峭,但也得一步一步找准出路,小心翼翼往上爬行,不时有些碎石滚落,一失足极有可能成千古恨。幸好平时注意锻炼身体,一鼓作气便到了山顶,不知不觉已是汗流浃背。环顾四周顿觉神清气爽,虽然气象山并不够雄伟,但已有"一览众山小"的感觉。荷塞马就像传说中的美人鱼,躺在大山大海的怀抱里,那顺坡而建的住家小楼就是它的鳞衣,东面的奎马多海湾象是它的香吻,荷塞马广场是它的眼睛,绿草茵茵的足球场是它的腰带,而她美丽的鱼尾正沐浴在夕阳下。日落西山的余晖映红了天边的晚霞,西面和北面的地中海渐渐泛白又慢慢变暗,满载而归的渔船正在归航;东边的海面上升起一股雾霭,预示着夜幕即将落下,远远地可以看到孤独的西班牙小岛,仿佛诉说着古老的阿拉伯故事;海湾里的渔港喧嚣已逝,停靠着的游轮和渔船快要作歌,只有那海鸥还在唱着晚歌。荷塞马的灯光一盏盏亮起,一回眸已是万家灯火,而最亮的就是那美人鱼的眼。

一个医生对中国足球的建议

说到足球,仁者见仁智者见智,还有很多专业人士的评论,本不是我这种业余爱好者所能及。但为了中国足球的未来,为了中国足球早日冲出亚洲,我有责任和义务奉献一己之言。过去的足球有两大风格,拉丁技术派和传统英式打法,前者讲究个人技术,动作漂亮花俏,具有很强的观赏性,但往往不注重配合而功亏一篑,杰出代表就是老巴西队;后者以长传冲吊为主,身体素质是他们的本钱,没有太多的技术含量,遇到强队很难有所作为,其典范就是老英格兰队。随着足球的不断发展,球队风格已趋于统一,达成共识的是,想要有所作为,这支球队必须具备几个条件，一个是球员的技术上乘，身体素质要好，另一个就是富有团队精神，并有较先进的技战术素养。无论是南美足球还是欧洲诸强，无不遵循着这样的规律。巴西不再卖弄眼花瞭乱的盘球技术，更加讲究传球效率和配合意识，最终又一次捧得世界杯；阿根廷队三十几次捣脚后的入球，成为人类足球史上的经典；英格兰、德国不再单纯依赖强壮的身体，他们球员的技术世界一流，也能踢出非常漂亮流畅的足球；本来就属欧洲拉丁派的法国、意大利，球员不仅有骄人的脚法，还有极好的身体条件，一直是当今足球的强势代表，它们携手闯入上一届世界杯的决赛就是一个佐证；非洲人的运动天赋加上后天的雕琢，很快在世界足球舞台上占有了一席之地，他们不缺乏脚法出众的球员，只要稍稍收敛个人表现欲，组织纪律性强一点，就会屡屡创造出战胜强队的神话；再说我们的近邻日本、韩国及西亚的阿拉伯球队，他们除加强身体素质外，更注重个人技术的培养，比赛成绩早就超越了我们，连马来西亚也有战胜国足的历史。我们不禁要问，中国足球怎么了？我们的人口那么多，踢球的人也不少，为什么就选不出优秀的11个人去为国家争取荣誉，为国人赢得信心。我们请过不少外教，走过英国路线、德国路线，没有一次取得过好的结果，也只有传奇教练米卢来后，史无前例地冲进世界杯决赛，但回来时依然灰头土脸。我们的运动员身体不是问题，北京奥运会上金牌总数第一足以证明，技战术水平也已与国际接轨，那到底差距在哪里呢？我认为问题还是在个人技术上，即使身体差也可以借技术弥补，换句话说就是要走巴西路线。虽然有一阵子喊着"从娃娃抓起"，到现在还是没抓起来，从小开始培养没错，关键是没抓到点子上。曾记得有一支健力宝队，选拔了一批少年去巴西学习，几年后回来时个人技术是不同一般，踢球的风格也有南美味道，带给国人很多惊喜，但经大赛检验发现，他们长大后身体条件不行，也就只有李铁、李金羽、隋东亮出点名气，而像张效瑞这种技术好但身体差的都淡出了视线。这种模式不是不可以，只是太急功近利，一个是时间过于短暂，另一个是人员选择太局限。日本人也意识到个人技术的重要性，他们让很多家庭落户在巴西，小球员在浓厚的足球氛围中成长，这样获得的技术和理念自然根深蒂固，国家队选才也比较宽裕阔绰，再加上名教练的点拨，成绩提高很快也就顺理成章。如果有可能的话，我们也可以让有条件的家庭落户南美，从小在足球环境中耳闻目染，借别人的土壤储备力量。国内有很多足球学校也在培养少年球员,但大多数老师可能都是国产,何不花点代价把巴西教练请来,从小灌输先进的足球技术和理念,效果要强于成年后的教育。就像我们引以为豪的乒乓球一样,在世界上的老大地位经久不衰,外国选手为了和中国抗衡也想尽办法。有不少外国运动员从小就在中国学习,在日后的大赛中成为佼佼者,为他们的国家赢得荣誉。还有一些国家把我们的名教练请去,带出一批批优秀的少年、成年选手,成了我们夺冠的最大威胁。另有一些干脆把我们的运动员请过去,改变国籍和身份匆忙上阵,这样虽然可以短时间内提高成绩,但我个人认为打俱乐部联赛可以,如果是参加国家队比赛不太合适。中国足球队里多几个巴西面孔,可能有很多国人都难以接受,不过有些国家也在这样做,包括德国、法国等一些强队也有先例,是不是行得通还有待商榷。总之,中国足球只有坚决地走巴西路线才有出路,而且是巴西的新路线,个人技术、身体条件加上先进的技战术和团队意识,不久的将来中国足球就会重振雄风。

荷塞马的云

　　荷塞马的生活是单调的,除了门诊、查房、值班、手术,除了逛街、购物、运动、喝咖啡,更多的时间是待在宿舍,看书、学法语、写文章和上网聊天。累了我会抬头望望窗外,可以看到对面的小学和一群群孩童,还有大街上的汽车、行人和小贩,最喜欢的还是那空中的云,给人带来无限的遐想。荷塞马的云千变万化,像一个手法高妙的魔术师,蔚蓝的天空是他的幕布,不知疲倦地做着奇幻的表演。时而万里无云,时而孤云一片,时而白云朵朵;一会儿如下山猛虎,一会儿似骏马奔腾,一会儿像温顺的绵羊;有时是薄薄的宣纸,有时是厚厚的棉絮,而有时是滚滚的波涛。沐浴在清晨的朝阳下,云儿仿佛少女一般,羞红了美丽的脸;正午火辣阳光的照射下,云层犹如被融化而散开,变为一丝丝的轻烟;而黄昏的夕阳映衬下,云彩呈现出五光十色,斑斓而绚丽夺目。一到下雨的日子,天空像变脸般,黑压压乌云密布,饱含着孕育已久的雨水,渴望着撒向大地的一刻。等到雨过天晴,一缕阳光钻透云层,照亮整个苍穹,预示着希望的来临,最终乌云尽散,又是一片蓝天。其实人的心情就像云,时而欢快时而感伤,时而愉悦时而悲怆,时而激昂时而惆怅。人生要经历多少痛苦和磨难,到头来还是赤条条地走,又何必去计较得失与成败,只要尽力而为就好,对得起别人更对得起自己,让一生快快乐乐度过。追求完美是最高境界,可以无限地接近它,可能永远也达不到,所以我选择努力争取,但结果并不看重,胜不骄败不馁,保持一颗云淡风轻的心,而不要让愁云悄悄爬上心头。

永远给自己希望

  这几天陆续收到国内的邮件包裹,心里有种莫名的兴奋和激动。有些是自己出发前寄出的,当它们还在空中飞、海上飘的时候,我已在摩洛哥满怀期待,虽然我已经知道里面是什么,虽然只是些并不珍贵的日用品。有些是国内关心我的朋友发来的,每天想到有可能会收到惊喜和万里之遥送来的温暖,工作生活也有了盼头,心情也禁不住愉悦起来。其实这就是希望,人活着就要给自己希望,不管何时何地,不管顺境逆境,只要有了希望,一切会变得更美好。但这种希望应该是比较现实的,是可以达到的,而不是遥不可及的。

  前一阵子的股票热还记忆犹新,买股票就是给自己买个希望,想着明天上涨能赚多少钱,心里总是美滋滋的。记得从2007年底开始,股票在不知不觉中悄悄上涨,后来竟然到达不可思议的六千点,一夜间身边的人都成了股民,家家户户的电视定格在财经频道。一上班首先是聊股票的涨跌,今天该买进哪只该抛哪只,满面春风地谈论又赚了多少钱,比上班拿工资省力得多,甚至有人辞职从事专业炒股。但后来的暴跌再次证明股市的无情,现在是几家欢乐几家愁。我个人认为,从某个角度来讲,炒股就是赌博,小本小赌可以娱乐,而大钱大赌可能败家。股票只能当游戏,如果有点闲钱,可以买点作为快乐的资本,也算是给自己一个小小的希望,输了也没什么心疼。如果想靠它来发财,大把的钞票很可能成为梦魇。如果真想给自己赚钱的希望,就脚踏实地做点实事,靠勤奋去创造财富,这才是一条正道。

中国007

你看过那部描写二战的爱情电影《北非谍影》吗？你还记得那首经典老歌《卡萨布兰卡》(Casablanc)吗？那略带忧郁的浪漫旋律会把我们带回1941年，当时欧洲大陆正处在纳粹的铁蹄之下，要逃往美国必须绕道摩洛哥北部港口城市卡萨布兰卡，它成为企图摆脱纳粹血腥统治的人们奔向自由天地的最后一个门户，因此，这里云集了各个国家形形色色的人，使得这座城市的情势异常紧张。卡萨布兰卡什么事都有可能发生，什么东西都可以拿来做交易，而一间美国人开的里克酒吧成为故事的中心。代表各方利益的间谍在这里出没，人们在这里探听消息、等候班机，外表只是个夜总会的酒吧，里面却暗藏着赌场、黑市买卖、各种阴谋伎俩，甚至还有个法国革命领袖……一日，捷克反纳粹领袖维克多拉斯洛和妻子伊尔莎来到里克夜总会，希望通过里克获得通行证。里克发现伊尔莎正是自己的昔日恋人，过去的误解解开后，伊尔莎徘徊在丈夫与情人间，而仍深爱着她的里克，却决定护送伊尔莎和她的丈夫离开卡萨布兰卡。在机场，里克开枪射杀了打电话阻止飞机起飞的德军少校后，目送着心爱的女人离开……1942年华纳兄弟公司请罗纳德·里根（没错，就是后来的里根总统）和安·谢里丹在一部二战的影片中担任男女主角。因剧本的问题，两人均退出了剧组，替代他们的是英格丽·褒曼和亨弗莱·鲍嘉。他们成功地刻画了发生在战争期间的动人故事，虽然剧本一改再改，但褒曼和鲍嘉的表演令世人难忘。那个曾被认为是最糟糕的剧本成为好莱坞不朽的名片和蓝图。《北非谍影》获得三项奥斯卡金像奖：最佳影片、最佳导演和最佳剧本。

摩洛哥位于非洲最北端，濒临大西洋和地中海，与欧洲大陆仅以直布罗陀海峡相隔，自古就是兵家必争之地，具有重大的战略意义，自然也是间谍的天堂。想不到我在荷塞马援外医疗，一不小心也做了回007。12月8日星期一，我早早就醒来，看着从窗缝透进的朝阳，断定又是个好天气。数十个数掀掉被子，做完100个仰卧起坐后起床，套上运动服和运动鞋,准备出去跑步,想到以前晨练时看到的美景,顺手便把相机塞入口袋。出医院大门后右转上坡,爬过一段大路再左拐,经过上上下下的山路后,绕过一座清真寺便进入居民区,穿过曲径通幽的阿拉伯小巷,从前方掉头再钻出时,便到了我的跑步终点。站在这里放眼望去,地中海和气象山跃然画中,居民小楼尽收眼底,绝对是一张美丽的照片,还有下面的足球场和一个若大的军营。我情不自禁拿出相机,从不同的角度进行取景,捕捉着最佳的画面。正在赞叹嘘唏之际,突然从下面冒出一队人马,个个身着摩洛哥军装,大口大口地喘着粗气,看来是刚经历了一次急行军。领头的有点军官模样的人,向我行了个摩式军礼,用不太标准的法语和手势跟我比画着并没收了我的相机。我猛然意识到被当成间谍了,他们以为我在偷拍这里的军事设施,摩洛哥人的国防意识还挺强。我想,如果我是经过专业培训的间谍,无论从外貌还是身手上,肯定不会输给007,怎会轻易被他们发现,就是身边少了几个貌美的邦女郎。这下面的军事基地那么陈旧,就几幢破矮房和一个大操场,用得着我大张旗鼓地去拍吗?我不慌不忙、镇定自若,用已渐入佳境的法语向他们解释,我是中国援摩医疗队的骨科医生,早晨起来锻炼时看到这儿很美,就拍了几张荷塞马和地中海的风景照,但再解释也无济于事,还是被要求跟他们回去。士兵簇拥着我走下坡,没过5分钟就来到他们的营地,外面的牌子上用法语和阿拉伯语写着"摩洛哥皇家海军基地",我从没见过这儿有什么军舰,哪怕是小的巡逻艇也行呀,简直如同摆设一般。那个军官让我在门口等着,他拿着相机进去找领导汇报。不一会儿他和上司走了出来,让我把拍的内容放一下,看来摩洛哥人不会用这机器。展示后并没发现什么不妥,军官用阿拉伯语说了点什么,见我没听懂又用法语说:"Pardon!"哈哈,原来在向我赔礼道歉,我笑着说:"Pas de probleme!"(没关系)拿起相机急忙赶回医院,还得去早查房。

宰羊节

每年伊斯兰教历的10月20日,是穆斯林的宰羊节,相当于中国的春节。这个节日的由来有个传说:真主安拉为了考验先知穆罕默德的忠心,让他把自己的儿子杀掉,而穆罕默德虽然不愿意,但还是拿起刀向他的儿子砍去,就在即将砍到的时候,安拉把他的儿子变成了一只羊。为了纪念这个日子,穆斯林会宰杀一头羊,然后将羊肉分成三份,第一份送给穷人,第二份送给亲朋好友,最后一份才留给自己吃。

宰羊节从驻地窗口望出去,对面小学因放假而大门紧锁,偶尔看到牵着羊的摩洛哥人。

每当节日来临,举国上下一片欢腾,大街小巷张灯结彩,一派欢乐的热闹景象。无论是元首还是百姓,都会穿上节日的盛装,聚集于清真寺内外,举行隆重的朝拜仪式。仪式开始于上午9时,朝拜者都要面向麦加,举起双臂双膝跪地,叩头时前额必须贴地,以示对真主安拉的虔诚之心。仪式结束后家家户户开始宰羊,杀好后用木棍将四肢撑开,放在烈日下曝晒后抹上佐料,搁在铁架上用火熏烤。出炉后全家人围坐一处,用手抓食,好不欢喜,犹如我国的大年一样。各家吃完烤羊之后,青年男女欢聚一起,燃起篝火伴着鼓声跳起舞蹈,度过一个欢乐的良宵佳节。

今年的宰羊节是阳历12月9日,荷塞马的天公并不作美,早上有点多云，后来竟然下起了雨。所以并未看到传说中的热烈场面，大街上只有很少的人在赶路，偶尔见到牵着羊的摩洛哥人，让人多少有点节日的感觉。他们可能都在家里宰羊吧，肯定是欢聚一堂，载歌载舞。唉！每逢佳节倍思亲，这是他们的节日，而我们显得更加冷清，只能看电视、听歌、上网。还好的是医院里送来一只羊腿，今天中午吃红烧羊肉，我们终于也能感受一下节日气氛。12个人围坐在一起，边吃边开玩笑说，院里应该赶头羊来才好，让我们亲自宰一宰。傍晚雨停了，天渐放晴，我们相约出去散步，路上的行人也多起来，摩洛哥人穿着具有民族特色的长袍，笑逐颜开，天气并不影响他们的心情。外面也并没有血流成河，只是垃圾箱里多了些羊皮羊毛。

电光火舌险酿火灾

12月13日星期六晚上8点30分左右，我在房间里看碟片，正到精彩之处，电视机、日光灯突然熄灭，陷入一片黑暗之中，接着是瞬间通断电所致的灯光闪烁，伴随着电器启动关闭的噼啪声。其实这种现象早已习惯，以前也经常发生，将配电箱开关推上去即可。让医院派人来修理，也未发现什么特别的地方，只是换了个分电器。今晚好像有点异样，过了好一会儿也未恢复正常，从黑暗中传来女同事惊恐的尖叫声，气氛一下子紧张起来。我打开门赶快跑出房间，驻地里已没了人影，空气里弥漫着电线燃烧的浓烈味道，走到厨房时看见窗外火星四溅，火光冲天映红了玻璃。脑海里闪过一个念头"电火灾"，想去灭火却找不到合适的东西，正在焦急时，逃出去的人从急诊室找来灭火器，从一楼精神病房将火扑灭，顿时所有人都松了口气。电筒光下再看看那个墙上的总线盒，已烧得不成样子，几根粗电线只剩下几缕残根。还好发现得早，不然后果不堪设想，会不会多几个烈士也很难讲。

忐忑的心刚平静一点，我们几个队友便聚在西边阳台上反思着刚才发生的事情。一方面医院布的线路不合理，电线也有老化的问题，另一方面我们里面的大功率电器不少，三个热水器和两三只大电饭锅，还有部分房间里的电磁炉和电取暖器，一起使用势必造成电路超载，电线难以承受便会燃烧,前几天日光灯点不亮就是一个信号。希望院部能把电路重新调整,我们自己也要注意安全使用电器,还得在驻地准备几个灭火器,这个非常重要。作为医生我们考虑更多的是,真的发生难以扑灭的火灾,我们该如何逃生？有的提出在阳台上准备几根粗绳,必要时可以顺着绳子下去;有的建议在阳台上摆个梯子,爬起来更快更方便;有的说把队内的汽车停在阳台下,到时可以当跳板跳下去;还有人开玩笑说平时得演习一下,不然到时会慌不择路。反正想出的办法五花八门,思路真是活跃。虽然是虚惊一场,但要从中吸取教训,国内的亲朋好友们也要注意安全,家里的煤气、电器要经常关注,防患于未然最重要。

荷塞马的风

如此美丽的荷塞马也会遭遇暴风骤雨,尽管平时的气候是那么的温和,尽管地中海的阳光是那么的炽热。今天又是一个星期天,一醒来没有看到往日的晴朗,听到的却是狂风的呼啸。呼啸的狂风铺天盖地般由海上袭来,以摧枯拉朽之势掠过所有障碍,倔强地钻入每一道缝隙,发出毛骨悚然的哨鸣音,夹杂着风与风的撞击声,令人有种不寒而栗的感觉,伴随着倾盆的瓢泼大雨,打在窗户上噼啪作响,而窗外的天空阴云密布,树枝和电线疯一般地扭摆着。再好的脾性也有爆发的时候,这可能就是大自然的规律吧。在我看来,风雨交加就是一段气势磅礴的乐章,一篇宏伟壮丽的史诗,一幅波澜壮阔的画卷,它冲击感官,震撼人心,夺人心魄。艳阳高照、微风和煦固然心旷神怡,但更要学会承受狂风暴雨,它也是生命中不可或缺的一部分。不经历风雨怎么见彩虹,风雨总是短暂的,过后必然是晴空万里。生活也同样如此,免不了磕磕绊绊,少不了曲曲折折,但绝不能向困难屈服,要迎难而上抗争到底,最终会迎来更精彩的人生。

伤兵满营

摩洛哥生活是单调的,包水饺也能增加情趣。

一到下午驻地变为体育馆,走廊成了较量羽毛球的场地。

来荷塞马已两个多月,也渐渐习惯这里的生活,单调乏味而节奏缓慢。除值班的时候较为忙碌,其它时间要想尽办法来充实,以免感觉孤独寂寞。一个人时可以看电视、看碟片、上网、打电话、看书、写文章。实在无聊时就三五成群,出去逛街、购物、喝咖啡。有时会凑在一起包水饺,自己和面、擀皮、拌馅,一大家子其乐融融;有喜欢烹饪的会自己购买原料,做剁椒、卤牛肉、水煮鱼,味道鲜美而且正宗;有的甚至买了烤架和木炭,在阳台上烤起牛羊肉,香气扑鼻、香飘万里。一到下午驻地成了体育馆,简直称得上全民健身,活动室里响着清脆的乒乓声,伴随着运动员兴奋的呐喊;走廊上两人一组捉对厮杀,银色的羽毛球在空中上下翻飞;而我更喜欢早上起来跑步,每到周末和摩洛哥人踢场足球。晚上,爱好打牌下棋的会聚在一起较量一番;喜欢唱歌的可以卡拉OK，抒发念家思乡之情。尽管大家都很努力，但还是有队友病倒，医疗队快成伤兵营。妇产科李医生突发高热、头昏脑胀、四肢无力，服药卧床数天才见好转；同是妇产科的高医生突然晕厥，静躺休息后逐渐清醒，体检幸未发现器质性病变；有的队友食欲一直不佳，一到晚上难以入睡，要靠吃安眠药来解决；有的医生满嘴疱疹溃疡，口中好像有团火一样，吃饭喝水都会很痛；有的一觉醒来牙龈全是血，刷牙时更是鲜血四溅，吃苹果时都会染红。一方面可能远离家人和朋友，承受着牵肠挂肚之苦；另外这儿气候干燥，人很容易上火，再加绿色蔬菜较少，导致维生素缺乏，如果值班再劳累点，抵抗力下降便会生病。每当有队员倒下时，队友们都会及时送上关怀，兄弟姐妹之情足可击退病魔，疾痛康复得也特别快。虽然挡在前面的困难很多，但是我们并未后悔，更没有屈服低头，我们会坚强面对，胜利走完这两年路程。

摩洛哥人家做客

今天是12月21日冬至，网上很多朋友在问我，今天这边吃什么？巧了，正好手术室护士哈希德邀请我们去家里做客，因为两个月前刚喜得第二个千金，是我们妇产科高医生做的剖腹产，麻醉科张医生做的腰麻，他也协助我做过手术，人长得英俊潇洒、豪爽热情。听说摩洛哥人请客吃晚饭一般都要到8点甚至9点，我们在家事先吃了点东西，以免到时太饿而狼吞虎咽。从医院一路下坡经人民广场左拐，穿进一个弄堂便到了哈希德的家，远远就看到主人站在门口翘首等候。"奔速哇（Bonsoir）！"（法语晚上好的意思）"沙里马里公！"（阿拉伯语：你好）主客一番握手寒暄后，哈希德把我们让进屋内。这是幢典型的阿拉伯民居，共约四五层楼高，几个人家靠在一起，像联体别墅一般，一家一个门洞。进门就是稍显狭窄的走廊和楼道，再向里可见朝南的房间，墙壁和地面均用瓷砖铺设，上面画着阿拉伯特色的花纹。我们跟着哈希德一直来到四楼，走进一个长方形的房间，四周是一圈柔软的沙发，中间是两张铺着绒布的圆桌，上面摆满各种各样的食品，前面还有一套高级音响，正播放着欢快的阿拉伯音乐，天花板上挂着几盏漂亮的吊灯，把整

在手术室男护哈希德家做客，享受一桌丰盛的摩餐。

个房间照得通亮，这大概就是专门用来接待的客厅。见过哈希德的夫人、小孩和其他家人，送上我们带来的礼物，随后大家用法语聊起了天，谈得最多的还是工作和生活。因为穆斯林禁止饮酒，只有纯净水、可乐和雪碧，还有当地的摩洛哥茶，里面加有艾叶、薄荷，有一股特别的清香，唯一不习惯的是甜得粘牙，杯底和桌布都粘到一块儿了。在国内上法语课时就听说摩洛哥主妇做西点最拿手，现在终于有机会品尝她们的手艺。各式各样的蛋糕做得很精致，不仅形状漂亮而且色彩鲜艳，涂着厚厚的奶油和巧克力，有的上面点缀着水果，比克丽斯汀的还诱人，吃起来甜软可口、滑而不腻。那小饼干和烤杏仁也做得很到位，齿间咀嚼又酥又脆，满嘴留香。8点半主人把我们引入座位，大家围着圆桌正式坐下，上来的第一道菜是大盘色拉，有四季豆、黄瓜、萝卜、土豆等，用果酱调拌后还真清凉爽口；第二道便是传说中的摩式羊肉串，一块块串在专用的铁杆上，撒上佐料后精心烘烤而成，老远就闻到一股香喷喷的味道，没入口就已经垂涎欲滴，再加点孜然那简直是天上龙肉；最后是两篮新鲜的水果，红苹果、黄香蕉和橙色的桔子，看了就想把它们吞下去，好像是那孙猴子的人参果。吃饱喝足便开始摄影留念，阿拉伯小姑娘也挺大方,搂着中国帅哥开心得直乐,这不就是中非友谊最好的写照吗?这一刻世界都在微笑。

岁末感言

辞旧岁迎新年,2009就这样来了,我并没有一种该有的兴奋,反而多了些许惆怅和失落。荷塞马又开始下起雨来,让人有种发自内心的冷。摩洛哥的援外生活才三个月,以后的漫漫岁月又该如何度过? 也许是身处万里之遥倍感寂寞,也许是异国他乡使人孤独念家,也许是满怀对国内亲朋好友的牵挂……我又想起当初参加援摩医疗队的那一刻,尽管有种对非洲大陆的陌生感,尽管怀有对各种疾病的担心,尽管要花半年的时间学习法语,尽管在摩洛哥要消磨两年时光,但为了祖国的援外事业,为了中非友谊代代相传,我毫不犹豫地做出决定……当"5·12"汶川地震发生时,我们正在上法语课,得知灾区人生财产损失惨重,便有种想去前线的冲动,但意识到援外任务更艰巨更漫长,只有默默祝愿救灾医疗队员好运……不管现在怎么样,我们还得咬牙挺过去,总有一天会雨过天晴,总有一天会苦尽甘来,前途是光明的,但道路总是曲折的。我们绝不后悔,我们会坚持到底……

卡萨布兰卡之旅

过去一年尽管有些不如意,但毕竟是新的一年来了,也该换种心情继续下去。正好值完班有几天假期,倒不如出去走走看看。地图上荷塞马位于摩洛哥的北端,没有直达的高速公路也不通铁路,与塔扎、菲斯的直线距离很近,但中间却被数不清的大山隔开,出一趟荷塞马真不容易。乘摩洛哥交通运输公司(CTM)大巴晚上8点出发,在大山里转三四个小时行进150公里左右才能到塔扎,然后向西开上通往菲斯、梅克内斯的高速公路,颠簸一夜于次日早上9点才能到达首都拉巴特,再

《北非谍影》获得奥斯卡三项大奖,这便是卡萨布兰卡的老集市和钟楼。

向西南 1 个小时路程就进入大西洋边的卡萨布兰卡。

卡萨布兰卡是摩洛哥的第一大城市,也是这个国家的经济文化中心,它在中国的闻名要归功于《北非谍影》这部老电影。来这儿旅游更多的是一种怀旧,寻找《北非谍影》里的老集市和钟楼,还有纠缠着褒曼和鲍嘉的爱和恨的里克酒吧。卡萨布兰卡又被称为"白色之城",因为整个新城区建筑均为白色,各种风格云集也能称得上万国博览会。市中心各种档次的宾馆、酒店、商场林立,最多的还是那摩式咖啡馆和坐在街边喝咖啡的男人。新城区的北边就是麦地纳老城(Medina),一眼就能看到标志性的钟楼,以及有点褪色而显斑驳的老城墙。老式居民楼里仍然住着人,窄窄的小巷两旁满是各式小店,有的是出售富有当地特色的商品,有的是经营摩式风味的小吃。奇怪的是当地人看到我们,首先会问是日本人吗,我每次都会骄傲地说:"我是中国人,不是日本人!"他们会大叫:"Bruce Lee! Jackie Chan!"哈哈,摩洛哥人还知道李小龙和成龙,挺会讨好我们中国人。

边走边询问着里克酒吧的地址,遗憾的是大部分卡萨人并不知道,真是"墙内开花墙外香"。正着急时猛然看到一家中国饭店,位于新老城区交界的繁华之处,上面写着四个大字"金华餐馆",在这里看到汉字倍感亲切。这家门面装饰得富丽堂皇,可见中国特色的亭角和牌匾,上面还雕刻着双龙戏珠，大红的横批上写着"五福临门"，镂空的红木大门和花窗显得很高贵。敲门后迎出一位白发老厨师，他就是该店的台湾老板，知道来者是中国医疗队医生，便特别热情地请我们进屋说话。店内虽然光线有点朦胧，但也能看出布置特别精致，主色调还是传统的紫红色，雕梁画栋、宫灯高悬，水墨书法和古式桌椅透露出浓浓的中国情结，这大概是卡萨布兰卡少有的几家中国饭店之一吧。我们说出寻找里克酒吧的来意后，老板详细地讲述了位置，还画了张简易地图。

这是《北非谍影》中纠缠着褒曼和鲍嘉爱和恨的里克酒吧，室内的装饰和服务员的打扮仍保留着影片中的样子。

　　顺着大路向东再向北走便到达港区，那里好像是个很大的造船厂，船坞里停靠着一艘尚未完工的巨型货轮。沿着港区与老城墙间的公路向西北走，过一个路口便是一家很有特色的咖啡馆，外面看上去就像一座小城堡，烽火台上摆着四五门古炮，可能是过去抵御海上侵略者之用，里面的环境出奇地幽静。再向前50米左右终于看到一幢白色小楼，外墙上写着"RICK'S CAFE"，这不就是传说中的里克酒吧吗！可惜要晚上6点半才开门，正好可以先去看看大西洋。继续向西就是摩洛哥最大的哈桑二世清真寺，目前规模次于圣城麦加和另一沙特的清真寺而排名世界第三。偌大的建筑群傍海而建，高耸的方塔、雄伟的殿堂、拱形的圆门、相连的长廊、开阔的广场，还有上面米色和绿色构成的阿拉伯图案，无不显示出伊斯兰教的威严肃穆。站在广场上便可看到大海，惊涛骇浪尽收眼底。你也可以坐在海堤上，近距离接触咆哮的大西洋，体验那些冲浪者的快感。不经意地望去，海边满是一对对情侣，在夕阳余晖的映衬下，显得格外美丽动人。在这个保守的国度，爱情和宗教也能如此相映成趣。

时间快到晚上6点半，该去造访里克酒吧了。这是座两层高的欧式小楼，门口和阳台上种着芭蕉树，门牌上记录着建筑的历史。店内结构与电影中的大体相同，只是黑白的变成了彩色，满眼是鲜花、摩式灯具和饰品，服务生的打扮仍保留着片中的风格。进门便是一个别致的客厅，地上铺着、墙上挂着毛毯，边上有张六人用的圆桌和藤椅，靠墙是个黑色的西式壁炉。一楼的大厅里摆着几张方桌，可以在这儿享用法国大餐。里面还有个挺大的吧台，架子上放着各种红酒和洋酒，那台钢琴依然静静地立在一角，仿佛片中的黑人艺术家仍坐在琴前，指间流淌着那曲伤感的"时光飞逝"。顺着老式楼梯往上便来到二楼，左侧是一个四边形的回廊，往下可以看到一楼的大厅，上方是尖型的玻璃屋顶，白天阳光一定很充足。回廊的四周摆着餐桌，客人也可以在这里用膳。楼梯右侧是一个优雅的小型咖啡吧，墙上张贴着《北非谍影》的海报，一侧的大屏幕每晚都会播放这部老电影，欧洲来的中年游客都喜欢坐在这里，品尝着香喷喷的摩洛哥咖啡，重温二战时荡气回肠的爱情故事。

游梅克内斯

乘CTM大巴由首都拉巴特向东约两个半小时车程，便到了摩洛哥四大古都之一的梅克内斯。据说这个城市早已解除禁酒令，当地的穆斯林也可以喝点酒，而且欧洲人很喜欢在此居住生活。CTM车站和火车站离得不远，附近有两家宾馆既经济又实惠，一个是巴布曼苏赫（Bab Mansour），另一个是阿库阿（Akouas），底楼大堂边上都有酒吧，可供应啤酒、红酒还有洋酒。摩洛哥人酒吧一般下午四五点人比较多，到八九

摩洛哥四大古都之一的梅克内斯是一座充满现代气息的浪漫都市

点就该吃晚饭了，而这座城市的酒吧比较欧化，到晚上8点才会热闹起来，9点半后摩洛哥人男歌手开始表演，一般都是使用电子琴伴奏，唱的是当地特色的阿拉伯流行歌曲，这和上海的风格大相径庭。宾馆边上有家西式餐吧，装饰颇具现代流行风格，桌椅沙发的摆放与上岛咖啡相似，墙上的液晶彩电播放着化妆品和首饰广告，朦胧的光线营造出优雅的氛围，看来当地的年轻人很喜欢这里，有用餐的，有喝咖啡的，有玩笔记本的，有谈情说爱的，梅克内斯真是个浪漫的城市。大街上人群川流不息，路边商店琳琅满目，各种用品应有尽有，一派繁华的景象，卖酒的地方也比其它城市多一点。正走在马路上，不经意地遇到一个刚喝过酒的年轻人，通红的脸上还有道明显的刀疤，略带醉意地和我们打招呼，一会是阿拉伯语，一会是法语、英语，一会又是西班牙语，摩洛哥真是个学习语言的天堂。往西南方向走上几百米，再经过一段下坡路，便到了新老城区的结合部，环顾四周显得空旷而宁静，绿树成荫，繁花似锦，远方山坡上房屋鳞次栉比。猛然间发现这儿还有个麦当劳，好久不见觉得特别亲切，可惜梅克内斯没找到中国餐馆。

再继续向前就到了古王宫，正门前有一个很大的广场，四周是绿顶的房屋白顶的帐，大概都是些出售当地工艺品的小店。有不少游览马车，可以坐上去绕王宫一周，欣赏这儿宝贵的世界遗产，车夫还会用大舌音法语给你介绍。沿皇城根向西再向南，可以感觉这城墙的雄伟，不过显得有点沧桑和没落，想必当年鼎盛时也曾极尽奢华。顺着车夫手指的方向望去，北面山坡下便是麦地纳老城，而西边就是犹太人街区，想不到这个穆斯林国家包容心这么强，阿拉伯人和犹太人也可以如此融洽相处，这与当前惨烈而血腥的巴以冲突形成鲜明对照。转向东南后马车奔跑起来，向左可以看到古王宫的庭园，两座坍塌的宫殿面面相对，遥相呼应，经过无数次战火的洗礼后，呈现出的是一种残缺美，现在已改建为皇家高尔夫球场。向前左拐穿过城门后豁然开朗，展现在面前的是一大片河水，阳光照射下清澈而平静，据说当年用来蓄水以喂战马，现在下面建了水族馆供游人观赏。往远处看是满眼的断垣残壁，里面好像有很多被隔开的小空间，是过去储备粮食的大仓库，现在也已变得面目全非。沿着城墙内侧一直向北走，便来到现任国王穆罕默德六世的行宫，与拉巴特王宫相比这儿的戒备松了许多。一路向前左拐就进入了古王宫的风道，大概有800米长，穿过两道门后又回到起点。麦地纳老城在广场的北侧，经过其中的小巷往东北方走去，便到了新老城区结合部的西北面，这儿有座非常漂亮的花园。虽然现在已经是冬天，花园里却是春意盎然，鲜花盛开，姹紫嫣红，除了那带刺的玫瑰月季花，有很多我报不出名。里面还养着数十种动物，奇怪的是家鸡也成了笼中观赏之物。

梅克内斯古王宫的大门

智斗摩盗

梅克内斯距离菲斯很近，乘CTM大巴一个小时左右，坐火车可以更快一点，大概半个多小时就有一班。梅克内斯有两个火车站，西边的稍

梅克内斯火车站站台

大而东面的较小，电子屏幕上滚动着即将到站的车次以及相应的目的地和出发时间。排队购票时看到一对亚洲模样面孔的小夫妻，打扮得像乡下人，嘴里说着日语，据说日本人很喜欢到这样的国度旅游，观赏保存完好的古老文明和历史遗迹，而且出来时一般都比较低调，生怕被别人看出是有钱人。他们也许已听出我们是中国人，用怯生生的眼神看了一下，其实中国人还是很友好的。渐渐地旅客多了起来，车站内显得较为拥挤，突然看到两个便衣模样的人，不动声色地夹着一个年青人走过，仔细观察可以看到戴着的手铐，看来这儿常有不法分子出没，我们也本能地提高了警惕，相对来讲 CTM 车站里人较少，给人的感觉更加安全。我们挑选了一班最近的车次，离出发的时间还剩 20 分钟，便提着行李检票后进入站台。这一侧的旅客很多，大概都是去马拉喀什（Marrakech）的，前往菲斯的站台在对面，得穿过铁路下方的地道，出来后再向前走一点就到了一等舱的候车处。这儿有几张空的长椅，随手把行李放在上面，上车前可以先休息一会。可能我们是中国人的缘故，在这个地方显得很特别，摩洛哥人很少看到这样的面孔，都会露出非常新奇的表情盯着我们上下打量，来了三个月早已习惯。

　　正在大家聊天说笑之际，对面有三个摩洛哥人已走到铁道旁，竟然不顾危险上演越轨一幕，直接就来到这一侧站台，三个男人的素质真不敢恭维。他们大概都在 30 岁左右，留着当地流行的摩式小胡子，都没有携带行李或背包,双手插在口袋里神态闲散,一付无所事事的样子,看上去就不像乘客。其中两个人朝这边走过来,经过我们的坐椅时,看了一眼鼓鼓的行李包,然后退到斜后方的墙边,整个头都罩在连衣帽里,帽沿后面透出凶残贪婪的光,好像是饿狼看到羔羊一般,眼睛时不时地向这边瞟来,和我的视线相撞时更是肆无忌惮,我的心里不禁打了个寒战。难道这就是摩洛哥盗贼？我脸上依然保持着固有的镇静,甚至在眼神中还加了些不可战胜的刚毅。也许他们以为我们是日本人,也许觉得包里有什么贵重之物,其实大部分是天天换洗的衣服,当然手机、照相机和MP3有点价值,还有贴身存放的现金和护照。这三个摩洛哥人形成前后夹击之势,应该是在等待下手的机会。与其这样对峙下去,还不如主动出击,我迎上去先用阿拉伯语打招呼:"你们好,真主保佑!"然后用法语搭讪到:"嘿!朋友,这是开往菲斯方向吗？"摩洛哥人没想到我会说阿拉伯语,先是一愣,然后才开口:"是的,你们是日本人？""不,我们是中国援摩医生,来这儿救死扶伤,义务为人民服务。"他们的眼神变得柔和起来,笑着说:"欢迎你们来摩洛哥！感谢呀!"还和我握握手,俨然成了好朋友。另一侧同伴也走了上来,右手一扬遗憾地"噢"了一声,意思是你们都成朋友了,还有啥戏？满脸堆笑地问我:"您是看哪一科的？""骨科、矫形外科,这儿也叫创伤科。""我有个亲戚右股骨头坏死,要换人工关节,需多少钱？""可能要几千个迪拉姆吧,好的也有可能上万。""好贵呀！你们医生真能赚钱。""我们中国医生不赚钱,如果你确实经济困难,可以来荷塞马找我,免费给你的亲戚做手术。""哈哈,好呀,我回去商量一下。谢谢!""不用客气,再见!"随后他们三人一起向站台的尽头走去,我这才长长地松了口气,看来在国外学好当地语言太重要,一场危机也就这样轻易化解。随着隆隆声火车缓缓地进入站台,头等舱的旅客们开始上车,1号车厢前的人群摩肩接踵,那三个摩洛哥人也乘势挤进去,寻找着合适的作案目标。我们便从相对人少的2号车厢登上列车,经过中间的通道进入1号车厢,免不了和三个摩洛哥人再碰个照面,还得貌似友好地招呼一下,擦身而过时我们格外小心,直至目送他们走进相邻的车厢。对号入座后再仔细看看头等舱,一个包厢六个真皮座椅,环境还是比较舒适的,里面已经有两个欧洲游客,安顿好后我们可以小憩一会。

驴背上的古都——菲斯

梅克内斯向东一小时的 CTM 车程，便到了摩洛哥四大古都之一的菲斯，也是世界文化遗产最多的一个城市。这儿的王宫仅次于首都拉巴特，建筑群雄伟气派，金碧辉煌，历经千年岁月却依旧如新，现在是穆罕默德六世的行宫，大门口的军警戒备也较为森严。顺着王宫东侧一条古色古香的小路，一直向东北走就是麦地纳老城。多彩马赛克组成的图案是它的标志，阿拉伯风味的拱门上、神龛式的取水池上、清真寺的内饰上，甚至在宾馆饭店的墙壁上，处处可见这古老而神秘的符号，向我们展示着悠久而灿烂的文明。这里有世界上第一所大学（神学院），还有世界上最为复杂曲折的迷宫城，一旦进去再想出来可没那么容易。小巷的两旁是一户挨着一户的商店，各种生活用具、工艺品、乐器琳琅满目，还有编织毛毯和皮具染色的手工作坊，这可是摩洛哥人值得骄傲的民族产业。时不时地可以看到骑着驴的男人穿行其中，这样狭窄的道路、拥挤的空间，也只有用驴才能进出运送物资，老城里这仍是重要的交通工具，说菲斯是驴背上的古都一点不假。北面有一家五星级宾馆加美宫索菲德勒酒店（SOFITEL PALAIS JAMAI），有最古老的摩式香薰 SPA，去菲斯一定要体验一下。

菲斯新城在王宫的南面，到处充满着现代气息。宽敞的街道旁是成行的芭蕉树，最经典的还是摩式咖啡馆，以及坐在街边喝咖啡的男人，还有各式各样的商店、饭店和宾馆。到一个陌生城市最大的心愿是吃到家乡菜，首要的任务就是找一家中国餐馆，于是满大街地询问摩洛哥人，幸好当地人都知道有那么一家，看来这中国饭店还挺有名气。沿着热心人指点的路径一直找过去，终于在一安静之处看到它的门面，横牌上写着"YANG YSE CHINESE RESTARANT"，真是酒香不怕巷子深呀。看到中国人来到这里，门前嬉耍的小孩高喊起来，"Jackie Chan！Jackie Chan！"多么可爱的摩洛哥小鬼。与当地人的饮食习惯一样，晚上 8 点扬子饭店才开门。进去后发现里面别有洞天，整体装饰算得上相当豪华，朦胧的宫灯营造出浪漫氛围，大堂里摆满紫红檀木的桌椅，满墙

四大古都之一的菲斯是摩洛哥世界文化遗产最多的城市

菲斯麦地纳老城里狭窄的街道和穿行其间的骑驴人

挂着中国书画工艺品,有名家书法、古代仕女、花鸟虫鱼,播放着的中国歌曲让人感觉特别亲切。不过这儿的饭菜和酒可不便宜,在菲斯应该是有钱人的高档享受。遗憾的是和拉巴特的中国餐馆一样,从老板到服务生没有一个中国人,幸好做出来的菜品味还算地道。

黑暗中的手术

1月11日星期天晚上7点左右,刚吃完晚饭正在宿舍看书,突然屋里的门铃叮当响起,肯定是骨科来急诊病人了。穿上白大褂拿上"法语王",一个箭步冲到驻地大门,果然看到那个一脸娃娃气的摩洛哥门卫,身高体壮,膀大腰圆,大概刚从部队退伍,他一见我便双手抱拳:"Jackie Chan, Urgence traumato!"(骨科有急诊)哈哈,自从来荷塞马后还没理过发,他们越来越把我当成龙了。刚走到急诊清创室门口,里面传来老妇人的惨叫声,让人感觉毛骨悚然。进去只见几个男护士围着一个病人,床旁的地上有一滩鲜血,能闻到一股强烈的血腥味。看到我他们赶紧退到一边,"Docteur Gu, Ne pas arreter l'hemorragie!"(顾医生,止不住血!)原来是老妇人左食指根部不知被什么割开个大伤口,血不断地从里面涌出,尽管在腕部上了道止血带也无济于事,那病人还用阿拉伯语叽哩哇啦地喊着。我连忙戴上手套,首先检查手指的末梢循环,幸好远端手指血运良好,不然就要做断指再植,这是我以前的老本行。注射局麻药后用纱布压住几个出血点,探查双侧指动脉指神经均未断

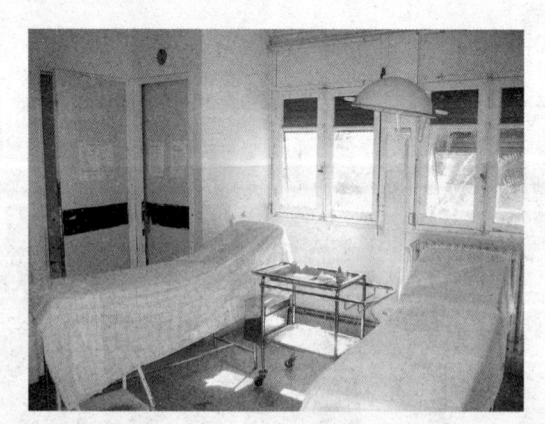

荷塞马穆罕默德五世医院里简陋的清创室

裂,看来这个病人挺幸运,但手指侧支循环丰富,小动脉的压力很高,出

血挺猛;找到几把较好的止血钳,逐一将出血点结扎,再松掉止血带,伤口内已变得很干净。刚要准备缝合伤口,照明灯突然熄灭,整个医院陷入一片黑暗,又是全城停电,所幸血已经止住,不然真的很被动,汉姆杜里拉!(阿拉伯语真主保佑)怎么办?灵机一动,让边上的护士打开我的手机,借着这微弱的光线正好看到伤口,加上我这两只1.5的眼睛,快速运针走线关闭创口,终于完成这个不寻常的小手术。那些护士忙不迭地说:"Merci! Merci!"(谢谢),我只是轻轻地点了点头,这种手术我们中国医生都会,不足挂齿。照明灯又亮了起来,那个老妇人正微笑地看着我。这就是援摩医疗工作的特点,不仅仅要做好大手术,有些看似不起眼的小事在特殊环境下会变得困难,我们只有因地制宜,灵活应对。

直面挑战,沉着应对

新年伊始,挑战不断,在摩洛哥做医生,特别是骨科医生,越来越需要智慧和灵感。还记得1月11日晚上,正在做清创缝合时突然停电,只能在手机的微弱光线下完成手术。想不到这才是个开始。1月21日傍晚遇到一例手外伤,17岁男性患者左环指深屈肌腱断裂,近节指腹只有0.6 cm长的横形刀口。手术室正忙着抢救一个严重的腹部外伤,等这台结束起码得到后半夜,他们建议我第二天早上去开刀,这样对病人很不利而且容易感染。我当机立断决定自己单干,局部指根麻醉后延长切口探查,指深屈肌腱竟切断在中节平面,正好在指浅屈肌腱分叉止点的远端,与表面创口相差如此之远令人奇怪,随后使用Kessler法吻合肌腱,中心缝合后加以数针间断周边缝合。这个手术本身并不复杂,但由一个医生完成就有点难度,既要暴露同时又要进行操作,解剖、止血、打结、缝合、剪线,每步都得靠双手谐调配合完成,如果有个助手做起来会舒服得多。1月23日星期五摩洛哥全国罢工,听说是为涨工资而向政府示威,医院里除处理急诊外均停工,上班的医生、护士右臂系红丝带以示声援。我们中国医疗队一如既往,依然工作在自己的岗位上,我当天得为16岁的男孩急诊手术,患者右胫腓骨开放性骨折。麻醉成功后常规消毒铺单，切开皮肤、皮下组织以暴露骨折端，复位后夹上钢板临时固定，一切都进行得顺利而流畅，接下来便是电钻打孔上螺钉。就在这时意外事情又发生了，电钻的四块备用电池都没电，换成手摇钻又发现前方卡口已锈死，把台下巡回护士、麻醉师给急得团团转，我倒是很镇静，也没有发火，如果是当地手术医生早就把他们骂死。急中生智想到一个办法，用合适直径的斯氏针敲出钉道，然后再用攻丝钻出螺纹，便可将螺钉拧入以固定骨折，尽管没有电钻那么好用，但还是在极其艰苦的条件下完成了一个不可能完成的任务。不知道未来还会出现什么情况，但有一点是肯定的，那就是我们会沉着应对一切挑战，克服一切困难，夺取最后的胜利。值此 2009 年春节即将到来之际，祝所有的援外医疗队员，身体健康！万事如意！

恋上央视四套

　　荷塞马的单调生活已过三个月，不知不觉中有些东西已发生变化，最明显的可能就是外表，有的头发长了，有的面容憔悴了，有的身材消瘦了……在国内很少看中央四套，一方面工作学习比较忙，空闲的时间相对较少，另一方面，可供选择的频道实在太多，每个台转一遍也要花点工夫。而在荷塞马医院的中国驻地里，卫星电视只能收到两个国内台，中央四套和九套节目，后者实际上是外语频道，真正算得上汉语台的只有央视四套。所以我们现在看得最多的就是她，渐渐地已经产生依恋，甚至有点离不开的感觉。通过她，可以听到祖国人民的声音；通过她，可以了解国内外大事；通过她，可以通读古今历史；通过她，可以欣赏精彩的文娱表演；通过她，可以看到激烈的体育比赛。中午的国产电视连续剧，以前在国内很少关注，现在竟然吸引着每个队员的眼球，每天都会满怀着期待，牵挂着剧中人物的命运。播放电视剧的时间一到，主题歌曲的旋律再次响起，大家便端着饭碗回到宿舍，充分享受着一天中最幸福的时光，跌宕起伏的剧情牵动着每颗心，主人公的悲欢离合感染着每个人，仿佛自己已身处其中，体验着那些痛苦和快乐。茶余饭后还会加以品头论足，那种全情的投入和激情的共鸣，可以说是前所未有盛况空前。突然发现国产影视作品的制作水准已大幅提高，为我们在国外的枯燥生活增添了一抹绚丽的色彩。虽然荷塞马只有12个中国人，虽然异国他乡没有一丝年味，但通过央视四套，我们已感受到2009年的春节正迎面而来。

阳光明媚的除夕夜

在荷塞马度过的2009年春节

经历了那么多次的春节，可以说今年的最为特别，因为是第一次在国外过年。1月25日是我们传统的大年夜，早上7点起床后有点兴奋，虽然我们这边没有一丝年味，虽然大多数队友还沉浸在睡梦里。此时国内应该是下午3点吧，想必亲朋好友们都回到家里，正忙着张罗年夜饭，欢声笑语早已热闹满屋。打开电视把频道固定在央视四套，每个节目都透着浓浓的节日气氛，一颗孤独的心似乎已飞到国内，充分感受着那种欢乐和幸福。快到中午12点，大家简单地吃了点东西，准备观看春节联欢晚会。也许每个人心里都有自己的春节，也许想和家人通通电话倾诉衷肠，也许要和朋友网络聊天互贺新春，我们并没有聚在一起，而是回到各自的房间。近几年每逢过节都在医院上班，好久没有完整地看过春节联欢晚会，今年也不例外正好轮到我值班，但愿不要有太多的急诊病人。2009年的春晚终于在开心锣鼓中拉开序幕，歌舞、杂技、魔术精彩纷呈，小品、相声引来一阵阵笑声，四川特大地震中幸存的灾民来了，为祖国赢得荣誉的奥运健儿来了，实现飞天梦想的航天英雄也来了，他们给全国人民带来美好祝愿。幸运的是中途我只被叫过几次急诊。当时针指向12点，当新年的钟声敲响，我们不禁心潮澎湃，不由得勾起思乡之情，而此刻摩洛哥正是下午4点，一个多么阳光明媚的除夕夜，我们的心里已是爆竹声声、礼花灿烂……为准备晚上的年夜饭，厨师小丁开始忙碌起来，煮牛肉羊排、烤目鱼、炸丸子，还用南瓜雕刻出"双鹤迎春"。前几天特地从塔扎买来一头猪，总算可以尝到久违的红烧猪肉，看来我们晚上要好好地喝一杯，庆祝在摩洛哥的第一个春节。

总队部春节慰问荷塞马医疗分队

1月26日是中国的大年初一，今天还得为一个患者做手术。这个病人于昨日下午值班时收治入院，老年女性，双侧髌骨骨折，本想当天就给她急诊开刀，但摩洛哥人麻醉师说太忙，只能往后推迟到今天上午，真没办法。手术进行得非常顺利，也许是新年第一天的缘故吧，神清气爽，心情愉快。手术室的摩洛哥人同事也知道今天是我们的节日，中国医生能在这个时候坚持为摩洛哥病人服务，他们微笑着竖起大拇指表达谢意，并纷纷向我祝贺，"Bonne année！Bonne année！"（新年快乐！）

今天总队部领导要来荷塞马，我们每个队员都非常兴奋，毕竟是一支拥有博士最多的医疗队，这是领导对我们的重视，对我们的鼓励，更是对我们的关心。一想到他们从首都拉巴特过来，要翻越万重山，穿过

大年初一总队部领导来荷塞马和我们一起包饺子过年

无人区,路上坐车得花十个多小时,我们的心里已十分感动。等到下午5点钟左右,刘大队一行三人走进驻地,风尘仆仆但精神矍铄,顾不上旅途的劳累,与每个队员亲切地握手,嘘寒问暖,体察队情,领导还到宿舍实地考察,深入了解我们的生活状况。刘大队提议今晚包水饺过年,厨房里陡然热闹起来,擀皮的擀皮,包馅的包馅,一边还切磋着技艺,兄弟姐妹一起动手齐上阵,真是个团结的大家庭。到了吃晚饭的时间,厨师小丁端出自己的作品——南瓜雕刻的"双鹤迎春",菠萝做成的漂亮造型,红烧羊肉和白切牛肉,还有目鱼大烤和糖醋萝卜,一桌丰盛的新年大餐。领导还带来几瓶红酒,我们把酒言欢,谈天说地,吃着自己包的猪肉馅水饺,品尝着难得的美味佳肴,气氛热烈,其乐融融。正好队内有队员过生日,在"Happy birthday to you"的歌声中,寿星许下心愿,吹灭蜡烛,大家分食着甜美的蛋糕,过了一个非常富有意义的生日。卫生部、上海市卫生局给我们寄来慰问信,心内科杨医生和我还收到中山医院领导的新年祝福。祖国人民没有忘记我们,党和领导没有忘记我们,有了这么多的贴心关怀,异国他乡的援外医疗队员倍感温暖,荷塞马的春节不寂寞。

情人节的约会

今天是 2 月 14 日星期六,是西方的情人节,很多网友问我怎么过,哈哈,告诉你们吧,我和足球有个美丽的约会,受门诊大胡子护士的邀请,11 点将参加一场友谊赛,在大苏克(Souk,阿拉伯集市)边上,是个接近正规大小的场地,足以做些随心所欲的动作。一起床就看到温暖的朝阳,人的心情也清爽了许多,读读法语再看看骨科书,一转眼就快接近比赛时间。有心内科杨医生和眼科肖医生的助威,相信今天的表现应该不会令人失望。我们三人坐上一辆小型的士,从医院出发向西北一路下坡,十分钟左右便到达大苏克,隔壁的足球场上只来了几个摩洛哥人,看来比赛又不能准时进行。和他们一一打过招呼后,换上运动装做起热身活动,绕场跑步,拉拉韧带。踢球的人也慢慢地多起来,除大胡子护士外还遇到两个同事,手术护士哈桑和麻醉护士奥塞马,他们都被分在八个人的大龄组,而我则被分在只有七人的年轻活力队,可能我看上去比较健康强壮吧。小个子裁判一声哨响,上半场正式开踢,我司职左前锋兼前卫。从开场表现来看我方占有优势,三个后卫的防守较为从容,中场黑大个控传球也很到位,两侧前锋的插上速度也不错,可惜好几次右路进攻均未果,我已包抄门前但球没能传过来。也许是我们进攻心切压上太猛,后防线上出现一个很大漏洞,反被对方抓住机会先下一城。重新开球后战术有所调整,我方加强在中前场的抢逼围,迫使对方的传接球出现失误,不出所料马上就看到效果。争抢中球落在前场无人地带,我快速向球移动以求控制,同时注意到迎面而来的对方球员,连忙摆出大脚解围的夸张架式,对方果然放慢节奏而欲避让,我便如愿地刹住右腿的假动作,接着将右膝向内一扣一转,用右足弓前面向左轻拨来球,躲过对面球员的凶狠抢截后,再用脚尖一捅向右横带两步,正好闪过中后卫可以看见球门,便毫不犹豫地拔脚怒射,可惜球打高飞出横梁,我不禁遗憾地"啊"了一声,不过队友给我送来鼓励的掌声,并指指因下雨导致不平的地面。进攻重心逐渐从右转向左,我也特意向边线大范围扯动,尽量拉出与对方右后卫之间的空档,这样同伴给我传球和做球的空间也会变大，接球后可选择向前突破直至底线传中，也可选择横向穿插射门或传球，对球门的威胁加大有利于打开局面。又是一轮暴风骤雨般的攻防后，守门员将球抛给中场，黑大个拿球向前运上两步，看清形势后将球传向这侧，我用足尖轻轻点了下来球，顺势向前趟了一大步，同时本方左后卫前插助攻，对方右后卫随之被吸引过去，眼前的球门已进入我的射程，拉弓搭箭用脚尖瞄准捅射，球被守门员奋力扑出后落在门前，我方右前锋机敏地抢到落点，轻松地攻入扳平比分的一球。乘着这股气势我们加强进攻，对方对我的防范也更加严密，在前场拿球会遭到多人围堵，我只有将球护住带向边线，同时观察着队友跑动的位置，见同伴已插入禁区前的空档，迅速将球恰到好处地送过去，队友迎上便是一记大力抽射，结果球被打偏飞出底线！浪费大把大把的得分机会，我方终于为此付出惨重代价，对方抓住我们放松之机连灌三球，上半场比赛也就此结束。下半场重整旗鼓，黑大个中场发威，连续攻入三球，大演帽子戏法，比分也变为4比4，回到同一起跑线。可能是体力不支的问题，对方的攻势明显减弱，防守也有点力不从心，我曾有一脚射门击中横梁。后卫队友右路起球传向中路，速度很快，力量也很足，我伸出右脚欲借力左传，球却神奇地弹在左足上，突然变向后直窜球门死角，尽管守门员做出扑救动作，但也只能望球兴叹毫无办法，最后我们艰难地赢得这场比赛。情人节又给了我一个惊喜。值得一提的是，本场裁判铁面无私，哨声果断判罚准确，对双方犯规队员及时出示黄牌警告，场面掌控火候正好，应获得今天的金哨。

保重！援摩医疗队员们

2009年2月17日。

胡锦涛总书记这几天正在访问非洲四国，突然觉得祖国亲人离我们是如此的近，但毕竟还隔着个无情的撒哈拉大沙漠，真羡慕那几个国家的援非工作人员，受到总书记的接见他们是幸福的。其实总书记2006年已来过摩洛哥，在接见援摩医疗队员代表时说："你们远离祖国，远离亲人，克服种种艰难困苦，救死扶伤，忘我奉献，全心全意为非洲人民服务,为中非友谊做出了出色的成绩,党和人民感谢你们。"

今天胡锦涛总书记访问坦桑尼亚,特别去援坦中国专家公墓凭吊,那里长眠着修建坦赞铁路时牺牲的同志。当总书记来到只有22岁的烈士靳成威墓前时,动情地说:"我代表你的家属来看你来了。"我的心里突然一酸,眼泪差点流出来。我为总书记疼爱子民的那份感情而动容,我为这么年轻就献出生命的英雄而动容,我为承载厚重、积淀已久的中非友谊而动容。

援摩洛哥医疗队始建于1975年,全部成员均来自于上海卫生系统的各个单位,至今已派遣120多批、1300多名医疗队员,但不幸的是共有40余人牺牲。我亲爱的援摩医疗队员们,除承担救死扶伤的神圣使命外,要经常锻炼身体保持身心健康,平平安安地度过这艰苦的两年。祖国人民在期待着我们,父母家人在期待着我们,亲朋好友在期待着我们,相信最后的胜利一定是我们的。

感受摩洛哥的足球热情

今天是2月20日星期五,又是一个名义上的周末。吃完晚饭习惯性地回到宿舍,看看电视再休息一下。快到晚上7点半左右,外面传来一阵阵嘈杂声,还有很多小孩子的大叫,是不是出了什么事情?急忙从窗口探头看去,原来是医院门口的足球场正在进行激烈的比赛。反正周末也很无聊,倒不如出去走走看看。这个五人制的小足球场为山坡开挖后煤屑压制而成,四周围以三米高的铁丝网,南面和西侧是高出的山地。此时整个场地灯火通明,双方选手踢得相当认真,看年龄大概也就十五六岁,个人技术和战术素养都不错。更加火爆的是啦啦队,都是十岁左右的小球迷,各占住一个小山头。当本方球员有出色表现,便会整齐地边跳边唱,发出震耳欲聋的呐喊助威;若是支持的球队进了球,他们会不顾一切地扑向铁丝网,尽情宣泄对足球的激情;有时双方球迷还会打嘴仗,行动划一地发出嘲笑和不屑,以灭对方士气,壮自己威风。如果你亲身经历这种场面,会被这些小孩的投入所感染,不亚于一场西甲联赛,摩洛哥对足球的热情可见一斑。你不能想象的是这小小的荷

位于地中海南岸的荷塞马过去是西班牙殖民地,深受西班牙文化的影响,足球是最受欢迎的运动,晚上的比赛激情依旧。

塞马,到处充满石头丘陵山地坡路,却有大大小小十几块足球场,还不包括我没有亲眼看到的。走在大街上随处可见踢球的少年,绝大多数是在斜坡上启蒙,如此地理环境并不影响他们对足球的热爱。难怪同样具有北非血统的齐达内,可以踢出如此精妙绝伦的足球,成为笑傲江湖征服全世界的足球先生。

重返拉巴特总队部

2009年3月2日。

每过三个月医疗分队便会派几名队员去拉巴特报账,也就是去总队部领取生活费和报销单据。听说有些分队的医生会抢着去,由于荷塞马的特殊地理位置,出去一趟实在是太辛苦,要坐十多个小时的公共汽车,还要随身携带几万元现金返回,对于我们来说是一项艰巨的任务,而这次正好轮到我来执行。经过一夜的颠簸终于到达首都,离上一次在这儿已过去四个多月,大队部的看门小狗"巧克力"变大了许多,院子里的花草树木也明显长高,美丽的桃花已经绽放,用以观赏的桔树上挂满沉甸甸的果实,特意种植的大豆已开出花朵,其

驻摩洛哥大使馆里充满中国特色的亭子和九曲桥

它的绿色蔬菜也正茁壮成长,水池里的金鱼还在欢快地游着,有时会看到小鸟在水上嬉戏,鸽子在院子里悠闲地散着步,阳光下一片生机勃勃的景象。见过刘大队、翻译陈老师、会计冯老师和厨师小唐,大家在一起开心地聊起天来,仿佛是见到盼望已久的亲人一般。下午有幸去中国驻摩洛哥大使馆参观,里面真是绿草如茵,绿树成簇,完全是苏州园林的秀美风格,最标志性的就是那亭台楼阁,以及琉璃顶下的青花瓷桌凳,还有白色九曲桥和突兀的假山,无不体现着中国特有的文化,而最显国家威严的还是那神圣的国旗和国徽。

穆罕默迪亚见闻

拉巴特向西南坐半小时的火车,便可到达小城穆罕默迪亚,一个美丽、幽静而休闲的地方。这里的医疗队由五个中国人组成,四名医生都是我们在上海时学法语的同学,还有一位新来的较为内秀的毛翻译。李队长和苏医生在中国针灸中心工作,精湛的医术已获得当地民众的认可,还经常去拉巴特和卡萨布兰卡出诊,可见中医在摩洛哥人民心目中的地位。苏医生是第三次参加援摩医疗队,为中摩友谊做出了很大的贡献,前段时间她的爱人不幸因病逝世,而她由于工作繁忙不能回国

参加穆罕默迪亚医疗分队的生日聚餐

为老伴送行,留下一个难以弥补的终生遗憾。中国针灸中心是一幢两层的小白楼,穆罕默迪亚医疗队就住在楼上,同学在此相见显得格外亲切,自分别后算是第一次在国外碰面,免不了在一起喝上几杯酒,交流在摩工作和生活的心得体会。2月28日正好是周医生的生日,李队选择了当地最好的饭店,正好位于省政府广场边上,风景秀丽,环境优雅。除穆罕默迪亚医疗队全体队员外,还邀请我们和当地中资公司领导一起参加,凑巧的是遇到在摩考察的中国农业专家组成员,看得出他们能在此见到中国人也很兴奋,同在异乡为异客,相逢何必曾相识。

穆罕默迪亚素有玫瑰之城的美誉,整座城市随处可见鲜花绿树青草。印象最为深刻的还是那大西洋海滩,与荷塞马的相比显得更为开阔,平坦柔软而一眼望不到头,不少年轻人在上面踢着沙滩足球,享受这与大自然融为一体的运动乐趣。不经意间看到一个奇怪的摩洛哥男子,穿着似乎在结婚时才看到的白色吉拉巴长袍,手上拿着一朵鲜艳的玫瑰花和一个精致的盒子,另一只手里拿着的手机播放着委婉的音乐,一路走来时在沙滩上画出两颗分别写着不同名字的心,边上还刻着一朵花儿并用英文法文写着"我爱你",正在思考其真实用意时他已把盒子和花立在沙滩上，面对大海低头闭目、双手合十开始虔诚地祈祷，接着张开双臂做出些有趣的动作，好像是在召唤着什么，然后迎着海浪走向大西洋，单腿站立用手捧起海水撒在自己的头上和身上，仿佛想让自己融入其中，最后打开那神秘的盒子并将里面的东西抛向大海。这个男人背后肯定隐藏着一段凄美的爱情故事，也许是他爱的女人不幸离开了人世，也许他们热恋时经常来到这片沙滩散步，也许那段音乐是他心爱的女人生前最喜欢的……现在的他肯定非常伤心，只能通过大海寄托哀思，以唤回爱人的灵魂，继续这段未了的人鬼情。大男子主义盛行的穆斯林国度，竟然还有如此痴情的摩洛哥男人，不禁让人感叹爱情是人类永恒的主题，世上的每个人都会经历她的甜美和痛楚。真希望天下的有情人终成眷属，幸福再多一点，悲伤再少一点。

海鸥之城——雅蒂达

由穆罕默迪亚乘火车向西南一刻钟便到卡萨布兰卡，转车后先向南再向西经过 N 个小站后，就来到大西洋边上的雅蒂达（El Jadida）。它的火车站建在整个城市的南郊，花三元钱坐上门口的 9 路公交车，向

在开满野花的古老城墙下感悟历史

海鸥之城雅蒂达的世界文化遗产——葡萄牙城

北穿越市中心即可到达葡萄牙城。2004年6月葡萄牙城被正式列为世界文化遗产，是个位于海边的四方形小城池，在四个角上分别有一个碉楼，斑驳的土色城墙显得非常沧桑，里面是麻雀虽小五脏俱全，可见清真寺、民居、商店，还有葡萄牙风格的牌楼。登上城墙便可看到架在垛口的古炮，黑色的炮身因年久失修而生锈，有的木制炮架已经散成了零件；用砖块铺成的地面显得很平整，走在上面犹如穿越时空一般，令人想起特洛伊里的古代战争场面。向南望去是停满船只的渔港，成群的海鸥在空中飞翔盘旋，数量之多、密度之大让人叹为观止，难怪这儿被称为海鸥之城；正东面便是广阔瀚渺的大西洋，想必当年敌军从海上来袭时，一定是千帆百舸、浩浩荡荡，这里便会万炮齐发、震耳欲聋，激起千层浪而樯橹灰飞烟灭；北面城墙的过道鲜有人至，墙根墙头长满杂草野花，颇有一种被世人遗忘的感觉，只能孤芳自赏，顾影自怜。走出葡萄牙城一路向南，就看到一片开阔的海滩，很多年青人在这里踢着足球，边上还有几家露天咖啡馆，而给人印象最为深刻的是沿沙滩而建的长堤及一排排长椅和路灯，这真是个谈情说爱的好去处。

摩洛哥工作的困惑

　　摩洛哥人骨科医生又去度假,我和同济医院的闵医生轮班,再加上周去拉巴特报账,所以这两周基本都是我值班。门铃电话响得还是那么频繁,急诊病人还是那么的多,骨折种类还是那么的丰富,不同的是去私人诊所的患者减少,或者说几乎没有病人转走。从我们驻地到急诊室虽然只有短短十几米,但得走过一段石子路和露着钢筋的车库,每天来回少时五六次,多则十几趟,难怪前面的医疗队说每年得跑坏好几双鞋,有时还会突然听到有人大喊大叫,环顾四周却找不到人,再仔细循着声音看去,才发现动静来自精神病房的铁窗户,病人正扒在窗口上向外张望,好点的会用各种语言跟你问好,病情严重的会用阿拉伯语骂街;一到晚上这条路是一片漆黑,经过时要格外小心谨慎,以避免拌倒而摔跤受伤,有时会幻觉到处都是钢筋,于是呈现出可笑的跨越步态。周二入院的胫骨平台粉碎性骨折病人,病人家属直到周五才把钢板送来,等前面的手术结束已是下午两点多,手术室护士已完成交接班,这时候要想手术变得相当困难,麻醉护士会告诉你妇产科是首要的,不及时开刀胎儿就有可能死亡。为何产妇非得等到不行才来,一点也没有优生优育的意识,摩洛哥人卖东西时算术极差不知是否与此有关?即使产房没事,摩洛哥人护士也不会轻易答应你,说到让你绝望、让你停掉手术,他们就会握着你的手感激你,好像是给他送了什么大礼一样,其惰性已达到一定境界。前段时间卫生厅及医院领导开会,说2008年度的手术量较前面下降,不就与这个因素有明显关系吗?这个骨折病人今天不做手术,那就得等上一个周末直到下星期,患者又要多痛苦那么两三天,他们可以接受但我还不习惯,而且病房里还有几个病人等着。今天值班的麻醉护士奥马赫相当狡猾,在公家医院偷懒而在私人诊所很卖力,看来摩洛哥的收入分配机制存在漏洞,做多做少并不影响国家给他们的工资。他一见我就说累,一口将我拒之门外,我只能去找医疗总监,领导了解情况后一口答应,而且告知手术室有事他负责,奥马赫只得很不情愿地工作。巧的是他上午带个朋友看腰痛,让我帮他找盒中国的止痛膏,这种膏药在荷塞马很有名气,不少摩洛哥人同事都会向我们讨要,来开刀前我早就放在口袋里,看他这样的态度实在不想给,不过既然同意手术也就无需计较,还是鼓励一下让过程顺利一点。手术总算又好又快地完成,事后还得感谢他们的配合。在摩洛哥干活不容易!

竭尽全力,提高疗效

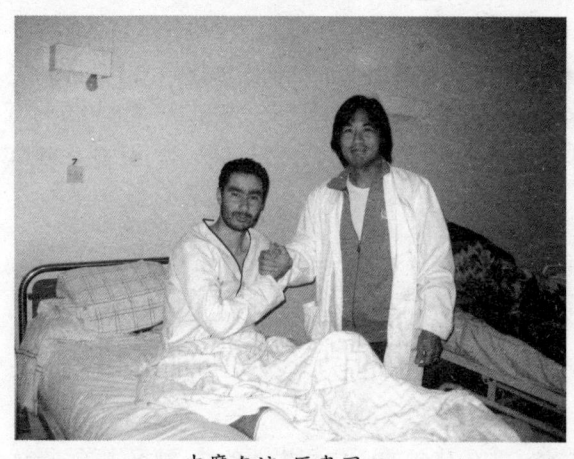

中摩友谊,医患同心。

荷塞马街上随处可见挂着拐杖的人,握手时会不经意发现残缺的手指,可见这儿的外伤多得超乎想象,由于医疗条件有限其残废率极高。常见的原因有摔跤、车祸、刀砍伤,还有极少数的机器碾压伤和枪弹伤,造成的损害轻者韧带等软组织拉伤,重者肌腱断裂、各种骨折及肩肘脱位,其中老年骨折多发生于腕部和髋部,胫腓骨的开放性骨折也不少。腕部最常见的是 Colles 骨折,当然也有经关节面的粉碎性骨折,由于没有合适的解剖钢板,只能通过手法复位石膏固定。为此我花钱从国内买了几套外固定支架,遇到手法复位不够理想的病例,便可考虑开放复位后小支架固定,在不增加患者医疗费用的前提下,可以明显改善其腕部的功能。小腿下段解剖特点是皮包骨,这部位一旦发生开放性骨折,术后易出现感染和皮肤坏死,使用外固定支架更易解决这些问题。髋部有股骨转子间骨折和股骨颈骨折,前者牵引床闭合复位后 DHS 钢板内固定,而后者由于患者年龄一般都超过 65 岁,治疗上只能考虑人工髋关节置换。这儿的人工全髋关节很贵,一般只能用人工股骨头,头的尺寸较多而柄只有小号和中号,X 线片的放大倍数也不是很明确,也没有正规的 X 线片模板技术,所有这些因素对术前评估造成不小困难,直接影响到手术过程的顺利与否。手术照样是由主刀和护士两人完成,护士既要拉钩还要扛大腿,真难为他了;没有电锯只有用电钻骨凿,股骨髓腔锉也就只有小号和中号,更没有什么三代骨水泥技术,如果假体尺寸不配就得考验术者智慧了。既然这儿条件如此差,风险如此大,可能以后还会出现假体松动、疼痛等情况,为什么还要做这样的手术呢?手术的目的就是让老年患者早日起床,避免出现褥疮、坠积性肺炎等致命性并发症,否则他们只有在床上度过余生,如果没有高质量的护理,患者短期内可能丧失生命,所以只要有条件就应考虑手术。需要提醒的是,骨折闭合复位及不少骨科手术要用到 C 臂机(X 光透视机),骨科医生应注意自我防护,以免造成对身体的严重损伤,另一方面可以利用长期积累的经验,尽量减少对 C 臂机的依赖,降低 C 臂机的使用频率。

我们的奉献

我们每个人都放弃了国内优越的工作和生活条件,抛家别子,不远万里来到这里,忍受着孤独寂寞单调乏味,就是为了履行救死扶伤的使命,就是为了服务广大的摩洛哥人民,就是为了加深中摩两国之间的友谊。尽管语言存在障碍,尽管医疗条件简陋,尽管许多病人贫穷,但我们每位医生都努力克服着种种困难,不计回报、竭尽全力地去治疗所有患者。这儿的妇产科病人特别多,值一天班要做好几台手术,晚上经常忙得无法入睡,高医生、李医生病倒好几次,轮到值班时还得坚持工作。骨科的病人也很多,手术常需使用内固定,往往找不到合适的材料,再加不少患者家境拮据,我和闵医生只能开动脑筋,寻找经济而有效的替代方法,尽量避免伤者出现功能障碍。小儿外科董医生、麻醉科张医生、心内科杨医生、普外科何医生工作兢兢业业,遇到摩洛哥同行要换班,没有特殊情况都是尽量满足。目前五官科和眼科在本医院均只有一个医生,陈医生和肖医生分别承担了这两个科室的所有任务,连一周里象征性的一个休息天有时也要去看病人。这就是我们的奉献,为祖国的援外事业做的贡献。

展现中国医生的人格魅力

在荷塞马工作已整整四个月,每个队员都非常地努力,克服了方方面面的困难,在各自领域里尽显英雄本色,也得到摩方同行的肯定和赞赏。但我们在这段时间的工作中发现,与摩方医务人员也会出现矛盾,可能的原因大概有以下几点:①摩洛哥人医生自由随性,说不上班就不上班,说休假就休假,然后来找我们顶班。②摩方护士作风懒散,能拖就拖,能推就推。③个别医生不尊重中方同行,擅自处理我们的病人,要么转到私人诊所,要么违背原则干扰治疗。有些医疗队队员认为,我们不计报酬来支援你们,不是被随意使唤的打工仔,更何况你们拿着工资,还不好好地为国家干活。这种观点确实很有道理,既然摩方也有专科医生,就应该平摊医疗任务,而不是看着我们以医院为家,稍有情况就推给中方医生。但回过头来想一想,既然参加了援摩医疗队,既然选择来非洲奉献,就不要过多计较得失,多上一个班又怎么样?我们来是为病人服务,是在解除病人的痛苦,救死扶伤是医生的天职,我们援外医疗队中的共产党员,更应该发挥先锋模范作用。另外在这儿

急诊科主任送给我的两株花苗种在用纯净水水桶自制的花盆里,经过辛勤的浇灌已开出漂亮的花朵。驻地阳台对面是卫校学生宿舍。

生活很单调,工作可以让我充实起来,而且还可以从中找到乐趣。因为我热爱骨科医生这个职业,手术操作是我最大的享受,特别是看到愁容满面的患者经我的治疗后露出开心的笑脸,无疑是对我最大的褒奖和安慰,再辛苦再劳累也值得付出。荷塞马没有脊柱外科医生,我特意将电话留在急诊室,万一有脊柱外伤的患者来了,随时都可以叫我去会诊,急诊科主任还为此送我两棵花苗,我已把它们种在自制的花盆里。只要是骨科病人,不管是急诊还是一般的平诊,我都会随叫随到及时处理;无论是周末还是节假日,需要手术的我都会照常完成。周三骨科门诊手术时间尽量为更多的患者解决问题,有时一个上午要做五六台,这在国内是经常的事,但在摩洛哥已算非常多,护士说门口的家属一大堆,热闹得像苏克。还记得刚来荷塞马时,对这边的条件不够熟悉,有人对我们持怀疑态度,但现在情况完全改观,同事的亲戚朋友生病都会来找我们诊治或手术。同行因事需要换班时,只要条件允许尽可能满足,互相帮助互相照应。将心比心,以诚相待,如此经过一段时间的磨合,摩方对我们的误解也会消除,大家相处就会融洽很多。在国内做医生时,我们是急病人所急,痛病人所痛,想病人所想,但在这边是你急他不急,需要马上处理的病人,摩方护士会找出种种理由,能向后推的就向后推。开放性骨折拖延时间过长,可能失去最佳手术时机,而且也极易导致感染,这是一个骨科医生不能接受的。为此我会一直坐在手术室,用法语不断和他们沟通,直至答应我的请求。有时还会给他们送点小礼物,比如中国结、丝巾、手镯、香烟,以加强跟他们感情上的交流。对于不尊重中方同行的个别医生,我们有理有据有节地进行交涉,目前看来成果还是很显著的。遇到矛盾其实并不可怕,充分展示中国医生的人格魅力,去感染去融化去征服摩洛哥人的心,让中摩友谊之花盛开在荷塞马。

一次务实的党支部会

荷塞马医疗分队国内组建时,共有 11 名成员,其中党员 6 人,出国前成立了荷塞马党支部,我很荣幸被大家推举为书记,同时也感到肩上

中摩友谊的使者

责任的重大。身处万里之遥的摩洛哥,我们党支部该如何开展活动?该如何发挥战斗堡垒作用?经历四五个月的工作与生活,终于明确荷塞马党支部的任务,也体会到党支部在国外的重要性。一、时刻与党中央保持高度一致,随时了解党的最新指示和精神,在实践中体会、贯彻和执行。二、支持医疗队的队长负责制。协助队长更好地发挥领导作用,帮助制定一些重大的决策,并监督队内规章制度的执行。三、维护医疗队的团结和谐。党员应当以身作则,处理好队友间的关系,互相尊重互相支持,处事大度,助人为乐,多发现别人的优点,多从别人角度考虑;每位队员都有很强的能力,但每个人的个性不一样,在国内的生活习惯也不一样,互相之间产生矛盾也属正常,这并不是一件可怕的事情,关键是要处理好这些矛盾,通过正常的途径和方式,加强沟通加强交流,力求大事化小、小事化了,切忌小题大做、无限放大;队内管理要发扬民主精神,尽量做到公平公正公道,尽量让每个人都心服口服,把不团结的隐患消灭于萌芽。四、充分发挥党员的表率作用。敦促党员同志处处带头,吃苦在前,享乐在后,特别是在医疗工作当中,做到急诊值班随叫随到,能治疗的疾病尽快尽好解决,同事想换班的能换则换,展现中国医生的人格魅力,尽量处理好与摩方的关系。另一方面,要充分开展批评和自我批评,随时发现问题并纠正错误,不断自我完善自我提高。五、密切联系群众,关心群众,处处以群众利益为上,全面接受群众监督,广泛听取群众意见,使全队在良性的轨道上运行。

2009年3月2日晚上,我们举行了一次党支部会议,参加的党员有队长儿外科医生董岿然、五官科医生陈泽宇、眼科医生肖位保、妇产科医生李雪莲、骨科医生闵晓辉和我,还有2月份刚来报到的翻译张璞,我们党支部已壮大到七人。会上每个党员各抒己见,畅所欲言,对前阶段的思想进行自我总结，寻找和发现工作和生活中的不足之处，并提出切实可行的整改意见和方案。队长认为这个支部会议开得比较及时，前几天荷塞马省卫生厅召开通气会，对前段时间的医疗情况进行全面总结，形势较为严峻，情况不容乐观，对中国医疗队的看法有些偏颇，特别提出 2008 年的手术量有所下降。我们付出这么多的努力，怎么还会出现这样的状况？经过认真仔细的讨论和分析，大家一致认为有以下几个原因：①摩方医生经常无缘无故旷工，事先未告知队长及相关医生，便擅自要求换班或代班，对我方医生没有足够的尊重。②这儿的妇产科病人特别多，值一天班要做好几台手术，晚上经常忙得无法入睡，我们两位女医生出现体力透支，三天两头生病，轮到值班时还得坚持工作，再让她们代替摩方医生上班，真是心有余而力不足。③少数科室只有一名中方医生，一年四季所有工作由他一人承担，一周里有个象征性的休息天，当日若有急诊病人需抢救，只要医生在院内当然可以帮忙，但有些平诊病人也来凑热闹。2008 年手术量下降有以下几个因素：①医院手术室处于装修阶段，手术室数量及条件都较为有限，院方规定只做急诊不做择期手术。②很多需要手术的急诊患者，入院后莫明其妙地出院，据说大多数都转到私人诊所。③有时手术室工作人员不配合，导致手术一推再推、一拖再拖，本来一天我们可以做两三台的，最后只能做一台甚至连一台也做不了。总的来讲主要责任在摩方，但我们也要从自身找原因，党员要起到先锋模范作用，杜绝破坏中摩友谊的行为，以免失去援摩医疗的意义。要加强与摩方领导及同行的沟通和交流，让他们了解我们所作出的牺牲、所付出的努力、所完成的工作，翻译在这里起到至关重要的作用，张璞虽然刚来但表现非常积极，这个任务交给他还是比较放心的。如果摩方确实存在不妥之处，我们应有理有据有节地进行交涉。另外药库管理中发现部分过期药品，各科医生应根据本专业的用药特点，尽量在失效前将相关药物用完，实在不能清仓的趁早赠送医院，也可以借此拉近与摩方的距离。既然我们已经在这些问题上达成共识，从现在开始大家就要行动起来，同心协力，同舟共济，共度难关，相信不久的将来我们会看到成效。

荷塞马的医疗趣事（二）

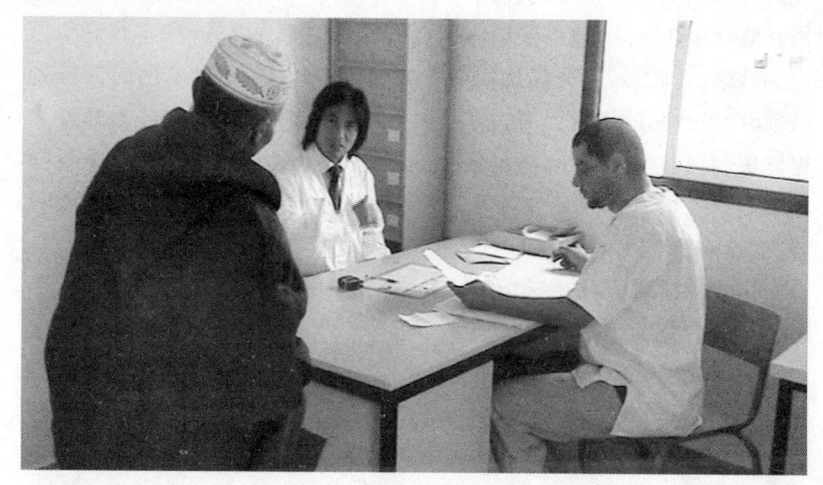

每周五下午是我的门诊时间，坐在对面的是大胡子石膏师，也是我的球友。

刚来荷塞马时我的周五门诊病人并不多，可能是周末大家都想着休息，门诊护士也赶着下班回家吃中饭。经过五个多月的积累和自己的努力，门诊量明显增加已达到三十多例，但与中山医院一个医生一天看一百多号相比差远了，毕竟这儿的人口要比上海少得多。摩洛哥医疗中有个特点，患者第一次找哪位医生就诊，那以后他就只认这位大夫，这种规定某种程度上具有积极意义，有利于对患者持续有效的治疗。门诊病例中一部分为手法复位石膏固定或手术以后定期复查的患者，还有腰椎间盘突出、腰椎滑脱等骨病，不知道何时开始多了不少腱鞘囊肿和取异物的病人。有一次门诊来了位60岁左右的男人，看上去还算健康，和我们翻译大妈说了好久，最后终于被她给打发走。事后大妈用法语笑着告诉我，这老头的第一个妻子不幸去世，刚刚与第二个年轻的老婆结婚，最近总是感到腰酸背痛，于是来看看有没有什么特效药，吃下后可以让他感觉舒服点，大妈说哪里有这样的神药呢？自己注意点不就行了吗？早知道是这个事我倒有个良方，让他天天去运动锻炼身体，既不费钱，效果还特别好。

前几天晚上值班看急诊，一进门便见到两个黑人大个，目测身高大概在两米以上，一问才知道是荷塞马篮球队的。其中一位打球时不慎扭伤踝部，摄片后并未发现明显的骨折，用弹力绷带局部固定，并建议他最近三周勿做剧烈运动。但他说周日下午3点得参加比赛，对手是塔扎篮球俱乐部队，他不上场球队有可能会输掉，这样就拿不到发给自己的钞票。岂不知韧带损伤需要三周时间的修复，如果受伤后一开始就不好好治疗，就像拉折掉的弹簧失去弹性一样，以后有可能会转变为慢性损伤，甚至会让他的运动生涯提前结束，从长期的经济利益上看绝对不划算。想不到的是这个热衷足球的国家竟然也有篮球俱乐部联赛，而这两个黑人可能是从黑非洲引进的外援，一个只会英语另一个只会法语，弄得我是一会儿法语一会儿英语，想说英语时嘴里却蹦出法语单词来，脑子里真够乱的。

3月8日星期天正是国际妇女节，下午4点多钟急诊室突然打来电话，听口气应该是遇到一个蛮严重的创伤病人，让骨科、眼科、五官科一起去会诊。急诊室门口有不少警察模样的人，一进抢救室就看到一具直挺挺的尸体，边上有个满脸是血的病人坐在轮椅上，头上扎着像敢死队一样的头巾，右前臂包着厚厚的印着鲜血的绷带。经检查后确诊为右前臂腕部水平的离断伤，断端见骨骼、肌肉、血管、神经外露，整个右手已不翼而飞，如果还有的话我倒是有兴趣把它接回去，该患者还伴有右眼及鼻部的严重损伤。当机立断马上收治入院并送手术室，全麻后我和眼科肖医生兵分两路进行抢救，他在上面缝合鼻部伤口、

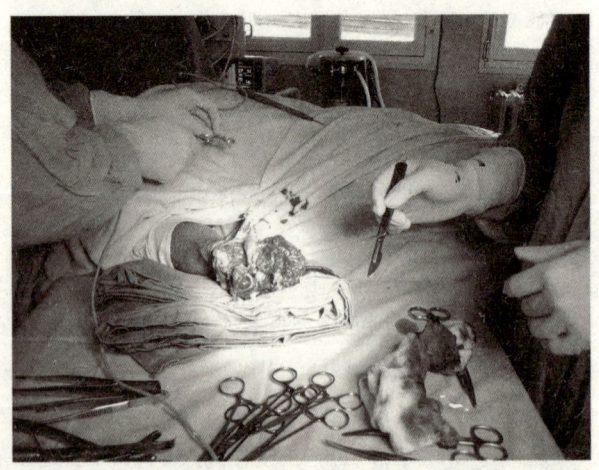

正在给右前臂外伤的患者做手术，从图中可以看出老手术室的条件不算好。

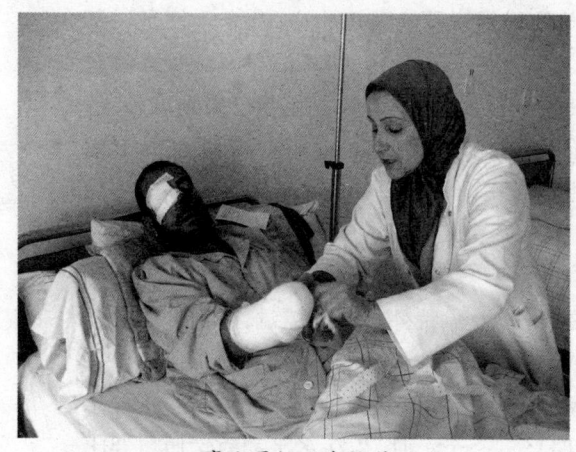

摩洛哥护士在换药

修补角膜等眼部结构，我在下面清创并做右前臂的残端修整术。经过一段时间的奋战，手术终于顺利完成，术后病人被送到外科病房10床继续治疗。10日中午住院部护士打电话过来，说有人要向我了解10床的情况，我便匆匆赶到病房的医生办公室。几个穿制服的军人早就坐在那里，还有一个穿着便衣的侦探，一阵寒暄后客气地给我让座。交流后才知道他们是摩洛哥宪兵，级别要比普通的警察高出一头，大概是怀疑这个病人是被爆炸物所伤，特意问我手术时有没有看到伤口内有什么东西。说老实话这个前臂伤口内并未发现异物，更没有看到什么炸弹炸药的残渣，皮肤和伤口也未看到灼焦的痕迹。这个病人要真与炸弹有关，会不会是制造自杀性袭击的伊斯兰极端分子？摩洛哥虽然与巴勒斯坦等中东地区有点距离，但毕竟都是信仰伊斯兰教的阿拉伯国家，看来我们出去还是小心为好。

摩洛哥男人的情调生活

3月19日星期四下午5点多钟，想起几个病人术后资料没留下，便拿起相机去病房拍摄X光片。出来时经过急诊室大门口，正好遇上久违的急诊科主任，他也是医院的前任代理院长，我上班时经常和他打交道，需要处理的门急诊及手术病人，叫到我时都很及时而满意地解决，所以他称我为"Grand ami"（大朋友），这很类似于中国江苏泰州的说法，把够哥们的男人称为大朋友。他见到我犹如故友重逢一般，连忙和我行隆重的摩洛哥贴面礼，嘴里还要故意发出夸张的啧啧声，这是最标准最亲切的法式礼节。以前他经常说要请我出去坐坐,今天倒是二话不说非常干脆,知道我休息让我现在就跟他走,真不清楚要带我去哪里活动。坐上他的车一溜烟地开出医院,右拐上坡再左拐已来到城外,这儿前段时间塌方的山路已修好,前面的叉路口向右可通往得土安(Tetouan),当然也可以到达五星宾馆尤瑟夫(Yousserf),向左经过一段山路便来到出城主干道,转盘样的交通枢纽向右即可开往纳道赫(Nador),向左有两条路,其中一条可绕回城区,另一条沿山坡向上通往地中海边的小山。山上房屋稀少,有点荒郊野岭的感觉,但视野非常开阔,空气相当新鲜。车停在一座外墙尚未修饰的小楼门口,急诊科主任说这就是他在荷塞马的家,他的老婆和两个小孩目前都在丹吉尔(Tanger),那边去西班牙坐船只需一个小时,生活水平和教学质量要比这边好。一楼客厅还是毛坯,二楼的卧室和卫生间已装修好,三楼有个厨房和一个种满花草的阳台,向外望去可看到地中海和西班牙小岛。他说等有钱了就完成房子的余下工程,想不到开着车的代理院长手头这么紧。他拿出一瓶珍藏的威士忌问我能不能喝这个,哈哈,毫不吹牛地说这几个摩洛哥人都不是我对手,不过我还是低调地点点头表示可以,穆斯林都不在意喝酒我还反对啥。开着车他带我直奔渔港酒吧,拿了三个玻璃杯和一袋冰块,又买了一大瓶可口可乐,叫上另一个刚下班的全科医生,然后一直开向萨巴蒂亚外滩。外滩上面有个很大的观景平台,这儿已经停满各种各样的私家车,急诊科主任一下车便和他们打招呼,并把我引荐给他的朋友,看来他们经常傍晚时分相聚在这里。他说最近去西班牙度假一个月,还是觉得荷塞马好,因为这儿有很多朋友。我们再次上车,在玻璃杯里斟上美酒,加上冰块并兑上可乐,看着前方星光下的大海和晚归渔船上点点的渔火,还有外滩上的路灯和长椅,听着CD播放的现代音乐,喝着浓郁芬芳的威士忌,再加点爆米花和摩式小吃,感觉摩洛哥男人的生活也很有情调。他们说不工作时便会出来坐坐,这样可以充分放松,让人忘记不愉快的烦恼和忧愁。不知不觉已酒过三巡,大家都兴奋地走下车,任轻柔的海风吹拂着身体,随着音乐情不自禁地舞动起来。我唯一担心的就是酒后驾车,不过这儿的交警见到医生就象亲人一样,真主保佑!

荷塞马的夜上海

　　荷塞马有一家五星级宾馆尤瑟夫，位于达拉·尤瑟夫（Tala Yousseaf）海滩边，位置十分的深幽隐蔽，犹如世外桃源一般。由于连日的雨水不断冲刷，山坡上的石头和泥土松动，多条山路出现塌方、阻断，在这里开车走路都得小心，不然还真有生命危险。去尤瑟夫只能从城外绕道，然后是一段陡峭崎岖的山路，两边是令人头晕的深沟险壑，缓缓地翻过几座山头，眼前的视野豁然开朗，远远地看到碧蓝的地中海，及海边唯一的一个别墅群，这就是传说中的五星级宾馆。沿着蜿蜒曲折的山路下去，便来到这片静谧的沙滩，一块伸入海中的巨大礁石将其与萨巴蒂亚外滩相隔，形成一个三面环石的小海湾，尤瑟夫就在这依山傍海之处。进入雕花的铁栅栏大门，是一条水泥铺就的林荫小路，前面就是宾馆的主体大楼。一楼大堂显得很宽敞，有个用来登记房间的前

荷塞马达拉·尤瑟夫海滩边的五星级宾馆，夏季这儿挤满度假的游客。

台,还有供客人休息的沙发;二楼的西餐厅摆满桌椅,而三楼是咖啡吧和露天阳台,8字型的游泳池位于正中,两侧是颇具艺术的人工喷泉,蓝白主色调与大海融为一体;四楼屋顶盖有一个草蓬,坐在里面喝上一杯咖啡,看着那一望无际的地中海,和阳光照耀下的沙滩,还有依偎在一起的热恋情人、礁石上悠闲的垂钓者,你会情不自禁地发出慨叹,再不如意、再有缺憾的地方,只要用心去体会、去感受,也能发现很多美丽的东西,可能过程并不一帆风顺,也许要经历坎坷磨难,也许要克服艰难险阻。背后依山坡而建的是客房,绿树、青草、鲜花簇拥下的是漂亮的欧式小楼,每个套间除卧房、化妆室外还有一个会客厅和厨房,可供欧洲游客长期度假。儿童乐园和运动场则位于客房边上,拖家带口的可以在这儿休闲或锻炼身体。主楼的南侧是迪斯科酒吧,每到深夜这儿便开始苏醒,人们在此听歌、喝酒、聊天、勾兑,跳跃、闪烁而眩目的灯光下,伴随着极富动感的强烈节奏,扭动着充满激情的曼妙舞姿,驱赶着人世间的烦恼和不快,令人想起充满诱惑的夜上海。

荷塞马见闻(一)

2009年3月中旬荷塞马开通公交线路,名为阿希达尔(AHIDAR)公交巴士,与上海不好比的是也就只有六条线路,但对于山路弯弯的荷塞马来说,这已经是一件了不起的大事。司机和售票员都穿着整齐的制服,乘客还真不少,男女老少皆有,医院和对面的学校门口也有两个站台,这给病人家属和学生提供了很大方便。票价也就3个迪拉姆,可以绕着荷塞马走上一圈。

荷塞马也有时尚元素,比如这儿也有男子健身房和女子美容健身馆,我们的厨师小丁经常去锻炼,苗条的小丁肌肉好像要比以前强壮;高医生每周一、三、五去跳有氧操,学习阿拉伯的肚皮舞,可惜那个地方所有男士都谢绝入内,不然倒可以欣赏当地舞蹈的独特风味。不过我的方式仍然是每天跑步和100个俯卧撑、仰卧起坐,还有我酷爱的足球。3月28日星期六上午,雷打不动的足球时间,踢球的仍然是那几位铁杆,我方队员大多数年龄偏大,刚开始还能与对方抗衡,到后来就被

头发渐长的我

打成筛子,我急忙自行调整到后位线,这一下效果相当显著,我方失球的势头戛然而止,同时我还担负起组织进攻的重任,穿插跑动传球盘活中场,并频频起球助攻前锋得分,双方的比分差距逐渐缩小。不过我方一位老队员A太粘球,浪费很多机会,还喜欢批评其他队员,引来队友非议导致不愉快,前锋A因此气愤离场,好说歹说才劝回继续比赛。过会A君又把裁判惹毛,气得小个子裁判拂袖而去,这下可急坏双方队员,A君也认识到事态的严重,赶忙向裁判赔礼道歉,比赛才得以顺利进行。从中能体会到,球技固然重要,但人品更重要。

  我的头发也越来越长,站在荷塞马的大街上,倒也变成一道独特风景线,总会引来当地人好奇的目光,特别是漂亮女孩的热辣眼神,看得我简直快无所适从,只能大方地招呼:"Bonjour, Ca va?"(你好)也许是物以稀为贵或不同的审美观吧,国内很多朋友都认为我留短发精神,而大多数摩洛哥男人头发贴地生长,再加有点自然卷曲,头发很难留长,所以他们看到东方男人又黑又长的头发便心生羡慕,自然会与Bruce Lee、Jackie Chan对号入座,难怪医院里的摩洛哥女同事还问我用什么香波洗发。更夸张的是与我共事快半年的门诊护士大妈们,上周五看门诊时突然其中一位跑过来笑着告诉我:"我女儿看到你的长头发说很漂亮,让我把你的照片拍下来带回家。"我怎么觉得自己都快成啥似的,可惜她手机电池用光未能成行。这个星期五三十几个门诊病人看完后,穿着工作服摆出几个破丝(Pose),终于完成门诊大妈的留影心愿。

荷塞马野餐

3月22日星期天阳光明媚,一派春意盎然、万物复苏的景象,正是出去踏青野餐的最佳时节。上午10点半左右,我们医疗队所有人马带上前一天准备的食物、烤炉和炊具,一路驶向位于荷塞马东南郊的地中海俱乐部。这是一个已弃用数年的度假胜地,曾经的门票高达一千多迪拉姆,价格相当于一千元左右的人民币,不是一般的平民所能享受的高档去处,而现在已经变成一个没落的大观园,但仍有一个看门人守着这片家业。内部的占地面积有十几个足球场大小,进门后可以看到各种花草树木,到处青草茵茵、繁花似锦、绿树成林,再向里走上10分钟才进入中心地带,这里有很多以前酒店、茅草屋的断垣残壁,还有一个很大的游泳池和两个排球场,旁边正好有几张水泥方桌可以用来烧烤。支上烤炉,放入木炭,点着火,荷塞马的野餐正式开始。首先是炭烤羊肉串、牛肉串,新鲜嫩肉上撒点盐、孜然等佐料,微微炉火中肉色由红渐

荷塞马西班牙小岛海滩边嬉戏,离这儿100多米的三个小岛至今仍属西班牙。

渐转白,肉块慢慢皱缩,滴出的油掉在烧红的木炭上发出呲呲声,不知不觉中香味已弥漫开来。然后是炭烤沙丁鱼和鲳鱼,还有红绿青椒和洋葱蔬菜串,加上五香牛肉、凉拌香菜、花生黄瓜,每人再斟上一小杯洋河大曲和红酒,在这蓝天、白云、阳光、绿树、鲜花环抱下,单调的援摩生活也能变得如此有情趣。有些队友在草地上玩儿时游戏,充满童真的笑声回荡在荷塞马的天空;有的队友围坐在方桌旁一起大战四国,紧张的气氛笼罩在这片无形的沙场上。若再向俱乐部的深处走,便可看到地中海边开满野花的沙滩,和距离岸边只有百米左右的三座小岛,这就是承载着摩洛哥屈辱的西班牙小岛,如此之近你都能看到建筑物前走动的士兵。当年摩洛哥人赶走殖民者宣布独立时,西班牙军队撤离荷塞马但仍占据着这三座小岛。在这里遇上一群同样来野餐的摩洛哥小朋友,我们在沙滩上一起嬉戏、唱歌、跳舞、踢足球,好不快乐!

领导帮助解除后顾之忧

2009年3月23日。

前几天晚饭聊天时偶然获悉心内科杨医生的爱人生病住院,次日准备在中山医院手术。荷塞马与国内相距万里之遥,再加援摩医疗工作的繁忙,杨医生选择舍小家顾大家,毅然决定继续为北非人民服务,虽然心里有千万个不放心,也不能赶回国陪伴爱人,只有通过网络与妻子保持联系。杨医生对手术的程序很熟悉,但还是不断咨询着队内同行,看得出他对手术还有点担心,毕竟现在家里只有他爱人照顾女儿。妇产科高医生、普外科何医生和麻醉科张医生耐心解释着,我们这些队友也一直安慰着老杨。摩洛哥午夜12点正是国内早上8点,杨医生的爱人已接进手术室等待手术,他的心情也七上八下忐忑不安起来,脸上的表情看起来有点凝重,此时此刻的每分每秒过得是那么的漫长。一个半小时后国内终于传来消息,杨医生爱人的手术已顺利完成,病理检查的结果显示为良性病变,我们都情不自禁地为他感到高兴。复旦大学医管处、中山医院党委沈辉副书记、人事处魏处长及心内科、心研所的相关领导、儿科医院的各级部门都给杨医生的爱人送去了关怀和慰问，老杨在国外倍感欣慰和温暖。国内有这样坚强而可靠的后盾，解除了援摩医疗队的后顾之忧，我们在摩洛哥工作和生活更加安心。

联合国维和部队中国军人来访

2009年3月29日星期天，联合国维和部队中国军人来访，这三位兄弟在摩洛哥西南面的蓝柚（Laayoune）执行任务，那也是中国著名作家三毛生活过的地方。由于西撒哈拉的归属问题，这一地区一直存在争议，小小的摩洛哥与毛利坦尼亚及当地的土著民大打出手，联合国派出国际观察员驻扎此地以平息争端。中国也派出十几名军人参加这一艰巨的维和行动，据说他们经常穿行于沙漠之中检查收缴各方的武器装备，努力的工作和辛勤的劳动终于换来现阶段的太平。蓝柚虽离大西洋不远，但毕竟身处西撒哈拉沙漠，生存环境恶劣，生活条件艰苦，驻地只有帐篷没有固定房屋，好在他们是一年轮换一次，而且那里有民航可直飞阿加迪尔（Agadir）和卡萨布兰卡（Casablanc），有空时还可以出来休闲度假。我们队友也就是在春节旅游时偶遇他们，QQ、MSN上一来二往后便成了朋友。有朋自远方来，不亦乐乎！再加我曾在二军大长征医院攻读博士，也算是参了三年的军，当了三年的兵，精心准备一桌好酒好菜，战友相见难免要开怀畅饮多喝几杯。第二天我们一起游览地中海俱乐部，看一看对面近在咫尺的西班牙小岛，得知此处已被两名美国人承包，不久的未来将以全新姿态面对游客。虽然现在正是初春时节有点春寒料峭，但奎马多海滩上已有人开始游泳，几个军人兄弟也情不自禁地跳入海中，体验与大西洋不一样的地中海的柔情。

医院里的宝库

　　3月下旬收治一急诊外伤病人,为17岁男性患者,左股骨远端骨折,准备使用动力髁加压螺纹钉(DCS)固定。但外面药房里只有95度角钢板,这种器械十年前用得较多,由于手术操作难度相对较大,稍有偏差钢板就无法与骨骼贴服,从而导致内固定失败,所以现在普遍采用难度较小的DCS技术,或干脆使用更为方便的解剖型钢板。这个病人骨折移位较为明显,不手术有可能导致终身残疾,何况他才17岁,正是花季少年,他的美好人生才刚刚开始,难度再大也得为他做这个手术。确认手术室有角钢板的相关工具,术前积极准备后于3月26日上午腰麻下行切开复位角钢板内固定术,整个过程较为顺利,出血也不多,完成这个手术后我也如释重负。巧的是前一天有一90岁老头入院,是手术室护士长鲁西的远房亲戚,诊断为右股骨转子间粉碎性骨折,最好使用动力髋加压螺纹钉(DHS),但病人家里穷得叮当响,买不起钢板。鲁西看我会用角钢板,便告诉我几年前这儿有个摩洛哥骨科医生很喜欢使用这种钢板(法语称为Lame-plaque),当时医院里买了不少这种内固定材料。他说领我去一个地方看看,就在我们宿舍楼下精神病房隔壁。原来这儿是穆罕默德五世医院的大药房,犹如阿里巴巴的宝库一般琳琅满目,有各种各样的药械,包括130°、95°角钢板和不带锁的股骨胫骨髓内钉,还有老式的外固定支架和现在已基本弃用的钢板,橱架上摆着多种抗菌素和各科的专用药品,还有不少医用材料、设备、物资。据药库负责人介绍,这些都是免费给病人使用,他说:"人不仅要Visage(脸)漂亮,还要Coeur(心)美。"这不是与我们讲的"人美心更美"不谋而合吗?有些东西虽然是淘汰产品,但对于穷人来说可以用用,至少能解决一些迫在眉睫的实际问题。没找到DHS,鲁西又带我到急诊室尽头的库房,里面有新的无影灯、显微镜和各种器械,有些是以前的中国医生临走前捐给他们的,还有成套的关节置换、骨折固定工具及腹腔镜用钛夹,看来有机会可以做做脊柱前路微创手术。鲁西说:"新手术室下月就要起用,这些新的器械终于能派上用场。"其实早就应该拿出来使用,手术时有的持针器夹不住针，有的剪刀连线都剪不断。实在找不着 DHS，我决定就用 130 度角钢板。3 月 27 日腰麻下行股骨转子间骨折闭合复位内固定术，手术相当成功，相当满意。当然也有遗憾的时候，3 月 12 日晚上值班，收治一中年男性患者，渔船上干活时遭机器碾压，左大腿下段离断毁损，软组织条件太差，无法进行断肢再植术，只有行左大腿残端修整，幸运的是没有发生感染，拆线后于 4 月 3 日出院。

由荷塞马看摩洛哥医疗体制

荷塞马省卫生系统包括省卫生厅、穆罕默德五世医院、肿瘤医院、牙防所、城乡卫生中心等，还有牙科、外科、妇产科、胃肠科、眼科等十余家私人诊所。摩洛哥现有 68 个省（市），被划分为 16 个地区，病人可先到城乡卫生中心，如有需要可到省级医院就诊，再不行可转至区级医疗中心，或者是医学院的附属医院，当然有钱人也可以去私人诊所享受更好的条件、更好的待遇。城乡卫生中心就医几乎不用花钱，主要由国家投入资金以保障基本医疗服务，而省级或区级医院的治疗费用相对较高，一般人都通过购买商业医疗保险来解决这笔开支。我们医疗队的工作单位是穆罕默德五世医院，最近刚由原来的省级上升为区级医疗中心，有妇产科、骨科、普外科、神经外科、整形外科、五官科、眼科、麻醉科、儿科、心内科、呼吸科、内分泌科、神经精神科等临床科室及康复科、放射科、CT 室、超声波室

漂亮的摩洛哥全科医生，他们往往家住拉巴特、卡萨布兰卡等大城市，来边远的荷塞马工作并非自愿，而是由国家卫生部统一安排。

（包括心超）、化验室、输血中心等辅助科室，还有血透室、重症监护病房和手术室，全院共约两百张床位。目前有些地方条件还不够完善，但新的急诊室和手术室启用以后，穆罕默德五世医院的诊疗环境会好得多。这儿的急诊室由全科医生首诊，不能解决的可请专科医生会诊，没有主任、副主任、主治等职称之分。专科医生月薪一般在 13 000 迪拉姆以上，服务 30 年以上的专科医生月薪在 15 000～20 000 迪拉姆之间，全科医生月薪约 7 500 地拉姆，护士薪金视其级别而定，共有 11 级，6 级为 2 500～3 000 迪拉姆，8 级为 3 000～3 500 迪拉姆，10 级为 4 000～5 000 迪拉姆，11 级为 7 000～8 000 迪拉姆，护士月薪大多数都在 3500 迪拉姆左右。这儿的医生和高年护士在摩洛哥算高收入人群，基本都是开车上下班。他们的工资均由首都拉巴特直接下发，与医务人员的工作量并不挂钩，所以屡屡出现消极怠工现象，或者一边拿着国家所发的钱，一边到私人诊所赚取外快。这儿倒是实行医药分开的制度，药品、耗材需开处方到外面药房去买，对于无钱购买的贫困患者，医院也会无偿赠送一些医疗用品，如果我们医疗队有的也会免费提供。

荷塞马的脊柱手术

　　中国的脊柱外科属骨科范畴，不少三甲医院已把它单独划出，专门从事脊柱伤病的研究和治疗。我刚出道时做的最多的是四肢创伤手术，然后是四肢关节和显微外科，这为我从事脊柱外科奠定了坚实的基础，因为脊柱创伤、退变、肿瘤、畸形治疗过程中绝大部分都需要进行脊柱稳定性的重建，没有内固定的经验是很难完成这样的手术，而在涉及到脊髓、马尾、神经根等结构的操作时，需要大胆而不失轻巧、精细入微的手法，做过指血管、指神经吻合术对此有极大的帮助。特别是在长征医院骨科攻读博士期间，师从数位国内知名的脊柱外科专家，学习每位教授的专长并从中充分汲取营养，毕业后有幸到中山医院感受前辈的言传身教，他们精湛的医术、高尚的医德时刻激励着我，不断经历从理论到实践再到理论的反复锻造，加上自身对脊柱外科敏锐而独特的领悟力，雄心勃勃欲集百家之长于一身，渴望在这一领域做出自己的一份贡献。哈哈，痴人说梦！

摩洛哥的脊柱手术归属神经外科，荷塞马以前没有这方面的医生，与脊柱相关的病人基本都转走，近两年有个神经外科医生在此轮转，据说他在这里也开展了些脊柱手术。与上海三甲医院的医生下乡性质有点类似，他赚足分数就可去上级大医院工作。3月24日终于能见识一下摩洛哥医生的脊柱手术，该病例为遭受颈部外伤的35岁男性患者，X线片及CT提示颈5椎体、椎板骨折伴不稳，矢状位重建CT显示颈5后缘有骨块稍突入椎管，幸运的是这个病人并未出现神经压迫症状，可惜这儿没有MRI以确定是否伴有椎间盘损伤，是否伴有脊髓信号的改变以及脊髓压迫的程度。术前与神经外科医生交流该手术方式，并拿出从中国带来的颈椎专用器械与其分享，看得出这些工具对他还是有点冲击力，他当即邀请我一起参加这台颈前路手术。患者全麻成功后取颈后伸仰卧位，这时可依靠经验来确定颈椎水平及切口位置，而这位仁兄用C臂机左透右透，而且透的还是正位，这样判断颈椎节段既不准确又增加吃X光的机会；取右胸锁乳突肌前纵形直切口，于气管食管与颈动脉鞘间隙进入，切开椎前筋膜即可显露椎体及椎间隙，插入定位针行颈椎侧位透视，如此定位才准确，这个暴露过程我们一般只需5至10分钟，常常使用血管钳和组织剪进行细致的层次解剖，以避免甲状腺血管及喉部神经的损伤，而这位仁兄电刀开路大刀阔斧，毫不犹豫地切断横跨切口的组织结构，并不考虑喉上、喉返神经的损伤可能，这种粗犷的风格真不敢恭维；按照常规现在应该进行减压，摘除颈4/5、颈5/6椎间盘，于颈5椎体正中开槽，去除椎体后缘的骨皮质，并切除后纵韧带显露硬膜，接着是植入三面皮质髂骨，有条件的可植入填有碎骨的钛网，然后行颈前路钢板螺钉固定。但意想不到的事情发生了，该仁兄既没作减压也没作植骨，只是直接将钢板固定于椎体，透视结果发现螺钉过长，已穿透椎体后方皮质，极有可能损伤脊髓，我建议他赶快更换短螺钉，另外不植骨的后果很可怕，随着两节段椎间隙的不断运动，螺钉极易出现松动、脱落、断裂。我知道脊柱的弹性固定正悄悄流行，但也并不是这样的理念、这样的作法。摩洛哥人神经外科医生如此手术，令我非常的失望和遗憾。我想起去年4月的一个颈椎病患者，为江苏省南通市海门悦来镇人，无明确外伤史及其它诱因便开始出现双手无力，行走不稳，一个月内发展到只能坐轮椅，查体发现四肢感觉肌力下降，上下肢腱反射明显亢进，为严重的脊髓型共济失调，颈椎 X 线片及 MRI 提示"C5/6、6/7 椎间盘突出，脊髓受压明显且有信号改变"，确诊为"颈椎病伴四肢瘫痪"。家属为了省钱想请我去悦来镇卫生院，这一级别的医院估计没几家做过颈椎手术，更没几个医生敢去卫生院做如此有难度的治疗，而我就爱挑战，只要手术室有良好的无菌条件，有 C 臂机或床旁摄片机，我愿意去任何地方为病人解除痛苦、解决问题。后来就在当地医院采用左侧胸锁乳突肌前入路为该患者实行颈 6 椎体次全切加钛网钢板内固定术，这种手术当晚一定要备床旁气管切开包以防万一。术后病人康复得非常好，听说没过一月就能下地走路，两月时甚至可以骑自行车，不过术后活动千万不要过度。3 月 25 日这位摩洛哥人兄弟要做一台腰椎手术，据说患者有明显的间歇性跛行症状，结合 CT 确诊为"腰 3/4、4/5 椎管狭窄症"。看他正在做后路腰椎全椎板切除减压术，我便问他用的是哪一家的椎弓根钉，他的回答再一次让我惊讶，"我们只做减压，不作固定，不作融合。"这是我们国内二三十年前的手术方式，后来发现患者会出现医源性脊柱不稳，甚至出现严重的医源性脊柱畸形，神经症状得到缓解却落下腰痛的毛病，目前的做法是彻底减压后腰椎三柱植骨融合固定。由此我又想到以前的一次经历。那是 2006 年的上半年，泰州姜堰大泗镇有个患者，确诊为"L4/5、L5/S1 椎管狭窄症"，X 线片上还提示"骶椎腰化"，请我去大泗镇卫生院做腰椎手术，既没有 C 臂机也没有床旁摄片，完全凭自己的经验和手感打入三对腰椎弓根螺钉，然后完成腰椎全椎板减压，术后病人功能恢复良好。现在回想起来有点不可思议。

看了摩洛哥神经外科医生的脊柱手术后，我突然有种要和他们进一步交流的强烈冲动，我要向厅长、院长建议开展中摩学术研讨活动，我要和他们交朋友并宣传脊柱外科的最新理念，我要向他们展示在国内时做的脊柱手术病例的照片，希望下次脊柱手术时按照最合理的方法进行，希望能给摩洛哥人民提供最优质的医疗服务。

用法语捍卫中国医生的尊严

我们不远万里来摩洛哥援外医疗，除要忍受各种各样的生活上的不便，工作中还要克服条件简陋等困难，其实最大的障碍还是语言上的交流不畅。我们为了中摩友谊来到这里，对每一个摩洛哥人都很尊重，上到厅长下到打扫卫生的，我们都会问好，"Bonjour, Ca va?"（你好）绝大部分的摩洛哥人也都比较友好，但不排除有极少数人不怀好意，特别是摩方某些医护人员，认为中国医生比较"Gentil"（好说话），再加上我们还未熟练掌握法语，更听不懂阿拉伯语、柏柏尔语，他们有时故意刁难我们、责备我们，真是"哑巴吃黄连，有苦说不出"。同样是专科医生，摩洛哥当地人就很牛，经常在病房里、手术室里大发雷霆，那些护士看到他们就像耗子见到猫一样，当地医生每次到科里查房或去手术时，护士都乖乖地跟在后面大气也不敢出，而我们中国医生平时都比较随和，有个别护士要么态度生硬，爱理不理；要么就是懒惰成性，推诿该做的事情；要么就是故意找事，随意差遣你；要么就是自说自话，随心所欲。这儿规定谁值班谁才能收病人，4月13日星期一轮到我值班，上周五门诊遇到几个想取钢板的患者和一个左大腿巨大肿块的病人，约好今天来外科病房办理住院手续。病房护士长一看就大叫起来：现在女床很紧张，只剩一张，要收急诊不能收择期手术病人。我就装着没听懂，继续做我的事，怎么办呢？只要病人需要我就得为他们手术，而且收这样的病人又不是第一次，上回康复科医生的朋友需要取内固定，就通过护士长找到我，非要收入院。怎么可以两种标准？不过这个护士长还真没完没了，在我耳边不停地唠叨，我说没听懂，他就让翻译来给我解释。新来的翻译小张还是我带给他认识的，现在还让我去找翻译来解决问题，而且在走廊里大声嚷嚷，好像我犯了多大的错。我真来火了！声音比他还响："Moi, j'ai compris de seulement hôspitalier l'urgence maintenant. Mais je viens ici servir le people, servir tous les malades, pas seulement l'urgence. Si c'est necessaire pour le malade, moi, je vais opérer pour lui. Pourquoi le malade qui est votre famille, votre ami ou votre collegue peut etre hôspitalie, et l'autre malade ne peut pas entrer? Pourquoi le docteur Marocain peut hôspitalier comme ca malade, et moi ne peux pas? Je sais que il y a seulement un lit pour la femme maintenant. Si deux urgences de femmes viennent, une malade est entrée et l'autre malade comment faites. C'est le problème. Vous n'êtes pas faux, et moi je ne suis pas aussi faux. Car les lits sont très peu dans l'hôpital."大意是这样的："我知道你的意思,现在只能收急诊,但我来这里是为人民服务的,是为所有病人服务的,不是只为急诊,只要患者需要我就会为他手术。病人是你的亲戚朋友同事,为什么就可以住进来,而其他那些病人就不行?为什么你们摩洛哥医生就可以收这样的病人,而我不行呢?你说病房里只有一张女床,如果现在有两个女性急诊病人,其中一个收治入院而另一个该怎么办?这不是你的错,也不是我的错,只怪医院里床位太少。"我也没想到能说出这么多法语,如此激情的演讲得到所有人的共鸣,边上的病人及家属都翘起大拇指,非常赞同我的观点并表示对我的支持。护士长被我说得也笑起来,连声附和:"不是我们的错!"并拍拍我的肩膀说:"对不起! 并不是冲着你发火。"科里一个中年男护士对我说:"你是应该这样为自己 Defendre(辩护)!"另一位漂亮的实习女护士悄悄对我说:"Docteur Gu,你的法语说得真不错!"唉,不是他把我惹急了我才懒得与他理论,就当一次练习法语口语的机会吧,毕竟我们是为增进中摩友谊而来。

荷塞马首例椎体成型术

前些日子值班收治一60岁左右女性病人,第1腰椎骨折,主要症状为腰部剧烈疼痛,双下肢感觉、肌力均正常,X线片显示腰1压缩性骨折,高度压缩,约为原来的1/3,CT显示"腰椎管形态基本正常,并无骨块向后压迫神经"。这种病例在以前就卧床休息,一般要睡硬板床两至三个月,此方法给病人带来很多不便,有时会导致褥疮等并发症。自从引进经皮穿刺微创椎体成型术,给无神经症状的脊柱骨折病人带来福音,这种方法创伤小,出血少,恢复快,不仅止痛效果好,而且术后3天即可下地,在临床上得到广泛应用并获得良好疗效。患者麻醉后取过伸俯卧位使伤椎复位,透视下将穿刺针经椎弓根插入伤椎,缓慢注入骨水泥以维持椎体形态。另外一种技术为椎体后凸成型术,在注入骨水泥前使用球囊等工具经椎弓根对伤椎进行撑开操作,个人认为这种效果并不是十分理想,有时反而会把终板撑破导致水泥外渗。我记得那是 2007 年 8 月的一天,老家有个表嫂车祸后腰椎骨折,腰 2 高度压缩 1/2,为不稳定骨折,幸好没有下肢麻痹等神经压迫症状。以前一般行腰椎后路椎弓根钉内固定术,切口大,创伤大,出血多,恢复也较慢,以后可能还需二次手术将内固定物取出。由于搬动不便,表哥让我回去做手术,在江苏省通州市第一人民医院,全麻下施行腰 2 骨折体位复位椎体成型术,术后腰痛立即缓解,术后数天下地,春节回老家时看到表嫂恢复得很好。还有一个 75 岁女性患者,胸 6、7 病变,感觉胸背部剧烈疼痛且难以直立行走,MRI 上显示"胸 6、7 椎体及附件破坏,而椎间隙基本完好且无明显椎旁脓肿",考虑"胸 6、7 肿瘤"而不考虑"胸椎结核",不过这种相邻两节段椎体肿瘤病例不多见,而且很难确定是原发的还是转移性的,即使是转移性的,通过各种检查也没能找到原发病灶。这是椎体成型术的一个很好的适应症,但是上胸椎做这种手术的并不多,因为胸椎的椎弓根较细,穿刺难度相应加大,个人认为只要掌控好穿刺的入点及外倾前倾角,上胸椎的椎体成型术并不是绝对不可行,而且术后胸痛马上得到缓解,效果相当理想。在荷塞马并没有现成的椎体成型器械,好在带来一套经皮椎弓根开路工具,再将克氏针作为内芯插入小号引流管,便可经椎弓根径路送入椎体前 1/3,用注射器把骨水泥注入骨折椎体。术前我脑海里反复计划着这个手术,考虑术中有可能出现的各种困难以及相应的对策和相应的解决办法。2009 年 4 月 16 日手术如期进行,就在患者被推进手术室前的一刻,她的女儿紧紧抱住我行贴面礼,病人还拉住我的手放在嘴边亲吻,多么纯朴率真的一对摩洛哥母女,我似乎被电了一般感觉很震撼,一种倾我所能的责任感油然而生。患者全麻成功后取过伸俯卧以复位,常规消毒铺单后在 C 臂机透视下将细克氏针穿入腰 1 左侧椎弓根,中空 T 型手钻顺克氏针钻孔开路,再用专用刮匙扩大椎弓根径路,接着便是将小号引流管插入椎体,骨水泥调匀后灌入注射器内,与引流管相接后推注骨水泥。这一过程中感觉注射器压力很高,最终注入椎体的骨水泥量不大,不过术后患者腰痛明显缓解,看来还得从国内带几个高压注射器,这样做起来会更加顺手,更加从容。

卫生局领导慰问荷塞马医疗分队

一周前就听说上海市卫生局的领导要来慰问我们援摩医疗队,心里很是期盼。4月17日在我队翻译小张的一路陪同下,同济医院王乐民院长早上8点由拉巴特出发,乘车足足10个小时于下午6点左右才到达荷塞马。王院长这次是代表上海市卫生局、复旦大学医管处、同济大学及同济医院来看望我们,带来党和人民的重托、各级领导的关怀、祖国亲人的问候,还给我们送来一些国内才有的食品及每人300迪拉姆的慰问金。在医疗队驻地,王院长同我们进行亲切交谈,高度赞扬我们舍小家为大家的奉献精神,了解我们在摩工作和生活中所遇到的问

上海市卫生局领导来看望我们,与摩洛哥护士和西班牙嬷嬷合影。

题，勉励我们要克服孤独单调、水土不服等困难，继续发扬救死扶伤的人道主义精神，充分展现中国医务工作者的仁心妙术，完成好国家交予的神圣的援外使命。王院长还指出，这是人生中值得回味的一段宝贵经历，你们可以从中学到不少人生的真谛，对未来各方面的发展一定会有很多帮助，同时还能利用这个难得的机会把法语学好，相信如此努力会在不久的将来得到回报。王院长还嘱咐我们要保重身体，要注意在国外的人生安全，明年10月顺顺利利地回国。王院长还实地考察我们的宿舍、厨房、活动室等生活设施，拍下不少珍贵的镜头并与我们全体队员合影。晚上在一家摩式饭店就餐，体验一回摩洛哥美食的风味，吃完后王院长总结说，号称排名世界第三的摩食，其实也就是所谓的"三拼"：蔬菜拼盘、海鲜拼盘和牛肉拼盘。领导就是领导，高度提炼概括呀。第二天王院长参观了门急诊、病房及ICU、手术室，当地医疗环境和条件的简陋可见一斑。王院长还与摩洛哥的医护人员进行交流，正好遇上在此工作几十年的西班牙嬷嬷，对她们超越国界的爱心表示了同样的钦佩。上午10点半左右王院长与我们一一道别，他将要赶回拉巴特开会并择日飞回上海，我们的依依不舍之情尽在挥手之间，高医生更是情不自禁地流下眼泪，要这个时候能一起回国该多好呀。

荷塞马省医疗表彰大会

4月20日星期一下午5点，荷塞马中国医疗分队应邀出席摩方大会，地点就在离医院300米远的活动中心。请柬是用阿拉伯文写的，有的护士说是欢送院长的晚宴，有的说是为护士节举办的聚会，什么说法都有，搞不清楚。我们穿上正装特意打扮一番，准时到达活动中心的四楼会场，那里已坐了不少人，有穆罕默德五世医院领导，有医生、护士和西班牙嬷嬷，还有一些不认识的当地人，经打听才知道是周边小医院的。我正好坐在急诊护士长边上，他问我认识主席台上讲话的人吗？那是我们医院放射科的医生，现在他是荷塞马省的省长，是经全省民众选举而当上的，不过如果医院有事打他电话，他还会回到科里处理病人。身兼两职也挺不容易，在这里医生的地位确实很高。省长先是用

荷塞马省医疗表彰大会会场

阿拉伯语讲了一大通，我只有请护士长把它翻成法语，大意是"欢迎你们下班后来开会，上了一天班大家辛苦了，医院里的工作忙得像打仗（国内的才更像打仗），特别是急诊室这些地方，在大家辛勤工作和不断努力下，我们这段时间取得明显成效，病人及家属对治疗也很满意"。然后用西班牙语感谢嬷嬷的援助，用法语称赞中国医疗队的奉献精神，全场摩洛哥人热烈鼓掌表示谢意。接着是为年满60岁的医务人员颁发退休奖章和证书，以表彰他们在过去几十年里所付出的劳动。我们医院急诊室的男护士长第一个上台领奖，看他的满面笑容里仍包含着对护理工作的留恋。据了解摩洛哥所有医护人员退休年龄均为60岁，而且退休后的工资与上班时一样。接着是医生代表及退休职工代表发言，讲的也大多是我们听不懂的阿拉伯语，但可以猜出个八九不离十，无非是感谢之类的话。最后是大家一起合影留念，遗憾的是并没有所期待的晚宴，不过体验一下摩洛哥人的会议也是一个收获。

警惕猪流感病毒全球蔓延

2009年4月27日。

昨天看法国24及BBC电视台报道,墨西哥出现猪流感病毒感染病例,到今天已有数千人感染、81人死亡,这种病毒已被旅游者带至其它洲,美国、加拿大、新西兰等国也已发现相同病例。这种病毒来势汹汹,对人类造成如此大的危害,不亚于记忆犹新的SARS,极有可能像金融危机般迅速蔓延至全球各地。据资料介绍,此次流行的猪流感病毒是A型流感病毒,包含有禽流感、猪流感和人流感三种流感病毒的脱氧核糖核酸基因片断,打喷嚏、咳嗽和物理接触都有可能导致新型猪流感病毒在人群间传播。人感染猪流感病毒后的症状与感冒类似,会出现发烧、咳嗽、疲劳、食欲不振等。所有的医务工作者都应该提高警惕,尽早作好这方面的预防、检疫,把新型猪流感病毒杜绝于国门之外。又一场人类征服病魔的大战拉开了序幕,对我们每一位白衣战士又是一次严峻的考验。

沉痛悼念老同学

2009年4月30日。

获悉老同学王建军昨天逝世,身在国外的我心情无比沉痛,再次感受到血肉之躯的脆弱,尽管自己从事医生这个职业,尽管每天都要面对生老病死,当熟人离去时仍难掩悲伤之情。三十多岁处于人之壮年的他,理应风华正茂、事业有成,理应成为家庭的中流砥柱,却不幸患上肝癌,最终精神和机体被消耗殆尽。说是同学其实他比我低一个年级,无论是在通州市中学(原南通县中学),还是在南通医学院读书时,印象中他身材高大,幽默健谈,中学是篮球队的,大学参加了排球队,而我在大学田径队专攻撑竿跳高,老乡加校友再加上共同的兴趣爱好,当年我们交流很多从而建立深厚友谊。王建军毕业后进通州市人民医院眼科工作，通过不断努力逐渐成为眼科的骨干和中坚，后来由于表现出色被提拔为医院医务科科长，做人豪爽大度，做事认认真真，尽职尽责。想不到十几年后他却英年早逝，音容笑貌宛在然已是阴阳两隔，实在让人痛心疾首，扼腕长叹。现在万里之遥也无法回老家为他送行，只能借笔抒怀以寄托自己对老同学的哀思，愿他一路走好，一直走向那没有痛苦的天国，也许那里还有一群酷爱打牌的朋友正等着他加入。更愿活着的人珍惜生命，坚持锻炼保持健康体魄，摆正心态永远乐观开朗，在事业和生活上样样顺心，家家美满幸福，户户万事如意。

我的故乡，我成长的足迹

2008年的北京奥运会上我国获得51枚金牌，史无前例地排名全世界第一，你知道哪个地级市的运动员获得冠军最多吗？我会自豪地告诉你，那就是我的故乡南通。2008年8月12日江苏南通籍运动员连夺三块金牌，黄旭率中国体操队重拾奥运体操团体冠军，陈若琳获得女子双人十米跳台冠军，仲满获得男子佩剑个人冠军。另外陈若琳还赢得十米跳台的单人金牌。江城南通被誉为世界冠军的摇篮，林莉、赵剑华、葛菲、吴健秋、张洁云、殷勤、李菊、周玲美、周天华、陈玘，到今天已经走出了15位世界冠军，其中有7位是奥运冠军，已经为中国夺得60项（次）金牌。

南通位于长江入海口的北岸，与上海、苏州两市隔江相望，江风海韵，风光绮丽，素有"江海明珠"之美誉，是中国首批对外开放的沿海港口城市，苏通长江大桥建成后，南通已进入上海一小时经济圈，纺织业和建筑业是两大特色。市中心的濠河环抱古城，犹如"少女脖子上的翡翠项链"。位于市区南郊的狼山列全国佛教八小名山之首，一直香火旺盛，声名远播。百里县区不乏寻幽探胜之地，通州的文天祥南归渡海亭，启东的圆陀角观日亭，如皋的水绘园和定慧寺，海安的青墩文化遗址，如东的"海上迪斯科"（踩文蛤）和"空中交响乐"（海滨放风筝）等。如皋市百岁老人的比例超过了国际标准的两倍多，长寿现象受到世界关注而被誉为"长寿之乡"。南通历代人文荟萃，名贤辈出，范仲淹、王安石、米芾、文天祥等文学家，在南通留下许多不朽诗篇和轶闻逸事。近代苏绣大师沈寿也与南通有着诸多渊源。三国名臣吕岱、明代名医陈实功、扬州八怪之一的李方膺、清末状元张謇等历史名人均为南通籍人士。当代表演艺术家赵丹、国画大师王个簃、蛇药专家季德胜，以及数学家杨乐等20多位两院院士也出自南通。

  我出生在通州市县城金沙镇，一个不大但很整洁漂亮的小镇，那里有我成长的所有快乐和烦恼。上世纪90年代中期进行旧城改造，记忆中的"虹桥头"、"灯光球场"消失了，却让金沙镇焕发出别样的现代风味，市民广场、亚细亚大酒店和城市群雕，无不散发着改革开放和时代进步的气息，我的母校金沙小学和通州市中学也旧貌换新颜，变得更加的美丽。每次回到老家，见到儿时的伙伴，都感到非常亲切，一起回味童年时光，那也算是一种享受吧。我的大学就读于南通医学院，现在已合并入南通大学，位于清新秀丽的濠河边，印象里的校园像花园一般，到处是绿树，到处是鲜花。刚入大学时初生牛犊不怕虎，什么都敢去涉足、去尝试，以前很少唱歌跳舞的我，勇于参加卡拉OK比赛，夺得校园十大歌手称号，为了进一步提高演唱技巧，还去过南通市歌舞团拜师学艺，至少学会美声的用气和发声方法，在以后的比赛中排名总保持前三，也成了本年级压轴表演的看家小生，2007年下半年中山医院70周年院庆，在歌唱大赛中我获得全院第二名。记得大学时经常举办交谊舞培训，什么三步、四步、吉特巴、探戈、伦巴，学的是热情高涨、如火如荼、花样百出，后来我们的体育老师挑出我和另一人来练爵士舞，还专门在校文娱晚会的舞台上进行表演。第一次参加大学生运动会很有趣，我报的项目是跳高，但以前从未练过，只能模仿电视里看到的背跃式动作，结果跳得有模有样，越过1米65的横杆，一举夺得全校跳高冠军并选入田径队。周教练说我的身材、弹跳、爆发力都不错，很适合练习被称为"空中体操"的撑杆跳高，它可以说是所有田径里最难的体育项目，需要速度、力量及柔韧性、谐调性，还要经过艰苦的训练掌握高难度的技术，持杆助跑、送举滑插、起跳、腾空，然后便是身体向前摆动直至空中倒立，快速转体后有力推杆，飞越那挑战自我的高度，这个过程虽然短暂但真的像飞翔一般，一次次征服不断升高的横杆后我也超越了自己，虽然最后的结局总是以失败而告终。当年有幸参加江苏省苏南大学生运动会,获得撑杆跳第二名和跳高第五名的成绩,现在回想起来仿佛电影一样历历在目。2005年、2007年代表中山医院参加复旦大学教工运动会,状态依然保持良好,分别获得跳高的第二名和第一名,2007年11月代表复旦大学参加第一届上海科教系统运动会,我的对手都是年轻时参加过世界大学生运动会、能跳过两米多的运动员,可惜他们大多数人的身材已经走样,英雄已老去,我仍以大学时1.65米的成绩夺得跳高亚军,颁奖时得到一枚有生以来极富纪念意义的银质奖牌,这要归功于平时持之以恒的体能训练和每周一次的足球赛。大学里我还做过播音员,也许是从小受到父亲的影响,现在仍觉得是件有趣的事。2007年下半年在上海光大会展中心举行第三届国际骨矿盐疾病暨骨质疏松研讨会,会前是惠氏医药公司主办的全国超级医生总决选,像超级女生一样先海选后层层选拔出十位医生,然后按所在城市的方位组成南方北方两队,就骨质疏松的有关问题进行正反方辩论赛。当时公司想请个医生来主持这个活动,也不知道他们是通过什么途径找到我,依我的性格当然是来者不拒,面对如此挑战我从不允许自己选择逃避,主持人的工作完成得也是中规中矩。大学里我的学习不是最努力最用功,但每次的考试成绩总能排在中间靠前,而当我立志考硕士、博士时我会拼搏一番,最后还是能让自己的潜能得到充分发挥。这就是我的经历,人生中的一笔宝贵财富。我是幸福的,更是幸运的,因为很多努力我都能如愿。每当想到过去的成败,我总会充满信心,我相信能克服一切困难,攀登一座又一座高峰,达到一个又一个目标。面对越来越多的挑战,我只信奉四个字"超越自我",保持一贯"初生牛犊"的精神,争取在自己的人生跑道上,创造出一个又一个辉煌。无论失败也好成功也好,顽强拼搏的意志永不磨灭,它将伴随我精彩的一生。人活一世,我绝不让自己遗憾!

我骄傲,因为我是"中山"人

近日获悉中山医院新手术大楼开始启用,总院枫林路门对面的原儿科医院内,大型的综合医疗建筑群也已经动工,它集医疗、科研、教育等功能为一体，包括肝肿瘤、心血管病综合楼，及科技楼和儿科门急诊楼，投资总规模在9.57亿元左右，这个建设项目预计于3年后竣工，届时中山医院总床位将增至1 700张，开设上海市第一批亚洲医学中心，中山医院肝肿瘤科和心血管科。中山医院的最终建设蓝图是：以枫林路为中轴线，枫林路以东为特色优势学科区和教学、科研的主要基地；枫林路以西为基本医疗服务区；而枫林路以西医学院路以北区域，则为门急诊和特需医疗服务区。看到中山医院如此宏伟的目标，我不禁心潮澎湃，自豪感油然而生，作为一个中山人难道不应该骄傲吗？如此全国有名的三甲综合性医院，对于每个大学毕业生都充满着诱惑，但有时感觉高不可攀、遥不可及。2004年博士毕业后，我心怀忐忑来参加中山医院就业分配擂台赛，3分钟的英语演讲虽发挥出色，但强大的竞争对手让自己心里没底，最终我成了被中山骨科录取的幸运儿，犹如做梦一般令人难以置信。从那一刻起我就下定决心，要以德才兼备的前辈为榜样，学习他们的精湛医术和高尚医德，要倾我所能竭尽全力，为医院奉献出自己的所有，以回报中山的知遇之恩。在科室主任和各位老师的引领带动下，工作上兢兢业业、认认真真，看好每个病人、做好每个手术，了解本专业最前沿的理论和技术，与国际上最先进的理念保持一致，并在临床实践中不断创新和发展，争取闯出一条有特色的专业之路，同时要完成好科研及教学任务，多申请学术课题，多发表专业文章，特别是国际上认可的SCI论文。即使在万里之遥的摩洛哥，仍没有忘记自己是个中山人，不敢让自己有丝毫的松懈和怠慢，以免辱没愧对这个响亮的名号。临床医疗工作中克服各种困难，想尽一切办法用尽一切手段，以最好的医疗质量服务于非洲人民，并抓紧法语及专业理论知识的学习，为以后的突破打下基础，做好充分准备。每次摩洛哥同行问我时，我都会充满自豪地说，我们的中山医院是上海乃至中国最大的医院之一，占地面积大，院内环境优雅而且还有好几座漂亮的大楼，最具特色的是将所有建筑连成一体的空中长廊（中山明珠线），医疗条件优越，医疗设施齐全，医疗设备先进，医院本部的员工近三千、专家教授近四百，治疗过大量的疑难杂症、应用过大量的新技术。在这样世界一流的医疗平台上，每个中山人都会努力拼搏奋斗，保持领先的传统优势项目的同时，开拓新思路全面发展各个科室，把我们的医院建设得越来越好，把我们的骨科建设得越来越强大。

沙翁—得土安—丹吉尔

荷塞马向西的山路想不到如此艰险，丝带般绕着山腰，九曲十八弯，蜿蜒向前的路旁边便是万丈深渊，没有驾驶经验的人很难在此自由发挥。刚出城时路边还可以看到树木，渐行渐远后就只剩下黄黄的山坡，不过蓝天白云和偶而出现的野花，也会让人有一丝喜悦和些许安慰。约过 75 公里来到一个小镇达拉奇斯特（Targuist），这里有一条向南的岔路可通向菲斯，而继续向前远远地竟然可以看到雪山，皑皑的白雪覆盖着绵延的山峰，随着车子在山路上的盘旋忽隐忽现，五月在阳光照耀下已感觉相当炽热，却能看到如此旖旎风光真是让人惊喜。走到 107 公里左右有个小镇克塔玛（Ketama），这儿的苏克就在路边而且非常热闹，从三岔路口向南望去雪山近在眼前。再向前路边的树木开始茂密起来，可见成片成片的松树和水杉林，气温慢慢凉爽，空气也变得湿润，我知道此时的海拔高度已明显上升。走到离荷塞马 150 公里左右，又

荷塞马四大金刚与沙翁医疗分队队员合影

出现一个小镇巴布·巴雷德（Bab-Berred），就像是建在悬崖峭壁边一样，山崖上可以看到泉水流出，穿城而过的马路高高低低的会把人颠得头晕脑涨。再往前走50多公里便到了沙翁（Chefchaouen），一个四周被大山环抱的城市，与荷塞马相比显得压抑一点，毕竟我们那里还能看到地中海。这里也有一支中国援摩医疗队，由上海南汇区各医院的医生组成，据说今年4月份刚从国内过来。进入城区后发觉沙翁其实也挺漂亮，市中心的广场如花园一

大西洋边著名的非洲洞，看上去就是一张非洲地图。

般美丽，有很多摩洛哥人在这里休闲散步，询问当地人才知道医院的方位，可见中国医生在这里也挺有人气，不过医院条件和荷塞马差不多。从后门进去一眼就看到妇产科，这儿的"Maternité"（妇产科）建得很气派，我想里面肯定有我们的中国医生，便毫不犹豫大踏步地往里走。摩方护士以为来人是本院医生，热情地把我们迎进妇产科内，正好遇上刚结束手术的胡医生，见到几个不速之客她先有点惊讶，听说是荷塞马的同行转而有点惊喜，她告诉我们医疗队宿舍就在旁边。走到半路就听到有人在说上海话，这儿肯定就是他们的生活区了。房间显得比我们的狭小些，上楼后老乡见面感到格外亲切，我们在一起谈工作谈生活交流经验。门口合影后我们出去逛了逛城区，印象深刻的是这儿的人都爱在街上做祷告，每个咖啡馆里都有很多人在看足球。沙翁还有一座古老的西班牙城，挨家挨户的是卖工艺品和土特产的小店，再向里走视野豁然开阔起来，有不少具有欧式风味的咖啡馆，门口摆着桌椅和遮阳伞犹如上海的新天地。

顶着星光向北面的得土安（Tetouan）进发，这段路程比前面的好走

很多，60多公里也就花费一个小时，便看到前方山坡上的大片灯火。顺着路牌一直走向市中心，正好来到要找的宾馆乌马依玛（Oumaima），安顿好后出去吃了点晚饭。第二天大家醒得都特别早，新城区同荷塞马比较相似，就是占地规模上大了很多，随处可见西班牙风格的建筑。一直向东走可以看到一个偌大的广场，四根阿拉伯式的立柱位于四角，后面就是气势雄伟的得土安王宫，大门与菲斯等其它城市的不大一样，上面点缀着金黄色的拱形和串珠样图案，门口可以看到不少站岗的士兵。王宫的背面就是由古城墙围着的麦地纳老城，它的范围相当大，最大的特点是门窗均被漆成绿色，里面有制造金属、皮革、陶器和食品的手工作坊，还有两个考古学和民俗博物馆，而在西面有一个很大很热闹的苏克，一直延续到麦地纳老城的城门出口处。

由得土安向西北50多公里，就是全摩洛哥第三大城市丹吉尔，位于直布罗陀海峡近大西洋入口处，乘船只要一个小时就可到达西班牙。这个大都市处处充满着欧洲元素，西班牙建筑、游艇、名车、时装，还有欧式的宾馆、饭店和各式酒吧，混血的俊男美女长相也更偏向欧洲。市中心有一个瞭望台，上面摆放着好几门古炮，虽然已历经数百年，纯铜材质仍闪耀着光芒，上面雕铸着两只巨蜥样的神兽和古西班牙军队特有的纹饰，基座和四个炮轮仍完好无损，想移动它应该易如反掌，造炮工艺和质量如此之高，难怪能成为曾经的海上霸主。从这个炮台向东北方望去，是天一样蓝的地中海，海轮就停靠在港口里。正在拍照时突然听到有人叫我，回头一看原来是医院的同事，太巧了！寒暄后才知道她老家就在丹吉尔，刚回来和弟弟、弟媳出来转转，据说我们医院里有很多人都是丹吉尔的。法国领事馆就在瞭望台附近，是一幢非常漂亮的两层小楼，而西班牙领事馆还要往西走，大概过三个路口就可以到达，占地面积约有十个足球场大小，里面种满各种花草和树木。炮台向东好几个街区便来到地中海边的沙滩，人们在长长的海滩上散步、嬉戏、游玩，这附近的一条街上有好几家宾馆，我们入住的一家是爱勒·德让尼纳（El-Djenina），北边的窗口正好可以看到地中海。在这里巧遇两个来摩洛哥旅游的日本女孩，我的长发也让她们误认为是同乡，用英语交流后才知道我们是来援摩的中国医生，这两个日本女孩对我们还是很认可，决定下午一起结伴同游有名的非洲洞（Grottes d'Hercules），充分体现中日人民对世代友好的向往。这个景点在丹吉尔向西20公里处，是大西洋边上一个很大的山洞，从里向外看正好是张非洲地图，如此奇妙不禁感叹大自然的鬼斧神工。次日我们参观麦地纳老城，比其它城市的要小很多，它正好位于瞭望台的北面，一路上要经过大清真寺和广场，边上还有一个商业法庭，里面树立着独立纪念碑和两个19世纪的先人墓地，其中一个是 Doctor Cenarro，应该也算是同行吧。沿着麦地纳西南面城墙往上走去，可以到达西北角上的古堡（Kasbah），这也是麦地纳老城的一个主要入口，年久失修的城墙上还架着几门大炮。穿过古堡里窄窄的街道，来到正对着海峡的古城北面，看到过那么多次的大海，感觉这里的海有一种特别的美，由近及远分为深蓝、浅蓝、天蓝，海浪和涛声也要比其它地方的大，向右可以看到丹吉尔的渔港。古城堡边上有一个博物馆，里面陈列着古罗马时期的生活用品，如大理石盆、灯具、象刀针，也有古代武士盔甲、战刀、老式火枪，另外还展示着伊斯兰教精美的壁饰，里面有间古时进行商品交易的议事厅，墙上的一张古阿拉伯世界地图很有趣，竟然上南下北把整个世界完全颠倒。博物馆的后花园里正是春意盎然，而前门口有一家摩洛哥乐器铺，在这儿可以小憩、品茶、听歌，欣赏阿拉伯风味的音乐。参观完麦地纳老城已近中午，是该启程返回荷塞马的时候了。

荷塞马医药师协会学术研讨会

5月9日星期六上午9点30分，在荷塞马大区委员会的演讲大厅，荷塞马医药师协会学术研讨会正式开幕。主席台上坐的一排人里认识的只有几个，荷马省省长兼穆罕默德五世医院放射科医生、荷塞马省卫生厅厅长和一个小儿外科医生，来参加会议的不少是穆罕默德五世医院的医生，中国医疗队共有五人到场。我在前一天专门制作了一套幻灯，想抓住这个机会介绍上海的三甲医院、我们在国内时开展的大量医疗工作及一些疑难杂症和高难度手术病例。据在梅克内斯医院工作的瑞金医院医生反映，自称为摩洛哥第二大的梅克内斯医院虽只有400多张床位，其实只相当于中国国内一些县级医院的规模，但其当地医生态度傲慢，根本没把中国同行放在眼里，如果能让他们了解一下中国的

在荷塞马医药师协会学术研讨会休息间隙,与荷塞马省卫生厅厅长交谈。

情况,我看他们就会自惭形秽、自叹不如了。有趣的是领导致完开幕词后便是半个多小时的茶歇时间,并不像国内学术会议那么紧凑,利用这个时间正好可以和组委会沟通一下,可惜这次讲课内容已经排满,不过下个月还有一个学术会议,他们答应到时让我们介绍上海。首先由卫生厅厅长讲解"猪流感的临床表现及治疗",看来摩洛哥在防疫方面也挺跟得上形势。第二个讲座题目为"皮质激素在风湿病中的应用",由EL AYACHI SALE 医院包着头巾的女教授报告,法语讲得相当流利,幻灯做的也是图文并茂。想不到的是报告后的讨论也是非常激烈和精彩,在座医生纷纷用法语提出自己的见解和疑问,厅长和教授也是兢兢业业、认认真真地一一作答,我虽不能完全听懂,但感觉这个讨论还是很有深度。在这种气氛下我们中国医生岂能落后,正好前面看到幻灯中有一张 X 光片,是自发性胸椎压缩骨折致后凸畸形,原因是长期使用皮质激素后出现的骨质疏松,我举手示意发言:"Bonjour, Mesdames et messieurs. Je m'appelle Yutong Gu. Je suis orthopédiste. Je fais partie de la Mission Médicale Chinoise et viens ici pour servir le peuple, servir le malade. Tout d'abord, merci pour votre conference. J'ai une question de vous demander. J'ai déjà vu une radio de fracture de vertebrale dorsale a cause de l'ostéophorose. Le malade présente une cyphose de dorsale. Comment le docteur fait-il ici? Est-ce que le docteur va faire une opération pour le malade? Si oui, quelle opération? Merci!"大意是这样的："女士们，先生们，早上好！我叫顾宇彤，一位骨科医生，我是中国援摩洛哥医疗队成员，来这里为人民服务、为病人服务。首先感谢您的精彩讲演，我有一个问题想问您，刚才看到一张X线片，是骨质疏松后的胸椎自发性骨折，导致患者胸椎后凸畸形，这儿的医生会给他做手术吗？如果要做的话是做什么手术？"虽然她不是外科医生，但她的回答非常详尽到位，重要的是她提到了骨水泥，提到了经皮穿刺椎体成型术。我再次发言表示赞同："Merci! Je suis d'accord avec vous. Je pense que Vertebroplasty Percutane avec cement est très bien pour ce malade parce que c'est minimal invasion, un peu de hemorragie et courte convalescence.""非常感谢，我同意您的看法，我认为给这样的病人使用骨水泥行经皮穿刺椎体成型术非常合适，因为这种技术创伤小，出血少，术后恢复快。"接下来由拉巴特的教授进行报告，题目为"抗菌素治疗院内感染的最新进展"。摩洛哥的午饭一般一两点钟才开始，上午的研讨会结束后大家移到外厅，八张圆桌被挤得满满当当。先是上一大拼盘的蔬菜色拉，里面还有鸡蛋、冷牛肉和海虾，椭圆形的盘子足有80厘米长；第二道菜是一大盆牛肉塔经（Tajine），那银色容器简直和一个面盆差不多，12个人使劲吃都没能全部消灭，而且摩洛哥人喜欢撕下一片面包伸到菜里醮点汤汁并用手抓着肉一起塞进嘴里，这样吃真的很爽但有不卫生之嫌；最后一道就是巨形水果拼盘，有香蕉、苹果、橙子、香梨、猕猴桃、李子。下午先是由来自菲斯的教授讲解"胃食道返流症的治疗"，然后轮到梅克内斯军区医院教授，题目是"高血压治疗的最新进展"。

终于体验了一回摩洛哥的学术会议，可惜的是错失一次踢球的机会，遇到好几个球友都问我为什么没去，哈哈，看来我已成了荷塞马足球的一份子。

后勤补给到位，军心稳定合力

改装后的蜗居

援外医疗队犹如一支在外作战的部队，如果后勤补给跟不上会影响战斗力。去年10月份我们刚到荷塞马，按计划预订了生活物资和医疗耗材。由国内统一采购发出的生活物资，飘洋过海历经一两个月的颠簸，5月初终于由拉巴特运到荷塞马。生活物资还真的非常丰富，有烟酒、饮料、咸菜、方便面，有各种猪肉、牛肉罐头制品，有油盐酱醋糖、花椒等调料，还有大米、面粉、木耳、粉丝等，这些够我们再吃上一阵，大家干劲十足，热情高涨。

5月18日星期一下午6点半刚刚吃完晚饭，运送医疗耗材和家具电器的货车开进医院，我们所有队员换好便装赶到楼下准备卸货。前一天下午驻地的水管突然爆裂，位于宿舍东头的女卫生间外墙内热水哗哗地喷涌而出，不一会儿地上已是水流成河。前段时间医院行政楼改装太阳能热水器，工人进进出出足足折腾了一两个星期，这段水管正好是太阳能热水的出水管，可见摩洛哥人的施工质量是多么的差。其实摩洛哥的日照相当强烈，是应该充分地利用太阳能，但也要认真安装保证安全，而且与国内太阳能热水器相比，摄取光能的设备要笨重许多，最大的缺点是不能同时用电，晚上或冬天洗澡会有问题，所以谁能把中国产品引进到摩洛哥，再加妥善经营必有大大的赚钱机会。我赶忙去传达室通知水管工，同时有人爬上房顶关闭太阳能水闸，回来时破口处水流已基本停止，但仍呲呲地向外喷射着水蒸汽。

不过现在送来的大家伙，让我们一扫前日的阴霾，除38箱药品及医疗器械外，还有12张办公桌和12张转椅、2台空调和6台电取暖器、4台电视机和几台DVD机、1台大冰柜和1个抽油烟机、1个大电饭煲和1个打面机。从一楼搬到两楼驻地还真不容易，兄弟姐妹齐上阵，一起动手共同参与，或肩扛或手提或地上推或两人抬，一派热闹非凡、热火朝天的劳动场面，没过多久大家已是汗流满面、汗流浃背。下一步就是将桌椅零件装配成形，不就是拧几颗螺钉作个内固定吗？这对于骨科医生来讲小菜一碟，拿出专用骨钻没多会就组装完成，如此熟练不帮队友都说不过去呀。添置这两件崭新的家具后，房间也可以重新调整一下，如此也能让自己换个心情，毕竟老的格局已经有半年多，领导为我们考虑得真周到呀。仔细缜密构思后决定大动手术，首先将靠西墙的老写字台换成新桌，两侧六个抽屉终于能满足我的需要；拆除西南角用木头磁砖搭起来的沙发，东南角的电视移至西南角并保持斜放，坐在桌前办公时稍扭头就可以看到它；床正好可以搬至东南角一侧靠墙，被子滑到地上的尴尬总算得到解决，空间好像也显得比以前大了许多；床的北面再放一张长方形沙发，手术后或午休时可以在上面小憩，这个角度和距离看电视也最为舒服；旧桌摆到南面窗口下依墙而立，专业和法语方面的书可以放在上面，一整天都会洒满温暖而明亮的阳光；柔软的皮质转椅下装有五个轮子，坐在上面可随意滑动和转动，新桌前用用电脑而在旧桌上看书，这样的安排我感觉非常的惬意。

荷塞马的广场

荷塞马有一大一小两个广场，每到下午都会有很多人在此休闲。小广场正好在荷塞马邮政局前面，最多也就只有半个足球场大小，但这儿种着很多绿树鲜花青草，环境优雅，空气清新显得很幽静。正中有一个很大的圆形喷泉，由此向周边发出数条小径，均以水泥方块铺设而成，道旁设有路灯和木制长椅，不少包着头巾的妇女坐在这里，而与此形成鲜明对比的是四周咖啡馆前坐着的大老爷们，他们边谈天说地边品尝着饮料，感觉要比女性具有更多的特权。喷泉北面是一个儿童乐

荷塞马小广场

荷塞马大广场——"人民广场",之所以这么称呼是因为我们时常想起上海,"人民广场"向南还有"南京东路"和"淮海中路"。

园,有滑梯、转马等各种娱乐设施,许多可爱的小孩在此嬉戏玩耍。相距不远约向东北方向走两三条街,便是荷塞马的大型广场——"人民广场",之所以这么称呼,是因为我们时常想起上海,我们还把广场向南的两条最繁华的大街开玩笑地分别戏称为"南京东路"和"淮海中路"。与小广场相比这儿就显得开阔许多,占地面积约有五个足球场大小,均为水泥方块地面,四边围以大型路灯和供人休息的长椅,其南面两个角上的照明灯尤为明亮耀眼。向东望去就是迷人的蓝色地中海和美丽的金黄色奎马多海滩,长年停靠在海湾里的西班牙游轮每年 6 月中旬启航开往欧洲。广场的东北角通往四星级酒店穆罕默德五世宾馆,在它的阳台上喝喝咖啡、聊聊天、看看海是一种莫大的享受,连现任国王穆罕默德六世也很喜欢这里,所以把行宫建在隔壁。广场北边有四个大喷泉和一长排小喷泉,会随着悠扬的音乐不断地改变喷射节奏,特别是晚上喷泉随着彩灯变幻出五光十色。北面正对着广场的是西班牙学校,有一座具有典型西式风格的教学楼,上面飘扬着西班牙和摩洛哥国旗,这是一所荷塞马当地的贵族学校,只有富家子弟才能在这里就读,该学历得到西班牙各家大学认可。广场西面的大街旁是一排商铺,里面当然少不了优雅的咖啡馆,而楼上的海景公寓更是令人心旷神怡。

西班牙学校

　　荷塞马有座西班牙学校,位于人民广场的北边,穆罕默德五世宾馆的对面,当今摩洛哥国王行宫的旁边。整座学校占地面积不算大,周围的栅栏边种着绿树,主要的建筑是一幢教学楼,粉红和咖啡色是它的主色调,前面两层而后面有三层,一楼的回廊由立柱和拱门构成,两楼上架着庄严的西班牙国徽,两边对称地插着两国的国旗,窗户与楼下的拱门一一对应,周边装点着独特的雕花和纹饰,无不透着西班牙王国的威严。进去后看到大厅里摆着各种废旧车零件做成的艺术品,一楼主要是接待室和教师办公室,而两楼是各年级学生的教室。教学楼边上有块水泥运动场,可打篮球也可踢足球,是学生课间活动的主要场所。后面有一个很大的演讲厅,可在这里开会或看电影。这儿的教师以西班

西班牙学校的毕业庆典

牙人为主,也有很少的摩洛哥人,完全采用西班牙语进行教学,当地有钱人的小孩都就读于此,可以获得相对良好而正规的教育,毕业后去西班牙读大学便是一件顺理成章、水到渠成的事。以后如果有机会,应该来学学西班牙语,除巴西以外的中南美洲国家基本上都说西语。每周四下午这儿会播放电影,邀请的主要是摩洛哥女人,结束后他们会用西语谈观感,也许西班牙人想用这种方式来解放长期被宗教禁锢的摩女。有一次竟然播放了一部中国大陆的新电影,刘烨、陈坤、周迅主演的《巴尔扎克和小裁缝》,想不到第一次看这部国产影片是在摩洛哥,而且是已经翻译并配成西班牙语的版本,但毕竟讲的是中国故事,光看表情和动作也能看懂,后来讨论时我发现他们对中国的现状并不是很了解,于是我用法语给他们介绍这部电影的历史背景,"大概在上世纪的60年代末至90年代初,中国发动了一场波及整个国家的文化大革命,许多学生放弃学业来到农村,在劳动中接受教育,但还是有不少年轻人偷偷地坚持看书学习,同时这里面也交织着很多辛酸的爱情悲剧,后来这些学生又回到课堂重新拿起书本学习文化知识,改革开放让中国的经济建设走上正轨,迅速崛起的中国已变成一个实力雄厚的东方大国,现代化的大都市上海再次成为一颗耀眼的明珠",他们这才明白现在的中国原来已经是这么的发达。5月28日星期四有幸去参加了一次毕业典礼,今年有四女三男七个学生在此完成学业,学校为他们举行了正式、热烈而隆重的仪式,所有的校领导、老师、学生和家长都来到这里。由低年级学生用西班牙语为他们一一介绍,同时大屏幕上播放着每个学生从小到大的照片,这记录着他们的成长历程,每次放完台下都会爆发出雷鸣般的掌声,有的学生激动得泪流满面甚至泣不成声,是呀,由蹒跚学步的黄毛丫头出落成亭亭玉立的大姑娘,由满地打滚的捣蛋鬼成长为英俊帅气的小伙子,真是不容易。接着由教师代表为他们颁发毕业证书,并象征性地把他们送到舞台的另一侧,意味着有老师陪伴的岁月告一段落,年轻人已到该放飞自己的时候。然后七个学生分别阐述毕业感言,兴奋和感激之情溢于言表。最后由教师和学生组成的合唱团为大家献唱西班牙歌曲,在吉他和手鼓的伴奏下,明快的旋律让所有人产生共鸣,仿佛能看到勇敢的斗牛士和热情似火的西班牙女郎。西班牙确实是一个激情好胜的民族,如火如荼的西甲足球职业联赛,当今男子网坛排名第一的纳达尔,F1赛车手阿隆索,都是这一观点的最好佐证。

来自中山医院的关怀

刚过中国的端午节,又逢六一儿童节,虽然已是成年人,但还保持着一颗童心,永远单纯,永远年轻。祝天下所有的老儿童、小儿童天天快乐!

最近荷塞马的天气渐渐热起来,不过没阳光的地方还是比较阴凉。今天摩洛哥开始实行夏令时,昨晚11点时将时针向前拨至零点,吃饭还是中午12点晚上6点半,感觉进食的生物钟还未调整过来。夏令时只实行两个月,刚刚适应过来就要马上调回去。

今天收到中山医院人事处魏处长代表医院寄来的包裹,这些慰问品是医院领导亲自上街挑选和购买的,饱含着中山医院对远在国外的杨医生和我的亲切关怀,我们俩非常开心、非常激动也非常满意。里面有杨医生的电饭煲和我的电热水壶,小巧的电饭煲有电脑程序自动控制,能煮粥煮饭,可满足杨医生夜间的加餐需要,我的快速电热水壶是1.7升三洋牌的不锈钢制品,采用英国STRIX温控器和超大整体加热盘,烧起热水来速度特别快,使用相当方便。还有两张正版的法语一点通软件,这个装在电脑上的词典用起来更加顺手。领导还专门给我们每人寄来两套长短工作服,可以在夏天出汗较多的情况下勤换白大褂。包裹里面还有一些中国食品,需要的时候可以改善一下生活。

知难而上,因地制宜

自从阿股迷休假,我们中国骨科医生更加忙碌,手术量也成倍增加。7个多月来,我们陆续开展人工髋关节置换、95°和130°角钢板、交锁髓内钉等技术,所有这一切摩洛哥医生护士都看在眼里,他们的亲朋好友生病都愿意找我们治疗。

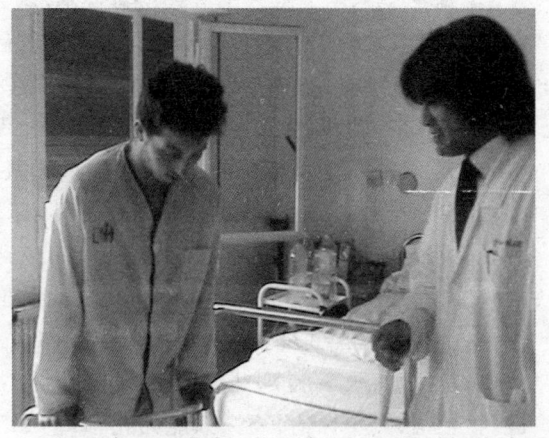

25岁男性患者,左股骨头、颈、转子间肿瘤伴病理性骨折,术后1周便可扶拐下地行走。

手术室有个负责器械消毒的工人叫阿姆斯丹,他的一个朋友右股骨骨折一月多,疼痛剧烈,便来找我询问是否需要手术。X线片示"股骨有短缩旋转畸形,但边上已生成大量骨痂",患者30岁左右并已下地行走一段时间,从临床表现和X线片上看我认为还是有手术指征,至少患者现在的股骨是畸形愈合而且还有剧痛,但是患者很穷买不起合适的交锁髓内钉和钢板,只能劝说他先卧床休息一段时间后再观察情况,可能这条腿以后会遗留残疾,会影响到走路。过一两周后阿姆斯丹又找到我说病人疼痛难忍,晚上睡不着觉并且强烈要求手术治疗,他已经为病人找到一块股骨用加长加压钢板,一切准备就绪,如果不给他手术都说不过去。5月18日为病人行右股骨矫形内固定术,在护士哈力的协助下手术进行得非常顺利,术后病人恢复得相当满意、心情也特别舒畅。

5月中旬收治一个25岁的男性患者,左股骨头、颈、转子间肿瘤伴病理性骨折,5月20日于腰麻下行左股骨近端肿瘤活检术,病理报告显示骨巨细胞瘤且未发现恶性细胞。由于肿瘤范围相当大且股骨颈已发生骨折,残留的股骨头里健康骨组织已剩不多,若作肿瘤刮除+植骨+内固定术非常困难,一方面自体髂骨量满足不了如此大的骨缺损,这儿更找不着同种异体骨或人工骨,另一方面,如此病理性骨折的内固定不可靠,经过长期卧床休息后能不能长起来也是个疑问。还有一个方案是同种异体带股骨头近端股骨移植,在国内时还可以考虑,在这儿基本无望。那么就只剩下做人工髋关节置换术,这么年轻的患者肯定要换全髋,而摩洛哥的全髋约12 000迪拉姆,器械还得从菲斯专程送过来,病人如果有钱问题就迎刃而解,不巧的是该患者家里经济很拮据,凑来凑去也就只有6 000迪拉姆左右,只够换个人工股骨头(3 500迪拉姆),做双极股骨头更好(5 000迪拉姆)。如果不做手术,小小年纪只能残废,近期的剧烈疼痛,生活不便不说,长期卧床后的褥疮、感染可能致命。有天坐在手术室外的休息间聊天,正好谈到这个年轻病人所面临的窘境,助理院长麻醉医生尤瑟夫也在,我又把前面的尴尬向大家宣传一番,有人提出是不是可以捐款来帮帮他,我毫不犹豫地说我捐1 000迪拉姆,再看看那些摩洛哥人兄弟都不说话了,汉姆杜里拉!(阿拉伯语,真主保佑)看来只能如此。6月2日腰麻下行左股骨近端肿瘤刮除+人工双极股骨头置换术,术中发现取出的股骨头一大半被肿瘤破坏,左股骨近端髓腔基本只剩一层皮质,清理完肿瘤后插入中号髓腔挫发现都可以在里面转动,顺便提一下,荷塞马髋关节置换工具就大中小三种髓腔挫,而药房所提供人工假体的柄只有中号和小号,考虑以后还要翻修,这次就想选用生物型人工股骨头,问题是髓腔如此大而中号人工假体植入后肯定会松动,有远见的是术前已准备好骨水泥,不然真有可能下不了台。术后患者恢复不错,一周后便可扶拐下地行走。

我评"神医"

近日在互联网上看到一则被网友热评的新闻,6月13日央视《面对面》重磅报道"神医"李培刚,据称他只用手就可以让截瘫病人站起来。很多不抱希望的瘫痪患者似乎看到了希望,用尽一切办法试图找到这位"神医",所有与李培刚有关的电话都被打爆了,"寻找神医"成了互联网上的热门话题。同时质疑他的声音也大了起来,声称没学过一天中医的李培刚,却用类似中医按摩的手法治疗病人,他的信心来源是"因为我手到病除了",号称是西医的"神医"有没有科学道理?医学界及有医学常识的网友也在纷纷讨论。

节目播放了一些李培刚在国外讲学时的录像,一位据说高位截瘫好几年的63岁外国老头,全世界访遍名医用尽一切办法都没治好,而经他按摩之后当场就站起来下地走路,现场的家属和其他见证者都鼓起掌来。李培刚说"我是人不是神,不是所有的截瘫都能治。我在几十年的治疗过程中发现,有百分之八十的脊髓是没有完全横断的,假性完全截瘫。把这一部分病人视不可逆不可治是最惭愧的一件事情。"不少网友要求"神医"帮桑兰、汤淼站起来。

有医学常识的人一看这个神医的杰作,就知道央视又上当了,观众被忽悠了。遭受脊柱外伤的患者之所以发生四肢瘫或截瘫,是因为骨折或脱位椎体对神经的瞬间冲击,造成脊髓或马尾的完全或不完全性损伤,如果MRI或CT影像学检查显示有神经压迫,那么施行手术以解除脊髓或马尾的压迫是需要的,但神经的功能最终可以恢复到什么程度,病人的预后在受伤的那一刻就已经注定,如果神经损伤很严重,手术再成功其效果也很有限。另外一些由于椎间盘、肿瘤或其它致压物导致瘫痪的病例,减压手术的疗效相对较好且手术时间越早效果越佳。总的来说,神经损伤后的修复得靠它自身,手术的目的是为其创造条件和机会。不过神经修复目前确实是个世界难题,特别是神经完全断裂后的再生,从现有的技术上看效果很不理想,可以这么讲,谁解决了这个问题,谁就可以获得诺贝尔医学奖。而且已经瘫痪多年的患者肌肉明显萎缩,关节明显僵硬,要想让其像正常人一样站起来犹如天方夜谭,目前绝对不可能,除非将来能解决神经再生问题,通过人体克隆移植来实现这个梦想。如果患者神经损伤较为轻微,重新站起来是有可能的,按摩或针灸有利于患者康复,但并不是决定性的因素。

顺便普及一下脊柱疾病方面的常识。有不少颈椎病患者症状已相当严重,神经根型的有上肢疼痛、麻木、无力,有时痛得难以入睡,服药亦无效;脊髓型的会有行走不稳、有踩棉花感,查体发现肌力感觉减退、腱反射亢进;还有些腰椎间盘突出症患者,下肢放射痛已明显影响生活,查体直腿抬高试验呈阳性,下肢部分肌力和感觉减退,MRI 或 CT 上可看到明显神经压迫,像这些病例都需要尽快手术,时间拖得越久手术效果越差。但有些病人由于对手术的担心和惧怕,转而选择牵引、推拿等保守疗法,不仅未愈,严重的还会出现肢体瘫痪。值得一提的是,中医是我们祖国医学的瑰宝,凝聚着中国上下五千年的智慧,应该继承并将之发扬光大,针对适当的疾病使用中医疗法,能起到西医所无法达到的效果。

荷塞马见闻(二)

6 月中旬,荷塞马这座小城突然热闹起来,时常听到街上汽车齐鸣、人声鼎沸,喇叭、手鼓、有节奏的口号交织在一起,有的年青人从疾驰汽车窗口探出身高呼着什么,并散发着传单,据说现在正在选举荷塞马省的省长,摩洛哥全国各地都在进行类似活动。现任荷塞马省长就是我们医院放射科医生,他除行使领导职责外有时也得处理医院的事务,今年他想连任省长的话就得参加竞选,与其他几个候选人进行一番激烈的角逐。每位候选人的助选团声势都相当的浩大,他们先聚集在人民广场边的"淮海中路",每辆车上都贴满所支持的候选人照片。不过比较起来还是现任省长的车队最为气派,第一辆卡车上挤满拿着各种乐器的年青人,他们边唱边跳、载歌载舞把气氛搞得热火朝天,也吸引周围的所有路人停下脚步驻足观看;卡车后面紧跟着一大群省长坚定的支持者,他们整齐划一地鼓掌并高喊着省长的名字;接着的一辆车上架

荷塞马省省长竞选游行

着一张省长的大幅照片,这无疑给其他候选人施加了很大的压力;还有一些家庭房车举着标语加入其中,等人差不多到齐游行队伍开始向前进发。他们还在人民广场上搭起舞台,晚上众多支持者们齐聚此处,听取候选人热烈而激情的演讲。但我们在另一头也能看到有些抗议者,他们情绪激动,高喊着一些反对的言语,两边严阵以待的是全付武装的防爆警察,这个年头好像是荷塞马的多事之秋。

6月份的荷塞马不知不觉中已热了起来,幸好太阳下气温很高而室内较为阴凉,这种天气下海边的沙滩可是最好的去处。平时较为安静的奎马多海滩一到下午便热闹起来,摩洛哥人在此尽情享受着蓝天、白云、阳光、微风和地中海,有的在沙滩上踢足球、追逐、嬉戏、打滚,有的干脆把整个身体埋进沙堆里,有的在蔚蓝的海水里劈波斩浪、勇往直前,而有的则驾驭着摩托艇在海面上风驰电掣感受极速的快感。这是一幅多么美丽的场景啊,奎马多海滩固然漂亮动人,但有了人气的奎马多更富活力。

这段时间通过央视四套一直关注着国内的H1N1流感疫情,虽然大家都加倍小心,但还是出现不少输入性和二代病例,幸运的是传染性极强的病毒毒力和杀伤力已不如起初时的强。摩洛哥并不是一块与世隔绝的净土,最近卡萨布兰卡和菲斯各发现2例H1N1流感,据说这些患者是刚从加拿大疫区过来,令人担忧的是摩洛哥医疗条件相对简陋,特别是一些边远地区和穷乡僻壤,对流感病毒的检测及确诊手段并不完备,对 H1N1 流感病例的治疗也缺乏经验,得病后只能听天由命。荷塞马省卫生厅已进行相关布署,我们援摩医疗队自己也得动员起来,把口罩和相关药物下发到每个人手上,并提醒每位医生在诊疗病人的过程中戴好口罩、勤消毒,以做好自我防护。摩洛哥防控 H1N1 的形势越来越严峻。

新急诊室启用

2009 年 6 月 25 日。

这个星期又轮到我值班,发现新的急诊室已启用,环境较前有明显的改观,但离驻地的距离远了点,加上现在天气越来越热,一趟走下来已汗流浃背。新急诊室大门开在医院东侧,正对着大路和军营里的大操场,向远处望去就是蓝色的地中海。急诊大门前是一条很宽的拱形桥廊,救护车

整洁的新急诊医生办公室

等接送病人的车辆可直接开到门前。急诊前厅里有挂号室和咨询接待室,再向里是候诊大厅和数个医生办公室,还有清创室、石膏室、抢救室、留观室,与以前的相比显得崭新、宽敞而明亮,休息室、更衣室和卫生间也干净了许多。穿过大厅向西再向左便是急诊后门,旁边是去年刚来时去过的食堂和安全间,出门后向西不断往上爬坡便可到我们的驻地。不出门向右转是一条曲曲折折的过道,两边有不少目前仍空着的新房间,拐来拐去走向深处便可看到楼梯口。好奇地向上爬去原来

楼上就是收费处,还有儿科病房、血透室、放射科、CT 室、心超室,这儿的大门也可以通往驻地,让人感觉这是一楼而急诊室在地下,这是由于整座病房楼顺山坡而建的缘故。再往上一层就是老急诊室,大门已关闭,里面正在进行装修,有可能改为什么病房吧。这层还有外科、内科病房和手术室、监护室。返回驻地还有另外一条路径,就是更上一层楼,经肺科病房门口进入妇产科,病房西面的出口处有两层露天楼梯,下到地面再向前几步是老急诊室大门,我们的驻地就在不远处。

驻地对面的卫校女生宿舍楼气氛有点紧张,因为她们正在为毕业考试进行着最后冲刺,天天抱着书本,嘴里念念有词,煞是用功。面对中国人她们倒是不在意自己的形象,有的把头巾去掉露出一头秀美的长发,有的坐在窗台上,有的搬张凳子坐到室外。不知道这个考试分数会不会影响她们的工作分配?这让我想起自己大学时考前复习的情景,确实很辛苦,但是"不吃得苦中苦,如何做得人上人"。

魔鬼工作日

6 月 26 日星期五,又一个周末,是到摩洛哥以来最忙的一天,一个病房里 6 张床位加到 8 张。以前经常听摩洛哥人护士叫累,今天我也终于喊出"Très fatigué"!这星期值班从周二到周四每天都是两台手术,今天也安排了两台,一个是人工髋关节置换,另一个是尺骨骨折切开复位钢板螺钉内固定术。考虑到中午 12 点半还有门诊,想着能尽快尽好地完成手术,麻醉科张勇医生动作比较快,我们的配合可称作上海节奏,第一个关节手术即将结束时,他就在外面给第二个患者作准备,采用坐位施行高位硬膜外麻醉,据说这种方法难度大但效果好。可惜摩洛哥人护士还是那样的懒散缓慢,摆个体位、拿个东西都要三请四邀,有时连人影也找不着,只能大喊他们的名字。最可气的是你在那专心致志地手术,他们却在那里高谈阔论、大声喧哗,幸好来这儿工作也已有八个多月,很多状况早就习惯,所以见怪不怪,两台手术也算比较顺利地做完。手术过程中得知有急诊病人,一个是肌腱断裂,一个是手外伤,口头通知将患者先收治住院。我赶回驻地抓紧时间吃完中饭,然后三步并作两步去门诊看病人。诊室门口已有不少患者，我发挥麻利又不失认真的一贯作风，一下子解决二十几个病人。接着来到病房让人把急诊患者送到手术室，检查病人发现，除肌腱断裂外尺神经也有损伤，全麻下行指浅屈肌腱、尺桡侧腕屈肌腱、掌长肌腱修复术，用头发丝一样粗细的6~0缝线吻合尺神经，对术者的耐心和耐力都是一个艰巨的考验。这个手术结束时我已开始感觉腰酸背痛，但后面还有一个手外伤还得继续坚持下去，痛苦的是这儿无论大小手术都得亲为，而且从头到尾连最后的缝合都得你自己来，不像在国内，如果累了，小手术或有些步骤可以让下面人来做。就在此时又传来震撼的消息，急诊护士拿着X光片找到手术室，说又来两个急诊，一个是手外伤，另一个是尺桡骨开放性骨折，照例口头医嘱先收入病房。由于没有现成的合适钢板和螺钉，只能先清创缝合关闭开放性骨折，再打上石膏加以临时性外固定，过几天行二期开放复位内固定术。完成最后一个手外伤时已是晚上8点，肚子饿得咕咕直叫，差点出现低血糖，今天真是一个挑战体能的魔鬼工作日。

激情荷塞马，畅游地中海

经历前一周的繁忙工作，这周可以稍微轻松一点，星期一做完两台手术后，下午几个同事相约去游泳。虽然与地中海如此之近，但还从未与她零距离接触，如今夏季悄然来到荷塞马，正是畅游的最佳时节。下午五六点地中海的阳光依然炽热，奎马多海滩上满是消暑纳凉的人，有的悠闲自

畅游地中海

荷塞马的夏夜激情四射,人民广场上搭起布满灯光的舞台,每到夜晚便开始上演各种歌舞。

在地躺着在沙滩上,有的三五成群玩着沙滩足球、排球。我们好不容易找到一块空地,换上泳裤,戴上泳帽和泳镜,一步步地投入地中海的温柔怀抱。出人意料的是海水并没有想象中的暖和,甚至还有点沁人心脾、骨髓的冰凉,这也许就是荷塞马的夏天并不酷热的原因。稍稍做点热身后一下子跃入水中,一会儿是自由泳,奋力游向深处;一会儿是蛙泳,舒展四肢、划水蹬腿;一会儿是仰泳,舒适地浮在海面上,仿佛身体已完全融入蓝天大海之间,又仿佛是在摇篮里被海浪轻轻地晃着。这时的你已全然没有一丝凉意,浑身上下被温暖包裹着,偶而尝一尝海水不禁咸到心底。当你在海里稍作休息调整时,不知不觉中摩洛哥人会围拢过来,饶有兴趣地和你攀谈和你聊天,询问国籍、职业,交流游泳技艺,听说是来自中国上海的医生,马上就想到2008年北京奥运会,谈到勇夺八块金牌的菲尔普斯。与那些到处是比基尼美女的欧洲海滩不同,这儿的穆斯林女孩游泳时并不穿泳衣,包着头巾、穿着衣服就直接跳到海里,这也是荷塞马的一道与众不同的风景。

周四上午我们开车去达拉·尤瑟夫海滩,就是有着荷塞马五星级宾馆的地方。这儿相对幽静,由于人少,海水显得更加清澈,浪花也要比奎马多的大些,但仍较温柔。海边有些用木头搭成的小商店,店主早就在沙滩上插好遮阳伞,下面摆上些方桌和塑料椅子,客人可以在此小憩,品尝烤鱼和饮料,如此生活真的很舒适惬意。只是这儿的海滩沙少石子多,经强烈的阳光曝晒后十分烫脚,估计生鸡蛋放在上面马上就熟。其实荷塞马的沙滩还有很多,比如萨巴蒂亚、斯菲哈(Sfih)、西班牙小岛,对于喜欢游泳的人来说是个天堂,欢迎所有的朋友来荷塞马度假,来体验地中海的阳光和空气,来体验地中海的温情和美丽。

听说摩洛哥国王穆罕默德六世下周要来荷塞马,整座城市好像都在悄悄地发生着令人兴奋的变化。国王的行宫正在紧张地重新装修,街道两旁都插上了五颜六色的彩旗,人民广场上搭起布满灯光的舞台,每到夜晚便开始上演各种歌舞,惹得粉丝高举双手激情应和,不亚于一场大型的音乐会,把荷塞马一点点地推向高潮。

荷塞马的夏天

荷塞马的夏天很有特色,炽烈的阳光下感觉很热,室内则比较凉爽,难怪摩洛哥国王很喜欢这里,每年的夏天都会来此避暑。为了迎接国王的到来,本地城市建设昼夜兼程,深更半夜轧路机还在作响。据说国王还要来穆罕默德五世医院慰问,医院里的各项修缮整理工作也在加紧进行,油漆、除草、打扫卫生、悬挂国旗等等。新上任的院长于7月6日举行就职典礼,地点在医院内的卫校二楼大教室,到会的有本院行政干部、所有医生及护士长,当然还有我们中国援摩医疗队的各位专科医生。仪式由荷塞马省卫生厅厅长主持并作简短讲话,新任院长自我介绍后与在座的进行初步交流,以后等着他解决的诸如摩洛哥人医生换班等麻烦事还真不少。

最近荷塞马这座小城更加热闹,仿佛被充气般突然膨胀起来,一下子拥入很多欧洲人和本国的外地人,还有不少从西班牙打工回来的,所以这儿又是个有名的侨乡,他们赚足钱准备迎娶美丽的新娘,我们的妇

荷塞马大街两旁插满国旗，准备迎接国王的到来。

产科医生又要辛苦了。大街上到处可见欧盟牌照的小车，一到傍晚所有的咖啡馆都是爆满，无论是大街两旁不太起眼的，还是依山面海、环境优雅之处。荷塞马的海滩上显得更加拥挤，白的黄的红的黑的什么肤色都有。人民广场上人头攒动，摩肩接踵，激情的歌舞会一直延续到半夜。

王者归来

7月中旬，随着摩洛哥国王穆罕默德六世的到来，荷塞马这座小山城的激情被完全点燃，家家户户的门口、阳台、屋顶上插满摩洛哥国旗，建筑物临街的一面悬挂着红色和绿色的绸带，马路两侧和行驶的汽车上也是红旗招展，大街小巷广场上都是洋溢着笑脸的人群，荷塞马犹如过节一般到处荡漾着欢快的气氛。下午五六点开车穿过人民广场，便来到穆罕默德五世宾馆隔壁的摩洛哥国王的行宫，与平时不一样的是

摩洛哥国王来到荷塞马,他的行宫门口站着荷枪实弹的士兵,戒备森严。

穿着民族服装的艺人在广场边休息,准备晚上演出。

这儿戒备森严，正门口站立着荷枪实弹的士兵，五颜六色的制服可能代表不同军种，行宫四周三步一岗五步一哨，甚至连面对奎马多海滩的峭壁上也是如临大敌的士兵，看来国王已入住荷塞马行宫了。绕过行宫西侧有条通往海滩的坡路，高大的木制行宫后门也开在此处，这儿守候着不少配有武器的警察，后门前面有一个大花园，长满鲜花、绿树、青草，平时是青年男女谈情说爱的幽雅去处。顺着这条坡度较大的山路盘旋而下，就是挤满游客的奎马多海滩，穿着比基尼的美女也比以前多出不少，用充气塑料搭成的游乐园和舞台热闹非凡，高音喇叭里播放着欧美流行音乐和专业 DJ 高亢激昂嘹亮的声音，整个奎马多被渲染得活力四射、充满生机。地中海里畅游一番后已是晚上 8 点，虽然日落西山但天空依然很明亮。回医院途中看到人民广场上全是人，荷塞马已万人空巷聚集到这里，还有些穿着民族服装的艺人在此表演，再过两三个小时，这儿的舞台上会更加精彩纷呈。如此国泰民安、歌舞升平的景象，想必国王看了会非常满意、非常开心。第二天就是 7 月 14 日星期二，一大早醒来竟然听到隆隆的雷声，还伴有好久不遇的阵雨，这难道也与国王的到来有关？

恐怖主义吓不倒我们

乌鲁木齐"7·5"打砸抢烧暴力事件打破了新疆各族人民安宁的生活，造成巨大的人身和财产损失。这是境内外"东突"分裂分子等三股势力一手策划的暴力犯罪，意在破坏祖国统一、社会安定、民族团结的大好局面，我们坚决谴责这一小撮犯罪分子，更应警惕敌对势力不可告人的企图。

令人想不到的是这一发生在中国境内的事件，竟然与正在执行援摩医疗任务的我们扯上关系，一下子使身处北非的中国医疗队陡然紧张起来。近日从网络新闻上看到一则消息，《环球时报》特约记者唐湘写到，美国彭博新闻社 7 月 14 日报道说，"基地"组织在北非马格里布的分支机构威胁称，要为"7·5"乌鲁木齐打砸抢烧严重暴力犯罪事件中死去的维吾尔人对中国实施报复，矛头直接对准在北非的中国人。

彭博社援引风险分析公司 Stirling Assynt 发布的报告写到,"基地"组织北非分支机构"伊斯兰马格里布基地组织"说,该组织将攻击在阿尔及利亚工作的 5 万名中国工人,以及在整个西北非地区的中国国民及项目。报告警告说:"应严肃对待这一威胁。"报告指出,就在三周之前,该组织刚刚伏击了一支负责保护中国工程师的阿尔及利亚安全部队,并导致 24 名阿尔及利亚人死亡。报道称,"伊斯兰马格里布基地组织"成立于上世纪 90 年代中期,试图在阿尔及利亚强行建立一个伊斯兰国家。该机构于 2003 年向恐怖大亨本·拉登宣布效忠。"马格里布"是北非三国摩洛哥、阿尔及利亚和突尼斯的阿拉伯语合称。Stirling Assynt 说,"伊斯兰马格里布基地组织"是乌鲁木齐打砸抢烧严重暴力犯罪事件发生之后第一个跳出来进行正式回应的军事组织。Stirling Assynt 表示,"圣战者"之间在互联网上进行的"聊天"有所增加,他们表示有必要行动起来,"报复所谓在新疆的不公"。Stirling Assynt 还表示,其他军事组织可能也对中国发动类似的威胁,位于阿拉伯半岛的"基地"组织可能瞄准中国在也门的项目。中国著名军事专家彭光谦在接受《环球时报》记者采访时表示,如果这一消息属实,那么就能证明"疆独"势力同"基地"组织之间是存在联系的,从而更加说明此次"7·5"乌鲁木齐打砸抢烧严重暴力犯罪事件的发生"不是偶然",而是有着"很深厚的背景"。他同时表示,这也有利于世界上善良的人民看清事件和恐怖势力的本质,加强警惕。

哈哈!我们是堂堂的中国医生,是英勇无畏的白衣战士,来此是为了援助穆斯林兄弟,而且还克服了种种困难。我们用高超的医术挽救许许多多的非洲兄弟,我们用实际行动为中摩友谊作出自己的贡献。对于恐怖主义我们嗤之以鼻,恐怖主义吓不倒我们!但还是要提醒各位援摩医疗队员,不管消息是真是假,要注意自身安全。

国王光临荷塞马穆罕默德五世医院

7 月 17 日,天气晴朗万里无云,荷塞马的阳光依旧那么灿烂,听说国王今天要来视察我们医院。中午吃好饭后抓紧时间看完门诊,我和

摩洛哥国王车队到达医院门口

队友一点半便来到急诊室，全院工作人员齐聚此处迎候国王。这个新急诊室刚启用不久，大门虽然正对交通干道，但由于医院顺山坡而建，按摩洛哥人的说法这叫地下室，因刚装修而显得崭新堂皇，大厅和办公室宽敞而明亮。急诊大门已挂上国旗国徽和红绿绸带，红地毯象彩虹般从大门口的桥廊一侧延伸至另一侧，以摩洛哥卫生部长领衔的欢迎队伍沿红地毯而立，其中当然少不了荷塞马省省长和卫生厅厅长；左手侧拿着长矛的摩洛哥皇家卫队已分列两排，静静地恭候着国王穆罕默德六世的到来，西装革履的保镖手持对讲机警惕着每个角落，楼顶地面、前后左右都能看到他们的身影；马路对面挤满了拿着国王肖像的荷塞马民众，前面是穿着民族服饰的阿拉伯乐队和柏柏尔乐队，吹着长号、打着手鼓、敲着磬，载歌载舞煞是热闹，不时听到摩洛哥女子富有特色的有节奏的舌哨声。两点刚过，随着乐队的鼓声越来越响、越来越快，由警车开道的国王车队慢慢地向我们驶来，前面的几辆汽车和摩托车上下来的都是摄影记者，接着出现的大概是国王的随从官员和贴身侍卫，随后的豪华丰田车里走出一位雍容华贵的人物，头戴红色小帽，

摩洛哥国王和荷塞马医疗分队队员、荷塞马医院医护人员合影

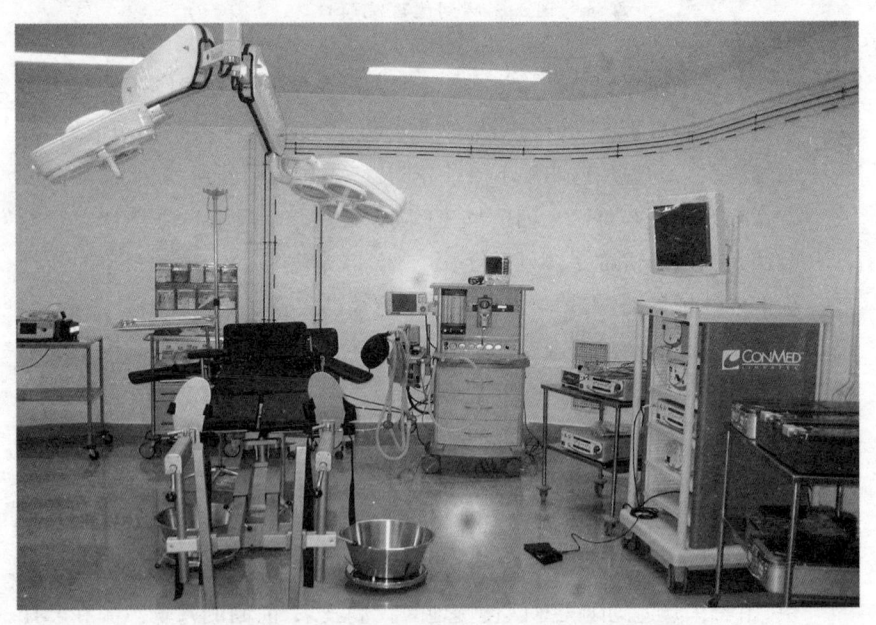

崭新的骨科手术室，配有先进的牵引床和关节镜。

身穿吉拉巴（Gilaba，摩洛哥的民族服装）长袍，架着一付墨镜，这就是传说中的摩洛哥国王穆罕默德六世，身材要比想象中的略显富态但笑容可掬、平易近人。国王接受皇家卫队敬礼后向我们款款走来，所有的人都激动地鼓掌欢呼雀跃起来，他与每位医院行政人员、医生、护士亲切握手，然后在官员和保镖的簇拥下走进急诊大门，主要是看一看刚落成的新手术室和监护室。新手术室和监护室位于一楼儿科病房隔壁、收费处对面，与老的相比简直是一个天上一个地下，有天壤之别，不仅面积上大很多，硬件设施上也较原来有很大改进。新监护室里除空调外还有进口呼吸机和心电监护仪，新手术室里医生休息室和更衣室条件有明显改善，四个手术房间里均配备有先进的手术床和无影灯，还有进口麻醉机、电刀、全套手术工具和器械，骨科手术室里有免拆卸牵引床和进口的 C 臂机，令人兴奋的是这儿还有齐全的美国产关节镜设备，普外科的手术房间里摆着一整套腹腔镜成像系统，另外两个小一点的手术室可供眼科和耳鼻喉科使用，术前用来洗手消毒的供水装置均为光电全自动式。两点半左右国王结束视察，大步流星地走出急诊大门，当他快从我们面前经过时，身边的美女医生轻轻叫了一声，国王扭头向这边望了一眼，立刻停下急匆匆的脚步，和我们站在一起愉快地合影。这是一张富有纪念意义的照片，我真想知道美女到底说了什么。

荷塞马首例椎弓根钉内固定术

7 月 13 日这个星期轮到我值班，由于小山城里到处都是人，又恰逢国王来到荷塞马准备举行登基执政十周年庆典，使得这儿更加热闹更加拥挤，外伤数量激增也在所难免，一天走十几趟急诊合乎情理。有打沙滩排球搞出肩关节脱位的，有遭遇车祸、摔跤后致各部位骨折的，也有操作机器不慎导致手外伤的。外科男病房已搬至三楼，与妇产科、肺科同一层楼面，楼下则是新的外科女病房，因刚装修而显得干净整洁、宽敞明亮，医生护士办公室也比以前的好得多。19 日收治一例胸 12 骨折的患者，幸好无瘫痪、大小便障碍，查体未发现感觉肌力异常，说明脊髓等神经结构无损伤，X 线片示"胸 12 压缩超过 1/2"，CT 发现"胸 12

椎体、胸11棘突骨折，胸12椎体后上缘有一小骨片突入椎管"，有明确的手术指征，患者需手术治疗，应行后路开放复位减压内固定术。担心的是找不到椎弓根钉，询问药房后老板非常自信地说："只要你能说得出来，我就能找到。"看了样图后他打电话到菲斯，果真找到相关器械，需五千迪拉姆，家属付完钱后工具第二天送到。7月22日上午，全麻成功后置患者于俯卧位，取胸11至腰1后正中切口，切开皮肤、皮下及腰背筋膜，骨膜下剥离双侧骶棘肌，暴露胸11、12及腰1关节突，探查发现胸11棘突骨折，由此可初步定位胸12、腰1，于腰1左侧椎弓根开口后钻入刮匙，这是我从国内带来的自备专用工具，C臂透视机确认节段后打入螺钉一枚，随后完成胸11、腰1所有椎弓根钉的植入，再次透视确认所有螺钉位置无误后，咬除胸11下半、胸12上半棘突及椎板，清除黄韧带暴露硬膜囊完成减压，双侧分别安装连接棒并进行撑开操作，最后锁紧所有螺钉钉尾的螺帽完成固定，冲洗后逐层缝合关闭切口并置负压引流管。值得一提的是椎弓根螺钉是脊柱外科的常用技术，植入时应尽量靠经验盲打以减少C臂机的使用次数，将X线对医生及患者的照射损伤降至最低，当然要做到这点必须熟悉脊柱解剖并在实践中不断积累经验。

摩洛哥国王在荷塞马庆祝登基日

7月30是摩洛哥王国的国王登基日，也是穆罕默德六世执政10周年纪念，国王特意选择在荷塞马举行庆祝大典，足以看出他对这片土地的情有独钟，也许这儿以少数民族柏柏尔人为主，也许是小岛上的西班牙人近在咫尺，国王必须表现出对这儿的热情，同时要安抚好非阿拉伯主流的柏柏尔人。节日前夜全城沉浸在欢乐的海洋里，盛大活动即将在人民广场拉开序幕，人流早就把这里挤得水泄不通，摩洛哥官方电视台已做好直播准备。晚上8点摩洛哥三军仪仗队集结完毕，由王宫大门口出发开始环城游行，紧跟开道警车的是皇家骑兵卫队，个个身穿白色军装，身披大红袍，骑着高头大马，手执带有国旗的长矛，神气活现、威风凛凛犹如天兵天将；后面是正吹奏着进行曲的皇家军乐团，步伐整

摩洛哥国王穆罕默德六世执政 10 周年庆典

齐划一、乐声震天激昂，两旁是手提摩洛哥神灯的护卫士兵；紧接着的是骑兵小号手方队，马背上的阵阵军号催人奋进，再后面又是拿着长枪的骑兵方队，最后是一支摩洛哥空军的军乐团。他们由"淮海中路"出去由"南京东路"回来，绕市中心一周后最终在人民广场一字排开，然后在舞台前的空地上轮流表演，展示结束后台上的交响乐团开始演奏，国王登基日庆典进入舞台节目阶段，放眼望去到处是密密麻麻的欢腾人群，每个人都尽情享受着节日带来的快乐。11 点刚过，奎马多海湾行宫对面的山梁上传来炮声，随后是划破整个夜空的美丽而耀眼的烟花，一朵一朵又一朵地盛开在广袤而平静的地中海上，此时此刻荷塞马全城所有目光都会聚到这里，登基日前夜的庆祝活动也渐渐进入高潮并将持续到第二天。

荷塞马随想

奎马多海湾游泳回来大概是晚上7点，竟然看到行宫门口又站满士兵，国王8月初去丹吉尔后近日又回到这里，看来穆罕默德六世确实很喜欢荷塞马。游完泳，吃好晚饭，洗个热水澡，你会觉得全身放松，然后坐在驻地的阳台上乘乘凉、聊聊天、打打牌，这也是单调的援摩医疗生活中的

在我们驻地的阳台上

一抹色彩。阳台的四面中有两面是白色的墙壁，空间不算大甚至让人感觉有点约束，而北面隔壁的天井里睡着男精神病人，时不时地传来他们疯狂的笑声和歌声。阳台上有个木制人字梯，借助它我可以爬到屋顶，一个更大的无拘无束的阳台，环顾四周视野开阔，一览无余，任凭清凉的海风吹拂着身体，有种被融化在风里的惬意。东面望去是依旧碧蓝的地中海，隐约看到那气象山上的灯塔，夕阳映衬下的天边挂着一丝红霞，那住家、商店、宾馆、清真寺，和清真寺里定时传出的祈祷声，这一切已深深地印入我的记忆，应该也是人生的一种享受吧。而身后的山坡上是一户户小楼，有的外墙上挂着闪烁的霓虹灯，远远地能听到那里的激情音乐，据摩洛哥人说那家正在请客办婚事。晚上10点左右他们会走出家门，十几辆小车组成一个长长的车队，一般是点缀着鲜花的婚车打头，里面坐着恩爱甜蜜的新郎新娘，后面跟着乐队一路上吹吹打打，还有很多的亲朋好友兴奋地吹呼着，有些年轻人甚至会从车窗里探出身子，所有小车都打着双跳灯、摁响喇叭，绕荷塞马全城一周接受人们的祝福，这儿的人结个婚也挺风光热闹。转眼来荷塞马已近一年，9

月中旬将回国度假一月,反正还会回来所以并无特别感受,等明年10月结束援摩生活时,想到可能很难有机会再来,不知道会不会失落和惆怅?会不会对这里恋恋不舍?因为这里的生活痛并快乐着。

摩洛哥的医患关系

摩洛哥的医护人员地位很高,在诊疗上专科医生更是权威,病人及家属对他们非常尊重,绝不会对疾病的治疗提出异议,充分体现病人对经治医生的信任,这种医患关系与西方国家很相近,虽然摩洛哥的经济并不很发达。8月13日上午在宿舍看书,听到楼下传来一阵阵口号声,还伴着有节奏的掌声和歌声,原来是一群医院工作人员围站在大门后面的空地上,不知道为什么如此群情激愤?一问才了解是急诊室的全科医生安纳斯前几日上班时被四个病人家属围攻殴打受伤,这种事在摩洛哥罕见,四个凶手当即被警察逮捕归案并将处以重刑,今天全院医

全院医生、护士和行政人员集会声讨殴打医生的凶手,与国内相比,针对医务人员的暴行在摩洛哥极少见。

生、护士和行政人员在此集会，纷纷发言以声援安纳斯，声讨凶手的暴行，我也情不自禁地加入其中以示支持，尽管听不懂他们在讲什么、唱什么。

摩洛哥的医疗价值观

8月上旬收治一位17岁的男性患者，小伙子摔倒后发生左桡骨远端骨折，因移位明显而收治入院准备手术治疗。巧的是病人的父亲认识我们的翻译小张，正是他上次帮我们更换损坏的卫星天线，他托小张找我打招呼希望能照顾一下，不管认不认识我们都会对患者一视同仁。由于8月3日至9日这周值班收的病人较多，有四个手术不得不排到下一个星期的前半周，10号星期一第一个手术病人是腰2骨折伴截瘫，全麻下行后路腰2骨折开放复位减压内固定术，手术历时两个多小时，结束时已超过中午12点，下来再吃饭休息，很有可能会拖到下午2点，这时想进行第二台手术则比登天还难，特别是中国医生值班时想做个急诊手术都很费劲。幸好新来的院长比较务实，也特别重视工作上的问题，同时摩洛哥人骨科医生阿殴迷的工作方式也有很大改观，对中国医生要比过去尊重了许多而且有时还会帮着我们，就这个下午2点后摩洛哥护士不愿手术的事情，新院长专门找阿殴迷和我们两个中国骨科医生开会，约定以后如果护士再偷懒就打电话给院长或阿殴迷，他们还找到手术室护士长鲁西就这个事情专门做了些布署。在鲁西的安排下第二台手术顺利进行，就是那个年轻的左桡骨远端骨折的病人，全麻下行切开复位+交叉克氏针内固定术。手术完成后我稍显疲劳地走出手术室，在外等候的患者父亲连声向我道谢，他也知道这个手术差点被推到第二天。术后3天病人恢复良好予以出院。15日患者父亲来找我开病情证明，正好我们想在食堂里装个卫星电视，这样可以边进餐边看央视四套，免得饭菜弄得房间里到处是油，于是就和他商量如何解决这个问题。他二话没说就爬上屋顶进行一番检查，发现三个卫星天线12个接头全被占用，我们队内12个人正好一人一个，但还发现活动室的一个锅盖闲置未用，如果这个天线没坏的话可以接到食堂。患者的父亲急匆匆地赶回去拿工具，有队友说上次他安装卫星天线收费很贵，这次可要好好地和他谈一谈压压价。过了会儿他大包小包地回到我们驻地，还把他的儿子一起带来让我看看，复查后我说："这个手术做得很成功，另外你儿子比较年轻，骨骺未闭，所以选择用交叉克氏针做内固定，节省一块钢板并免去二次取内固定的手术。"他听后非常高兴，还不住地和儿子解释，边说边穿上装满各种工具和钉子的工作服，再次爬上楼顶准备开工，让他儿子在下面做助手。首先他用电视机和卫星信号转换器确认这个锅盖是有用的，然后把十几米长的电线一端与天线相连，另一端则下放到食堂与卫星信号转换器相接，不断地调整锅盖方向并向他儿子询问信号效果，这个天线可能用得时间比较长而且有点生锈，稍微动一动都会影响到电视的图像和音质，如果让不认识的人来修可能又要换个新的。楼顶上的烈日很毒辣，站一会都会汗流满面，而他还在那里耐心地调整，直至下面的电视效果满意，下来时他已汗流浃背，赶快给他弄了点冰水。他打趣地说："做这个和你做手术一样，你是帮人诊疗而我是帮天线看病，你们开刀有一个组的医护人员参与，而我和我的儿子也算是一个组一起工作。"他还指指工作服说这和手术服一样，我们术中用各种螺钉他们也有，并看了看手表说和我做手术的时间差不多。他把这个和我的手术看作是等价交换，从头到尾未提一个钱字，可见我们手术的价值。

穆罕默迪亚医疗队来了

8月17日出去旅游，于20日下午回到驻地，竟然发现穆罕默迪亚医疗队来到荷塞马，这消息真是令人惊喜，因为早就盼他们来了，其中四位医生是我们去年上海法语班的同学，而且每次去拉巴特报帐总要在穆罕默迪亚聚聚。听说他们一路赶过来，20号凌晨才到达这里，他们的感受是荷塞马很漂亮但路途遥远，来一趟不容易。下午他们还在地中海里畅游一番，体验到它的温柔，而穆罕默迪亚的大西洋显得更加汹涌、更加刺激，有机会我一定要去那里劈波斩浪、挑战自我。我们的大厨小丁专门准备了一桌丰盛的晚餐，并把吃饭地点移至装有空调的活动室,两张乒乓球台就是一张非常好的饭桌,我们围坐一堂,把酒言欢、觥筹交错,一抒同学之情谊。我生性豪爽,酒品极好,数杯后便有点飘飘然,幸好平时注意锻炼身体,关键时刻冲得上、打得赢,不过第二天醒来时身体内还有残余的酒精在作怪。哈哈,人生难得几回醉,今朝有酒今朝醉,可惜我喝得再多大脑还是那么清醒,这种境界未免不是一件好事情,但不能经常如此挥霍身体,只能偶尔为之。喝酒适量可活血化瘀有益健康,便于沟通并可加深朋友之间的感情,但千万不能酗酒贪杯以免误事伤身。说起来容易做起来真难!

理发

理发就是整理头发,可剪可吹可烫可染,在我们老家俗称"剪头"。把长发剪短方法很多,随着时代的不断发展,这种方式也在发生改变,记得小时候用的是手推子,后来逐渐出现电动剃发刀,而现在一般直接用剪刀剪。理发可以美容,更可以调节心情,正如梁咏琪唱的"短发","我已剪短了我

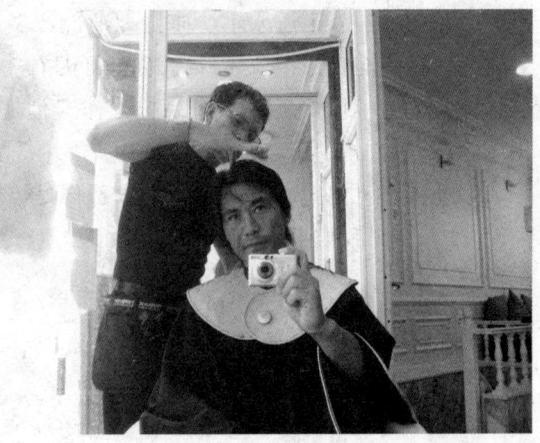

花200元剪去留了一年的长发

的发,剪断了牵挂,剪一地不被爱的分岔,长长短短,短短长长,一寸一寸在挣扎,我已剪短了我的发,剪短了长发,剪一地伤透我的尴尬,反反复复,清清楚楚,一刀两断,你的情话,你的谎话。"不过小梁唱的歌词太过伤感忧郁,我觉得剪完头发可以换个形象,会更加精神焕发,更加光彩照人。来摩洛哥前专门去徐家汇的永琪剪短头发,为了纪念援摩岁月决定在荷塞马不理发,现在头发已留了将近一年,足可以打辫子,在外面每遇摩洛哥年轻人都会听到"Jackie Chan"的叫声,并纷纷走上前

和我问好握手。现在快回国度假了也该与这一头长发作个了断。8月18日在外旅游时看到一家自己喜欢的理发店,花费将近200元将摩洛哥人羡慕的长头剪掉,看着头发由长变短,感觉轻松不少,也凉快了许多。

面对死亡,我微笑!
——献给正与病魔斗争的人

当我某一天知道自己不久人世,
因为可怕的病魔,
我会欣然接受,
比起天灾人祸中突然消失的灵魂,
我是幸运的,
因为我知道离开这个世界的时间,
我可以从容地与亲朋好友告别,
做自己最想做的事情而不留遗憾,
在有限的时间里去弥补过失,
在有限的时间里去体验幸福,
在有限的时间里去行善助人,
任何时候开始都不晚。

面对病魔我会狂笑,
居高临下藐视它,
踩在脚下,
绝不允许它主宰我的意志,
更不会让自己消沉,
尽管它让我的肉体痛苦,
吞噬我的细胞……
但是,
它灭不掉我的精神!

摧不垮我的坚韧!
打不倒我的毅力!
改不了我的决心!

我要开心每一天,
充实每一天,
精彩每一天,
让病魔见鬼去吧!
感谢上苍给了我生命,
让我在这世间走过一朝,
让我体会人情冷暖,
让我经历快乐痛苦。
而我最终要回到那大自然,
融化在蓝天白云里,
那是一种何等的逍遥自在,
又是一种何等的悲壮无畏,
面对死亡,我微笑!

穆斯林的斋月

　　伊斯兰教历的 9 月是穆斯林的斋月,又称哈马旦(Ramadan),穆斯林在日出后开始斋戒直至日落,是念、拜、课、斋、朝五项基本功课之一,为穆斯林修炼心性的宗教活动。当年由麦加迁移到麦地那的先知穆罕默德为了加强追随者对真主安拉的信心,于第二年 8 月规定为期 30 天的斋戒即斋月为穆斯林必须遵行的伊斯兰教仪式,除病人、孕妇、喂奶的妇女、幼儿之外一律要遵行"斋月"禁食,封斋从黎明至日落,不吃不喝不抽烟,戒房事,戒绝丑行和秽语,人们日落后以食物或饮料开斋即"开斋小吃",在天晓前吃"封斋饭"。斋月最后 10 天中的一个单数晚上为"吉庆夜",又称"尊贵之夜",在某些穆斯林国家斋月第 27 日的前一晚被奉为吉庆夜,伊斯兰教认为《古兰经》是在这晚首次给穆罕默德启示。斋月结束的第二天便是穆斯林的开斋节,人们身穿节日盛装参加会礼,相互拜访道贺,犹如中国春节的大拜年一般,共同感赞真主的恩典和慈悯并庆祝斋月完成,许多青年男女特意在此时举行盛大婚礼,更为欢乐的节日增添喜庆的气氛。这一天每个穆斯林在举行宗教仪式的同时,须完成一项社会方面的义务"开斋捐",让每个穆斯林过一个幸福而愉快的节日。

8月22日是今年斋月的第一天,历时两月余的夏令时也已结束。这一天我起床特别早,突然想去体验晨泳,穿上西甲豪门皇家马德里的白色队服,由穆罕默德五世医院跑向奎马多海滩。大街上的行人果然比平时少了许多,本来早该开门的咖啡馆今天大门紧闭,不过一些超市和杂货店仍照常开张。清晨的奎马多海湾非常安静,朝阳下的地中海清澈透明,波光粼粼,金黄色的海滩上满是海鸥的脚印,而刚刚退去的潮水留下一片平整的沙地。我脱去满是汗水的球衣,一头扎入稍有凉意的海水中,偌大的天然泳场里只有我一个人,俨然是一条自由自在游泳的鱼,可以尽情享受这一刻的欢快。上岸后顺行宫面海一侧的山崖爬上去便是人民广场,看来以后的晨练可改为铁人三项:跑步、游泳、爬山。

荷塞马首例前后路联合脊柱手术

8月上旬收治一位只有19岁的男性患者,外伤后双下肢瘫痪伴大小便功能障碍,看到他插着导尿管便知神经损伤相当严重,查体腰2棘突处压痛并有后凸畸形,双侧大腿中点以下的痛温觉消失,双侧髂腰肌、股四头肌、胫前肌、𝆏长伸肌及跖屈肌肌力均为零,提睾肌、肛门括约肌反射均未引出,X线片提示"腰2骨折且腰4亦有楔形变",CT检查显示"腰2椎体严重爆裂性骨折,并有游离骨块突入椎管,约占到90%左右,腰4虽有压缩但并非新鲜骨折,另外发现腰1椎体也有轻度骨折"。诊断考虑"腰1、腰2骨折伴截瘫、腰4陈旧性骨折",计划行前后路联合腰2骨折开放复位减压植骨融合术,由于荷塞马医院术中及围手术期处理手段有限,原本该一期完成的手术还是分为两期进行较为

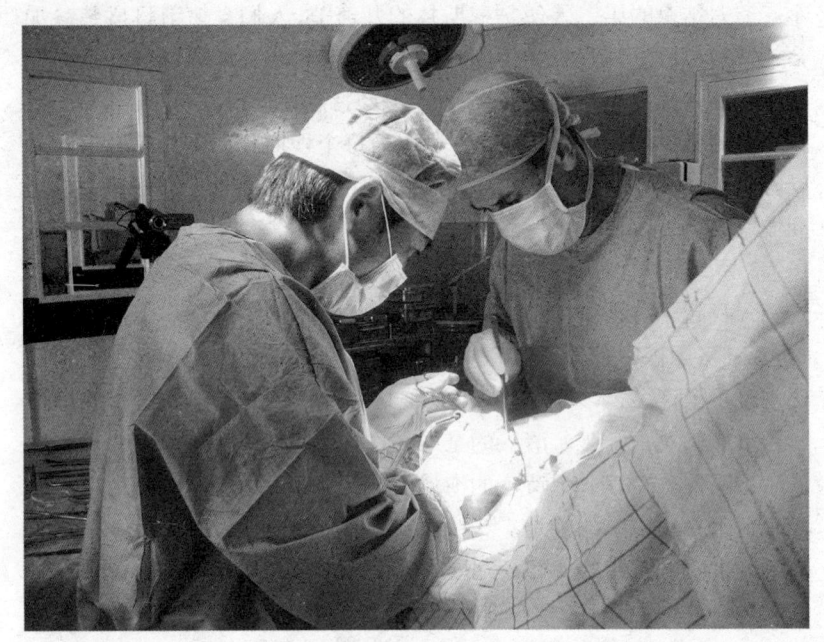

和摩洛哥助手哈希德一起为 19 岁的腰椎骨折瘫痪患者手术

安全,先行后路腰 2 开放复位减压椎弓根钉内固定术,为前路取出进入椎管的骨块创造一个神经可退让的余地,待患者的一般状况、营养、体能、血细胞等充分恢复到正常,两周后再行侧前方骨块取出椎管成型+植骨融合术。可惜的是患者来这里就诊时外伤已发生 10 天,如果能在伤后 24 小时内进行手术神经恢复会更好,另外该病人家里经济并不宽裕只能买得起两对钉,要不是骨块突入椎管如此严重我还真想只行前路手术,这样减压植骨后行前路固定就能用一对钉来完成。2009 年 8 月 10 日全麻下行腰椎后路减压内固定术,咬除腰 1 下半椎板、腰 2 全椎板及腰 1、2 下关节突,胸 12 左侧、腰 1 右侧及腰 3 双侧植入椎弓根钉完成固定,术中发现前方骨块已将硬膜囊的前面刺破并有少量脑脊液溢出,此处硬膜囊破裂从后面很难修补,若在国内可使用蛋白胶,游离骨块并无明显活动,很难将其敲入前方椎体内,若想从后面将其强行取出势必要加重圆锥马尾的进一步损伤。术后切口内使用常压引流,第三天时改为负压吸引,发现有淡红色透明液体流出,应该是意料之中的脑脊液漏,遂拔除引流管后仰卧压迫,术后两周切口愈合良好,双下肢感觉恢复至小腿。8月25日在全麻下行腰2左侧前方减压植骨融合术，切口由骶棘肌外缘与十二肋交点开始向前下至腋前线，切除十二肋后从肋床进入，向上推走肋膈角切开膈肌，向前推开腹膜后即可暴露腰1、2、3侧方的腰大肌，横断腰大肌止点后可见腰1/2及腰2/3椎间盘，插入定位针C臂机透视以确认腰椎及椎间盘节段，切除腰1/2及腰2/3椎间盘并结扎切断腰2节段血管，咬除腰2左侧椎弓根后暴露硬膜囊及腰2神经根，楔形凿除腰2椎体后半部以打薄椎体后缘皮质并切除，至此可见硬膜囊的腹侧及挤压在囊上的右侧骨块，将游离骨块切除取出以使圆锥马尾得到彻底减压，此时可见脑脊液流出，并未发现明显的破裂口，予以明胶海绵局部填塞于硬膜囊前方以封闭小破口，将十二肋骨一剪为二植入腰1与腰3椎体终板间，碘伏、生理盐水冲洗后放置引流管并逐层缝合关闭切口。这种手术照样是主刀和助手两人完成，在国内一般也得两三个助手帮忙，在这里一个助手拉钩暴露已经很累，难免进行深部操作时配合不到位，我只得左手拿着吸引器清晰视野，右手单手完成刮匙、枪钳等减压操作，甚至有时只能单纯凭手感来进行。术中的台下配合也存在很大问题，C臂机透视的位置和图像难得满意，拿个器械拖拖拉拉浪费很多宝贵时间。目前已术后一周，切口愈合良好，感觉恢复至大腿。按现在下肢感觉恢复的程度和速度预计，有望于术后两月时出现肌力恢复的迹象，汉姆杜里拉（愿真主保佑他）。

　　顺便谈一谈处理脑脊液漏的一点经验。如果术中发现硬膜囊破裂，尽可能地进行缝合修补，如果缺损较大可以用筋膜片，有时也可以使用脂肪垫，然后再用明胶海绵覆盖，有条件的局部用蛋白胶封闭，肌层、筋膜层缝合要紧密。术后前两天引流保持常压，第三天可尝试负压引流，如果发现淡红色透明液体，这应该可以确定是脑脊液，一种处理是拔除引流管，然后切口采用局部压迫，另一种是保持常压引流，待术后两周切口愈合后，拔除引流管缝合引流口。如果经过这些处理仍有脑脊液从切口流出，可进行硬膜下穿刺置管进行脑脊液引流，一天150至200 ml以降压促切口愈合。脊柱手术最可怕的并发症可能是脑脊液感染，患者出现高热并有剧烈头痛等颅内高压的表现，在这方面我有一定经验，曾成功治愈过一例患者，最有效的办法还是硬膜下置管脑脊液引流，同时静脉内使用能穿透血脑屏障的有效抗菌素，本人认为先锋必与新青 II 合用效果相当理想。

荷塞马的医疗趣事（三）

　　如果妇产科病房的侧门没有关闭，由此去外科病房或急诊室较方便，所以经常需要穿越妇产科病房。听到的是婴儿此起彼伏的啼哭声，闻到的是飘满走廊的一阵阵母乳香，看到的是个个挺着将军肚的孕妇，和病床上怀抱小孩刚分娩的产妇，产房里有时会传来撕心裂肺的喊声，不过这儿的产妇有很多都上了年纪，她们一辈子少的生四五个、多则十余个。另一道别致的风景是妇产科门口值勤的警察，每每看到他们就意味着又有一个未婚妈妈。摩洛哥是个穆斯林国家，妇女地位相对较低，法律对妇女的限制非常严格，一旦出现未婚先孕的情况，生小孩时就有警察重兵把守。

　　现在是穆斯林的斋月，太阳一出就不吃不喝不抽烟，应该没有那么多的外伤、车祸、打架吧。可是 8 月 24 日这周值班的最后一天，竟然一下子来了两个刀砍伤的病人，从头到脚、浑身上下都是血，我说："斋月里你们怎么都敢打架？"摩洛哥人笑着说："斋月里打架是经常的事。"这是什么伊斯兰教徒？什么斋戒？一个是右手第 2、3、4、5 指深浅屈肌腱全部断裂，左面部及右嘴边两道很长的伤口连全麻都没办法做，只有在局麻下行右手四个手指的屈肌腱吻合术。照样是找不到助手，只能自己一个人想办法完成，头面部的伤口应由值班的摩洛哥人五官科医生来缝合，竟然联系不上，好在我们的陈泽宇医生及时赶到救场。另一个病人是左前臂近 1/3 处刀砍伤，多块屈肌肌腹、肌腱及尺神经断裂，由于同时有个急性阑尾炎手术，又只能在局麻下独自进行操作。

　　8 月 31 日星期一，为一左股骨近端骨折的男性患者手术，他是达拉几斯特镇的副镇长，荷塞马省省长布得拉也为他特意来打招呼。由于骨折线由转子间水平呈很长的螺旋型向远端延伸，象这样的骨折最好是使用加长 γ 重建钉或加长 PFN，近端的交锁螺钉打入股骨颈，这样的固定才可靠安全，但这儿的药房打电话到菲斯询问也只找到股骨髓内钉。想不到的是这个回国前的封刀之作竟然开得这么的惨烈，难度自不必说而下手术台时身上脚上全是血,不过骨折的固定效果还不错且患者的术后状态也相当好,当我去看望他时竟然握着我的手不放还不断地亲吻,这样还不足以表达他的感激之情,干脆抱住我的头亲吻,淳朴的摩洛哥人真可爱!

塔扎医疗队来访

9月5日,塔扎医疗分队有五人来访荷塞马,基本上都是上海第七人民医院的医生,他们今年4月份刚从国内来到摩洛哥,其中有骨科的庄队长、眼科吴医生、针灸科姚医生、肾内科李医生和后勤徐师傅,其中吴医生、姚医生和徐师傅是第二次援摩,而江西的李医生已在塔扎工作第五年,他们为摩洛哥人民的健康做出很大贡献。

塔扎的同志来荷塞马最大的心愿就是畅游地中海。现在正值穆斯林的斋月,大多数摩洛哥人白天都乖乖地待在家里,下午的奎马多海滩上人自然少了很多,我们可以在这里充分享受阳光和沙滩。海水清沏得可以看见自己的脚趾和踩在水底沙土上扬起的尘雾,还有成群结队的鱼儿在腿边游来游去,但也要小心那些透明的小海蜇,可能会蜇你一下,犹如针扎般疼痛,还会肿起个大包。斋月里的荷塞马白天比以前安静许多,而一到晚上9点路边咖啡馆纷纷开门,摩洛哥男人坐于路边的盛景再次重现。我们选择在海边的米哈马赫(Mira Mar)花园咖啡馆小坐,交流在摩洛哥的工作和生活,还可以欣赏星光下的奎马多和西班牙游轮。

封刀又出鞘

自进入9月后荷塞马的雨季来临,气温陡然下降而且日夜温差较大,时不时地下点小雨,刮点小风。今天是9月11日星期五,回国前的最后一个门诊日,把一些随访病人安排好,过两天就可以放心走了。本想安安静静地度过这几天,谁知道今天一早药房打电话来,说我的病人人工髋关节已买好,并送到手术室现在开始消毒,这个消息让我非常震惊也非常无奈。这个股骨颈骨折的病人是我两周前值班时收的,骨折为头下型而且患者年龄已超过 65 岁,计划行人工髋关节置换术并让其购买假体,但他的家属都在纳道尔,家里经济状况不佳,收治入院后一直等着筹款。一等就是两个多星期,我还以为这病人会出院后回到纳道尔手术。据说后来医院里不少人为他捐款,因为现在正是穆斯林的斋月,摩洛哥人往往会在此时行善积德,他们说这样做真主会很开心的,真希望他们出了斋月还能继续。不仅如此,医院里还有两个热心同事找到我,说病人等了太久最好今天手术,对于我来讲当然没有问题,最多是封刀再出鞘,多做个手术。但手术室的问题真的很麻烦,斋月里摩洛哥人白天不吃不喝,一到下午除急诊外一律不做,这个手术又是今天才安排,前面还有两个小儿外科病人。我对那两位同事解释说,如果今天开不成的话,明后天休息更开不成,我这个周日将回国,如果下周一手术的话,可以请摩洛哥医生,可她们却可爱地问我,能不能等我回来后再开?一个月时间怎么可能。幸好手术室护士长鲁西从中斡旋,下午 1 点钟时病人就被接到开刀间,我抓紧时间看完门诊后赶过去,助手护士打趣说:"现在斋月做好事,他们有钱的出钱,我们没钱的出力。"哈哈,有趣!今天的手术出奇地顺利,从切皮到缝合才半个多小时,切口小,出血少,创伤也不大。当我走出手术室快到病房时,突然想起引流管未用线固定,赶快转身回去嘱咐一声,结果他们说已经办妥,我这才放心地离开。千万不要小看这种小事,"细节决定成败"非常有道理,如果引流管被不小心拔出来,这个后果有时很严重,很容易导致感染,对于关节手术更是灾难性的。

回国度假见闻(一)

援摩医疗满 1 年时可回国度假 1 月,由荷塞马坐车 10 个小时后到达拉巴特,再坐飞机 13 小时经巴黎回上海,于北京时间 9 月 15 日凌晨 6 点左右降落于浦东机场。透过车窗看到的上海既亲切又陌生,萦绕梦里的都市又发生很多的变化,高架、地铁、隧道四通八达,崭新而漂亮的住宅小区随处可见,繁华的商业中心依然高楼鳞次栉比,川流不息的人群是上海永远不变的特色,即将落成的世博园区建设场面如火如荼,雄伟而大气的红色中国馆已威然耸立。

回到家稍作休息调整时差,第二天去中山医院汇报工作,发现医院也有了可喜的变化。总院枫林路门对面的原儿科医院内大型综合医疗建筑群已经动工,扩建后的枫林路大门更加宽敞。一进门可见种满绿树鲜花的园子,正中的玻璃牌上写着中山院训,"严谨求实,团结奉献",两侧是国庆 60 周年的大红标语,还有世博会的吉祥标志物"海宝",一派喜气洋洋、催人奋进的景象,右侧便是鲜花簇拥下的国父孙中山的雕像,背后是天桥连接着的新手术大楼和外科大楼,想象着同事们在这样

中山医院的中山先生像和后面刚落成的手术大楼,还有将大部分建筑连成一体的天桥走廊——中山明珠线。

绿树成荫、环境优雅的中山医院

的条件下手术是多么的幸福。门急诊大楼里人头攒动,热闹依旧,各个病区里的病人依然住得满满的,医院各部门都在繁忙而有序地运转着。听说我刚从摩洛哥回来度假,王玉琦院长、沈辉副书记、魏宁处长等领导亲切地接见了我,仔细了解我们援摩医疗队员在异国他乡的生活和

工作，对我们能在万里之遥艰苦条件下成功开展工作表示肯定，鼓励我们要继续发扬"排除万难，救死扶伤"的优良传统，在非洲大陆充分展现中山人、上海人、中国人的医疗风采，争取在未来的一年里为中摩友谊作出更大的贡献，王院长还风趣地说："看你现在又黑又瘦的样子真像阿拉伯人。"晚上骨科姚振均主任安排与我共进晚餐，还点上昂贵的鱼翅和鲍鱼给我接风，作为骨科的一员我心里热乎乎的。有点遗憾的是，医院里遇到很多同事，本想和他们打招呼，但大多数人已认不出我，哈哈，看来我的变化确实不小。

回国度假见闻（二）

身处万里之遥的摩洛哥，生活孤独寂寞单调乏味，我们努力挖掘身边的美丽，去充分享受去尽情体验。其实上海的好去处更多，只是天天生活在其中，繁忙于赶路、工作和家务，并未用心去慢慢品味，外滩、人民广场、衡山路……令人眼花缭乱，数不胜数。上海人气最旺的商业购物休闲中心要算徐家汇了，港汇广场、东方商厦、美罗城和汇金百货齐聚此地，世界各地名牌服饰、化妆品、皮具等商品琳琅满目，也云集了国内外许多有名的饭店、餐厅、咖啡馆，四周的大型液晶屏上不断播放的广告透出时尚气息，正中的世博会倒计时牌和东方商厦前的中国馆造型，无不提示着日益临近的上海世博会将是最独特的一届，一到晚上这儿更是灯火阑珊、霓虹闪烁，一派繁华的景象。而边上的徐家汇公园正好与此形成明显反差，绿树成荫、鲜花盛开、小桥流水、曲径通幽，好一个闹中取静，夜幕降临后这儿便成了老年人锻炼、青年人谈恋爱的好地方。徐家汇下面的地铁站也是一个重要的交通枢纽，数条干道交汇于此并向上海的各个方向延伸，所以站台上总是挤满着各种各样行色匆匆的人群，一班地铁到站后人流犹如泄洪般涌出车门，而候车的人群则象退潮般被吸入车厢，瞬间即逝，载着希望、载着梦想驶往人生的下一个地铁站。位于一大会址附近的新天地，是上海滩上早已出名的酒吧街，朦胧灯光的映衬下充满着魅惑，这里总是挤满了老外和国内游客，空闲时邀上三五好友围坐于宝莱纳内，一边品尝着德国口味的鲜酿啤酒，一边欣赏着菲律宾乐队的激情歌舞，高兴时还可以上去与他们同台表演；或坐于街边的酒吧咖啡馆门口，点上一杯鸡尾酒或法国红酒，看看行人、聊聊过去、谈谈未来，这也是一种轻松而优雅的惬意。而位于泰康路瑞金路的田子坊，则是近几年刚刚开发出来的，原来是一些老民居和老厂房，经过巧夺天工的修建改造后，呈现出传统与现代融于一体的风格，形成一种独特的石库门文化。这儿有很多画廊和艺术工作室，最有名气的要算是陈逸飞的，还有出售民俗服装和工艺品的商店，巷子深处可见极富特色的小酒吧和小餐馆，有日本料理、泰国菜和各种西餐、小吃，身处沪式老弄堂，喝着小酒吃着美味佳肴，在这里可以感受到上海历史的变迁，难怪深得老外喜欢，成为他们经常光顾的地方。

回国度假见闻（三）

　　这次回国度假正逢我们祖国母亲60华诞，观看国庆阅兵式是每个中华儿女的心愿，10月1日一醒过来便早早地守候在电视机前，这种心情不亚于除夕等待春节联欢晚会的开场。天安门前庄严的升旗仪式，胡主席对中国三军的检阅，战士们高亢而嘹亮的口号，军姿威武动作整齐的方队，极具威慑的先进武器装备，划过蓝天的新一代国产战机，充分展现着我们的国力军威，无不让人为祖国感到自豪。再看看那些兴高采烈的游行队伍，内容丰富五彩缤纷的各式花车，魔术般不断变幻着的人工翻板背景，处处体现着改革开放带来的成果，人民安居乐业生活水平明显提高，科技飞速发展航天事业蒸蒸日上，文体工作成效卓著奥运奖牌跃居第一，教书育人百年大计培养出更多才俊。

　　今年的国庆长假相当隆重也相当热闹，很多年轻人都选择在这几天举行婚礼，不少人犹如过春节一般携家带口回到家乡。老家的同学说每年春节前都要忙着收债，心情比较复杂，背负的压力也比较大，而这个假期有点正月的感觉但过得轻松。回到江苏南通便不得不再次体验独特的酒文化，儿时要好的同学、朋友还有亲戚会轮流做东请客，小小的通州区几十家大小饭店都快吃遍了，与刚回到国内时没吃几口就腹胀相比，现在的胃容量明显变大。一张大圆桌上一般可以坐12个人,每人面前有一套筷匙杯碗盆,中间的小转盘用于摆放各式冷菜热炒,其中的河豚鱼和乌龟肉极具特色。喝酒是每次聚会必不可少的节目,先来白酒再来红酒最后啤酒漱口,你敬每人一杯,每人再回敬你一杯,感情深一口闷,宁伤身体不伤感情,一来二去交杯换盏,气氛越来越热烈,在这酒劲十足的交流中感情得到升华。城里的吃多了便想着去乡下,虽然农家饭店环境比较原生态,但做出的野味真的非常诱人,有狗肉兔肉马肉驴肉麻雀肉,还有牛肉羊肉鸡鸭鹅肉田蛙肉。有机会你一定要去我们老家走走。

为祖国的外交事业奉献自我
——祝贺中华人民共和国60华诞

1949年的10月1日中华人民共和国终于成立,伟大的中国人民又骄傲地屹立在世界民族之林,多少英勇无畏的共产党人为此抛头颅洒热血,又有多少革命先烈为此付出宝贵的青春和生命,那些腥风血雨白色恐怖的日子令人难以忘却,让人倍加珍惜今天来之不易的和平幸福的生活。至2009年的国庆祖国母亲已走过60个年头,虽然中国人民经历过风风雨雨的蹉跎岁月,虽然中国人民经历过痛心疾首的曲折弯路,但共产党最终指出一条正确的前进方向,走出一条具有中国特色的社会主义发展道路,改革开放让国家经济腾飞人民安居乐业,和谐团结的社会一派欣欣向荣蒸蒸日上,中国在国际上的作用日渐显著地位日益提高,北京奥运会的成功举办和载人飞船的上天,更是快速提升的国家综合实力的最好诠释,无论是去年的大地震还是今年的经融海啸,无不展现出中国政府的负责任的大国风范,无不展现出中国人民的不屈不挠的坚强意志。

中国政府对亚非拉国家的医疗援助,是我国援外工作的一个极其重要的组成部分,不仅是我们伟大祖国树立自我形象的世界舞台,是为改善落后国家人民生活做出的一份贡献,也是中国人民与世界人民和平友好相处的象征,更是展现中国医务工作者的仁心妙术的机会。我们援摩洛哥医疗队作为其中的一分子,每个援摩队员都应充分体现这种精神面貌。当 2008 年 4 月领导通知我已被选中参加援摩医疗队,我义不容辞毫不犹豫并满怀豪情地加入其中,从那一刻起我仿佛感觉身上已被付与神圣的使命,我意识到自己是中非和平的使者中摩友谊的桥梁,更是一名去非洲履行救死扶伤职责的白衣战士,不仅代表自己更是代表中山医院代表上海代表中国,我的一言一行将会影响到我们祖国的声誉。语言交流的重要性让我认真刻苦地学习法语,万里之遥远离亲朋让我想方设法调整状态,单调寂寞的异国生活让我坚持锻炼保持激情,艰苦的食宿条件让我苦中作乐学会忍耐,复杂多变的医疗环境让我直面挑战因地制宜,肩上的重任让我竭尽全力做好每个手术,病人家境的拮据让我绞尽脑汁提高疗效,脊柱外伤病例让我发挥特长填补空白。作为本队临时党支部的书记,协助队长更好地发挥领导作用,坚决维护医疗队的团结和谐,敦促队内党员处处表率带头,时刻以党员标准要求自己,豁达开朗大度积极乐观向上。与摩洛哥人相处不卑不亢,充分尊重每一个摩方同行,展现中国医生的人格魅力,尽量处理好与摩方的关系。如果摩方确实存在不妥之处,我们总是有理有利有节地交涉,既要维护我们祖国的尊严,又不失中摩友谊之大局。还记得我们第一次在摩洛哥度过的 2009 年春节吗?卫生部、上海市卫生局、复旦大学医管处给我们寄来慰问信,援摩医疗队总队部领导翻越万重山穿越无人区来看望我们,心内科杨昌生医生和我还收到中山医院领导的新年祝福。祖国人民没有忘记我们,党和领导没有忘记我们,有了这么多的贴心关怀,异国他乡的我们倍感温暖。未来的一年里我要继续努力,将援摩医疗工作进行到底,为祖国的外交事业奉献自我。

欧洲脊柱外科年会之旅

今年的欧洲脊柱外科年会于 10 月 21 日至 24 日在波兰华沙举行,为了利用这个机会学习国际脊柱外科目前的先进技术和理念,我分别向援摩医疗总队部、复旦大学医管处及中山医院请假,在获得各方批准后这次欧洲脊柱外科年会之旅才得以成行。10 月的上海穿短袖都没大问题,而巴黎已进入深秋得穿厚外套,华沙更是寒冷完全就是冬天,据说前段时间刚下过一场雪，全球温差如此之大第一次感受。波兰现在虽然是资本主义国家，是欧盟成员但至今仍未加入欧元区，从华沙城建上看经济并不景气，高楼大厦及现代化设施也不多，最气派的就是华沙文化交流中心，还是几十年前由原苏联援助建造，这建筑处处透着社会主义的影子，年会在此处举行倒是感觉很亲切。年会开幕式分别由欧洲脊柱外科协会主席 Balague 和东道主 2009 欧洲年会组委会主席 Maciejczak 致辞，大会发言论文汇报分别在主会场

在波兰华沙文化交流中心参加2009欧洲脊柱外科年会

和数个卫星会场同时进行，按内容大致分为以下十几个主题：①颈椎疼痛的外科治疗；②腰椎疼痛的手术和非手术治疗；③腰椎神经根性痛的治疗及融合方法；④胸腰段骨折、肿瘤及其它疾患的治疗；⑤腰椎的影像学及流行病学研究；⑥脊柱外科治疗的基础研究；⑦脊柱肿瘤的病例讨论；⑧骨质疏松患者脊柱骨折的治疗；⑨脊柱畸形的矫形与重建；⑩腰背痛的外科治疗；⑪脊柱肿瘤与创伤；⑫颈椎的创伤、肿瘤与退变；⑬实验研究探索脊柱外科的未来；⑭融合与非融合技术在治疗腰椎退变中的作用；⑮颈椎的流行病学及外科治疗；⑯下腰痛的手术与非手术治疗；⑰严重脊柱畸形与截骨；⑱融合术与椎间盘置换术在治疗腰椎管狭窄症中的效果比较。总的看来目前的脊柱外科有以下三个热点：微创、弹性固定、椎间盘置换，但360度融合仍是重建脊柱稳定性的最常用最成熟的方法，遇到符合适应征的合适病例我们应积极采用新技术进行治疗，因为我认为目前的热点不久的将来就会成为脊柱外科的主流，随着新产品的设计、材料、操作等方面的不断改进，它们将明显减小手术创伤、提高临床疗效、缩短康复时间，它们也必将在未来的脊柱外科领

前往法国尼斯LENVAL儿童医院学习脊柱侧弯矫形技术,并与Clement教授合影。

域里得到广泛的运用。新产品新材料对于脊柱外科的发展起到推波助澜的作用,所以这样大型的国际学术会议肯定少不了世界顶级厂商的参与,MEDTRONIC、DEPUY、STRYKER、ZIMMER、MEDICREA等大牌阵容强大,参展的还有来自美国、法国、德国、以色列、日本和中国台湾等地区的其它四十几家公司,脊柱产品种类之繁多、材料之丰富、技术之先进让人眼花缭乱,竞争最为激烈的就是经皮椎体成形系统、经皮椎弓根钉固定系统及人工椎间盘,几乎每个厂家都有自己的一套此类产品,而我在这方面也有自己的设计并已画出图纸,可惜临床医生与国内医疗器械厂家的合作存在着很多困难和问题,致使很多有新意的原创设计不能及时转化成生产力,这也是我们的国内厂家不能冲出亚洲走向国际的一个重要因素。给我留下深刻印象的还有椎弓根钉的缆式连接和弹簧连接、便携式三维导航系统(flex Vector Vision)、前路经皮内窥镜操作系统及经皮穿刺椎间盘髓核成型系统(Nucleoplasty),ZIMMER在脊柱侧弯矫形产品的设计中用纤维绳代替Luque钢丝有点创意。值得一提的是,法国MEDICREA公司出产的几个产品都挺有特色,颈椎椎体骑缝钉、带开门腰椎椎体间融合器、陶瓷组合式人工颈椎间盘,最特别的是PASS II代椎弓根钉系统,可折断万向钉尾加上延长器方便安装,通过侧块夹头锁紧钉尾螺母后可纠正旋转,在脊柱侧弯矫形的原理和操作上独树一帜。10 月 27 日我们来自上海、广州、北京三地一行十几名骨科医生应 MEDICREA 原厂邀请，前往法国尼斯的 LENVAL 儿童医院观摩由 Clement 教授主刀的脊柱侧弯矫形手术，我很有幸获得作为助手一同上台的机会参与 Clement 教授的手术。这次示教的手术病例为 14 岁男性患儿，于 10 岁左右发现脊柱侧弯并行支具治疗，近期随访发现主胸弯 cobb 角已达到 50°，近端胸弯和远端腰弯均为代偿性非结构性侧弯，胸椎后凸角已超过正常生理范围达 58°，手术矫形计划由胸 3 做到腰 2 并采用全椎弓根钉。患者全麻成功后置俯卧位，常规消毒铺单，取后正中切口逐层切开皮肤及皮下组织，剥离骶棘肌暴露胸 3 至腰 2 椎板及关节突，将电极插入胸 2/3 硬膜外以监测诱发电位，凿除关节突后置入所有 PASS II 代椎弓根钉，均依靠经验和手感采用盲打技术完成，这样既快又好的境界是我一直推崇的；按生理角度预弯矫形棒后装上所有夹头，胸 8 至胸 11 双侧使用可纠正旋转的侧块夹头，夹头套入钉尾延长器后拧紧所有螺母，畸形脊柱逐渐与预弯棒贴合从而恢复正常序列，与其它侧弯矫形系统不同的是无需旋棒，我将这种矫形原理命名为三维悬臂梁技术，从冠状面、水平面和矢状面上提吊椎体，从而纠正脊柱侧弯、旋转并恢复矢状面生理弯曲；将自体骨与人工骨混合后植于关节及椎板，逐层缝合肌肉、皮下组织及皮肤以关闭切口，在切口皮下注射长效局麻药以减轻术后疼痛。LENVAL 儿童医院是法国最大的儿科医院之一，在尼斯拥有豪宅的好莱坞影星安吉丽娜曾在此度假生子，医院虽然占地面积不大但科技含量很高，从洗手、摆体位到手术直播及台上台下对话，还有刚落成的可观看手术的直播大厅，无不让人直接感受到法国医疗设施的先进，但和国内大医院相比这种差距并不大。法语让我和法国人的交流更加顺畅，手术室里的护士对我也是格外的热情，从中我也了解到不少鲜为人知的东西，看来以后有机会还应该来法国多多学习。有意思的是法国电视 3 台新闻节目对我们的这次观摩进行了报道。（视频的 3′30″ – 5′40 是法国电视三台在 Clement 教授手术过程中对我们进行的现场采访。http://www.france3.fr/STATIC/video/）

空中惊魂

10月18日由上海飞往巴黎，然后由巴黎转机至华沙，24日再由华沙飞回巴黎，26日飞至尼斯，参观LANVAL儿科医院并参加一例脊柱侧弯手术，于28日下午4:05乘法航AF7715由尼斯飞到巴黎。本应直接飞至摩洛哥，但由于公私护照的问题，必须先回上海换护照，然后才能由巴黎转机入境摩洛哥。28日晚乘23:25的法航AF116飞浦东机场，于北京时间29日下午5:30到达上海，再坐30日的法航AF111飞回巴黎，当地时间31日的早上4:40到达戴高乐机场，中午12:35乘法航AF2958飞往摩洛哥。回国度假结束后去欧洲参加会议，一共进出法国巴黎戴高乐机场六次，恐怕机场服务员都快和我成熟人了。前面的飞行旅程一直都很顺利，但就在30日由上海飞巴黎的途中，经历了令人胆战心惊的20分钟。飞机起飞后两个小时左右，大概已在蒙古国上空，突然遭遇强气流，飞机开始剧烈颠簸。以前坐飞机也有点经验，穿越气流时总会抖几下，一般很快就过去，幅度也不会很大。可这次好像不是这回事，飞机上下幅度越来越大，吱吱呀呀的声音越来越响，而且还没有马上停下的意思。有时机身会突然下沉七八米，一下子失重让人感觉悬在空中，像玩嘉年华里的高空游戏一般，但心情可没这么放松，四周的旅客还算比较稳定，我闭上双眼让自己尽量冷静。终于头上有个行李箱盖被震开，有人禁不住发出轻轻的叫声，机舱内更增添了些紧张气氛，一抬头看到前方面对着我们的空少，这帅哥也系着安全带坐在乘务员专座上，为故作镇定而尽力挤出微笑，但这张笑脸中还是透出一丝不安。我表面虽然还算平静，手上已出了不少汗，再加前段时间法航出现好几次安全问题，当时的脑海里想得很多。这会不会是我人生的最后一次旅行？出事后我的家人朋友同事领导会怎么想？会不会在身后留下一大堆的问题需要解决？像以往的空难一样必然成为第二天的头条新闻。后悔的是不该对自己的专业如此执着而费尽心思参加会议、参加手术，不该进行本可避免的魔鬼飞行来挑战自己的生理和心理极限……幸好20分钟过后一切恢复正常，悬着心总算落了地。现在想来还心有余悸,但冒险去参加国际会议、参加手术还是非常值得的,毕竟学到了不少新理念、新技术。男人一定要有事业心!为事业而牺牲,无悔!但更要珍惜生命,活着就要活得精彩!

荷塞马见闻(三)

10月底回到荷塞马穆罕默德五世医院驻地,发现楼下停着大大小小的各式车辆,一打听才知道有个摄制组在此拍电视剧。询问剧组人员这个连续剧的名字,他们只知道阿拉伯语的表达方式,有些词好像很难用法语来翻译,连说带比画地也没解释清楚,好像叫作什么"甜蜜的树"之类。这一段讲的是一个柏柏尔人在精神病院的故事,剧组特意选择在柏柏尔人聚居的荷塞马来拍摄,事先把我们楼下精神病房里的所有病人移到其它地方,

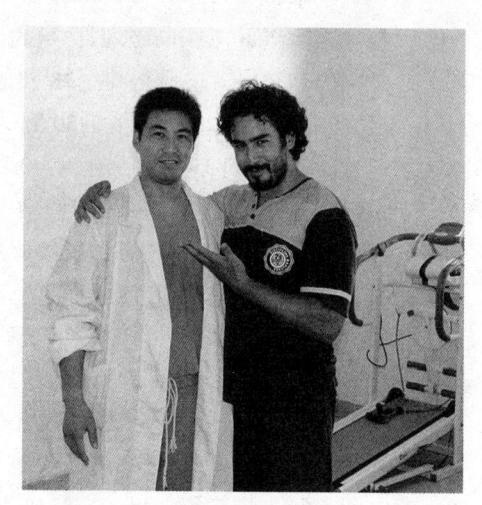

与摩洛哥男演员合影

然后在这儿架起摄像机、照明灯、道具,煞有介事地运作起来。据说这里面还有几个摩洛哥有名的演员,每次出现都会惹得卫校的女学生争相合影,看来荷塞马的追星族也不少。

国内度假结束回到荷塞马,看到老同事老朋友老病人,感觉有种说不出来的亲切,每个都要握手贴面问好。摩洛哥人问好很有特点,一问就是一连串一大堆,上海好吗?家人好吗?朋友好吗……刚开始我都会一一回答,后来干脆来一句"都很好",一下子把所有问题都解决。

上周六正式开始我在摩洛哥的第二个足球赛季,又见到那帮摩洛哥人球友时他们一下子围上来,说好久没见到我,是不是回上海度假了?哈哈,他们已习惯中国人在足球场上一起飞奔。虽说平时也比较注重锻炼身体,但比赛前的热身准备还是要充分一点,可能是蹦得太

与摩洛哥女演员合影

子把左小腿肌肉拉伤,还未比赛便已受伤,自己也觉得很无奈,上半场忍痛踢了会儿后还是决定下场。回到医院一瘸一瘸地去看病人,护士都打趣地说:"帮你叫医生吧?让他们给你开点药用用。"哈哈。不过我底子好,康复得也快,第二天小腿疼痛明显缓解,没过几天走路已趋正常。

重归荷塞马

带着满身的疲惫,
终于回到荷塞马,
闻到曾经熟悉的气味,
听到清真寺的祈祷声,
再次看到那包着头巾的阿拉伯女孩。

虽然不是故乡,
却有一种归属感,
虽然只生活过一年,
却让人感到亲切,
至少这是未来一年里我依赖的家。

让自己的心重新平静,
让自己的情不再波澜,
把更多的爱献给非洲人民,

继续履行救死扶伤的使命，

完成祖国交给我们的外交任务，

让中摩友谊之花盛开在荷塞马。

新一届总队部领导来慰问

今年的 8 月援摩洛哥医疗总队进行了新老交接，以董鸣大队长为核心的新一届领导班子走马上任。我们 9 月中旬回国度假时经过拉巴特的总队部，董大队长、廖翻译、冯老师、邹师傅热情地接待我们，把我们的餐饮、住宿、行程安排得非常周到，即将回家的激动心情里又增添了一份温暖。10 月中下旬我们刚结束国内假期回到荷塞马驻地，11 月 11 日董大队长等总队部领导一行四人便翻山越岭、风尘仆仆地赶到荷塞马慰问我们，让每一个荷塞马医疗分队的队员倍感温馨、倍感鼓舞。下午 5 点半总队部领导走进我们驻地，未作休息便和队员们攀谈交流起来，嘘寒问暖、体察队情并查看生活设施，嘱咐我们除做好专业本职工作外，还要安排好起居、照料好自己的身体，一年后安安全全、健健康康地回国。为了这一天我们的大厨小丁已经忙活了好几天，一大桌美味佳肴瞬间就呈现在大家面前，有目鱼大烤、泡椒蒸茄、香拌牛肉、葱香蚕豆、芒果南瓜、猪味鸡排、盐水鹰嘴豆、酱香萝卜、麻辣鸡公、红烧牛扒、老母鸡汤。幸运的是这天正好是北京时间的 11 月 12 日我的生日，丁大厨动足脑筋专门为我做了一道南瓜派蜂糕，我们队里的同志也已到外面的西点店定好一只蛋糕，董大队长听说是我生日专门派人又去买了只大的，医疗队有这样的领导有这样的队员，互相关心互相照顾互相帮助互相支持互相体谅，我们的队伍在未来一年里不可能不团结，不可能不和谐。晚上的聚餐可想而知是非常的热闹、非常的尽兴，喝着总队部带来的法国红酒我们畅谈心声，领导和队员之间加深了沟通、队员之间加深了理解。当大家点燃蜡烛为我唱起生日快乐时，我已是心潮澎湃、激动万分，更是热泪盈眶，吹蜡烛切蛋糕前我虔诚地许下一个心愿，愿所有远离祖国的援外工作者平安快乐！

新一届总队部领导来慰问

在摩洛哥度过第二个生日

参加摩方外科手术协调会

摩方院长发文邀请中国医疗队的外科医生参加 11 月 13 日的协调会，主要议题是择期手术的安排、手术室内部管理、小手术安排及器械。原因还是因为我们 10 月中下旬到达荷塞马后看门诊约了不少手术病人，而 9 月份刚刚启用的新手术室 11、12 月只供摩洛哥医生使用，他们的理由是，在中国医生度假的

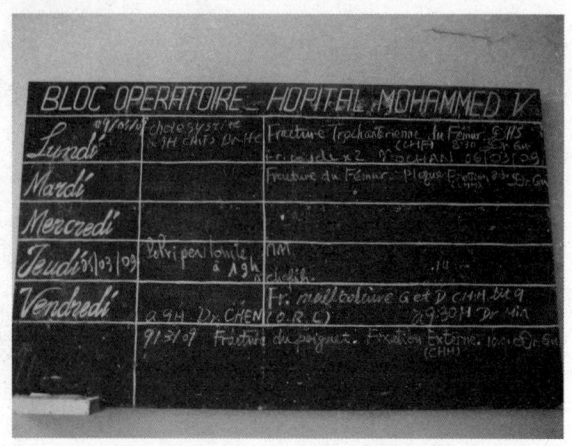

手术室前的黑板就是手术日程表，我们用法语将自己的手术写上去

这一个多月里他们已约满手术，我们如果要做择期手术必须得等到明年 1 月。这很难让中国医生接受，便多次找摩方院长交涉。上午 10 点我们准时来到院长办公室，摩方的手术专科医生也陆续到场，还有麻醉科主任和手术室护士长。此次的协调会由摩方院长主持，第一项就是择期手术日安排，他们拿出草表征询我们的意见。我粗略地看了一下这个安排表，每个医生每周都有一个手术日，应该说是基本上达到我们的要求，但哪一天是哪个医生做手术，这个还要明确到位不可含糊，一番讨价还价后终于基本敲定，我的手术日被安排在周一，周五门诊后，周一手术也算不错，但还得等到 1 月 4 日才开始执行，他们的理由是目前只有两组护士上班，如果中国医生想手术得到时商量，到 1 月份会再增加一组人马，这样可以同时进行三台择期手术。第二项便是手术室的内部管理问题，讨论时每个摩洛哥人专科医生都很激动，特别是外科主任普外科医生西盖皮，手舞足蹈，慷慨激昂，矛头直指手术室护士长，主要还是有关急诊手术谁先谁后的问题。在摩洛哥产科剖宫术永远排

第一位,这势必要影响阑尾炎、肠梗阻等急诊手术治疗,半小时的手术经麻醉师、台下护士的拖拉后起码也得两个多小时才能结束。另外,现在新手术室启用后急诊只有一组护士,如果同时有普外科、骨科等科室的急诊,谁第一谁第二?如何来界定?这又是一个新情况。记得11月9日这周的前三天我有五台手术,周一早上8点半我就早早地来到手术室,跟护士讲了半天也未见他们把骨科病人接来,直到9点西盖皮大摇大摆地走进来要开个急诊,过会儿普外科病人就被病房护士送到手术室,这让我非常恼火,便去找手术室护士长鲁西理论,鲁西见状连忙把我和西盖皮拉到另一个房间,西盖皮解释说在普外科和骨科急诊上普外科排在前面,这种说法挺牵强附会但有时也得无奈地接受。但值得商榷的是院长要求我们医生要准时到手术室,我们确实8点半到了而手术室迟迟不接病人,使得本来可以完成三台手术的不得不缩减为两台甚至一台,就这种现象我后来只有去向摩方院长汇报以求得到解决,结果周三的这台手术护士积极了许多,早早地把病人接来,凑巧的是手术正在进行时西盖皮又要来做一台急诊,看到这儿正忙着他也只有老老实实地等我结束后才能开始。所以现在提到此类问题,专科医生个个都很有理,而鲁西也不示弱进行反驳,剑拔弩张几乎快要吵起来,院长只有从中打打圆场。虽然他们法语夹杂着阿拉伯语,到后来干脆只说阿拉伯语,以免让我们中国人听懂后笑话,可能有些还涉及到我们的利益,但从有限的法语和动作上能知八九,当骨科医生阿股迷问我有无听懂时,我就把前面的意思用法语表达出来,他们笑着直点头说是这样的,然后我故意说能听懂阿拉伯语,意思让他们下次说话要小心。其实急诊的先后次序也很好安排,首先是评估患者病情的轻重缓急,确实危重的、危及生命的就排在前面,如果病情相近、对于生命没有威胁的,那么先在黑板上排手术的医生占先。还有两个议题未讨论完,便有医生开始离席走人,他们说现在已到祷告时间,还有问题下次再继续吧。看来这儿真主才是第一。

养花

生机勃勃的仙人树

养花是一种情趣,可以陶冶自己的心志,也是一种寄托,需要倾注爱意和关怀,更是一种激励,从中体会坚韧和顽强。记得去年2月份急诊科主任送给我两株花苗,我把它们种在用纯净水桶制作而成的花盆里,土壤是专门从地中海俱乐部取来的,每天都要惦记着去给她浇水、施肥、松土。看着花儿一天天长高长大,叶子越来越多、越来越茂盛,心里有种说不出来的欣慰,更有一种付出以后的成就感,因为这儿的土质并不肥沃,甚至可以够得上贫瘠。每次晨练时都要走过一条石板路,路边种着布满硬刺的绿色仙人树,长势如此之好令我非常震撼和感动,情不自禁地摘下一小段带回驻地,把它随意插在花盆里任其生长。单调的援摩岁月在慢慢地流逝,前面的两株花苗竟结出花蕾,而且日渐丰满变得含苞待放,最终绽放出鲜艳美丽的花朵,给枯燥的生活带来一丝色彩,那仙人树只是静静地待在一旁,身上更多的绿芽变成了硬刺。遗憾的是美好事物都不易永恒,所有盛开的鲜花终将凋谢,它的根茎叶也会随之枯萎,我不忍丢弃,仍把它留在阳台上,只剩下一个又黄又瘦的残影,而那仙人树虽未见太大变化,但身上的绿色显示着它的活力。经历整个干燥少雨的旱季,仙人树依然默默地保持着本色,有时真让人担心它会随时离去。神奇的是那仙人树存活下来,还长高一截,上面多出不少充满生机的绿油油的嫩芽,生存于如此恶劣环境确实让我刮目相看,尽管它是那么的其貌不扬而不引人注目。其实我们每个援摩医疗队员都象是这样一株仙人树,虽然我们身处万里之遥、远离亲人同事朋友,虽然这儿的生活环境和工作条件都是这么的艰苦,虽然我们是这样的普普通通、默默无闻甚至微不足道,但我们仍保持着积极乐观的心态和顽强的生命力,竭尽全力用最好的医疗服务挽救着一个个非洲生命,为中国与摩洛哥人民之间的友谊作出自己的一份贡献。

荷塞马见闻(四)

11月27日邵翻(Philip)带着两位同事来荷塞马游玩。Philip老同志曾在荷塞马穆罕默德五世医院干过六年翻译,为中国援摩医疗队在荷塞马顺利开展工作做出过很大贡献,去年10月我们来后他被调往格雷西夫(Grecif)中国筑路工程队。格雷西夫是塔扎与乌启达之间的一个小镇,由拉巴特延伸过来的交通要道经过此处,这段高速公路也正由中国工程队承建,虽然生活环境和工作条件都相对比较艰苦,但我们的筑路者仍坚持在这儿辛勤劳动,把中国人民的深情厚意倾注于摩洛哥的交通事业上。一大早Philip一行三人来到驻地,得到我们所有队员的热情接待,陪着Philip走在大街上、走在医院里,总能遇到一些他以前认识的老朋友,总会和那些摩友热情地拥抱贴面,寒暄几句以后总要互留联系方式,可见我们的老翻译在这儿的超高人气。

第二天也就是11月28日,又一个穆斯林宰羊节来了,回头看这一年过得真快,可是未来的日子为何那么慢?空气中弥漫着毛发烧焦的味道,接着便是烧炭和烤羊肉的香味,这个热闹好像只能属于他们,和我们并没有太大的关系。不过也有一个令人振奋的消息,回国前有个腰2骨折伴全瘫的患者,我给他做了前后路联合减压融合内固定术,出院回家至今已3个多月未联系,有护士告诉我这个病人腿已经能动,但是他家离这儿实在是太远,没办法来荷塞马穆罕默德五世医院复诊,看来有机会我得去他家随访,指导病人进行功能锻炼。

车祸

12月1日星期二还是我值班,今天有台双踝骨折复位内固定术,一大早便来到手术室准备开刀。护士告诉我刚刚在西边六七十公里远的达拉几斯特发生车祸,一大客车于叉道口和大卡车相撞,造成34个旅客受伤,幸好没有人死亡,伤情较轻的就留在当地医院治疗,严重的病人会马上送到这里进行抢救,所以我的手术得过会儿才能开始,依轻重缓急原则先处理这些伤者,看来急诊室和我们骨科要忙上一阵了。大概10点半左右驻地的电话响起,有人通知说车祸受伤的病人已经运到,我三步并作两步急匆匆地赶到急诊。一进门便看到大厅里横七竖八地躺着坐着十几个伤员,有的头上手上缠着绷带,有的满身满脸都是血迹,有的痛苦地呻吟着,有的哇哇乱叫,有的显得很无助,有的则瞪着惊恐的眼睛还未从刚才的噩梦中清醒,想不到12月份的第一天竟然如此的不走运。经问诊、体查和拍片初步确定没有危及生命的伤情,该清创缝合的由护士就地缝合,肩关节脱位的脚蹬手拉当场复位,肋骨骨折的予以弹力胸带固定,还有几个骨折对位不良的收治入院,有右股骨近端粉碎性骨折、左胫腓骨骨折、左尺桡骨远端骨折、左肩锁关节脱位等。看来接下去的几天手术又排得满满的,援摩医疗工作总是这样的繁忙、这样的充实。

胡子随想

留起胡须的我享受地中海的阳光

在摩洛哥理发店修胡子

刚忙过这三个星期，总算可以稍作休息，随意地望一眼镜子，看到的是陌生的自己，一个满脸胡须的我，有点粗犷更显沧桑，越来越像阿拉伯人。在国内胡子不大可能留下来，总会有人说太邋遢赶快刮掉，而摩洛哥男人都比较崇尚这个，越是虔诚的伊斯兰教徒，越会把下巴上的胡须留得很长，所以摩洛哥人同事看到我如此造型，有的会很认可觉得我已被同化，当然也有摩洛哥人认为这是他们的专利，总是好奇地问我为什么要这样，好像我们中国人就不该留胡须。今天突然心血来潮想去修理一下，便去大街上寻找合适的理发店，在"南京东路"上倒有一家装潢蛮好的，里面的空间较大，顾客也比较多，于是走进去一屁股坐在椅子上。听说我要修理胡须，摩洛哥人理发师和顾客都开心地笑起来，可能来这儿剪头发的中国人不少而理胡子的不多,也许他们认为我这样一个中国医生已和当地人打成一片,如此入乡随俗的中国人当然是摩洛哥人最好的朋友。这儿的理发水平我不敢说有多好,但修胡须的技术应该是数一数二的,让我来好好地享受一下他们的服务吧,而且只有10迪拉姆,相当于8元人民币。

荷塞马的体育运动

荷塞马位于地中海的南岸,与西班牙本土隔海相望,向东一百多公里就是梅利力亚(Melillia),这也是西班牙的领土,与摩洛哥的纳道赫接壤,再加荷塞马原为西班牙人建造,后又沦为西班牙的殖民地,所以这儿深受西班牙人的影响,特别在体育运动方面尤为突出。说到西班牙人在体育方面的成就,就不得不提足球豪门皇马和巴萨,C罗、卡卡、梅西、伊布等群星闪耀,为如火如荼的西甲联赛增光添彩,他们在欧冠联赛中的表现更令人注目;西班牙的篮球联赛虽比不上美国NBA,但他们

荷塞马三月三体育馆正在进行摩洛哥篮球俱乐部联赛

荷塞马足球队在三月三体育场参加摩洛哥足球联赛

的国家队也曾获得欧洲冠军,战胜过夺得世界冠军的立陶宛队,后者击败过 NBA 球星领衔的美国队;曾排名世界第一的网球选手纳达尔、F1 赛车手阿隆索都是西班牙人。因而荷塞马人最为崇尚足球,虽然身处山区地势高低不平,但这儿有大小足球场十多个,从男孩到男人基本上都会踢球,甚至在斜坡上都会看到小孩玩球。荷塞马有一个正规的比赛场地,当地人称之为三月三体育场,铺有质量不错的天然草皮,是摩足联赛荷塞马队的主场。这个足球场边上便是三月三体育馆,平时供荷塞马篮球队训练之用,一旦全国篮球俱乐部联赛开打,如果轮到荷塞马队主场作战,不大的球馆便会成为欢乐的海洋,气氛热烈火爆一点也不亚于中国,想不到我们医院的保卫科科长,竟然是球迷拉拉队的主力队员,身穿印有塞荷马字样的 T 恤,激情地挥舞着双手疯狂地呼喊,为本队的每个精彩入球而喝彩,与平时身着西装的样子相去甚远,真是令我们中国医生刮目相看!荷塞马还有一个网球俱乐部,里面有四五个硬质比赛场地,每小时的使用租金相对较贵,来这儿的多为有钱的摩洛哥人,还有西班牙学校里的外籍教师,并有专门的教练在此授技陪练。打完球还可以在边上的酒吧里喝上一杯,坐一坐、聊一聊,与西班牙人、摩洛哥人交流一番,难怪网球被称为贵族和上层人士的运动。

12 月 12 日星期六,天气晴朗阳光灿烂,我的腿伤也已经痊愈,该是出去运动一下的时候了。今天踢球的人不算多,我们进行的是五人制比赛,虽然先被对方攻入两球,但我的状态还算不错,先是接队友传中垫射得分,后向禁区挑传造对方手球,队友罚点球一触而就,接着便是一通狂轰乱炸,最后本方以 4 比 2 制服对手。第二天正好有一场摩洛哥足球俱乐部联赛，我们下午2点多钟早早地来到三月三，门口的警车排成一列，警察和保安严阵以待，小山城里进行的足球赛搞得还真隆重。可能我们中国医生在这儿的口碑不错，因为经常免费为当地摩洛哥人治病和手术，看门的警察并未要求我们购买球票，冲我们友好地笑笑，挥挥手示意入场，这也算是中国医生救死扶伤的回报了。球场的水泥看台上已坐满观众，清一色的爷们儿黑压压的一片，这个穆斯林国家的特点一目了然，保守的观念禁止女人在此抛头露面。今天的比赛双方是荷塞马队和拉巴特队，水平可能比不上欧洲联赛，但球员踢得相当认真，跑动积极，拼抢激烈，攻防转换节奏也较快，荷塞马队占据天时地利人和，踢得更为主动些，有时会把对方挤压在半场进行围猎以寻找战机，而拉巴特队也会伺机打出很具威胁的防守反击。球员的每一个表现都牵动着球迷们的情绪，精彩时会鼓掌而不尽人意时也会抱怨骂娘，装备整齐的拉拉队更是敲着大鼓推波助澜，有节奏地快速击掌并行动一致地喊着加油口号，特别是下半场荷塞马队进球时全场沸腾，压抑许久的激情一下子因此而得到彻底宣泄，这就是球迷最幸福的时刻，也是足球魅力的所在。其实最后的结果并不重要，关键是要享受这个过程，只要球员已尽其所能，这就是球迷最简单的想法。但再联想到国内足球的现状，假球、赌球、行贿、受贿成风，把中国足坛弄得乌烟瘴气，愚弄欺骗着善良的球迷，本就水平不高的中国足球再一次跌入低谷。还中国足球清白！让中国足球腾飞！这是我们的呐喊，更是我们的心愿。

摩洛哥地震

据中新社12月17日消息，西班牙地震局报告，当地时间17日晨，西班牙和葡萄牙发生里氏6.3级地震，目前暂无人员伤亡或财产损失的消息。据西班牙国家地理研究所报道，这次地震发生于当地时间凌晨2点37分（格林尼治标准时间1点37分），震中距离葡萄牙圣文森特角西南部约100公里处，震源深度为58公里，属于浅源地震。美国地质勘测局对这次地震测量的震级略有不同，为5.7级地震，并表示此次地震深度约为10公里。

与葡萄牙和西班牙只以直布罗陀海峡相隔的摩洛哥也有震感,特别是靠近大西洋的城市丹吉尔、拉巴特、卡萨布兰卡等尤为强烈,位于拉巴特与卡萨之间的小城穆罕默迪亚也有一支中国医疗队,据李队长讲今天凌晨1点多钟他们听到一声剧烈的爆炸声,随后感觉到房屋、家具、摆设、生活用品都在摇晃。由于有点感冒我昨晚睡得比较早,睡梦里并未感觉到发生地震,不过5年前的荷塞马大地震仍让人记忆犹新。2004年2月24日凌晨,摩洛哥北部荷塞马地区发生6.5级地震,628人死亡、926人受伤,众多村庄完全被毁,超过15万人无家可归。可见这里还是个地震高发区,我们每个援摩队员都要小心,平时就要充分做好防震防灾工作,10个月后能安全地回到祖国,与家人和亲朋好友团聚。

感冒终于好了

甲流如预计一般在全球范围快速传播,因此疾病而死亡的人数已超过一万,虽然国内广泛开展甲流疫苗的接种工作,但患上甲流的亲朋好友也比比皆是,基本上经过一段时间的治疗也都痊愈,病情并不像我们想象中的那么严重。近期听说荷塞马医院接诊过几名甲流病例,也不知道是何时确诊?如何确诊?在哪里确诊的?医院挺重视,还给我们发放专用的厚口罩,病房和行政楼里都贴上预防甲流的宣传画。上周医院通知我们可以去接种甲流疫苗,询问护士后获悉这批疫苗产品来自法国,产品说明书上写着不少接种后的副作用,护士们都比较害怕,认为暂不接种为好。我们觉得在这种医疗条件不完善的地方,由于应急设备和相关药物都比较欠缺,万一出现严重并发症可能来不及抢救,所以我们决定不接种这些甲流疫苗。不巧的是上周日突然降温,晚上睡觉不小心受凉,第二天起床时感觉咽痛,然后出现喷嚏、鼻涕等症状,看来这次感冒是逃不掉了,但愿不是传说中的甲流。不管它是不是甲流,停止一切体育锻炼,多穿衣服注意保暖,多晒太阳少吹风,多喝滚烫的白开水,多吃水果补充维生素,多进食以加强营养,并保证获得充足能量,尤其是晚上睡觉时,更要注意防寒保暖,最好能够捂出点汗,次日感觉会好得多。这个过程说起来比较简单,但真要熬过这段难受的日子确实需要点毅力和耐心。更何况本周三还约了三台择期手术,而且是头一回去新手术室开刀,任务再艰巨也一定要完成。第一台陈旧性跟腱断裂修复术,第二台先天性并指分指矫形术,第三台尺桡骨骨折内固定取出术,幸运的是整个手术过程比较顺利,但下来后还是感觉到身体有点疲劳。接下来的几天只有好好调养,凭经验说感冒如果向下发展,咳嗽、咳痰等症状不断加重,极有可能导致上呼吸道感染,甚至进一步恶化变成肺部感染,但如果病情向好的方向发展,咽痛减轻而鼻腔卡他症状加重,这是感冒即将被治愈的积极信号。由于我的身体素质还行,在没吃一粒药的情况下,感冒终于被击退,如果真是甲型流感的话,也算是在悬崖边站了会,相当于进行疫苗主动接种,比被动接种的效果要好,但风险相对要大。

荷塞马的圣诞节

圣诞节虽然是一个西方人的节日,但已经被我们中国人所普遍接受,每到这个时候都会相聚在一起,看演出、开派对、唱歌跳舞热闹一番。为何基督教徒庆贺耶稣诞生的日子我们也会一起狂欢?这是全球一体化、中西方文化不断交融的结果。随着我国改革开放的进一步深化,来中国工作学习的外国人越来越多,博大精深的中国文化深深地吸引着他们,全球也掀起一浪浪的学汉语热潮,在美国每四人中就有一人在学汉语,国外建立的孔子学院也比比皆是,很多西方人会和中国人一起欢度春节,从中体验和感受我们的快乐和兴奋。同时西方人也带来他们的独特文化,圣诞节这天他们也会全家团圆,小孩会

大厨小丁正在烧烤

2009 年圣诞节，参观西班牙嬷嬷的小教堂。

收到很多很多的漂亮礼物，这份温馨对我们来说也是一种感动。基督教教徒也好，无神论者也好，我们所在意的是从中获取那份激情，我们把圣诞看作是一次聚会的理由，看作是一次交流感情、放松心情、寻找快乐的机会，而对于商家来说，这更是一个赚钱的好时机。

摩洛哥人信奉伊斯兰教，这种宗教要求非常严格，所以他们不过圣诞节。我们在荷塞马的生活比较单纯，每逢这种节日都会想法弄点节目，今年准备在驻地阳台上搞个烧烤，也算作是党支部的活动。前两天小丁和我就开始准备，开车上街选购新鲜的鱼肉和蔬菜，经过各种佐料香料的腌制处理后，大厨已将这些原料变得更加鲜美，再用竹签串上便做成了各式半成品。25 日晚上 5 点半，我们将烤炉、桌子搬至近阳台的走廊上，除了满桌子的用来烧烤的食料外，小丁还烹制了下酒的盐水花生和大豆。待烤炉里的木炭完全点着，放上牛肉撒上孜然、胡椒粉，再刷上微微有点甜的白糖水，双面反复加料反复转烤，不会儿香味已弥漫在空气里，连对面的卫校女孩也探出头来，眼馋地看着这边直夸 très bien(太好了)。接着是炭烤目鱼、鸡翅、马胶鱼、花菜红绿椒串，样样都是那么的美味可口，那么的味道独特。虽然荷塞马的天公并不作美，竟然下起淅淅沥沥的冬雨来，但丝毫未浇灭我们心中的热情，干脆用床单在烤炉上搭起雨篷。喝着红酒、吃着串烤、看着雨中的炉火、听着新疆人式的叫卖声,这是一个在摩洛哥非常浪漫的经历,以后回想起来会感觉非常的有趣。

在荷塞马穆罕默德五世医院里,有群西班牙嬷嬷一直在这里帮忙,她们总是穿着白色教服,包着白色头巾,终身不嫁只为履行对上帝的承诺,帮困济贫、救死扶伤以救赎自己的灵魂。有一个最老的嬷嬷在手术室工作,负责保管由西班牙援助的医疗器械,我们有时也会向她要点手术用的材料;还有几个在外科病房和小儿科病房,平时为病人做做护理、给伤口换换药;她们还领养了一个当地的小女孩,尽管小孩身患残疾已被父母抛弃,但嬷嬷对她倾注的爱能让她幸福成长。她们也有自己的驻地,有自己的车,驻地就是病房北面的两层小楼,门前花坛里的花儿开得很鲜艳。每到圣诞节她们总会邀请中国医疗队去作客,今年也不例外,让我们26日下午5点去她们驻地。一进门便能感受到浓浓的圣诞节气氛,门口的圣诞树上挂满各种亮晶晶的饰物,墙上贴着大红的"FELIZ NAVIDAD",这是用西班牙文写的圣诞快乐。左侧是一间很大的会客厅,门对面就是圣母的雕像,屋内摆放着一张很长的条桌,桌上满是各种西班牙点心,还有这儿很少见的猪肉肠。嬷嬷们热情地让我们入座,拼命地让我们吃这吃那,一会儿肚子就已经撑得很饱。我还一边用有限的西班牙语和她们交流着,虽然不大熟练但已得到她们的鼓励。然后是参观她们的一个小型教堂,在入门后的右手边、会客厅的对面,这儿是嬷嬷们每天做祷告的地方。里面的正墙上悬挂着十字架,边上是一张很大的圣母像,前面的台上铺着红色的地毯,上有一张布教时用的神案,案下是一个讲述故事的泥塑,正是耶稣诞生那一刻的情景,台下还有几排木制的座椅,麻雀虽小却五脏俱全。虽然我们是坚定的无神论者,和嬷嬷们有着不同的信仰,但共同的目标让我们走到一起,那就是为非洲人民奉献爱心,为缺医少药的摩洛哥人提供帮助。

荷塞马见闻(五)

政府决定卫校学生毕业后不统一分配工作，荷塞马卫校学生集会抗议。

2010年1月2日星期六，新年后的第一场足球赛，可以算我们自己的"贺岁杯"吧。今天踢11人制的标准大场，对手是有点职业味道的球队，我方仍由一帮铁杆球迷组成，虽常一起玩球仍为"乌合之众"，无论从年龄还是身体条件上都与对方存在着一定的差距，但个人技术并不输给任何人。一开场我们便进行全场抢逼围，从前锋、中场到后卫思想统一，让对手无法从容控球和传球，以至于出现更多的致命失误。对方有组织的进攻终于有了回报，利用我方防守上的漏洞首先进球。重新开球后我们跑动更加积极，左路的配合突破也创造了几次机会，可惜左边锋表现欲极强，过于粘球，并未及时将球传出而被对方后卫断下，我这个右前锋只能在这侧望球兴叹。又是几个来回的攻防转换后，我左前卫带球急进沉底，对方后防线因此整体倾斜过去，在我面前出现一个很大的空档，聪明的队友抓住时机将球传中，球在禁区内反弹后跳到我这侧，由于和我的身体间还有些距离，我紧跟几步用胸部将球嗑向地面，再次反弹的足球速度明显减缓，高度和位置都很有利于拉弓搭箭，虽然余光里已看到左后卫向我扑来，我还是从容地将身体重心左移，以左脚为支撑让身体充分左倾,右腿快速摆动并以正脚背迎向来球侧面,在后卫封堵前用尽全力射出,球象离弦之箭直奔球门而去,守门员机敏地扑救将球击出,正好落在我方另一前锋脚下,将比分扳平已是水到渠成的事情。但这样的局面并未维持多久,对手再次用进球证明了实力,我们要做的就是坚持坚持再坚持,永远不要放弃、不要轻易言败。虽然我方的整体配合上确实存在问题,但我珍惜每一个有可能的机会,当对方后卫和守门员捣球时,我总会上抢去扰乱他们的节奏,这样也可以给守门员施加压力,如此反复多次后终于让我得手。当时我还处于中场位置,对方后卫将球回传守门员,我以百米冲刺的速度飞奔过去,向摩洛哥人展示一下中国男人的身体素质。我很快就出现在大禁区范围内,由于另一侧有我方队员干扰,守门员只能选择向我这面出球,如果他早一点大脚解围也就没事了,就在他一犹豫间我已拍马赶到,这时的他想来个花活——穿裆过人,结果我稍稍收紧的两腿将球留下,得分已变得相当容易,聪明反被聪明误的守门员后悔不已。下半场的比赛就随意很多,本方替补队员都得以上场,友谊第一比赛第二嘛,重在参与并从中体会快乐。

  1月5日星期二上午8点半去病房查房,看到每个见习护士左臂上都扎着红丝带,便好奇地询问他们到底发生了什么事情。几个小护士急切地用法语向我解释,他们这批卫校学生今年就要毕业,但现在的工作分配并不乐观,原来这些问题都是由国家来解决,今年国家决定不再实行统配政策,所以他们决定发起一个抗议活动,以引起相关部门领导的重视。1月7日中午12点多钟,这帮学生干完病房里的活儿,一起聚在医院大门后的空地上,一边拍着手一边喊着口号,个个群情激昂,极有声势。这种行动在这里能奏效吗?就拿荷塞马穆罕默德五世医院来讲,里面的护士大多年龄都在四五十岁,一直干到六十岁才会光荣退休,哪有腾出来的位置留给这些学生。其实我觉得这个医院里护士还是太少,做个手术也就只有一个年老的助手,一些大的手术两个人做真的很累,能多一个帮手会感觉轻松许多。可能摩洛哥目前的经济不太景气,为了缓解财政压力,国家不再担负这笔开支。不过摩洛哥的私人诊所不少,也许可以去那里找到机会。

处死英国毒贩所想到的

　　每天下午能看到央视四套的百家讲坛，国外的单调生活也算是有个调节。近日播出的是由辽宁大学喻大华教授精彩讲述的"道光皇帝与鸦片战争"，重新体验那段丧权辱国的历史，无不让人痛心疾首、义愤填膺。19世纪上叶洋人大肆在中国销售烟土，鸦片泛滥，严重毒害着国民的身心健康，大量白银外流使得清政府国库空虚，国家生死存亡禁烟运动势在必行，两广总督林则徐毅然实行虎门销烟，并严厉惩处那些贩卖鸦片的不法洋商，按本国法规处置本土事务合情合理，却招来帝国主义的坚船利炮和无理要求，此时的清政府软弱无能、军事落后，在侵略者的淫威下只能割地赔款。帝国主义用武力强行敲开中国大门，近代中国沦为半殖民地半封建社会，中国劳苦大众从此受尽屈辱、受尽苦难。

　　一百多年以后的现代中国已发生翻天覆地的变化。在中国共产党的领导下，坚决走改革开放之路，综合国力不断增强，军事实力显著提高，科学技术迅猛发展，人民安居乐业、生活美满。香港、澳门相继回到祖国怀抱，中国在国际上的地位越来越高，在国际上的影响举足轻重，作为中国人我感到无比自豪。近日获悉在乌鲁木齐处死一名英国毒贩，该罪犯于2007年携带大量毒品进入我国境内，被我海关人员查获后缉拿入狱并依法判处死刑。听说英国首相及西方所谓人权组织还为此求情，但中国政府在证据确凿的情况下坚决执行本国法律，我相信每个中国公民、每个正义人士都会拍手叫好。回想当年的鸦片战争不就是因毒品而起吗？至少这毒品是一个非常重要的导火索，而今洋人又想把这害人的东西带入我国，牟取暴利的同时坑害中国人民的健康，又有多少人因此而人格尽失、家破人亡。与过去截然不同的是，现在我们强大的中国可以对任何人说"不"，只要我们代表着正义，若有人想挑战我们，绝对让他们有来无回。

新年礼物
——一篇 SCI 文章的修回通知

  2010 年的新年伊始，对未来总有不少憧憬，更重要的是做好现在，脚踏实地走好每一步。习惯性地打开自己的搜狐邮箱，发现有封来自国外的英文邮件，由欧洲骨科杂志编辑部发出，令我想起去年投稿的英文论文，这可能就是编辑部的审稿意见。心怀忐忑地打开电子邮件，一目十行快速扫描过去，终于发现令我兴奋的字句，编者同意发表这篇文章，但首先要回答几个问题，并据此对文章进行修改，我不禁长长地出了口气。邮件是 2009 年 12 月 31 日发出的，真是个来得及时的新年礼物，此文章可发表在 SCI 收录的期刊上，对我来讲比金银财宝都珍贵，是对我以往不断努力奋斗的肯定。现在国内对医生的要求越来越高，特别是在一些较大的三甲教学医院，不仅要做好本职的临床医疗工作，做好每个手术尽力解除病人的痛苦，还得利用业余时间做好科研工作，要多申请国家级或省部级的课题，多发表专业论文特别是 SCI 收录的，这些也成为职称晋升的重要评定指标。SCI 是美国《科学引文索引》的英文简称，其全称为：Science Citation Index，SCI 选择期刊的标准比较科学、比较严格。它运用影响因子（即期刊论文被引用的比率）评估期刊的学术价值，因而成为国际公认的反映基础学科研究水准的代表性工具，并将其收录的论文数看做是一个国家的科研水平及科技实力的指标。尽管医生的压力是越来越大，但我仍乐此不疲、坚持不懈，因为我有一个坚定的理想和信念，要用自己的医术服务于人民，让患者尽快地从疾病中康复，自己也能从中获得快乐和成就感。即使在万里之遥的摩洛哥，我也保持着同样的积极心态，尽全力为非洲人民提供优质医疗，工作之余坚持学法语、看专业杂志。虽然至今以通讯作者或第一作者身份发表专业论文 17 篇，其中包括一篇 SCI 收录的英文文章，但与那些老教授相比我还存在着很大差距。我将继续努力，以老专家为榜样，充分利用这段时间，总结以往临床病例，争取再写出数篇英文或中文专业论著，也不枉在摩洛哥援外医疗所待的两年时间。

随时准备赴海地救援

摩洛哥时间 1 月 13 日一大早醒来,得知海地于当地时间 12 日下午发生 7 级地震,首都太子港一片废墟,大量房屋倒塌,尸体到处可见,约有数千人被埋。海地位于西印度群岛海地岛西部,东邻多米尼加共和国,南临加勒比海,北濒大西洋,西与古巴和牙买加隔海相望。黑人约占 95%,黑白混血人种和白人后裔占 5%,官方语言为法语和克里奥尔语。海地为最不发达国家之一,大部分国民生活在赤贫线以下,社会治安很不稳定,联合国维和部队长驻于此,其中包括中国驻海地维和警察防暴队 125 人。

中国已派出国家地震救援队前往海地救灾,其中包括国家地震局专家、工兵分队、医疗分队等。我是一名共产党员,有强壮的身体、丰富的骨科临床经验及长期援外的经历,又会说法语,如果祖国需要,我随时准备赴海地救援。

荷塞马的中国外科医生愤怒了!

还记得去年的 11 月 13 日摩方院长邀请我们外科医生参加手术协调会吗?原因就是我们 10 月中下旬到达荷塞马后看门诊约了不少择期手术病人,而 9 月份刚启用的新手术室 11、12 月只供摩洛哥医生使用,他们的理由是在中国医生度假的这一个多月里他们已约满手术,我们如果要做择期手术的话必须得等到明年 1 月份,这个很难让中国医生接受,便多次找摩方院长交涉。经过协商后给中方和摩方的每位外科医生每周安排一个手术日。应该说是基本上达到我们的要求。我的手术日被安排在周一,周五门诊后周一手术也算可以,但还得等到 1 月 4 日才开始执行,因为目前只有两组护士上班,到 1 月份会再增加一组人马,这样可以同时进行三台择期手术。

终于等到 2010 年的 1 月 4 日，我们可以在自己的手术日开刀，再不用担心摩方医生来抢房间。可惜好景不长，刚执行一个多星期就出现状况，摩方医生的手术日雷打不动，而中方外科医生的择期手术又开始被随意安排，只有哪天摩洛哥人不开刀时才能轮到我们，一

穆罕默德五世医院刚启用的新手术室

般都要到星期四、星期五，周日已入院的病人不得不在病房里多待上三四天。中国的外科医生愤怒了！为什么会这样！我们商定 1 月 18 日周一去找手术室护士长鲁西问个明白。这天我们五六个中国外科医生一起来到手术室，看一下择期手术安排表就让人诧异，我的手术被放在我的门诊日周五，周一取而代之的是神经外科手术，五官科手术被挪到周四，其他中方外科医生因未预约病人而暂未涉及。鲁西解释说现在又只有两组护士，那张手术日安排表作废，神经外科是个颈椎肿瘤病人，为急诊手术，临时安排在周一。这里面存在的问题实在太多，院长开会决定的手术安排怎么可以说废就废？为什么只更改中国医生的手术时间而摩方医生一个也没动？为什么更改手术日不提前与当事医生商量？摩方约定新手术室只做择期手术而不处理急诊，为什么把急诊安排到这里？这个病人是上周入院的，既然是急诊为什么不争分夺秒当时就手术而要拖到这个星期？因为像颈椎肿瘤这种疾病一旦出现瘫痪，如果在 24 小时内手术解除压迫，其四肢运动功能恢复的可能性较大，若超过 48 小时其预后要差很多。在我们连珠炮式的发问下，鲁西只在那里捣浆糊，根本就是答非所问，偷换概念，怎么有利于他们就怎么来。后来院长闻讯赶来，了解情况后决定再开个会，重新调整工作安排。我们拭目以待，为了祖国我们来这里执行援外任务，共同的目标是更好地为摩洛哥人民服务。

荷塞马中摩医疗谅解备忘录

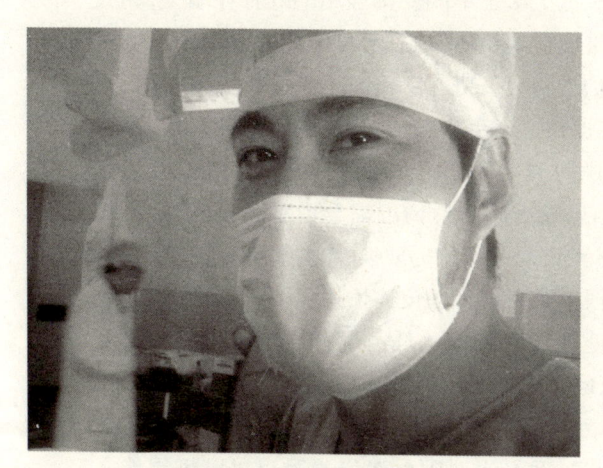

手术室里我的特写镜头

1月20日周三下午2:30,荷塞马穆罕默德五世医院院长召集中摩双方所有手术医生、麻醉师约瑟夫和手术室护士长鲁西开会,参加的还有医疗总监哈桑和我们的翻译张璞。我们中国医生走进院长办公室时神情都很凝重,心里一直盘算着那个最令人牵挂的手术日安排。会议大部分时间都在讨论手术室内部规章制度,比如手术医生须早上8点准时到达开刀间,新手术室到下午3点下班,急诊手术的评判标准及先后次序,术后需在病历上记录手术过程,加强无菌观念、避免发生感染等等。摩方医生的讨论还是比较热闹,特别是针对急诊手术先后问题争执最为激烈,普外科西盖皮和骨科阿股迷针锋相对,吵得面红耳赤。我针对这几条也发表了自己的观点:第一、我经常早上准时到达手术室,而接病人、等麻醉师、术前准备等花费时间太长,我只有坐在那里苦苦等待,所以每个手术小组成员都得准时,这样才能提高手术效率。西盖皮也同意我的说法,其实这是摩洛哥护士为了偷懒而使出的拖延战术,这个问题光靠一个主刀医生估计很难解决。第二、骨折到底算不算急诊?在这儿既然不是急诊,为什么不放到新手术室去做?一方面有些闭合性骨折、股骨颈骨折关节置换术在老手术室做感染风险较大,一旦感染会严重影响患者的功能,另一方面新手术室只做些取内固定、肿块切除等小手术,实在是太浪费。西盖皮又是不住地点头,但阿股迷认为会影响择期手术安排,其实这很好解决,我的手术日自不用说,其它时间我可以接台。第三、用法语写手术记录要花点工夫,但不能强求每个中国医生都这样做。院长、总监哈桑、西盖皮和尤瑟夫异口同声地说,像妇产科一样可以写中文的手术记录,哈哈,这挺有意思,以后有机会要把中文教给摩洛哥人,把中国文化传播到北非大地。下一个议题就是我们关心的手术日安排,院长把上次定下的安排表用幻灯打在墙上,和大家声明这个仍然有效,只是现在人员还未到位,可能要等一两个月或更久,择期手术室才有三组护士同时上班。那目前一天安排三组手术,只有两组护士如何解决?我提议三组手术轮流接台,一个星期一换,这样谁也不受欺负,可西盖皮说两周后他要出去度假,这样排太麻烦,到时你们随便开。院长说:"如果以后因特殊情况需要换手术日,请护士长提前与当事医生解释说明。"我说:"真的需要换,事先说明是必须的,但不能总是换中国人,这样很不公平。"西盖皮连忙说:"不会不会,我也经常被阿股迷换掉,我也和他吵过。"阿股迷低声说:"中国医生手术没有我多,所以会调整中国人的手术日。"但院长和西盖皮马上将他制止,说:"中国医生和摩洛哥医生一样,可能你现在多一点,过段时间可能他们多一点。"还以为我听不懂,我马上对阿股迷说:"我也可以每周约上五六个择期手术,甚至七八个,但是这样手术室太忙,所以我把他们分到后面几周。"院长许诺对中国医生和摩洛哥医生一视同仁,以后要调整手术日不会只针对中国人。我看只能这样了,大会上定的基调,阿股迷和鲁西也会收敛一点,实在不行再找院长反映,在国外想好好工作也不容易呀。这时西盖皮突然指着阿股迷笑着对我说:"阿股迷 Pas bien(不好),是不是?"啊,我马上回答到:"是不好,非常的不好!"西盖皮得意地站起来和我握手,表示英雄所见略同。阿股迷满脸涨得通红,堆着笑脸问我:"为什么说我 Pas bien?"我一边把手一挥模仿他平时那种趾高气扬的神态,一边说:"因为你总是这样自说自话、自以为是!"一旁的院长、总监、西盖皮、约瑟夫和其他医生都笑成一团,连阿股迷自己也忍不住笑起来,总监哈桑连声说:"做得像,再来一遍。"这时鲁西对着我说:"你们周一来手术室找我理论时态度可不好呀。"我说:"周一我们确实比较激动,但那天大家态度都有点问题,尊重是互相的,你对我尊重,我才会尊重你,我们来这儿援外医疗是为了加深中摩友谊,不是搞对抗。"约瑟夫翘起大拇指说:"Dr Gu, Bien"总监哈桑比画着说:"Dr Gu,说得好!心胸宽广!"院长、西盖皮和其他医生都露出会心的微笑。那个神经外科医生走过来和我说:"对不起,周一的手术没和你打招呼,上周五排手术时我和鲁西讲过,他们说中国医生不用说的,以后万一需要换手术,我会打电话和你商量。"我说:"没关系,我在国内也经常做脊柱手术,以后有机会我们可以探讨一下。"

我被评为"优秀援摩通讯员"

驻地宣传栏里张贴着援摩通讯

1月21日星期四一大早,我开车去 CTM 车站迎接荷塞马医疗分队队长返回驻地,他这次是去拉巴特援摩医疗总队部参加年终总结会议,给我们带回中国驻摩洛哥大使馆对我们的关怀,也给我们带回援摩医疗总队部领导对我们的鼓励。晚饭后我们荷塞马医疗分队全体队员在食堂集中,队长给我们传达了总队部年终总结会议的主要精神,特别是宣布我们队被评为"优秀援摩通讯医疗队"时,大家都兴奋地鼓掌欢呼起来,我也很有幸被评为"优秀援摩通讯员",一年里有 19 篇文章被录用发表。援摩通讯由援摩医疗总队部主编,从中可以了解并贯彻领导的指示精神,感受上级对我们的关怀和鼓励,还全方位地反映各医疗队的工作学习生活情况,我们可以在这里抒发情感、交流经验、记录异域风情,援摩通讯给我们提供了一个展示自我的平台和机会。所以我们要感谢援摩医疗总队部的各位领导和老师,他们为修改、编辑大量文章付出了辛勤的汗水。每当新一期的援摩通讯打印张贴出来,我们都会挤在宣传栏前驻足品味,这些文章都是我们的亲身体验,记录着我们的人生足迹,也是我们单调生活中的精神支柱。这次援摩医疗总队部给予我们的精神和物质奖励,是对我们荷塞马医疗分队众多队员踊跃投稿的肯定,我个人的荣誉也属于这个团结和谐的集体,没有这些兄弟姐妹的支持和配合,我不可能写出如此丰富多彩的文章,在这里要特别感谢荷塞马医疗分队的所有同事。在以董鸣大队长为核心的援摩医疗总队的鼓励下,我相信我们会继续努力,写出更多更好的文章,展现我们医疗队齐心协力、众志成城、排除万难、乐观开朗、积极向上的精神风貌,展现我们医疗队竭尽全力为摩洛哥人民提供最优质医疗服务的奋斗历程,展现我们医疗队为国争光、维护国家尊严、为中摩友谊奉献自我的坚定信念。令我们感动的是,中国驻摩洛哥大使馆给我们送来好酒好烟,让我们这些身在海外的医疗队员切实感受到祖国人民对我们的关怀。请祖国人民放心,我们一定会不辱使命,把援外医疗事业进行到底。

每逢佳节倍思亲

　　虎年春节即将来临,想必国内的年味越来越浓了吧。置办年货,走亲访友,计划旅游,年末聚餐,肯定忙得不亦乐乎。而我们远离祖国、远离家人,虽然不能直接感受那种气氛,但对春节的期盼一样的迫切,心情也一样的激动和兴奋。去年在摩洛哥的第一个春节恍如昨日,过去的时光总是流逝得飞快,而未来的日子却让人觉得漫长,需要足够的耐心去慢慢地体会,细细地品味个中的酸甜苦辣,这也是人生中难得的一次经历。摩洛哥的岁月,心静得就像一湾清澈的湖水,可以一眼望穿灵魂的深处,浮躁一旦被剥离身体,思想便会变得纯净,境界也会得到升华,重寻人生的坐标,坚定自己的追求。

近日,同济医院两位医生的家人来摩洛哥探亲,团聚在异国他乡过春节别有一番温馨,小孩的笑声让驻地陡然热闹起来,也勾起了其他队员对亲人的思念。这就是我们所要付出的代价,为了祖国的外交事业,为了中摩友谊,我们无怨无悔!在此祝祖国,繁荣昌盛!蒸蒸日上!祝全国人民,新年快乐!身体健康!阖家幸福!万事如意!

虎年春节假日行

(一)奔向拉西迪亚

值完 2 月 14 日这周的最后一个班,次日正月初二,荷塞马医疗分队及部分队员家属乘坐总队部为我们联系的旅游公司中巴,踏上前往位于摩洛哥南部临近西撒哈拉沙漠的拉西迪亚省的旅途,那里也有一支当年和我们一起学习法语的兄弟医疗分队。9 点整准时出发,在大山里绕了三四个小时,才走出荷塞马来到塔扎。这段山路虽然只有 150 公里左右,却非常崎岖蜿蜒,令不少队友产生晕车的感觉,不过车窗外黄色山头上的点点绿色和刚刚绽放的鲜花给我们带来浓浓的春意。在塔扎吃过中饭稍作休息,我们便重新启程,穿过菲斯向伊夫汗(Ifrane)进发。随着海拔越来越高,气温逐渐降低,车窗上的雾气越来越重,天空中也飘起雨来,远远地已能看到布满白雪的山峰。下午 4 点左右我们到达伊夫汗,下车后感受到的是寒冷的冬天,不过这儿种满松针类植物,绿树间隐约可见红色尖顶式别墅,街道旁排列着欧式咖啡馆、餐厅和旅馆,整座城市虽然并不是很大,但显得优雅、美丽而安静,犹如北欧小镇一般,是个休闲度假的好去处。每当最冷的 12 月、1 月时,这儿总是布满厚厚的白雪,小城因来此滑雪的游人而热闹起来。驱车继续向前可经过伊夫汗的国家公园,里面有花有草有树有湖,据说经常会有猴子出没于路边,也许现在已不算最冷的时节,我们只看到一些寻食的野

路过漂亮的伊夫汗

狗。再向前就能看到路边铺着白雪的山坡,而且越往上雪越来越多,越来越厚,当我们来到山顶时已是白茫茫的一片,还有两条专门用于滑雪的坡道。大家一下子兴奋起来,纷纷下车投入到雪山的怀抱,抓起一把雪互相之间打起仗来,充满童趣的嬉闹声回荡在山野,虽然刺骨的寒冷让人冻得直跳。天色渐渐暗了下来,我们不得不上车继续赶路,虽然车外景物已变模糊暗淡,我们还是能感到山路行驶的不易。约过1个多小时,天空飘起雪花,而且越来越大,路变得湿滑,车子只能慢慢行驶,在黑暗中摸索前进,随着车体的摇摆,我们开始昏昏欲睡。又过了1个多小时,雪花逐渐变小最后消失,路况也越来越好,我们又飞奔起来,气温逐渐在回升,这时的夜空群星闪耀。晚上10点左右,我们终于来到拉西迪亚中国医疗分队驻地,以郑队长为首的兄弟姐妹已等候多时,一年多未曾谋面的我们拥抱在一起,相互倾诉着离愁别绪。可爱的李师傅已为我们准备好两桌丰盛的晚餐,两支医疗分队的队友在推杯换盏间重温着过去美好的时光。

伊夫汗边上的雪山，通往沙漠的必由之路。

（二）到达西撒哈拉

在拉西迪亚四星级宾馆瑞萨尼（RISSANI）休整一晚，第二天 2 月 16 日早早起床后穿上行头准备跑步。瑞萨尼在这里算环境优美的，偌大的庭院内种着热带芭蕉和棕榈，大堂里布满具有摩洛哥特色的饰品，客房前还有一个长方形的蓝色游泳池。跑步 5 分钟便可到达中国医疗队的驻地，位于拉西迪亚省立医院隔壁，是一座上下两层的红色小洋楼，门口悬挂的大红灯笼透着浓浓的中国味儿。这里除每个队员一人一个房间外，还有一个厨房餐厅、乒乓室和非常漂亮的沙龙活动室，让我们羡慕的是每个房间都装有空调，据说拉西迪亚的夏天很热，虽然现在还有点春寒料峭。驻地的院子特别开阔，他们开垦出一块田地，种植一些国内才有的绿色蔬菜，时不时地改善一下伙食，小日子过得挺红火。大家吃完早饭后整装待发，今天的目的地是距离这儿两百公里左右的西撒哈拉沙漠，赵江开着他们医疗队的专用车与我们同行，还有郑队、蔡晓辉、小健和加敏。

出了城区车窗两侧渐显荒芜，地面上的绿草越来越少，大部分是黄

拉西迪亚医疗分队与荷塞马分队全家福

黄的戈壁滩。这种条件下还可以看到一个接一个的简陋足球场，除两个球门外只剩下不太平整的石子地，摩洛哥人酷爱足球运动由此可见一斑。令人惊奇的是这段通往沙漠的途中竟然有一条河流，在峡谷中孕育出一片茂密的树林和一座小城，让人不禁感叹"水是生命的源泉"。这个西撒哈拉的边陲小镇因欧洲游客的青睐而变得热闹，这里还设有旅游学校，一路上有很多宾馆建得非常气派而且具有当地风味，现任国王的爷爷穆罕默德五世的行宫就在附近。再向前行驶几十公里，穿过茫茫的戈壁，便可到达西撒哈拉沙漠，传说这里的沙丘是世界上最美的。我们在沙漠边上的麦赫祖加（MERZOUGA）宾馆驻扎下来，中午吃点东西后准备下午去领略西

被摩化的我

撒哈拉的魅力。

（三）征服西撒哈拉

在麦赫祖加宾馆吃完中饭，放好行李，稍作休息后便向迷人的西撒哈拉进发了。已经来过多次的赵江经验丰富，把车停在沙漠边，让我们脱下鞋子放在后备箱里。这里的空气干燥而温暖，蓝天白云下的西撒哈拉一眼望不到头，连绵起伏的黄色沙丘长年在风力作用下形成一道道沙脊，这美丽骨感的线条有的陡直、有的圆滑，像刀削般整齐，不禁慨叹这大自然的鬼斧神工。今天要征服的是视野内最高的沙丘，离我们大概有两公里的直线距离，准确地说它应该算是一座沙堆成的小山，垂直高度有200米开外。挽起裤腿赤脚踏上征途，任细沙软软地揉搓着肌肤，每走一步都会留下深深的脚印，不一会儿身后已是串串足迹。越向沙漠深处脚下越显松软，踩下去整个小腿肚都会陷入，而沙脊处则感觉相对较为踏实。前行的线路随沙丘忽高忽低，忽起忽落，有时是一条直线，有时因弧形的沙脊而变得曲折。沿途还能看到青青的小草，它顽强地生存在沙漠里，这种坚韧和顽强令人感动。没过多时老天爷突然翻脸，天阴沉下来，而且开始起风，前方的沙丘顶上扬起沙尘，犹如烟雾般飘起，眼前的沙地呈现出一条条波纹，规则得像编织在黄色绸缎上的图案。当我们到达最高沙丘的脚下时，风忽紧忽慢地吹过，薄薄的沙尘弥漫在周围，空气中似乎能闻到西撒哈拉的味道，咸咸的涩涩的还有点干烈。风是从南面刮来的，我们顺着沙脊的南坡向上攀登，这样可以利用沙体避开风口。刚开始脚步还挺利索，越往上脚下陷越厉害，每走一步都得退回一半以上，对体能是个极大的考验。爬到半腰时风速突然加大，狂风大作呼啸而起，快要把人整个地吞噬卷走，只有猫着腰紧贴在沙坡上，整

撒哈拉沙漠边的麦赫祖加宾馆餐厅

我和队友奋力攀登最高沙丘

个脸基本上就浸在沙尘里,扬起的沙粒直往眼睛、耳朵、鼻孔里钻,让人不敢睁眼更不敢张嘴,只有把脸转向背风的一侧,小心翼翼地呼吸以免带入过多沙子,裸露的小腿被沙粒打得针刺样生疼,这美人儿也有如此狂暴的时候!想直立行走已没有可能,只有手脚并用艰难地向上爬行,尽管沙脊是一条捷径,但为了躲开风沙只有绕点弯路。就这样爬一段歇一段,有好几次都想放弃,但是看看越来越接近的顶点和下面继续努力着的兄弟姐妹,他们的行动鼓舞着我,激励着我,让我重新充满信心和勇气,再不犹豫,再无畏惧,一心只想着向上向上不停地向上。在我登上顶峰的那一刻,胸中激荡着自豪和骄傲,我被自己的毅力感动。放眼望去,看到的是一幅震撼人心的画卷,狂风掠过沙脊形成一张巨大的沙幕,铺天盖地般飘浮在半空中并伸向远方,一片惊涛骇浪,沙的海洋,好一个壮观的西撒哈拉!当我下到半腰遇到赵江时,他意味深长地说:"兄弟,我爬这个沙丘好几回,今天是风最大的一次,也是最困难的一次,如果你放弃了,我们也不会爬上来。"这番话让我鼻子一酸,人越困难时越需要相互鼓励,殊不知没有他们我也不可能实现目标。看着他们互相搀扶着一起往上攀登,我又一次被震撼,险峰上固然风光无限,但有了这群可爱的中国医疗队员,这景色变得更加动人。这不就是我们援外医疗队员在摩洛哥工作生活的最好写照吗？互相支持、互相帮助，同心协力、同舟共济，跨过一道道坎，克服一个个困难，为祖国的外交事业、为中摩友谊不断奋斗着。我情不自禁地加入其中，再一次爬上顶峰，和他们一同分享这成功的喜悦。

（四）追日西撒哈拉

走出西撒哈拉回到麦赫祖加宾馆，口齿间只听到沙与牙的摩擦声，头发里、脸上和耳鼻内全是黄沙，连衣服口袋、裤管内也倒出不少，有些队友的照相机竟然因风沙而损坏，这个世界上最美的沙丘让我们尝尽苦头。好好洗个澡，放松一下身体，已是下午6点多钟，这儿的晚饭要到8点半才开始，正好可以在这个大漠宾馆随便走走。这里的房屋好像都是由土坯建成，黄黄的外观与沙漠融为一体，在风沙映衬下让人想起楼兰古城。两圈客房围出一个院落，中间是一个绿色的游泳池，北侧摆放着沙滩椅，南面是一个露天酒吧，喇叭里播放着激情的阿拉伯音乐。客房很宽敞，除两张大床外还配有两张小的，卫生间设施齐全，还有太阳能热水器。正在此时看到好几批欧洲游客陆续入住，整个小店也热闹起来，酒香确实不怕巷子深，麦赫祖加已名声在外。餐厅布置得

灰蒙蒙的麦赫祖加宾馆

有点欧式风格,而墙上的画带有明显的阿拉伯和撒哈拉特色,登上阳台可以远眺沙漠。这儿是典型的摩式餐饮,面包、蔬菜色拉、鸡牛羊肉、各式塔经(Tagine,一种砂锅样炊具,用塔经煲出来的菜都叫塔经)、鱼和摩式浓汤,厨师和服务员都非常专业。美食一顿再好好地睡个觉,第二天准备去西撒哈拉看日出。

　　2月17日醒得很早,6点左右听到有人大喊一声,便匆忙起床,洗漱后踏出屋门,借着路灯跟着一群人向沙漠走去,与白天相比稍稍感到一点凉意。西撒哈拉一片黑暗寂静,在东方天际鱼肚白的映衬下,隐约中可以看到沙丘的剪影,和昨天下午相比,这美人现在乖巧温顺了许多,她似乎还在甜美的梦乡里酣睡。我们高一脚低一脚地向前走去,登上一处稍高的沙丘上静静等候着日出。前方数百米外有一处更高的沙丘好像挡住视线,位于我们攀登过的那座最高峰的北侧。我拎着脱下的鞋袜下坡后向东北走去,希望能找到一处最佳视角,不知不觉中已顺着日出方向深入大漠,越来越接近前方那座更高的沙丘,视野反而变得越来越小,我得赶在太阳出来前爬上去。经过争分夺秒的努力我终于登上制高点,眼前徒然一片开阔,天边的一抹红色跃入眼帘,而且慢慢地越来越浓。突然在那红光里出现一个白点,并迅速地变大变圆变亮,随之一轮红日喷薄而出,顿时朝霞满天,整个西撒哈拉都被映红了,宛如新娘那羞涩的面庞,令人禁不住要去亲吻她。就在那朝阳下缓缓地走出一列驼队,我仿佛已置身于"一千零一夜"的神话,乘着阿拉伯飞毯飘过浩瀚的西撒哈拉。

(五) 回归荷塞马

　　看完西撒哈拉的日出,该告别这美丽的沙丘了。2月17日上午我们乘车两个多小时回到拉西迪亚,李师傅又给我们备好两桌丰盛的饭菜,中午两支中国医疗分队又欢聚一堂,好好地为虎年春节热闹一把,也祝愿所有援外人员身体健康!万事如意!临走时拉西迪亚的兄弟们把自己种的蔬菜打好包送给我们,这种情谊是无法用语言来描述的。下午2点我们两支医疗队两辆车一起出发赶往伊夫汗,这几天接待完好几支兄弟队他们也该出去放松一下。路过拉西迪亚大水库时,他们着重向我们推介这个景点,因为这儿有山有沙漠但没有海,有时他们会来这里钓鱼,远看那水和天一样蓝,别有一番景致。由拉西迪亚到伊夫

融化的雪水汇成河流

与摩洛哥人司机合影

汗开车需 5 个小时左右，前日星夜兼程未能看到的风光现在可以慢慢欣赏，其实也就是长不出几颗草和树的荒山秃岭，远处的雪山在阳光照耀下闪闪发光。经过一个小集镇后我们进入雪域高原，处处可见的潺潺溪流预示着春天的来临，冰雪消融后流向阿特拉斯（ATLAS）山脉两头，越过草场、越过林地、越过山路，一小股一小股汇聚成河流、湖泊，滋润的土地焕发出勃勃生机，养育着成群的牛羊。山脉的最高处积雪犹在，但与两天前相比明显单薄许多，那雪道上已露出嶙峋的怪石，想在上面滑雪已没有可能。到达伊夫汗时已过 6 点半，我们决定在此住上一宿，感受一下北欧小镇的风情，正好可以在最大的一家西餐厅邀请拉西迪亚的队友共进晚餐。2月18日清晨，伊夫汗的雨下得挺大，我们一直等到中午才踏上归途，路过伊夫汗国家公园时竟然阳光普照，正好顺便领略一下湖光山色，骑一骑阿拉伯高头大马。部分队员和家属在菲斯中途下车，而我们剩下的五名队员赶回荷塞马，虽然只出来三天，已开始怀念那临时的小窝。

和精神病人踢足球

  3月6日，又一个星期六，可惜天气不是很好，前一天晚上下过雨，现在雨虽停但风不止，不知道有没有人踢球？不运动不爽，我还是换上球衣球鞋，带上从国内寄来的足球，一路跑步来到球场。果然如我所料，连大门都关着，更别说踢球的人了，只有一群淘气的小孩。不过管理员看到我便把门打开，先进去和这群小孩们玩玩吧。陆陆续续地来了两三个平时一起踢球的摩洛哥人，看来今天比赛是不大可能了，只有练练射门、练练传中抢点，1个多小时下来衣服也已湿透。大家散去后我仍觉不过瘾，边踢着球边跑步回到医院。来到驻地楼下时，想把球直接扔到二楼阳台，哪知正好碰到电视天线，足球一下子掉入精神病房的院子里。护士都是老朋友，知道来意后将我迎入，打开通往病房的小门，带我进去找球。里面的男病人真不少，有的面壁而立，有的念念有词，有的若有所思，有的上来和你握手寒暄，我倒是毫不畏惧，和他们一一招呼。院子里有几个病人正玩着球，护士和我开玩笑说："你和他们踢踢吧！"为什么不呢？他们不发病时和正常人一样，需要被认可，需要被尊重，需要被关爱，我毫不犹豫地加入其中。别看他们在这里住院，有的脸上青一块紫一块的，大概刚做过电击治疗，有的表情淡漠，不知道是不是吃了什么药物，有的穿着拖鞋甚至赤着脚，但接球、颠球、带球的姿势有板有眼，这让我想到那些在坡路上踢球的小孩，想必这些病人也应该有过开心的童年，也有过踢球的经历，为什么会得精神病呢？是先天性的遗传的，还是受到什么强烈刺激？真是可惜。他们非常投入、非常认真，有的还开心地笑起来，护士在一旁表扬着他们，也情不自禁地踢上几脚。有个病人上来和我说："你穿的这个球鞋有钉，我们都是赤脚,这样不公平,你得把鞋子脱掉。"我还是在边上看看吧。踢完后护士把球交给我,说今天就到这儿,离开时这些精神病人还和我拥抱告别,如果在外面遇到他们,你可能根本就看不出来他们有什么不正常。临走时我建议精神病房的护士给病人每周组织一次足球比赛,哈哈,可能这个疗效比药物还要好。其实我们每个人都会有情绪波动的时候,都会因为不如意而出现一定的精神症状,只不过正常人可以自我调控,使之成为一过性的暂时性的表现,当刺激足够大,人的意志薄弱、失去自控能力时,便会成为精神病患者。所以我们一定要对不利情绪进行及时疏导,可以与信任的亲朋好友进行交流,可以多参加一些公共活动,或者选择自己喜好的合理方式,比如运动、娱乐等等。另一方面,我们不应该歧视精神病人,给予他们足够的温暖可能比任何药物都要有效,别忘了他们也曾经正常过,也曾经幸福过,也曾经尊严过。

荷塞马的医疗趣事(四)

3月8日是国际妇女节,祝全世界的女性同胞们节日快乐,特别是在医疗战线上努力工作着的护士小姐们。今天是星期一,我的择期手术日,开完一个刀后下来休息片刻,准备去老手术室再做台截肢手术。护士长鲁西跑来说:"外科主任普外科医生西盖皮和骨科医生阿股迷又耗上了,都说自己是急诊,都想第一个开刀,两人正在吵架,如果我这儿结束,助手就可以上去帮忙,普外科和骨科的手术同时进行,矛盾也能暂时得到解决。"我是没有什么意见,只要不影响我的正常工作。来到老手术室,门口围着一堆人,有麻醉科主任尤瑟夫、几个护士和鲁西,他们正热烈讨论着西盖皮和阿股迷争吵的事,似乎都有点幸灾乐祸的味道,尤瑟夫还比画着拳击的姿势,好像在说:"两人先打一架,谁厉害谁先做。"唉!这帮摩洛哥人,真拿他们没办法。看来今天阿股迷占了上风,他的手术已经捷足先登,西盖皮还在外面转悠着,嘴里骂骂咧咧发着牢骚:"下次看我不好好整整这小子!"一看到我,西盖皮便伸出手热情地打招呼,我也安慰地拍拍他的肩膀,表示对他的声援,阿股迷平时是霸道惯了,对中国医生一向如此,现在连外科主任也不放在眼里。令人惊喜的是,他们的两台手术正在进行时,还给我找来个新人做助手,三台手术谁也不耽误,这个待遇是中国医生以前很少有的,难道是上次我们与摩方的交涉及院长的协调起作用了?汉姆杜里拉(感谢真主)!在我手术时,阿股迷一反常态客气地问我:"Gu,这周是谁值班?"说实话,打了一年多的交道,我对他已产生习惯性防备心理,哪怕是他的语言用得再优美,我都会考虑他到底是什么用意,充分做好应对准备。我回答他说:"这周虽然不是我值班,但这个病人是我急诊时收进来的,我现在做这个急诊手术没问题。"以为他又要讲"你不该今天手术"之类的话,其实他只是想和我套近乎,也是做给那些摩洛哥人看看,"我阿股迷的人缘也不差的,和中国人的关系也不错。"作为骨科同行,我是应该给阿股迷一点支持,但这小子平时对我们的态度实在令人失望,关键时刻怎么会有人帮他讲话?!临时抱佛脚是没用的,做人要厚道。

做完手术经过妇产科病房时,看见两位摩洛哥警察镇守着大门,肯定又有未婚先孕先育的住院了。警察来的目的有三个:①防止这个女人生完小孩后溜走而将小孩遗弃;②让其写下保证书,保证以后不遗弃或伤害小孩;③尽可能将肇事者抓捕归案,如果他同意和这个女人结婚,所有问题得以解决,如果不结婚,他将面临牢狱之灾。看来伊斯兰教在某些方面对女性起到一定的保护作用。听妇产科医生说,一阿拉伯女人控告一男人8个月前夺走她的贞操,却迟迟不愿和她结婚,而这个男人坚决不承认与她发生过性关系,此女一怒之下将该男告至警察局,警察便陪着他们来医院进行检验。中国医生对这类事情处理得比较谨慎,让摩方全科医生和护士一起参加鉴定,当最后确认处女膜有轻微破裂后,这个男人急得直跳脚,是不是冤枉只有他自己知道,但女人最终得逞,不想坐牢的话男人必须把她娶回家,这样的婚姻能幸福吗?在贞操观上摩洛哥男人毫不含糊,如果怀疑未婚妻不是处女,可以去医院鉴定,妇产科医生掌握着一个女人未来的命运!新婚之夜认为妻子不是处女,男人马上就可以退婚,这个女人只能孤独一生。阿拉伯男人看上去很幸运,殊不知现在什么都可以修补,阿拉伯男人也是最傻的。

参加西班牙人的生日聚会

与西班牙老师玛尔合影

摩洛哥人、马里人、西班牙人、中国人欢聚一堂，为玛尔庆祝生日。

3月8日是我的朋友西班牙人玛尔（Mar）的生日，她是荷塞马西班牙学校的老师，志愿来摩洛哥教授西班牙语。我应邀去玛尔家参加她的生日派对，还有她的一班同事和朋友，在平时的聚会中我和他们早就熟悉，其中有一名马里的黑人朋友乌斯玛尼（Ousmane），他是荷塞马足球俱乐部的守门员，上次在赛前训练时我还和他切磋过球技，由于法语是马里的官方语言，我和他的交流比较顺畅。玛尔的家在人民广场边上的五层小楼里，从窗口可以看到地中海和西班牙学校，整个人民广场尽收眼底。今天的玛尔心情特别好，进行了一番精心的打扮，面部化着浓妆，穿一身漂亮的旗袍样套裙，披着一件红领黑袍，难道欧洲寿星就是这个样子吗？西班牙人一般晚上8点半开始用餐，不像我们的晚饭那么丰盛，只有披萨（PIZZA）、小点心和啤酒、可乐等饮料,过生日也没有蛋糕,就是唱唱生日快乐歌,比我们的简单许多。不过西班牙人生来激情浪漫,关掉大灯,点上蜡烛,大厅里一下子变得朦胧而温馨,CD机里流淌出来的优美旋律营造出迷人的氛围,随着音乐节奏的加快,西班牙女郎都情不自禁地舞动起来,乌斯玛尼还敲起他的非洲鼓,将这场聚会推向高潮,而男人们更喜欢那洋酒的味道。

出门在外,互相关爱

目前在摩洛哥执行援外任务的中国医疗分队有十几支,共约一百多人,每个队员在国内都有着幸福的家庭、优越的生活、满意的工作。但是,为了祖国的外交事业,为了中摩友谊,他们抛家别子,远离亲朋好友,义无返顾地来到万里之遥的北非,在这里一待就是整整两年。生活单调寂寞,饮食原料匮乏,医疗条件简陋,他们克服各种各样的困难,用精湛的医术治愈一个又一个患者,挽救一个又一个非洲生命,践行着救死扶伤的神圣使命。

身在国外,每逢佳节无法与亲人团聚,只能孤独面对,幸有医疗队队友共同度过,互相关心,互相爱护,感受到大家庭般的温暖,每每也能过得很开心、很热闹。就说这次虎年春节吧,在援摩医疗总队部的悉心安排下,我们的拉西迪亚之旅得以成行,与兄弟医疗队的欢聚一堂,并领略西撒哈拉的风光,让我们度过一个难忘的节日。在这里要特别感谢拉西迪亚医疗分队的付出,因为我们的到访带来很多不便和麻烦,他们烧菜做饭的劳动量比平时要大很多,他们的春节旅游计划不得不推迟,回程时还把自己种的蔬菜送给我们,这是一种何等的情谊呀!以后他们来荷塞马时要加倍回报。

沙温医疗分队有对小夫妻肾内科的姜威和心内科的梅岩,这次他们队回国探亲而他俩和厨师决定留在摩洛哥。我是在2009年5月去沙温时与他们有一面之交,春节前夕得知他俩想利用假期来荷塞马玩玩,便热情地邀请他们三人来这里一起过除夕,可惜他们的厨师身体不佳只能作罢。3月10日他俩乘车来到荷塞马,受到我们每个队员的热情接待,参观完一些主要景点后晚上与整个医疗队在米哈玛赫(MIRA

MAR）喝咖啡，我们团结和谐的气氛给这对小夫妻留下了深刻印象。得知 11 号是梅岩的生日，虽然她不是我们医疗分队的队员，但都是来自祖国的援摩队友，由队长董岿然、我、肖位保和何勍组成的队委会及全体队员一致同意给他们送只蛋糕，我正好还有一瓶珍藏的王朝葡萄酒，也拿出来供大家分享，小夫妻俩激动得直说："难忘！难忘！"

出门在外都不容易，也欢迎其它医疗分队的兄弟姐妹来荷塞马，这儿有美丽的地中海、奎马多海滩、人民广场、气象山、萨巴蒂亚外滩、西班牙小岛……说不定我们下次假期时就会去你们那儿。

摩洛哥的糖尿病

摩洛哥的糖尿病患者真多，估计至少占该国人口的 50%。这与他们的饮食习惯有很大关系，什么食物里都要加大量的糖，就连用茶叶、薄荷煮出来的茶里都要放糖，粘稠得杯子都会粘在桌子上。这儿的大多数糖尿病患者缺乏健康意识，来就诊时已经出现足部坏死、感染，称为糖尿病足，轻者可通过控制血糖、使用抗菌素、局部扩创、换药来治疗，重者就需行截肢手术。前段时间收治好几个此类病人，血糖都高得吓人，先收入内科病房降血糖处理。其中一个中年女性患者表现为足跟部的脓肿，由于难度不大遂嘱急诊护士行切开引流术，两天后去内科查房时发现脓肿很深，而且足底后部黑色老茧下已出现坏死，患者的痛觉不是很敏感，便在床旁进行扩创术，切除坏死组织，从足底中部跖腱膜下引流出不少脓液，这个脚要治好，够呛！血糖降至基本正常后转外科病房继续换药，每天用双氧水、碘伏冲洗，嘿，过了一个星期再看，已无脓性渗出，创面上长满鲜红的肉芽，又过两周，创面已基本愈合。真神！摩洛哥人的体质好得出奇，不得不佩服非洲人的自身修复能力。记得 2008 年底有一个胫骨开放性骨折的患者，术后出现局部皮肤坏死、骨外露，本想做转移皮瓣修复创面，结果换药几天后发现已有肉芽爬上骨头，免去二次手术的痛苦。当然，更值得表扬的是摩洛哥人护士和西班牙嬷嬷的工作态度，他们把换药当作是自己的一份事业，就像外科医生开刀一样认真，每次都要仔仔细细地去做，连最后贴胶布都弄得严严实实,左一道右一道的,不过拆的时候有点麻烦。另两个老年男性病人脚上天天淌脓水,伴有大量组织坏死,散发着恶臭,足部变得有两个大,小腿明显红肿,扩创、换药肯定无法控制病情,劝其截肢都一口回绝,一患者说他这条腿还能走路,坚决不能截,最后经医疗总监亲自劝说后终于同意手术。术中发现,手术刀切下去时,小腿切口处直流水,像一只灌满水的气球,再迟些时间可能要截到大腿了。

荷塞马的医疗趣事(五)

听普外科何医生回来讲,今日上午骨科医生阿股迷为了谁先开刀的事又与外科主任西盖皮干上了。是骨折手术第一台,还是阑尾炎先做,完全可以通过协商来解决,哪个病情严重哪个先来,如果差不多那就谁先排手术的谁先做。西盖皮似乎要用这个来压压阿股迷,因为阿股迷现在是手术室主任,平时骄横跋扈,自己想啥时开刀就啥时开,而别人就得按照规定来办,这叫"严于律人,宽于待己",双重标准让许多人反感,而且经常开刀时训斥护士,这样的人,外科主任整整他也合情合理。据说今天西盖皮战胜阿股迷,连手术室的护士都帮着外科主任,阿股迷很是郁闷。他遇上何医生,便说:"唉,西盖皮给护士钱了!"这个家伙怎么可以这样栽赃别人。阿股迷还问:"听说你们今年10月份结束后,再也没有中国人来荷塞马了,为什么呢?"接援摩医疗总队部通知,即将拆除四个医疗点,荷塞马也在其中。何医生开玩笑说:"我们想开刀时你们很不配合。"阿股迷竟也说要走:"我也不想在这儿干了,我要去乌启达。"哈哈,鬼才相信,他在这儿不要活得太滋润,整天大摇大摆,想开刀就开刀,想骂人就骂人,想赚钱就赚钱。

妇产科病房有个护士约40岁,长得还可以,至今仍未结婚。听说年轻时与一已婚男子谈恋爱,但最后未能被娶进家门,结果在这个小地方搞得满城风雨。穆斯林国度男人最多可以娶四个老婆,但必须得到第一个老婆的首肯,而且每个老婆都要一视同仁,大老婆有房子,那么小老婆也得有。所以越穷的男人反而老婆越多,真正有知识有文化的男人,绝大部分只娶一个,重在提高生活质量。那个护士不幸的是没有得到那个男人的大老婆同意,也不可能嫁给别人,便只有独守一生。阿拉伯悲惨的爱情故事!我们好奇的是,那个肇事者到底是谁?后来与妇产科医生聊天时才偶然知道,那个男人我们都很熟,就是手术室的护士长鲁西,虽然已五十几岁,看上去仍是个老帅哥,年轻时肯定很风流。

荷塞马见闻(六)

"世界地球日"40 周年庆祝大会上与荷塞马省卫生厅厅长合影

4月22日是"世界地球日",为了纪念这个日子,荷塞马卫生厅于3月26日提前举行"世界地球日"40周年庆祝大会。荷塞马医疗分队的每个队员都接到一张台头写有自己名字的书面通知被邀请参加大会。既然摩方对我们如此尊重,准时到场就是我们的回报。3月26日下午4点,我们来到位于荷塞马城入口大道边上的塔扎-荷塞马-达乌纳特(TAZA-AL HOCEIMA-TAOUNATE)大区维拉亚(WILAYA)会议厅,这儿就是去年5月召开"荷塞马学术会议"的地方。大门外聚集着大批警察和示威的人群,听说这几天不断有人上街游行,可能与经济衰退和失业率上升有关。摩洛哥人办事总是拖拖拉拉,4点整的会议起码等到4点半才能开始,在外面大堂签到时正好遇上卫生厅长和我们医院的院长,愉快地交谈后合影留念,电视台还对卫生厅长进行了采访,看来今天的会议挺隆重。大区中心会议厅呈正方形,空间显得很开阔,两侧玻璃窗又高又大,窗帘拉开后会很明亮。这里的座位并不是从前到后一排一排地分布,主席台和其它三面的长条桌围成正方形,中间铺有一块巨大的摩洛哥地毯,每个座位相对应的桌上都有一个话筒,无论是台上的还是台下的都可以发言,三面观众席后面还有三四排椅子,这样的设计确实浪费不少空间。从主席台上的幻灯可以看出,今天会议的主题是"健康事业要以环境和发展为

与荷塞马省穆罕默德五世医院院长合影

中心"。从灾难片《2012》到哥本哈根气候大会,无不提醒着世人保护环境、维护地球生态的重要性,我们每个人都要意识到这一点,如果再不采取积极措施,我们赖以生存的共同家园将遭到进一步破坏,全球气候就会走向极端,到时"2012"的可怕场景极有可能在现实中重现。从医务工作者的角度出发,我们应更多地关注人类的健康,更多地考虑如何普及卫生知识、如何让老百姓养成良好的卫生习惯、如何预防疾病的发生、如何更有效地治疗疾病而减少并发症和后遗症,尽可能地提高人类生活质量。今天到场的不仅有包括我们和西班牙嬷嬷在内的医务工作人员,还有其它行政单位的国家公务员,奇怪的是未见一个摩方专科医生。4点3刻左右,荷塞马省省长的特派员才姗姗来迟,会议得以正式开始,可惜用的是阿拉伯语,让我们难以领略摩洛哥人在该主题上的理念。

塔扎印象

与人拼车乘大出租车(Grand taxi)由荷塞马至塔扎是从大山里走出来的另一种方式。一车规定可乘六个人,副驾驶座上挤两位而后排四位,每人需付70迪拉姆,要想坐得舒服也可以包座或包车,3至4个小

时后便可到达塔扎。塔扎有铁路和高速公路穿城而过，是一个交通枢纽，由此再乘火车去其它城市变得较为便捷。路过塔扎数次，每次都很匆匆，未有机会停留，感觉塔扎是一座普通的摩洛哥小城，不过比荷塞马要大。这儿也有支中国援摩医疗分队，共有 12 个队员，大多数来自位于浦东的上海七院，其中有七位老队员，三位是前一批留下的，还有四位 10 年前曾来过一次，据说当时感觉就像是"上帝"般受到当地阿拉伯人的爱戴。现在虽然不能和 10 年前相比，但总的来说还是比较受人尊敬，外科医生做完手术都会有病人家属请客吃饭，这和国内的一些地方有点相似，宰羊节时全队被邀请去参加宴席，一只整羊只吃得下一半，还有一半主人让打包回家，在这个地方做医生真不错。

与塔扎医疗分队队员合影

塔扎伊布奴·巴加医院

26日晚上10点多钟到达塔扎的大出租车停车点,塔扎医疗分队的徐师傅驾车和针灸科姚医生、眼科吴医生将我们接至驻地,得到以庄队长为首的所有队员的热情接待。他们的驻地位于伊布奴·巴加(IBNOU BAJA)医院后面的居民区,是一幢上下两层的白色小楼,四周的围墙形成一个院落,他们把前后的空地开发成菜地,再过上几个月这儿的蔬菜就可以丰收了。第二天上午,徐师傅和姚医生开着车陪我们在塔扎城里逛了逛,经他们介绍才知道塔扎是一个四周都是山脉的盆地,所以被分为塔扎高处(Taza haut)和塔扎盆底(Taza bas)。市中心的V形雕塑是塔扎的标志,这里的建筑属于现代风格,大多为三四层高的小楼,也有为数不多的九十层的高楼。白色是这儿的主色调,就在这现代建筑里竟能找到麦地纳老城的断垣残壁。驱车向东边的乌启达方向开出约20公里,可以看到漫山遍野的绿色中盛开的鲜花,让人感觉到这里春意盎然,这可能就是上法语课时陈老师所描述的美丽的田园风光吧,当时令我们很是向往。就在山坡上可以看到中水公司(中国水力公司)的工地,他们在这里架桥梁、修公路,为中摩友谊作出了重大的贡献。前段时间,与中水公司并肩作战的中国川铁公司职工发生车祸,在塔扎医院经中国医疗队医生的全力抢救和治疗,这些伤员终于脱离危险并痊愈出院,塔扎医疗分队在异国他乡谱写出一曲救助同胞的感人乐章。回到城区再参观一下他们的伊布奴·巴加医院,占地面积要比荷塞马的大,绿化搞得要比荷塞马的好,也许是我们的医院建在山坡之上,土质没有这里的肥沃。这个医院的妇产科大门曾出现在中国援摩医疗队相关书籍的封面上。

吃完中饭,徐师傅和姚医生准备带我们去塔扎著名的山洞,它位于城区南面约15公里处。一路上也是翻山越岭,让我们领略到塔扎南部山区的美,潺潺的溪水、汩汩的山泉、奔腾的激流、绿毯般的草地、成群的牛羊和骑着山地车的牧童、怒放的梨花、石缝里顽强生长的绿树,无不给我们留下深刻印象,这里每年还会举办赛马大会。到达山洞后才知道这里分成两个洞,大洞套小洞,第一个为大洞,洞口约半个篮球场大小,洞内容积很大,洞口至洞底约100米,通过崖壁上陡峭的石阶才能下去。洞底最黑暗处就是第二个小洞的入口,里面伸手不见五指,必须打开手电筒照明,有时还要把电筒含在口里以解放双手,因为有的地方狭窄得只能手脚并用爬进去。这里阴冷、潮湿,到处都是泥浆,据说至最深处足有 3 公里,中途有不少叉路很容易迷路,有的要涉水而过,当然也有奇形怪状的钟乳石,由于时间关系,只有适可而止了。下次做好充分准备,穿上专用服装、戴上矿灯帽再来征服它。正想回头,电筒突然从手中滑落,随着一阵光束乱晃和与石头的撞击声,电筒坠向洞的深处……一切都归于寂静,寂静得有点可怕,似乎肉体已被黑暗吞噬,感觉体内的肾上腺素极度膨胀。狭小的空间里一切都显得那么的无助,这是对人性极大的挑战,来这里不就是为了追求这种刺激吗?看看自己到底能不能承受这样的考验? 我定了定神,今天给自己布置一个任务,争取把电筒找回来。从上面拿下第二支电筒,打开后向深处爬去……还好,下面正好有一个小平台,电筒正躺在那里。当我钻出这个小洞时,脸上、手上、身上全是烂泥,真是意外的收获。

小憩穆罕默迪亚

乘下午 4 点半的火车从塔扎去穆罕默迪亚,向西途经菲斯、梅克内斯、拉巴特,预计晚上 10 点半到达目的地。摩洛哥火车的一等车厢均对号入座,包厢内饰相对豪华、条件较好,但比二等车厢的车票要贵 50%,二等车厢既有包厢也有敞座,先入为主不对号。遗憾的是当天的一等车厢车票已售完,极有可能要站着去穆罕默迪亚了。在摩洛哥乘火车晚点半个小时 1 个小时算正常,有的要长达三四个小时,摩洛哥人的工作风格由此可见一斑,当然还有一个因素就是火车与苏巴渡(Supratour)汽车联营,旅客可以购买汽火车联票,这样可以保证旅途的连续性,但只要其中有一个延迟,另一个肯定会受到影响。今天还算好,火车只晚点 20 分钟,不过二等车厢内很拥挤,还得担心小偷的光顾。凭经验先找到在菲斯站下车的旅客,和他们交流好以预定座位。知道我们是中国援摩医疗队的医生,来这里为摩洛哥人服务,他们一下子热心起来,有的给我们让座,有的人针对自己的病症进行现场咨询,有位老妇人还邀请我们下次到菲斯时去她家作客,非常可爱的摩洛哥人。说说笑笑已经到了菲斯,想不到的是汽车只要一个多小时的路程火车却开了两个多小时,一路上有无数的小站,随后的情况也很相似,

与穆罕默迪亚分队及中资公司工作人员相聚在拉巴特"天安门餐厅"

到达穆罕默迪亚时已是深夜 11 点半。这可苦了穆罕默迪亚中国医疗队的队友们,李队开着车来火车站接我们,回到驻地苏医生忙前忙后张罗晚饭,整个医疗队陪我们聊到很晚,给他们添了不少麻烦。

第二天上午,竟然碰上卡萨布兰卡金华餐馆的台湾老板,去年在他那儿询问过里克酒吧的地址,一年多不见好像他的白头发比以前更多了。今天他带着他老婆来这里看中医,同为中国人他们很相信自己的国粹,穆罕默迪亚的中医诊所已扬名摩洛哥。山西运城公司的景经理要去拉巴特买阿甘油(摩洛哥所特有的一种纯天然非常珍贵的油,可食用也可作为美容护肤产品),李队让我们一同前往,开车向东也就半个多小时就到,中午顺便在一家中国饭店用膳。这家饭店名字很响亮,叫"天安门餐厅",在大西洋边上的罗马路附近,内饰富丽堂皇,极有中国特色,饭菜口味也很正宗。老板和老板娘都是中国人,也是中国医疗队的病人,给我们的菜量要比别人的多,还赠送了一大盘菠菜和一个水果拼盘。他们在卡萨布兰卡还开有一家酒店"上海花园",到今天我才知道卡萨一共有三家中国饭店,还有一个是"中国美食城"。

塞达特——本格里

穆罕默迪亚位于拉巴特与卡萨布兰卡之间，是通往摩洛哥南部马拉喀什(Marrakech)的交通枢纽，一路向南要经过塞达特(Settat)和本格里(Ben guerir)。28日下午准备乘4点半的火车赶往塞达特，却被告知铁路上发生小意外，所有开往卡萨的列车一律取消。已与塞达特中国医疗队的盛队长联系好，不去肯定不合适。经过打听后知道可以先乘大出租车去卡萨，然后再换辆出租去塞达特，一共才一百多公里的路程。从穆罕默迪亚去卡萨一个人才11个迪拉姆，因火车停运比平时要贵1迪拉姆，大约20分钟就到达。下车后便找去塞达特的大出租车，平时一个人是25个迪拉姆，有个司机却把价格涨到50，我们为了赶时间并不计较，但当地的摩洛哥人妇女就不答应，走上去把那个司机一顿臭骂。跟着她找到一辆只收35的，赶快上车出发。一个多小时后已到达塞达特，遗憾的是让开车去火车站接我们的盛队扑了个空。

塞达特是一个农业大省，土壤特别肥沃，很适合粮食和蔬菜的生长，曾有个中国人在这里搞过蔬菜种植基地。整座城市不靠山不靠海，典型的内陆地区，除省行政大楼前的广场和市中心一匹高头大马的雕塑外，并没有特别的风景。交通便利是它的最大优势。塞达特医疗队基本上由来自上海六院的医生组成，共有10个队员。他们的哈桑二世医院里有个日本人资助建成的妇产科中心，所以这儿的妇产科医生特别忙。医疗队的起居虽然分在三块地方——食堂区、沙龙和病房，但在一起吃饭时还是很温馨，当然这里面也有田师傅的功劳，听说医院正计划改善他们的住宿条件。给我印象较深的是他们的沙龙，挂满彩带显得喜气洋洋，国旗前正好可以和两位骨科同行盛队、陈医生合影。沙龙前有一块医疗队的自留地，实行分田到人、包产到户，每两人领块地种上自己喜欢的蔬菜，丰收时与大家一同分享，那种感觉应该很幸福吧。麻醉龙（麻醉科严医生）是个正宗的驴友，对摩洛哥的旅游名胜和世界文化遗产很有研究，与他聊天让我受益匮浅,我只知道白色之城——卡萨布兰卡和红色之城(火焰之城)——马拉喀什,原来还有蓝色之城——菲斯、绿色之城——梅克内斯。

塞达特向南一百多公里就是本格里,这儿也有一支中国医疗队,一共8个人,队员都来自卢湾区的各家医院,他们有句口号"这儿的风景不好,但人很好"。果然一到火车站,翻译小丁和妇产科小马已在那里等候多时,回到驻地便受到袁队长和其他队员的热烈欢迎,真有一种宾至如归的感觉,最风趣的要数那普外科的老陈,而最难忘的是俞师傅烧的鸭肫。这里的医院只有中国医生,他们一走这医院就得关门,可见中国医疗队在本格里的重要性。

与塞达特分队成员合影

与本格里分队队员合影

红色之城——马拉喀什

本格里向南一百多公里就是摩洛哥的第三大城市——马拉喀什。最早接触它是 2008 年七八月份在国内上法语课时,不知道是谁带来一本杂志,那漂亮封面就摄自于这个城市,上面的注解是"旅游新星——

马拉喀什",当时就想以后一定要去那里看看。来摩洛哥一年零六个月后,我终于和马拉喀什牵手,在这芬芳四溢的花季。

马拉喀什火车站

从火车上下来,感觉马拉喀什是温暖的,温暖得甚至有点炙热,有特色的是站台上像喇叭花一样开放的遮阳篷。走在大街上,你就会明白这儿为什么被称为"红色之城",无论是西面的新城区,还是东边的麦地纳老城,王宫、行政大楼、清真寺、剧院、体育场、宾馆、饭店、咖啡馆、商店、民居,所有的房屋都是红色的,在阳光的照耀下犹如燃烧的火焰,整座城市充满着激情和活力。这儿的建筑极富阿拉伯风格,透着浓浓的伊斯兰气息,随处可见的马车折射出马拉喀什的古老文明。

沿火车站前的哈桑二世路(Ave. Hassan II)向东500米左右就是11月16日(Place 16 Novembre)广场,由西北向东南贯穿这个广场的是摩洛哥最长的一条大街——穆罕默德五世路(Ave. Mohammed V),顺着它向东南穿过自由(Place Libert)广场和老城门便可进入麦地纳老城。库托比亚清真寺(Mosquée Koutoubia)就位于老城的中心,足有70米高的宣礼塔上镶嵌着各种拱形图案,周围仍保留着断垣残壁,诉说着那段不堪回首的历史。千百年来,马拉喀什古城是北非的伊斯兰文化中心。11世纪,信奉伊斯兰教的游牧民族柏柏尔人在摩洛哥建立阿勒穆拉维王朝,马拉喀什就是它的国都,统治着整个西北非,全盛时期曾跨过直布罗陀海峡将西班牙洗劫一空。100多年后,阿勒穆拉维王朝被另一支柏柏尔人推翻,国都毁于战火。新的阿勒穆哈王朝(Almohads)很快重建马拉喀什,并在原阿勒穆拉维王朝清真寺的旧址上兴建库托比亚宣礼塔,据说砌塔时泥浆中加入很多香料,直到今天仍能闻到淡淡的清香,所以又被称为"香塔"。

库托比亚清真寺向东有一条约200米长的林荫大道,排列整齐的马车停靠在路边,花上200个迪拉姆可以绕城一周。大道的另一头就是闻名世界的德杰玛阿·爱勒法纳广场(Place Djemaa el Fna),下午的广场显得有些慵懒,大部分摊头小吃还未开张,尽管游客也不少,但在空旷的广场上显得三三两两,据说晚上这儿又是另外一番景象。时不时地会遇到马拉喀什的卖水人,戴着用彩线编织而成的斗笠,穿着大红色的短袖长袍,用动物皮毛和铜片制成的饰品围在腰间,斜背着一只已磨得锃亮的羊皮水囊,三四个铜质水碗用链子串起挂在胸前。马拉喀什位居摩洛哥南部内陆,过去是商队走出撒哈拉沙漠后的第一站,连接着撒哈拉以南与北部海岸的经贸往来,是亚、非、欧之间运输的交通要道,素有"沙漠首都"之称,这儿干旱缺水也不足为怪了。卖水人因此应运而生,穿着奇特让人一眼就能认出,为当地的居民和过路的商人供水解渴。这是一个古老的职业,如今的卖水人只是德杰玛阿·爱勒法纳广场上一道靓丽的风景线。广场周围商店林立,出售各种阿拉伯服装、首饰、工艺品、皮革制品,小巷内有不少家庭式旅馆,一般都是两三层的小楼围成一个院落,地方不大但还算整洁,而且价钱上也比较实惠。

乘太阳还未落山先去看看位于新城区北边的马约赫勒花园(Jardin Majorelle)。马约赫勒是20世纪初法国知名的植物学家兼艺术家,1924年在马拉喀什建造了这座花园别墅。这里种满各种各样的奇花异草、仙人类植物、热带树木和茂密的竹林,令人眼花缭乱,应接不暇,还有五颜六色的花盆、曲径通幽的小道、爬满青藤的长廊、倒影如镜的池塘、充满艺术的喷泉和色彩艳丽的伊斯兰式亭台楼阁。累了你可以坐在长椅上小憩片刻,静静地享用这里的新鲜空气,随意望去都是一幅幅美不胜收的风景画。花园的深处有一家美术馆,曾经是法国著名的国际时装设计大师伊夫·圣洛朗(Yves Saint Laurent)的工作室。伊夫·圣洛朗生于北非阿尔及利亚(当时是法属殖民地),1953年17岁来到巴黎,被

Vogue 编辑布鲁诺夫看好，1955 年成为时装设计师克里斯汀·迪奥的助手，1957 年 10 月 24 日圣洛朗接管迪奥业务，1961 年自创 YSL"圣罗兰"品牌，从高级时装、服饰到香水、化妆品，曾让无数女子为之倾倒，成就一代传奇。伊夫·圣洛朗十分喜欢马拉喀什，1980 年他买下马约赫勒花园，每年都会来这里住上一段时间，从中获得源源不断的设计灵感，为他的时装带来独一无二的色彩。2008 年 6 月 1 日伊夫·圣洛朗去世，按照他的遗愿将骨灰撒在马约赫勒花园里，那象征性的纪念柱就掩映在绿树和鲜花丛中，所以这儿又被称为"伊夫·圣洛朗私人花园"。欧洲人很喜欢来这里休闲、度假，或许能感受到两个法国人所营造的那份风雅和宁静。

走出马约赫勒花园，再去位于新城区西南角的美娜哈花园（Jardin Menara），可惜下午 6 点就已关门。沿正对大门的美娜哈路（Ave de la Menara）一直向东北约两公里便可回到库托比亚清真寺，老远就能看到那标志性的宣礼塔。随着黄昏的来临，路灯和霓虹灯一盏盏亮起，来自世界各地的游客开始涌向德杰玛阿·爱勒法纳广场，马拉喀什的夜生活即将拉开帷幕。先在广场边的冷饮咖啡馆（Café Glacier）楼上占领制高点，一般需付 20 个迪拉姆买瓶饮料，然后在开阔的阳台上挑个有利位置，将整个广场尽收眼底。天色慢慢变暗，德杰玛阿·爱勒法纳广场逐渐沸腾起来，人群已把这里挤得水泄不通，远处的清真寺宣礼塔上的彩灯和环绕广场四周的饭店、咖啡馆、商店里的灯光串成一副亮晶晶的项链。位于广场东侧的是连成片的撑着顶篷的小吃摊头，每一家都点着耀眼的白炽灯，交汇在一起灯火通明，袅袅的炊烟飘荡在半空，很远就能闻到诱人的烤肉香，透过缭绕的烟雾看到里面已坐满品尝美味的游客；而在广场的西面聚集着很多民间艺人，一堆一堆的观众将他们围在中间，很像国内小镇上打把式卖艺的，有载歌载舞的美女，有弹奏古老乐器的孤独老人，有阿拉伯人和柏柏尔人的民族乐队，有玩杂耍的，有驯鸟的，有戏蛇的，有玩套圈、高尔夫等游戏的，还有妇女专门从事阿拉伯美容术——赫内（Henné），用散沫花叶的色素在女性的手上脚上画出美丽的图案，每逢节日和婚礼摩洛哥女人都会用赫内来妆饰自己。不知不觉中已有进食的欲望，该下去吃点东西了。随着人流进入小吃摊头，马上就有身穿白衫的当地服务员上来拉生意，用日语、英语、法语向你问好，又把我们当日本人？心想谁能说出中文，我就选谁。终于有

美娜哈花园里的贮水池

热闹的德杰玛阿·爱勒法纳广场夜市

个机灵的服务员说:"nihao! nihao!""哈哈,你赢了!"他开心地笑起来,兴高采烈给我们安排座位。这一片是专门吃摩洛哥家常菜的,有蔬菜色拉、烤鸡、烤鱼、烤牛羊肉、各种塔经,还有哈里拉等各种摩式浓汤,主食永远是无限量供应的面包。而在北侧的那一片又是另一种风格,大家呈方形围坐在一起,大师傅就站在中间,所有的菜就摆在你面前,根据自己的需要随意挑选,有羊头、羊脑、牛舌、牛杂、红烧牛羊肉……在这些成片摊头的边上还有些吃蜗牛的,个大肉肥,不过味道有点淡。荤的入肚有些油腻,可以去喝点鲜榨的水果汁,记得以前有人来专门找 19 号摊位,因为这家主人的照片出现在一本旅游书上,有点迷信,不过这果汁确实不错,毕竟摩洛哥所产水果又大又甜又便宜。这个不眠的德杰玛阿·爱勒法纳广场,不愧为马拉喀什的灵魂。

伴随着广场上的喧闹声,第二天醒得很早,准备去游一游美娜哈花园。其实这是一个很大的橄榄园,里面种满橄榄树,始建于 12 世纪的阿勒穆哈王朝。摩洛哥到处可见橄榄树,它很适合在这种干旱贫瘠的土地上生长,果实榨出的橄榄油对健康非常有益,是摩洛哥餐桌上必不可少的调料。美娜哈花园里有一个长方形的贮水池,足有五六个足球场大小,据说这水来自于马拉喀什南面的雪山,天气晴朗时可以从这儿看到那连绵起伏的白雪皑皑的山峰。贮水池东南侧有一个亭子样建筑,它的绿色屋顶呈金字塔形,建造于 16 世纪的萨阿迪王朝(Saadi),1869 年由摩洛哥索丹阿布德哈玛内(Abderrahmane)改建成自己的行宫,每到夏天便来此处消暑。

麦地纳老城里还有很多名胜古迹,如巴博·阿戈纳乌麦地纳老城门(Bab Agnaou)、本·尤瑟夫清真寺(Mosquée Ben Youssef)和用于净身的附属建筑库巴(Koubba Ba'Adiyn)、本·尤瑟夫清真寺附属梅德尔萨伊斯兰教学校(Medersa Ben Youssef)、卡斯巴清真寺(Mosquée de la Kasba)、阿勒·曼苏尔清真寺(Mosquée al Mansour)、马拉喀什博物馆、达尔西·萨伊德博物馆(Dar Si Said)、蒂斯基温博物馆(Musée Tiskiwin)、传统手工艺馆、爱勒·巴迪宫(Palais el Badi)、巴伊亚宫(Palais de la Bahia)、萨阿迪王陵(Tombeaux Saadiens)、爱勒·穆阿圣泉水(Fontaine el Mouassin)、古老的皮革加工场……这就是摩洛哥四大皇城之一的马拉喀什,另外三个是拉巴特、菲斯和梅克内斯。

震后重生的旅游城市——阿加迪尔

马拉喀什向西南 300 多公里就是大西洋边的阿加迪尔(Agadir),乘苏巴渡大巴得花 4 个多小时,中间的山路要比荷塞马这边的和缓。从阿加迪尔出来一趟也不容易,不过这儿比荷塞马大很多,生活更加便利。走进阿加迪尔，感觉这座城市很现代，充满欧洲的风味，大多数建筑都是白色的，在热带树木的映衬下显得很漂亮，处处可见西式的宾馆、酒店、餐厅、咖啡馆。这儿的冬季非常温暖，是北欧人冬季避寒的胜地。苏巴渡和 CTM 车站位于市中心的东北角，边上有家传统手工艺馆，向西约 1 公里便是喔了好（Olhao）公园，再向西南五、六百米是一个动物园，站在路边就能看到栅栏里面的大山羊。城市的西面就是浩瀚的大西洋，2 公里左右的海岸线形成一个海湾，所以这里的大海显得较为平静，很适合游泳，是个天然的海水浴场；弧形的沙滩绵长而开阔，隔一段就有一片

阿加迪尔街景

供游人休闲的遮阳篷和躺椅，不少游客在此晒日光浴、聊天、看书，边上还有麦当劳、必胜客；一到晚上，沿着海滩的一长排酒吧五光十色，激情的迪斯科音乐迸发出迷人的活力。沙滩的北端就是阿加迪尔渔港，这儿的渔业和海鲜在世界上都很有名气，连中国远洋渔业公司在此也有办事处。渔港后面有一个很高的瞭望台，上面用阿拉伯文写着"真主、国家、国王"，顺着盘山公路可以登上最高点，能看到阿加迪尔全城和整

个海湾,包括北面旧城区地震后的遗址。历史上的阿加迪尔分别在1731年和1960年遭受过两次强烈地震,旧城夷为平地,居民伤亡无数,1961年当时的摩洛哥国王穆罕默德五世决定在震中南面两公里处重建新城,这就是现在的阿加迪尔,一个生命力顽强的美丽城市,虽然经历重创却依然昂首挺立。

阿加迪尔大西洋边的海滩

阿加迪尔游艇别墅

这儿也有一支中国医疗队，大多数队员来自上海新华医院，现所在的医院是阿加迪尔最大的医疗中心。3月30日吃完晚饭，准备散步去看看他们，询问当地人才知这家医院位置较偏，得打的过去。今天的月亮又圆又亮，为我的夜访增添不少神秘色彩。月光下的医院大门显得很气派，与门卫交流后他答应带我去中国医生的宿舍，想不到走了五六百米才到。这是一幢两层小楼，医疗队住在楼上，一人一个带浴室和卫生的标准间。碰巧的是遇到翻译小张，遗憾的是其它队员都不在，小张便热情地带着我在医院内逛了一圈，这个医院大概有十个足球场大，共有1 000多张床位，医疗条件和设备也比较先进，是中国援摩医疗队所在医院中最大最好的一家。听说他们的队长60岁左右，已是连续第二次援摩，原来是脑外科医生，为了能继续为摩洛哥人服务，现在改做烧伤科，真不简单呀！

风之城——爱索维拉

风之城爱索维拉的木雕店

位于摩洛哥西南的阿加迪尔沿大西洋向北200多公里便是爱索维拉(Essaouira)，乘苏巴渡约需3个多小时。这是一座美丽的海滨小城，

爱索维拉大西洋边的古堡

既蕴含着浓厚的伊斯兰文化，又承载着现代欧洲的文明，处处透出浪漫的气息，是一个谈情说爱的好地方。麦地纳的城墙厚重而斑驳，城门口的古炮折射出葡萄牙人的身影，里面的建筑多为白色的墙壁和蓝色的窗户，显得干净而整洁。走在古老的街道上，两侧是琳琅满目的各式小店，那艳丽的地毯、独特的木雕、漂亮的摆设和皮革、具有民族特色的饰品和服装，让你充分领略摩洛哥的风情，而穿插其中的欧式旅店、餐厅、咖啡馆和坐在门前享受着阳光的欧洲游客，令人仿佛置身于南欧小镇。麦地纳里的居民仍保留着传统的生活方式，东北角是他们的阿拉伯菜场苏克，在这里可以买到新鲜的蔬菜、水果、牛羊肉和各种干货、调料，还有非常好吃的摩式千层饼、油条，奇怪的是口感和国内的极相似，看来饮食文化是世界相通的。西迪博物馆（Musée Sidi Mohammed Ben Abdallah）位于老城的西面，这里陈列着当地的文物、古老的炊具、家具、毛毯织机、男女民族服装和首饰、特有的乐器和兵器，看着这些犹如穿越时空。沿着老城的主干道李斯蒂克拉勒路（Ave. de l'Listiqulal）向西南走，经过一座仍在记时的老钟楼，就可来到穆雷·爱勒哈桑王子广场

（Place Prince Moulay el Hassan），视野豁然开朗，扑面而来的海风让人陡然感觉丝丝凉意，你也能体会到爱索维拉为什么被称为"风之城"。放眼望去，狂风驱逐下的大西洋掀起滔天巨浪，疯了般地拍击着岸边的黑色礁石，激起千堆雪；成群的海鸥迎着风在空中奋力飞行，而有的则顺着风随意地翱翔，那是一种人类所向往的自由，还有的在岸堤上散步、歇息，毫不惧怕游人的接近。前方是伸入海中的城楼和瞭望塔，上面仍保留着以前的大炮，是过去防范海上来敌的前沿阵地，每隔一段距离就有一个只能容下一人的小哨所，一面开放供士兵进出，而另外三面封闭但带有纵行的瞭望孔。登上瞭望塔，风大得会掀起你所有能掀起的地方，似乎整个身体都会被卷走，让你随风而逝，而躲进小哨所则一下子变得风平浪静，很奇妙的感觉。城楼的东南面就是渔港，这儿的海鲜相当丰富，购买的游客也不少。边上有十几家大排档，摊头上摆着各种鱼虾，特别是那大龙虾非常可爱，晚上散步来到这里，随便点上几样品尝一下炭烤的滋味，是一种莫大的享受，不过夜里的海风比白天更大，伴着海风吹动帐篷的声音进餐别有情趣。麦地纳的南面是爱萨蔚哈的海滩，这里风高浪急不适合游泳，却是冲浪、帆船、海上滑翔运动的天堂。

相会在卡萨布兰卡中兴通讯公司食堂

这儿来自世界各地的游客特别多，为了第二天能及时回到马拉喀什乘上回程的火车，一到爱索维拉就得购买苏巴渡汽火车联票，就在售票处还发生一个插曲。本应该排队购票，并与购票者保持一米距离，欧美等其它国家的游客都比较遵守纪律，而摩洛哥人就不那么守规矩，总是随意插队,往往是后到的反而先买到票,害得排队的人要等上半天,这让国外游客很有意见。在摩洛哥已待了一年半,对摩洛哥人也比较了解,他们就像弹簧一样,你弱他强而你强他则弱。当轮到我时,卖票的却去接待边上刚插上来的摩洛哥人,我立刻对此严厉指责,弄得他们措手不及,没想到一个援摩医疗队的中国医生如此有正义感。第二天去苏巴渡乘车时,看到这儿的购票者已变得秩序井然,没发现一个插队的,看来适时适度的批评对于调整摩洛哥人的行为还是有帮助的。

返程路过卡萨布兰卡,经穆罕默迪亚李队的介绍,与位于卡萨的中兴通讯公司陈总相识。他们公司在当地算比较大的,办公条件也很好,员工有中方的也有摩洛哥人。晚上在他们的食堂进餐,吃到不少久违的中国菜,厨师的技术很地道。

用足球驱逐感伤

4月3日星期六,荷塞马阳光明媚,心情本应灿烂起来。前一周利用休息天去摩洛哥南部采风,昨天刚回到驻地,得知老家的舅舅病重住院,恶性肿瘤已发展至晚期,虽然作为一个医生已习惯生老病死,但还是有些伤感。回想起自己从小到大的成长过程中,也有舅舅的一份关心和帮助,感恩之情不禁又涌上心头。舅舅从一名普通的政府职员一直做到镇长,真的很不容易,所付出的努力可想而知,曾经也是我学习的榜样。我只想对舅舅说,我会永远尊敬你。我也想对老家的所有亲戚们说,不管你们之间有何恩怨和误解,到我这里都不会再继续,请你们更加宽容大度一点,给对方更多的理解和爱。其实人无完人,孰能无过?想到以前我所做的一些不妥之事,总会从心底深深自责。所幸我们都在不断成长、成熟,经常反思过去并进行修正,会让自己变得更加完美,不断接近那尽善尽美的境界,虽然永远无法到达,但至少我一直在努力,至少我没有放弃。

还是出去运动一下,投入大自然的怀抱,融入地中海的阳光,用足球驱逐一切不快。11点从医院出发来到米哈道赫(MIRA DOR)边上的足球场,一进门就看到场上站满球迷,边上还有不少观众,今天的比赛开始好早呀,在这个场地上也好久没见过这么多人了。几个老球友一见我便招呼我上场,指指前锋的位置说:"La-bas, nerf."(老地方,9号)他们已很认可我的得分能力。上场后赶快认一认本方队员,这才发现周围有三个队友都是十三四岁的小孩,虽然身材、体能上不能与对手抗衡,但技术、意识还不错。好几个星期没有进行过正式比赛,先前后场跟着球跑上几个来回找一找感觉。终于有了触球机会,前场右侧得球后起脚便射,情急中打在右足内侧,球划出一道弧线横行飞向球门,队友跟上后将球踢入网内,可惜他已越位在先。我方攻势一浪高过一浪,控球、传球节奏掌握得很好,边路、中路的配合也不错。我特意加强在前场的拼抢,从对方后腰脚下断球后传给中场,然后自己往禁区内穿插,中场适时将球传到我的身前,稍稍有点远,我只能尽力向前,刚够着就抬脚射门,对方的后卫突然飞铲过来,正好刬在我的右脚上,由于巨大惯性的作用,我大叫一声整个身体向前扑去,一下子趴在石子地上,顿时传来钻心的疼痛,这要是松软的草地该多好呀,稍稍歇会儿后赶快爬起来,身体前面粘满了泥土,双手、右前臂和左膝部渗出血来,对手及队友都过来询问:"Bien?"我笑笑告诉他们"Pas de problème."踢球受点伤没什么关系。裁判马上中止比赛并判给我方一个点球,队友一致要求我来主罚。好呀,我充满自信地将球摆在罚球点上,倒是对方守门员非常紧张。哨音刚落,我眼睛盯着球门的左侧,右足弓将球推向右侧死角,守门员判断失误只能望球兴叹,1比0。进球后我方球员有所松懈,竟被对手连进两球,中场休息时以1比2落后。双方交换场地后比赛重新开始,我方中场两位年龄约50岁的球员展现出高超的控传球技术,给前锋创造出不少机会。在前场的一番人仰马翻后,球飞向禁区弧顶,正在此处的我迅速调整姿态,由于球比较高,边上又有防守队员,只能第一时间将球吊向球门,球显得绵软无力却有些高飘,越过守门员和本方前锋的头顶,在离球门约半米处竟被对方后卫鬼使神差地用后脑勺蹭进自家大门,凭借这个乌龙球我们将比分扳成2比2。随后的比赛进入我方的节奏,中场球员在禁区右侧的精彩吊射将比分改写为3比2。又是几轮攻防转换后,我方左路队员通过一系列配合将球推进至前场,再由左侧横向传递转移至右侧,球弹跳几下后又落在我的面前,离球门只有几步之遥,这次可要打上力量,摆动右腿用右足背猛力抽射,球应声入网,4比2,这再次说明预判和站位对于一个前锋的重要性。

接着对方也打出几次有威胁的进攻，都是无果而终。快至商停时间，我在左侧边路接到传球，对方右后位围追堵截，队友站位不是很好，还有一个前锋处在越位位置，便将球停住控制一下节奏，再倒回中场，球转移至右侧后果然出现战机，再下一城，5比2。随着比赛结束的哨音吹响，大家纷纷握手言欢，对方的几个队员还向我伸出大拇指，说："Jouez bien！"（踢得好）我也向他们伸出大拇指："Tous bien！"（都不错）还有一个比较搞笑的摩洛哥人，大概是这里面年龄最大的，约有55岁，大门牙已缺了两颗，告诉别人说他耳朵后面做过什么手术，做得非常漂亮，硬说是我做的，唉！我肯定没做过，被他说得推也推不掉，不过有一点是肯定的，运动能力强的人做手术应该不会差。今天的体能不算最好，但往往在短期不触球后球感会变得相当不错，这次就是一个证明。洗澡时几个伤口都很疼痛，左手腕受伤后连吃饭端碗都变得困难，这就是代价，得到必然需要付出，相信过两天都会好起来。

怀念舅舅

4月11日上午8点多，舅舅走完他人生的最后一程，离开了这个世界。表弟发短信过来，说："舅舅走之前很挂念你，也很理解你，希望你在国外安心工作，争取做出一番事业。让你不要考虑太多，只要心里想着他就行。"唉，舅舅临终前还这么关心我，看到这里，我的眼眶湿润了。遗憾的是不能去灵堂上与他告别，只能让表弟代我多磕几个头，待回国后再去看他吧。

我的球鞋我的球

来摩洛哥一年半，竟踢坏两双足球鞋，而且都是右侧露脚趾，特别是第二双，买的时候就挑质量较好的，谁想才穿两个多月就报销了。一方面是因为这场地沙石铺成，对鞋的磨损比较大，另一方面可能踢得太猛,总是用右脚大力射门,真没办法!

从国内带来的足球,在沙石地上没踢几个月就花了,幸好牛皮质量不错,还可以继续用下去。4月16日下午去对面小学里练球,那儿有个小的水泥足球场,虽然尚未最后完工,但两个球门还是可以练习射门。凑巧遇到一个当地的小伙子,看来也是一个喜欢踢球的球迷,便切磋起球技来。离着小球门10米左右,我选择用脚尖捅射,球稍稍偏出,这小伙子便说:"不是那样,应该这样射门。"一边比画着用足弓推射,球绵软无力、慢慢腾腾,虽然打在球门范围内,守门员很容易抓住皮球。我先按照他的说法来了一个标准的足弓推射,结果可想而知,然后告诉他,如果是在标准大场地上近距离射门,你可以用足弓推射一个刁钻的角度而得分,但在这种小场地的小球门面前,一个大活人就已占据它一半以上的面积,留下的空间非常小,如果只离两三米,还有可能用足弓推射成功,若是10米以上的远射,只有加快球速,让守门员没有时间判断,才有机会得分,而足尖捅射绝对是一个好方法,既有速度又容易控制方向,当然也可以选择大力抽射,但往往在方向上更难掌控。说完给他表演了一下脚尖捅射,球重重地砸在左侧立柱上,守门员一点反应都没有,虽然球未进门,但已能看出这个射门的质量相当高,摩洛哥小伙子也情不自禁地拍起手来,"Bolav!Bolav!"(西班牙语,好球),并邀请我一起到下面的五人制场地上参加比赛。其实这个场地我很熟悉,是用沙石压制而成,质量显得比一般的好,还画有标准的比赛线,而且四周围以铁丝网。它就在医院的前面,每天早上跑步都会经过,以前也经常来看别人踢球,过了一年半才终于有机会亲身体验,感觉是一种迟来的爱。今天才知道在这儿踢球要钱,下午6点以前是20个迪拉姆1小时,6点以后的晚场是每小时40迪拉姆,一般都是所有参加者平摊,价格不算贵。在这种五人制的场地上,他们更喜欢彰显自我,无论在前场还是后场,一个人可以粘上半天球,以表现自己的个人技术,有时甚至会一个人带着球一条龙从后冲到前。有意思的是,这些年青人都会说西班牙语,但不是每个人都会说法语。融入其中,玩起来还是很开心的,结束时我们比对方多进几个球。当我准备回医院时,发现带来的球不见了,感觉是被边上看球的小孩拿走。有的摩洛哥人说这儿的小偷很多,不该放在边上让他们玩,有的在那傻傻地笑,小心观察着我的表情,我知道他们肯定认识这些拿球的小孩。其实少个球也没什么,想办法再去买一个,但如果表现得太不在乎,球还回来的可能性就非常渺茫,所以我故意显得比较在乎。刚开始认识的那个小伙子很热心,知道我是来援助他们的中国骨科医生,更是帮着我一起找球,周围的路上都看了个遍也没发现,这样找下去肯定没有结果,我说还是明天再说吧。本想回国时把足球送给我那帮摩洛哥人球友,现在就被他们以这种方式拿走,唉,有些摩洛哥人的素质真的有待提高。第二天经过医院传达室时,保安告诉我,有人把球还回来了。真令人惊喜,就当他们借去用的吧。

地球感冒了

窗台上嬉戏的野鸽

时间 2010 年 4 月 17 日。

进入 2010 年,破坏性地震频发,海地、智利、青海玉树;北半球暴风雪不断,4 月的上海竟也飘起雪花;南方旱灾严重,而北面则水多成涝。一向缺水的摩洛哥今年雨水特别充足,已进入旱季的荷塞马昨天晚上还下起雷阵雨,雷声大雨点也不小,而今天是一会儿下雨一会儿出太阳,十分反常的气候。我们不禁要问,地球到底怎么了?难道所谓的 2012 年预言真的会变成现实吗?

当然不会,对这种宿命论、消极论我嗤之以鼻。据专家统计,今年所发生的大大小小的地震次数与往年的数据相比并无显著增加,而异常气候所带来的自然灾害以前也时有发生,所以不必大惊小怪。地球只是有点感冒,偶尔咳嗽一下、打个喷嚏,过段时间就会好起来。当然,地球的这些小动作可能会对人类造成极大的生命和财产损失,我们只有面对它、正视它,采取一切措施将损失降至最低。另一方面,随着科学技术的发展,不断提高对极端天气和自然灾害的预报水平,同时可以根据地理地势地形兴修运河、沟渠等水利设施,将洪涝引入干旱地区,以做到"重在预防,一劳永逸"。另外,从智利大地震中可以得到一些启示,虽然震级很高,但造成的损失并没有想象的大,主要归功于建筑质量的优异和其极强的防震抗震能力。我相信,不久的将来这些问题都会得到解决,毕竟人类史就是一个不断认识自然、适应自然、征服自然的历史。

近日发现种在阳台上的仙人树比原来高大许多,变得更加茁壮,边上还无意地长出很多野花,绽放出非常鲜艳的花朵,给单调生活带来一丝生机和活力。还有那两盆放在自己窗台上的已枯萎好久的花招来野鸽在此驻足、嬉戏,一大早就在这儿"咕咕"地叫。我有时会给它喂点食物,不过这野鸽挺挑食,生米、熟米都不吃,专爱中国的"来伊份"多味瓜子仁,自个儿吃不够,还带来"媳妇"一起享用。其实大自然有很多美好的东西,我们应该细心地去体味、去享受,这样的生活才会变得幸福。

心系灾区,奉献海外

4月14日青海玉树发生7.1级地震,至今已造成两千多人死亡、上万人受伤。在党中央的果断决策和英明领导下,全国上下军民一心,众志成城抗震救灾,从废墟下救出一个又一个生命,创造了一个又一个奇迹。玉树地处海拔4 000米左右,空气稀薄,缺氧严重,昼夜温差大,多风沙,多雨雪,给救援工作带来极大困难,但是,为了同灾区的人民在一起,胡锦涛主席提前结束国外访问来到玉树进行慰问;温家宝总理推迟海外行程,赶到灾区看望受灾群众和救援人员;中国军队第一时间奔赴震中地带抢险,有的出现严重高原反应,仍不愿下火线;大批医疗人员不顾自身安危,在高原上履行着救死扶伤的神圣职责。我们身在万里之遥的摩洛哥,虽然不能亲身前往救灾第一线,但我们心系灾区、情系玉树，每天通过中央四套节目关注着这场生命大营救。看着失去父母的孤儿，失去教室的学生，失去家园的兄弟姐妹，整个医疗分队不禁为之动容，纷纷慷慨解囊相助，我决定参加中山医院的募捐活动，并通过援摩医疗总队捐献 1 000 迪拉姆，为灾区人民贡献一点绵薄之力。

作为一名骨科医生，在哪里都是为病人服务，无论他是国内同胞还是非洲兄弟，在海外照样可以奉献一片爱心。这周我值班，4 月 19 日星期一是我的手术日，已安排三台择期手术。第一个是 68 岁女性患者，2009 年 12 月 7 日行左拇掌骨骨折切开复位螺钉内固定术，今行螺钉取出术。第二例是 37 岁男性患者，原来就在穆罕默德五世医院工作，几年前遭受左肱骨髁上粉碎性骨折，经手术治疗后遗留肘内翻畸形，目前左肘关节活动受限，看过我好几次门诊，做过数个疗程的康复，患者仍自我感觉很差，竭力要求手术矫形，并请出很多本院同事来打招呼。由于该手术将涉及肘关节周围软组织，而且截骨后有可能出现骨不连，导致术后肘关节功能恢复不理想，与患者反复交待清楚后决定周一行左肱骨髁上楔形截骨矫形（Derosa Graziano 技术）+ 双钢板内固定术 + 自体髂骨植骨术。麻醉科张医生为病人成功施行高位硬膜外麻醉，我的手术进行得很顺利，出血也不多，只是一个助手实在有点少，若有两个会做得更加舒服。当患者看到自己的双侧肘部对称时，露出了满意的笑容。有人把骨科医生看作是木匠，用的工具也是锯、凿、钻、钉、锤头，但我认为骨科医生更像艺术家，所面对的是活生生的人，每个病人的情况各不相同，需要有个性化的处理，对自己的作品不仅要讲究外形，更要讲究功能，这点在该患者身上表现得尤为突出，

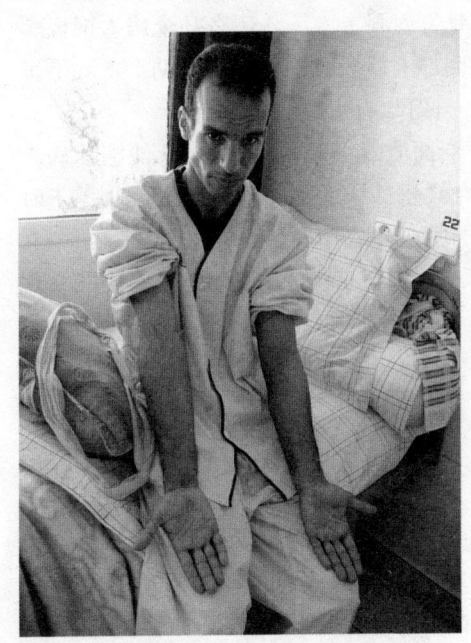

37 岁的左肘内翻畸形患者经矫形手术后外观正常

所以英文里称骨科为矫形外科。第三个是 20 岁不到的青年男性患者，左胫骨下段骨折克氏针内固定术后 4 年余有明显不适感，坚决要求取出克氏针，该手术再次证明打固定容易取固定难的道理。像这样的克氏针应该在术后半年内取出，否则很有可能埋入骨痂，想取出比寻找异物还难，用 C 臂机透视自不必说，还得准确定位后刮骨探宝，不过方法得当的话最终总能搞定。手术过程中急诊室已有六七个骨科患者等待处理，随着天气转暖，创伤病人一天比一天多起来。周三的手术病人为右肱骨髁间粉碎性骨折，全麻下行切开复位钢板螺钉内固定术，术中发现骨折线多达十条左右，关节面缺损，关节面下松质骨塌陷，再加患者家境贫寒，只得帮他东拼西凑寻找合适的内固定材料，手术难度可想而知。从周一至周五大大小小共做了 11 台手术，包括左 Monteggia 骨折伴脱位——臂丛麻醉下行上尺桡关节切开复位＋尺骨骨折开放复位钢板内固定＋上尺桡关节环状韧带重建术、左前臂刀割伤伴左第 2、3、4 指总伸肌腱＋第 3、4 指固有伸肌腱断裂——吸入麻醉下行清创＋肌腱吻合术、右股骨转子间骨折——腰麻下闭合复位 DHS 内固定术、右双踝骨折——腰麻下行切开复位钢板螺钉内固定术等。还有几个病人钢板螺钉未准备好，只能顺延至下周，而且下周一已约好两个择期手术。下星期本是我们整个医疗分队的五一假日，看来得继续上班。

欧美医院的手术室里有时会播放舒缓的背景音乐，既能消除病人的不安情绪，又能让医生工作时轻松愉快而不易疲劳。最近我手术时也开始使用背景音乐，用自己的手机播放 MP3，有中国民族音乐、中文流行歌曲，感觉就像在国内开刀一样，还可以对摩洛哥人进行中国文化教育和熏陶。

想念上海！期待世博！

中央四套的世博报道越来越多、越来越丰富，在万里之遥的摩洛哥都能感受到它的浓浓气息。浦江两岸场馆林立，跨江大桥气势雄伟，东方明珠傲然依旧，百年外滩焕发新颜，而夜晚更是灯火辉煌，好一个美丽的不夜之城。我们可以从地面、水上、空中的立体镜头里全方位体验世博的震撼场景,但如果能亲身体验那开幕盛况该有多么的兴奋呀。想必现在的上海一定热闹非凡,世界各地的游客已云集沪上,热切盼望着开园的那一天。这肯定是一届精彩而成功的世博会。想念上海！期待世博！

腹腔镜初体验

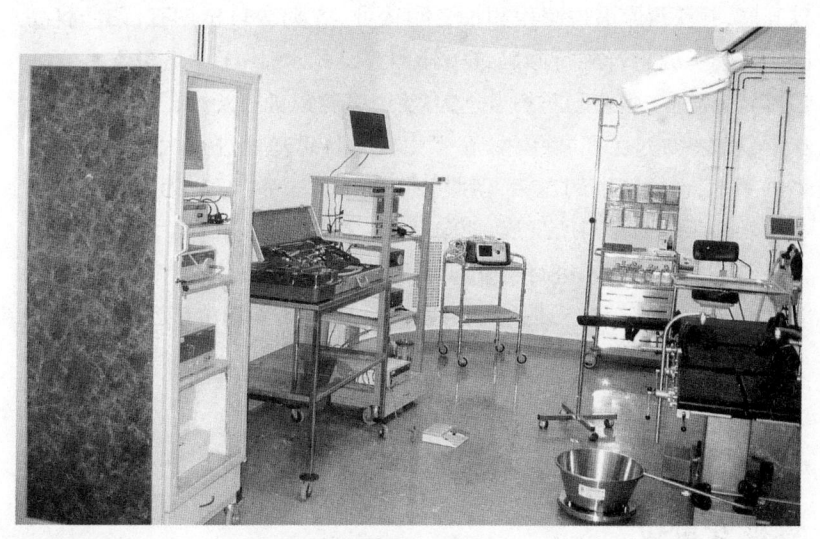

摆着腹腔镜的新手术室

随着科技的进步和理念的更新,外科治疗越来越趋向于微创手术,创伤小、出血少、康复快是它的最大优势,于是,腹腔镜、胸腔镜等内镜手术应运而生,并为广大的外科医生所接受,病人的疗效得到显著提高。近日浏览复旦大学新闻文化网,得知中山医院泌尿外科已完成16例机器人辅助腹腔镜手术,胸外科实施首例机器人辅助腹腔镜下食管癌切除术。可见,微创是未来外科发展的风向标,不久的将来,所有的操作甚至都可以由机器人代为完成,而外科医生只要坐在电脑前进行遥控。

微创治疗也广泛应用于骨科领域,目前已得到推广的关节镜是最好的代表。脊柱外科无论是后路减压内固定术，还是前路经胸、经腹膜后手术，其创伤都不会太小。为了提高手术疗效，不少脊柱外科医生尝试引入微创理念和技术，椎间盘镜下间盘摘除术和减压融合内固定术、经皮椎弓根钉内固定术、经皮穿刺椎体成形术、腔镜下前路减压融合内固定术，脊柱外科正一步步走进一个崭新的微创世界。但这个过程并不是那么简单，充满着困难和挑战，需要一代代脊柱外科医生坚持不懈地努力和奋斗。

去年10月，荷塞马穆罕默德五世医院的新手术室启用，普外科房间里的腹腔镜也派上用场。在普外科何医生的努力下，腹腔镜手术得以开展，并获得摩洛哥医生和护士的认可。5月7日星期五，妇产科高医生欲为一位患者施行腹腔镜下输卵管结扎术，由于摩洛哥女病人一般都较为肥胖，腹壁脂肪相当厚实，使用腹腔镜进行治疗正好合适。我虽然以前参加过关节镜手术，在强生医学科研基地进行过胸腔镜下猪脊柱手术，也做过椎间盘镜，但腹腔镜手术从未参加过，为了以后能在脊柱腔镜手术方面有所发展，便向高医生提出由我来做助手，体验一下腹腔镜的感觉。手术进行得非常顺利，20分钟左右便已完成。想不到一个骨科医生在荷塞马还能学到腹腔镜技术，这两年的援摩生涯收获不小。

炼狱安哥拉

（一）紧急启程

5月13日星期四下午，接到一位上海朋友的求救信息，说他们公司的中国雇员在安哥拉遭遇车祸，颈部受伤后四肢瘫痪，病情紧急而严重。安哥拉在什么地方？地图上标明安哥拉位于非洲南部，南非的北面，标准的黑非洲，听说当地有疟疾等传染病，条件肯定好不了，又得不到X线片、CT等第一手资料，我的第一反应是建议把病人转回国内治疗，但这位朋友说安哥拉医生说患者情况不适合乘机飞行，而且病人与医生之间语言上沟通障碍，找当地的四川省医疗队也没得到回应，似乎已到山穷水尽的地步。知道我正好在北非援外医疗,再加对我的专业水平比较信任,请求我去救援,如需急诊手术希望能在当地完成,毕竟他才 22 岁,刚结婚两个月,老婆已怀孕 3 月。太不切实际,Mission Impossible,虽然身处同一个非洲,但这是一个跨国医疗行动,必须获得好几个有关部门的批准,还得去安哥拉驻摩洛哥使馆签证。上海朋友说已将此事向外交部及中国驻安哥拉使馆经商处报告,并会按要求由中国驻安哥拉使馆经商处向卫生部国际合作司、中国驻摩洛哥使馆经商处、援摩洛哥医疗总队发出邀请函;另外,他们在安哥拉的合作伙伴很有关系,认识一个职位很高的将军,会和安哥拉驻摩洛哥使馆有关人员联系,签证肯定没问题。第二天就是周五,周六、周日使馆不上班,而从荷塞马到首都拉巴特需 10 个小时,如果当天晚上不出发,可能就要拖到下周。一种责任感和使命感让我热血沸腾,就像我以前在长征医院骨科的一位老师说的,作为一个骨科医生,就应该像空降兵一样,最短时间内出现在最需要的地方,对病人实施抢救,有时可能会掉在热带丛林里,必须想办法自救。已经是晚饭后 7 点半,与队长及队友商量后,安排好自己的医疗工作,快速收拾好行囊,带上颈椎专用手术器械,正好赶上 8 点钟开往拉巴特的 CTM 大巴,同时请队长向援摩医疗总队报告,而我准备到达首都后当面向董鸣大队长请示。第二天早上 6 点左右到达拉巴特,担心太早去总队部会影响领导休息,决定先到安哥拉使馆看看签证情况,后来才知道获悉此事的董大队长早就起床在那里等着我,并帮我积极联系卫生部国际合作司、中国驻摩洛哥使馆政务参赞李津津和经商处王淑敏参赞,所有的领导都非常重视这次跨国救援行动。等到下午 1 点,签证还没办成,失望的我回到援摩总队部。董大队告诉我,使馆李参赞和王参赞很关心此事,只要中国驻安哥拉使馆经商处的邀请传真一到,他们便会竭力促成我前行,上海公司许诺将负责落地签证和所有费用。同时安哥拉有关方面将患者的颈椎 CT 通过网络传输过来,CT 示"颈 6 椎体、棘突骨折,颈 6 以上椎体随部分颈 6 骨折块向后滑移,颈椎序列明显紊乱,颈椎管变形、狭窄,有明显的脊髓压迫"。虽然还未见到患者本人,但手术指征已非常强烈,最佳方案是前后路联合复位减压植骨融合内固定术,可惜短时间内很难在摩洛哥找到合适的内固定材料。情况紧急,在外交部、卫生部国际合作司、中国驻摩洛哥使馆大使许镜湖、政务参赞李津津、经商处参赞王淑敏、三秘李佳及援摩医疗总队的批准和运作下,我匆匆踏上前往安哥拉的行程。

(二) 艰难旅途

5月15日11:50乘坐葡萄牙航空公司(TAP)的航班从卡萨布兰卡机场起飞,于一个半小时后到达葡萄牙里斯本(Lisbon)机场,准备在此转乘晚上22:25的飞机飞往安哥拉首都罗安达(Luanda)。在这里

葡萄牙里斯本机场转机大厅

首次体验到葡航TAP的糟糕服务。转机大厅的葡航服务台空无一人,两位在此转机准备前往埃及的旅客急得满头大汗,给有关部门打了无数电话也不见有葡航服务员过来。广播里已通知最后一次登机,这时才突然出现一位葡萄牙美女,漫不经心地给旅客办着转机手续,等她发现飞机快起飞时,急忙带着两位直奔登机口,差点误机。葡航更糟糕的服务还体现在托运行李上,他们拒绝将行李直接送往目的地,必须出机场海关进入里斯本,如果有欧洲申根签证还好,可以拿回行李重新办理托运,如果没有那就会出问题,绝大多数会被行李中心拖延中转,好的可能是迟到几天,坏的有可能丢失。再加这次出行紧急,没有办理安哥拉签证,美女直接将我的票撕毁,说尽缘由和好话也不行,最后通过中国驻安哥拉使馆经商处发传真至机场才搞定,足足与他们耗掉6个多小时,其间已换数位葡航公司服务员。拿到机票后赶快交涉托运行李的事宜,因为里面有救治患者的手术器械,希望行李能同机到达目的地,他们说会打电话通知,应该没问题,不过我心里有点打鼓。知道上海公司在里斯本也有合伙人,与葡萄牙机场的上层挺熟,建议让这位合伙人去机场取出行李,想办法再办理一次托运,以确保无误。半小时后国内反馈说行李已上飞机,登机时我询问检票员能否确认我的行李情况,她打电话后说可能没上飞机,明天让我到安哥拉后与葡航联系。得

尽快把这消息传回上海让他们同时想办法，发送短信时手机电池用尽，也不知道有没有成功。上飞机后想借用别人的手机通知国内，这时空少了解情况后拿着我的行李票去确认，过会回来告诉我说："你的行李已上飞机!"我长出一口气，连声感谢这位空少。邻座正好是一个巴西女孩，她在安哥拉的海上石油钻井平台上工作，会说点英语，通过与她交谈才开始了解安哥拉这个国家。这是一个葡萄牙曾经的殖民地，20世纪70年代才获得解放和独立，葡萄牙语是当地的官方语言。由于巴西同为葡语国家，而西班牙语与葡语又较为接近，所以有很多巴西人和讲西班牙语的古巴人在此工作。安哥拉有疟疾、黑热病等传染病，做好防蚊措施很重要，睡觉最好要用蚊帐，由于安哥拉处于南半球，现在正是冬季，蚊虫相对会少些。当地的艾滋病患者也很多，特别在黑人之间传播甚广。5月16日早上6点左右终于到达罗安达，由于没有签证，得等一个叫尼诺（Nino）的安哥拉人过来接我。半小时后过来一位五大三粗、长的像泰森的壮汉，年龄约有四五十岁，咖啡色皮肤，一看就是葡萄牙人和当地人的混血，他就是尼诺，上海公司在安哥拉的合作伙伴尼尔森（Nelson）的妻舅（尼尔森的老婆是尼诺的妹妹）。尼诺会讲英文和一

安哥拉首都罗安达机场门口的非洲国家杯足球赛吉祥物

点点法文，和我一番寒暄后说今天正好是周日，海关警察出去游玩，大概要到中午才能过来办事，这就意味着我得在这个小房子里待上半天，感觉有点像非法入境一样。看得出尼诺和机场的人很熟，进出这里很随意，听说中国人即使有签证，到此也得有人来接，而且还要付小费，当地政府的腐败可见一斑。利用这个时间，我了解到受伤患者的情况，大概一周前该名中国雇员与同行的几位同事来到安哥拉，乘坐当地黑人开的皮卡工具车前往工地，凌晨3点左右在离目的地几十公里的地方突然发生翻车，包括司机在内的其他四人只受轻伤，而坐于副驾驶位上的该患者当即四肢失去知觉，无法动弹，急送当地医院抢救，后转至这里的罗安达军队医院。在这里还看到一张海报，原来今年一月份的非洲国家杯足球赛就是在安哥拉举行，记忆犹新的是当时电视新闻里报道了多哥国家队在安哥拉北部遭反政府武装恐怖袭击的事件。等到下午2点，度过又累又饿的8个多小时，我终于获准入境安哥拉。去拿托运行李时发现行李并未随机，看来那位空少对我说的话不是真的，葡萄牙人的行事风格已数次领教，难怪他们国家的GDP与发展中国家一样，达不到发达国家水平。将行李之事告知尼诺，希望他能尽快联系葡航公司，随后我们一起去罗安达葡航办事处，却是关门大吉，我只能反复交待尼诺务必与航空公司联系。

（三）探视患者

走出罗安达国际机场，才知道这儿的中国人真多，大街上除了黑人就是华人，听说在此有10万左右。整座城市看上去灰蒙蒙的，一个超大的建筑工地，显得有些凌乱。市区商业中心有一些高楼和商铺，其中的马路并不宽阔，经常造成车辆拥堵；富人区和使馆区也不乏一些漂亮的花园小洋楼，外面由木制的围墙圈起一个院落；建在山丘上的总统府和行政楼算是这里最气派的建筑群，显示出这个非洲国家的一点尊严；还有一些搭建在沙滩边、山腰上、烂尾楼里的棚户区，里面住着贫困的毫无生活保障的黑人，这是安哥拉社会最底层的真实写照。罗安达随处可见中国公司的标牌，中国江苏、南通四建、中信建设等等，这儿有很多政府大楼、公路、高架、桥梁都是由中国人援建，目前在建的很多项目都由中国公司承担，中国政府和人民为安哥拉的发展作出了巨大贡献。尼诺将我安排在四星级的阿拉瓦雷德宾馆（HOTEL ALAVALED），环境

罗安达全景

整洁、卫生条件好、有空调的地方蚊虫会少很多，得疟疾等传染病的风险会大大降低，这个非常重要，否则非但救不了病人，连自己也难以保全。令人吃惊的是这个非洲城市消费如此之高，最便宜的单人间也要420美元一天，吃一顿自助餐需75美元，在全球算得上数一数二。安哥拉连年内战，直至2002年结束，2005年政局才基本稳定，由于安哥拉沿海和陆上富含石油资源，成为各大利益团体争相角逐、明争暗斗的新战场，撑饱一些当地实权派政府官员的私囊同时，也疯狂提升当地的消费水准，但贫富悬殊的急剧拉大酿成社会治安的明显恶化。据说晚上经常能听到冲锋枪的扫射声，持枪拦路抢劫和入室抢劫的事件时有发生，而且这种案件往往难以侦破，白天的大街上经常可以看到荷枪实弹的士兵和警察，看来晚上只有乖乖地待在酒店。

由于出门过于匆忙，只穿着一套随意的休闲服，考虑到去医院见同行和去使馆见领导的着装要求，迅速换上正装，然后赶往罗安达军医院。这家医院离酒店不远，门口士兵戒备森严，里面的建筑显得陈旧，不过室内打扫得很干净。患者收治于重症监护室（ICU），虽然内墙已变得斑驳，但呼吸机、监护仪、吸痰器齐全。令我高兴的是患者神志清醒，精神还不错，看到我非常兴奋，说："终于把你盼来了！"眼眶里滚动着泪水，我能体会一个中国年轻人在异乡遭受重创后的心情，尽量给予他最多的安慰和鼓励，希望他保持乐观平和的心态并积极配合治疗。随后询问患者病史并作仔细体格检查后记录如下，患者自诉"车祸后颈部疼

罗安达军医院大门

痛伴四肢麻木、不能活动1周余"，当时无昏迷及喷射性呕吐，小便困难已留置导尿管，大便失禁。查体：患者生命体征尚平稳，神志清醒，心肺未发现明显异常。神经系统专科检查：颈部已予以颈托制动，双上肢肱二头肌、桡侧腕长、短伸肌、肱三头肌肌力0～Ⅰ级，中指指屈肌、小指展肌肌力0级，感觉自颈5平面（肘窝外侧）以下完全消失，双上肢肱二、三头肌反射消失，Hoffman征未引出；双下肢肌力为0级，感觉完全消失，膝反射、跟腱反射消失，髌阵挛、踝阵挛未引出；腹壁反射、提睾反射消失，肛周感觉及肛周反射均消失，肛门括约肌无张力。结合颈椎CT可确诊为"颈6骨折、脱位伴四肢瘫"，需尽早手术治疗。目前颈部已用颈托外固定，可惜没有作颅钩牵引，身体下铺有气垫床，各个骨突部位均有垫圈，正在进行静脉补液，输液牌上的字迹潦草，只能看清上面的氯化钠和氯化钾的代号，难以辨认其它药物。适度调整颈托位置以求更加服帖、固定效果更佳，嘱患者哥哥每天来此好好照顾病人，少量多餐喂些流质和半流质，以保持患者的体力，并给患者作些翻身、拍背、按摩等护理，积极寻找颅钩等器械以施行颅钩牵引术。国内大医院的医疗条件肯定更好，我还是建议转回国内，患者及其哥哥问："乘20个小时的飞机有风险吗？""当然有，谁也不敢保证绝对没有，但你们得勇于承担，要签字。""那我们要求在这里手术。""首先得找到一家适合手术的医院，还要寻找术中使用的内固定材料，术中术后也有不少风险需要告知。""反正是要做手术的，这个风险我们也认了，希望能尽早解决。""我的心比你们还急！"这家医院手术室条件不理想，当地医生讲葡语，而有些古巴医生讲西班牙语，无法用英语或法语和他们沟通，在此手术会有很多问题。罗安达这里有一支四川省医疗队，不知他们的医院如何？

（四）一顾茅庐

得先去中国驻安哥拉使馆经商处汇报情况，到了门前才想起今天周日使馆休息。已是下午5点左右，我问尼诺是否认识有中国医生的医院，他说认识，"太好了，那我们现在就出发吧。""现在？""怎么了？""没什么，只要你想去，我全力协助你。"等到了目的地才知道，这家医院位于罗安达的郊区，离市区有段距离而且还堵车，足足要开40分钟左右。医院名为罗安达总医院（HOSPITAL GERAL DE LUANDA），由中国建筑公司援建，占地面积挺大，院内的大花园种着绿树青草，房屋内外显得很新。这是一家公立医院，免费为当地人看病，工作人员除本地医生、护士外还有中国医疗队和古巴医生。中国医疗队驻地在医院后面，

由中国建筑公司援建的罗安达总医院，这儿有一支来自四川的中国医疗队。

蓝色的铁皮房围成一个院落，每个房间都装有空调，边上是由中国江苏国际集团为医疗队承建的中国专家楼。据了解这儿的中国医疗队来自四川省各个医院，约有 18 人，其中有两位骨科医生、一位普外科医生、三位麻醉师、三位仪器维修人员。叩开中国医疗队驻地的大铁门，自我介

与中国驻安哥拉大使馆经商处邹传明参赞合影

绍后他们将我和尼诺安排在会客室就座，妇产科女医生古队长叫来翻译、骨科医生和普外科医生。他们觉得这儿的条件不能做颈椎手术。还是先参观一下他们的手术室和病房吧。手术室在一楼，看后让我很惊喜，一个妇产科房间，一个骨科、普外科房间，麻醉机、监护仪、手术床、无影灯、电刀都是新的，还有一台 C 臂机，和我们荷塞马医院的新手术室有得一比，外科病房也很整洁，有的还配有空调，唯一欠缺的是 ICU，但如果能在手术室边上安排一个房间和床位，完全可以解决术后监护问题。针对这样的手术条件，还可以将手术方案进行相应调整，选择颈前路减压植骨融合术，只要术中操作得法，前路照样可以完全复位、充分减压，如果没有内固定材料，取三面皮质髂骨植骨也可在一定程度上重建颈椎稳定性，这也是最经典的颈前路手术，只是缺乏术后即刻稳定，需要辅以颈部外固定。这样的手术也就一两小时即可完成，出血也不会多，可将手术风险降到更低。骨科医生还介绍说他们这儿的骨科病人以陈旧性骨折为主，手术难度较大，看来这儿的手术室条件还是可以满足高难度手术的。心中有数后准备告别，中国医生说他们经常处理枪弹伤，曾有一中国人因枪伤过重而丧生，晚上他们都不敢出门，看来安哥拉的治安确实很差。与尼诺分手时我再次强调寻找托运行李的重要性，里面有手术器械，他说已与葡航打过数个电话未果，明天再去机场与葡航联系。回到酒店，我向董大队长汇报了相关情况，并

与上海公司联系,让他们紧抓安哥拉的合作伙伴尼尔森跟踪托运行李,并发动一切力量寻找颅钩及颈椎内固定材料。

5月17日星期一,约好尼诺早上9点来接我去中国驻安哥拉使馆经商处,但他一直拖到10点才出现,非洲人总是这样散漫。来到经商处得到邹传明参赞的热情接待,我首先向邹参赞汇报该患者的病情,并表示医疗队所在罗安达总医院手术室符合手术要求,满足手术条件,希望能得到他们的支持。邹参赞说他们肯定会全力支持和协助,这让我充满信心。

托运行李还未到,这让我担心起来,安哥拉方和上海公司传来的信息说行李第二天可能就到罗安达机场。接下来我和尼诺开始全城寻找颅钩及颈椎内固定材料,询问过很多大药房都没有结果,这样找下去很不得法,我建议尼诺打电话给他熟悉的骨科或神经外科医生,他们应该更了解情况。

回到酒店,通过网络与上海公司讲了有关情况,他们正与尼尔森在葡萄牙的姐姐商量,看看是否可以从欧洲购买材料和器械后托运至安哥拉,我们便在网上进行了三方会议,我把所需要的颈前路钢板的名称、型号和相关工具告知葡方。另外,我让上海公司与国内器械商联系,看看他们能不能帮上这个忙。

(五)失而复得

星期二,安哥拉方和上海公司说我的行李第二天到,但星期三上午仍杳无音信,他们让我做好丢失的准备。这怎么可以?里面有我的手术器械,都是我请国内厂家专门定制,对别人可能没有什么价值,但对于我来说非常宝贵,我希望他们想尽一切办法找到它。晚上,上海公司说尼尔森姐姐专门去里斯本机场失物招领处翻遍所有行李都没找到,说我的行李已丢失。我彻底绝望了,这是我来安哥拉以后最无助的一天。现在要做的就是尽快将患者转回国内,向患者及家属、上海公司、安哥拉方通报有关情况,并向董大队长汇报。

为了调整情绪,保持状态,每天仍然坚持做100个仰卧起坐和100个俯卧撑。5月20日星期四醒得特别早,在房间里跑起步来,直至汗流浃背,心情也感觉好了不少。尼诺9点来接我去中国驻安哥拉使馆经商处,我将目前的情况向邹参赞汇报,因自己的行李和手术器械在里斯

低调的中国海南航空公司安哥拉办事处。这儿社会治安不佳,很多中国商店没有标牌,以免招来不速之客。

本机场丢失,只能将患者转回国内治疗,途中无论有何风险都得患者及家属承担并签字为证,同时留一份"知情同意书"于经商处存档,邹参赞表示理解。

下午我和尼诺来到海南航空公司安哥拉办事处办理运送病人的相关手续。海航公司离我的酒店也就几步之遥,位于一幢花园小洋房内,门面没有任何标志,边上有几个黑人保安,这附近住着一名安哥拉议员,治安还算不错。听说在这里的中国公司、超市很多都非常低调,只有中国人及少数当地人知道,可以避免不少麻烦。海航每周二、四、六有三个航班飞往中国北京,中间在迪拜稍做停留,全程约需20个小时。三四个月前海航曾运送一位颈椎骨折伴瘫痪的患者回国,刚起飞两小时左右病人就突然死亡,陪护的一名厂医并未声张,还假装给死者输液,在离北京还有3小时航程时才通知机组人员,飞机着落后救护车等各种车辆一拥而上,救护人员、检疫人员登机检查,给旅客造成诸多不便,事后海航遭投拆,患者家属也与海航纠缠不清。所以海航对运送这样的乘客很谨慎,规定像这种颈椎骨折、脱位伴瘫痪的特殊旅客要乘飞机必须由医生及患者家属签署很多文件,以免患者在航行途中出现意外导致患者家属与航空公司产生纠纷,患者死亡致飞机迫降等后果所产生的经济损失由患者所在公司承担。海航打印出不少需要填写的表格让我带回去先准备起来,第二天带患者家属一起过去签字,病人想回国还真不容易。当天获悉里斯本机场给尼尔森发电子邮件说我的行李已找到,明天上午能送到罗安达国际机场,我真不知道该不该相信他们。

5月21日星期五上午,尼诺陪我到机场终于取回我的行李,整整晚了5天,本该高兴的事儿却高兴不起来。下午尼尔森也从外省工地飞回罗安达,随后我、尼尔森、尼诺带着患者的哥哥元宝来到海航公司。当海航工作人员与元宝谈及途中的风险及上次运送类似病人死于机上的事情后,元宝非常紧张,脸色都变了,说这个他难以承担,拒绝签字,海航说像这种情况他们可以拒载,因为患者不适宜乘机飞行。他对我说:"顾医生,你的器械不是找到了吗? 我们还是在这里做手术吧,求你了!"但我已向使馆经商处和我们的领导说要把病人转回国,现在怎么突然又要做手术了? 我顾医生岂不是出尔反尔,而且援摩医疗总队给我一个星期的假已到期。元宝说:"我会竭力要求上海公司想办法和有关方面打招呼,把这些外围工作做好。"每一次方案的改变,你都要去面对患者,如何让他平静地接受、如何让他不感到绝望、如何让他仍然充满信心,有时不得不让元宝把部分实情告知患者。晚上我把有关情况再次向董大队长汇报。

(六) 再顾茅庐

5月22日星期六,上海公司传来消息,说已向邹参赞和我们的董大队长说明情况,并获得许可,同时请卫生部汪司长、国际合作司援外处及四川省卫生厅直接打电话给四川医疗队古队长,她肯定会配合工作。那就抓紧时间吧,准备带着病人的哥哥元宝去罗安达总医院,直到下午黑人司机才开着车来接我们,非洲人效率太低。路上元宝感叹说:"来这里打工就是玩命! 一般情况下一天可赚到四五十美元,一旦出事可能命都难保。"快到医院时,上海公司打来电话说:"刚和古队长通话,她们医疗队今天有公司请吃晚饭,现在没人,让你不要去了。"安哥拉的中国人很多,总会有生病求到医生的时候,所以四川医疗队在这里很吃香,每到周末、节假日都会有当地的中国大公司请去聚餐。果然他们驻地大门紧锁,元宝在医院里转了一圈后说:"这里环境比军队医院好得多。"

既然要在这里手术,星期天尼尔森、尼诺决定去罗安达总医院和医疗队沟通一下,毕竟我只是医生,只负责治疗,很多事情需要患者所在公司去处理。出发前我和医疗队先打个电话,他们说

我的司机兼保镖尼诺,有点泰森的风范。

古队长今天值班,可能没有时间,让我们还是第二天去。这样拖下去怎么行?值班总有休息的时候,开刀也有间歇呀。当我们赶到医疗队驻地时,普外科医生说队长去手术了,让我们在会客室等一等。可能是空调没开,会客室角落里躲藏的蚊子一窝蜂地拥出来,我只有不停地活动以免中标得疟疾,元宝倒是很不在乎,说他们出来前已打过疫苗。半个多小时后古队长手术回来,说两个麻醉机坏掉一个,已拖到走廊上,电刀也坏了,骨科医生说 C 臂机也不好用,哪来这么巧?新的机器这么容易坏?他们不是有三个仪器维修人员吗?难道这个修不了?电刀、C 臂机我可以不用,但呼吸机有必要备一个,开个单子让安哥拉人去租借。古队长还谈到术后护理的问题,我说术后前两天最关键,我就睡在医院里亲自参与,病人术后 5 天稳定就可以转走,不再给你们添麻烦。

5 月 24 日星期一,找遍全城各个医院的尼诺下午打电话来说租不着所需要的仪器。还有最后一个办法,请医疗队的麻醉师看一下病人决定是否可以手术。让黑人司机赶快过来接我去罗安达总医院,这次古队长和各位队员都非常客气,笑脸想迎,可能他们都知道没有借着需要的仪器,在这里手术的希望基本已经失去。李医生说:"回国后有机会去你们中山进修。""当然欢迎!"古队长还和我交流起在非洲援外医疗的感受,颇有些共同点,相谈甚欢。最后他们派出两位麻醉师和两位骨科医生开着自己的车跟着我去看病人,我让骨科的李医生和我一辆车,正好可以了解一些情况。我们一路上聊得很开心,他也看到我的颈

椎手术器械,说如果要手术可以将器械交给他去消毒。到了罗安达军队医院重症监护室,由于只有两件隔离服,我和麻醉师杨医生先进去看望患者。杨医生来自成都二院,他们医院经常做脊柱手术,在颈椎外伤的麻醉上挺有经验,他询问病人的一些情况后,对患者的张口度和颈部后伸度进行谨慎而仔细检查,随后我们走出监护室,找个僻静的角落交谈起来,他充满自信地和我说:"顾医生,这个病人情况还可以,上麻醉没问题,一台麻醉机上麻醉,另一台日本进口的小麻醉机可以充当临时呼吸机,你手术大概多长时间?""一个小时左右。""没问题,病人肯定能醒过来。""你们不是有台麻醉机坏了吗?""没听说呀。要不要配血?""如果有的话,可以配一个血。""那就配 400 ml 血。"太好了,遇上这样的麻醉师会让你很放心,做手术会更有底。其他几位看完病人也认为患者的情况还不错,可以耐受手术。晚上接到杨医生的电话,说:"他们讨论过,包括李医生在内,都一致同意要积极配合你来治疗这个病人,麻醉上没问题,我明后天值班,你可以过来手术,想办法和骨科的黑人主任打个招呼,让他安排个有空调的房间就行,院长那里没必要去说。"当天是我到安哥拉以来最开心的一天,手术终于可以做了,我将这个消息告知病人及家属,通知上海公司,并向董大队长做了汇报。

(七)五顾茅庐

5月25日星期二是非洲节,医院休息,一大早我便打电话给李医生,争取当天把病人转到罗安达总医院,计划次日星期三骨科手术日进行手术,李医生把他们骨科黑人主任的电话给了我,听说这个主任喜欢拿点小费。我打了尼诺好几个电话,他才拖拖拉拉、很不情愿地过来,因为今天是节日,他想休息。我们带上手术器械又一起前往罗安达总医院,并让他打电话给骨科的黑人主任,见上一面塞点小费,如果能把床位安排好,病人就可以转过去。遗憾的是,尼诺被黑人主任一口回绝,说他根本就不知道有这样一个中国病人,中国医疗队没和他讲过。当我们到达医疗队驻地时,发现大门紧锁,他们又出去游玩了。打电话给古队长,她说:"你们还是明天来吧,明天院长上班,我们一起去找他讲一下这个事,然后再把病人转过来,下午手术。"明天转院明天开刀,非洲人的办事效率不可能这么高。尼诺很生气,好不容易过来又没找到一个人,这个事情怎么做得好?他说:"明天我肯定不过来,我知道你顾医生也已经尽力,我们都已精疲力竭。"看来我一个骨科医生再努力再着急也没用,很多事情不是我所能控制,这是我到安哥拉以来最无奈的一天。

5月26日星期三,古队长打来电话说:"我们刚和骨科主任联系过,他不同意在这里做颈椎手术。"不管是真是假,还是赶快去海航办理回国手续,再大的风险患者及家属也只能担着,而且必须乘上第二天星期四的航班。不过这次海航又对医生提出一个要求,必须证明"患者适合乘机飞行",我想这几个字没有一个医生敢写。一番讨价还价后海航没有丝毫松动,为了让患者尽早回国,我只能作出让步,围绕这几个字作篇文章,大意为"目前适合乘机飞行,但不排除航行途中出现意外",这下总算搞定。接着便是带着尼诺请来的黑人护士办理赴华签证,以护送患者回国。中国驻安哥拉大使馆知道此事后都很帮忙,填表20分钟后护照就拿到手。

(八)归心似箭

5月27日星期四,早上7点尼诺就来酒店接我去罗安达军队医院,这家伙从来没这么积极过。病人情绪不错,可能是即将回国的缘故,上救护车前我从心理上给他强烈暗示:"路上你肯定没事,你会安全到家的,尽量放松一点。"病人会心地一笑。我又向黑人护士和元宝交待了些飞行途中的注意事项,希望一切顺利……当飞机腾空而起的那一刻,感觉肩上的重担卸掉不少,如果我不来安哥拉,这个患者很有可能客死异乡,虽然来一趟非常辛苦,但总算把病人送上了回国的飞机。我对尼诺说:"现在该轮到我了,我的落地签证是不是已经出来了?赶快去帮我买机票吧,我现在就想回去,越快越好。""你的护照在机场,所有的签证文件都已办好,钱也已付清,你走时盖个章就行。"护照不在自己手上感觉很别扭,想走没那么自由,就像人质一般,特别是在这样一个治安较差的地方,安全感极度缺乏,每晚睡觉前都要仔细检查门窗,以防不法分子闯入。

回摩洛哥最快捷的还是乘葡航公司的航班。至于上次出现的托运行李问题被简单归结为无安哥拉签证,乐观地认为这次回摩洛哥可以让葡航直接将行李托运至卡萨布兰卡。去葡航买票时发现最早的回程飞机要到周日上午7点3刻,周五和周六的机票都已卖光;去阿联酋航空公司看看,经迪拜转机要绕一个大弯,两个 8 小时的飞行让我想起上次去欧洲开会的经历,非常累人;还有一个选择,乘法航去巴黎转机,这样可以近点,可惜要三四千美元,事情一办完尼诺开始考虑更经济地花钱。

今天是到安哥拉以来最放松的一天,看着车窗外用头顶着一大盆货物、匆匆前行的妇女,背上还驮着一个嗷嗷待哺的婴儿,真佩服这些吃苦耐劳的非洲女性,她们为了生存需要付出更多的努力。说到这个"铁头功",它应该是安哥拉人的绝活,什么东西都可以顶在头上,而且行走自如,成为罗安达街头的一大风景线。还有那些在疾驰的汽车前横穿马路的黑人小孩,奔跑的速度和爆发力令人惊叹,难怪田径赛场上黑人总有骄人的战绩,不过这样的训练方法有点玩命的味道,不可取。回到酒店,看到一个安哥拉土著歌舞团正在表演,原汁原味的非洲音乐和黑人舞蹈会把你带入热带雨林深处的原始部落,我也来做一回非洲人吧。

头顶货物的安哥拉妇女 酒店大厅里正在表演安哥拉土著歌舞

(九)结缘中江

5 月 28 日星期五上午,尼诺将预订的葡航机票送至酒店,相约在大堂见面。我告诉尼诺病人已顺利到达中国,并被直接送至大医院进行治疗,他说:"愿上帝保佑。"边上正好坐着两位中国人,看上去有点领导的派头,我们相互对视了两眼,看到同乡人总是很亲切。尼诺和我聊完后起身离去，我便和邻座的攀谈起来，一问才知道，这位 60 岁左右、气宇轩昂的长者便是中国江苏国际集团的董事长郭华东，已在非洲打拼 30 多年，是个不折不扣的"老非洲"，边上是中江公司的少当家辜总，他们在等一位当地的官员谈事。郭董听说我是上海中山医院的骨科医生，专程来救治一位颈椎外伤的中国病人，不禁对我赞赏有加，并盛情邀请我第二天周六去参观他们的公司，真是"同在异乡为异客，相逢何必曾相识"。其实在这个酒店里能碰到不少中国人，有美国商校刚毕业的大学生，有中石化派来的谈判高手……在酒店餐厅里偶遇来自苏丹从事石油行业的谭总，别看他是一个生意人，充满着爱国主义思想，特别推崇中国文化，有很深的华夏情结。奇怪的是，他们都把我当成日本人，难道中国人就不留胡子吗？哈哈，看看"三国演义"里的中国古代英雄，哪个都是留着一脸的美髯？

与中国江苏国际集团董事长郭华东合影于中江公司安哥拉分公司门前

星期六上午 9 点整，郭董派他们公司的张经理准时来酒店接我，便叫上谭总一同出游，目的地是安哥拉著名的宽扎河。说它是河其实是南大西洋的一个支流，离罗安达城区约七八十公里，两岸树木郁郁葱葱，如同原始森林一般，茂密的丛林里常有鳄鱼出没，还不时看到珍稀的鸟类飞过，这才是野性非洲真正的魅力所在。罗安达城里也有一处可看的地方，当地人称它为"小岛"，为大陆伸向大西洋的狭长地带，长长的海滩上建着很多足球场，这里有不少有特色的饭店，包括四五家中国餐馆，当天下午竟然看到贴有大红"喜"字的婚车，看来中国人已在安哥拉生根发芽、开花结果。南半球的冬天白日很短，四点多钟天色就有点暗意，得抓紧时间前往中江国际的驻地。一路上看到中江集团的好几处大型工地，他们在安哥拉的口碑非常好。中江公司位于罗安达的郊区，离城区有点距离，由几个大型基地组成，规模之大令我们惊叹，所有的建筑原材料都是自主生产，光是大型运输车就有千余辆，公司职工达5000人，一个中国公司能在非洲大陆搞得如此红红火火，作为一个中国人应该感到骄傲和自豪。张经理给我们介绍说："这是在建的建材超市，我们的建筑产品不仅自产自用，还要为同行业的兄弟单位提供原材料服务。"走进中江公司的办公生活区，又是一番整洁、舒适、温馨的场景。晚上在职工食堂参加他们每周六定期举行的内部会餐，感受到中江国际独特的企业文化和充满凝聚力的团队精神，特别是郭董热情洋溢的演讲令人鼓舞，不禁为这群在非洲顽强打拼的中国人拍手叫好。酒过三巡后该告别主人了，想不到星光下的篮球场上还活跃着中江职工矫健的身影。

（十）凯旋而归

5月30日星期天4点多钟就早早醒来，洗漱一番后坐在沙发上稍作休息，望着窗外罗安达黎明前的黑暗，回想在这儿两个星期的日日夜夜，颇有感慨。尼诺5点半来接我去罗安达国际机场，他在机场安检办公室里等了半天才把我的护照拿出来。办理托运时才知道，无论有无签证葡航只将行李送至里斯本，这让我又担忧起来。上午7点3刻，飞机终于向着里斯本方向飞去，但前一两个小时颠簸得非常剧烈，每过两三分钟就来一下，有时还会突然向下坠落，当两边的发动机声音加大时飞机又恢复稳定，看窗外晴空万里，并没有什么复杂天气，怎么会这样？难道是传说中的速度传感器失灵以后引起的失速？因为这架飞机是昨晚10点多从里斯本出发，飞行一夜后于早上五六点刚刚到达罗安达，机组人员落地后只休息两个小时左右就得回航，飞行员肯定很累，也许打瞌睡时将

令人头痛的葡萄牙航空公司

飞机设定在自动巡航状态，当他发现飞机失速时赶快加大发动机马力又将飞机稳住。如果是这样的话那就太糟糕了！葡萄牙人简直把乘客的生命当儿戏。所幸后面的航程终于回到舒适的状态。

来到熟悉的里斯本机场转机大厅，葡航公司的柜台仍是空荡荡的，不

与中国驻摩洛哥大使馆经商处王淑敏参赞合影

见一个工作人员的影子。这次遇到一个转机去巴西的旅客，像上次我见到的一样，满头大汗，急得团团转，嘴里叫苦不迭："我的飞机起飞了，我误机了，谁来帮帮我？"为什么这一幕在葡航反复发生？难道他们从未受到过惩罚？从不在乎旅客的感受？从不反省？不可思议的葡萄牙人！半小时后才走来一位年轻的黑人女工作人员，对于这位巴西旅客的窘境只是表现出无可奈何，毫无愧疚之意，大概早已习惯这样的场景，这位巴西仁兄只能改乘明日航班回去。谈到我的行李问题，这个工作人员竟大言不惭地说："你没有欧洲申根签证，就拿不到行李，我帮不了你。"难道你们葡航公司就不应该想想办法吗？至少应该及时通知行李中心吧！幸好来了一位领导模样的工作人员，让她把我的行李信息输入电脑系统，并用电话通知有关方面。就是这样我的行李还是延迟两天才到达摩洛哥，没丢已是阿弥陀佛。周日深夜接近12点，我终于回到卡萨布兰卡穆罕默德五世机场，竟然有种特别亲切的感觉。

5月31日星期一，在大队部翻译小廖的陪同下，来到中国驻摩洛哥使馆经商处汇报工作，受到王淑敏参赞和李佳秘书的热情接见。王参赞高度赞扬这次跨国会诊、跨国救助行动，援摩医疗队员在接到安哥拉有关方面的求助函后，反应迅速、动作快捷，第一时间赶到事发地点，不顾劳累，不畏艰险，冒着社会治安差、疟疾等传染病的威胁，发扬"救死扶伤"的人道主义精神，尽自己最大的努力对中国同胞展开救治和帮助，展现援摩医疗队员"召之即来，来之能战，战之能胜"的优秀素质和

高尚医德,另一方面说明患者对我们来自上海的医务工作者的信任和依赖。王参赞意味深长地对我说:"你辛苦了!你为中国驻摩洛哥使馆经商处争了光,为援摩洛哥医疗队争了光,为上海市卫生系统和上海市医务人员争了光!"领导的支持和鼓励让我心潮澎湃,但我更清醒地认识到,如果没有外交部、卫生部的支持,没有中国驻摩洛哥使馆大使许镜湖、政务参赞李津津、经商处参赞王淑敏、三秘李佳及中国援摩洛哥医疗总队董鸣大队长的迅速决策和积极运作,这次跨国行动是不可能完成的,如果要感谢,就应该感谢他们,他们是海外华人最可信赖的支柱和靠山。

荷塞马见闻(七)

6月的荷塞马又开始热闹起来,像去年一样全城国旗飘扬,欧盟牌照的汽车满大街跑,去欧洲打工的摩洛哥人纷纷回到家乡,大街小巷挤

荷塞马夏夜充满着音乐

满外地来此度假的游客。一到晚上最热闹的地方就数人民广场了，熙熙攘攘的人群，五光十色的喷泉，充满动感的音乐，民族特色的舞蹈……一片欢乐的海洋。你说对了，摩洛哥国王穆罕默德六世又要来荷塞马，只不过比去年稍早一点。

6月14日星期一，人民广场边的行宫戒备森严，三步一岗五步一哨。高音喇叭里传出的激情音乐使奎马多海滩苏醒过来，正在恢复夏日的生机和活力，沙滩上的游客形形色色，有享受日光浴的，有打沙滩排球的，有劈波斩浪的……今天是我2010年里第一次下海，投身于美丽的地中海，她依旧是那么的温柔，虽然仍有一丝凉意。

夏日的荷塞马奎马多海滩上正在PK舞姿

激情世界杯

已于6月11日开幕的南非世界杯足球赛，是全世界球迷的节日。32支球队逐鹿绿茵场，激战正酣；而场外的球迷如痴如醉，无比享受。

在驻地食堂里边吃饭边观看 2010 南非世界杯足球赛，为单调生活增加些色彩。与国内相比，最大好处是看直播不用熬夜。

摩洛哥人本来就非常喜爱足球，在这样的日子里荷塞马自然是沉浸在世界杯的氛围中，每个咖啡馆里都坐满看球的摩洛哥人。今年在摩洛哥看球的最大好处是与南非只有 1 小时时差，不用熬夜也不会影响工作，一天三场比赛看得过瘾。荷塞马医疗队只有我一人经常去踢球，而现在我们的驻地里一下子冒出很多球迷，看来足球可以让我们对抗孤独对抗寂寞。由于国内很多世界杯直播网站不对国外开放，我们只有通过 **WWW.MYP2P.EU** 观看，但这儿的网络时断时续，一场比赛看下来快把人急死。后来请人将餐厅里的卫星天线调至 ASTRA 星，能接收到德国电视台的信号，总算可以看到画面连续的比赛，只是听到的解说都是德语，好在足球是继音乐、美食后的第三种国际通用语言。每到比赛时间，大家齐聚餐厅，为每次精妙的配合而喝彩，为每次精彩的入球欢声雷动，也为队员的每次失误而大呼遗憾。

第一轮小组赛已经结束，各个军团均已亮相，印象深刻的是阿根廷、德国、巴西和葡萄牙。阿根廷队拥有欧洲各大联赛冠军球队成员，拥有梅西、伊瓜因、特维斯等众多著名球星，更拥有一个万人敬仰的教练球王马拉多纳，可谓是一支豪华之师；这一届德国队虽然没有非常大牌的球员，除克劳泽、波多尔斯基、施魏因斯泰格为大家熟悉外，其它队员都相当年轻,但非常有朝气、有活力,组织纪律严明、进攻套路丰富,德国战车绝对不容小觑;卡卡领衔的巴西队天才云集,个人技术、传切配合、整体战术均属一流,进攻防守转换自如,具有夺取世界杯冠军的实力;以 C 罗为核心的葡萄牙队虽然首场未能战胜对手,但如果能在接下来的比赛中获得队友更多的支持,C 罗的才华肯定会得以彻底发挥,他的盘带、传球、远射、抢点会让葡萄牙队走得更远。不过也有些欧洲传统强队亮相时让人有点失望,比如老迈的意大利、慢热的法国、发挥不稳的英格兰、进攻乏力的西班牙;南美无弱旅,巴拉圭、乌拉圭、智利的表现都可圈可点,总有让人称道的发挥;非洲球队中除今年的非洲国家杯亚军加纳和科特迪瓦表现尚佳外,尼日利亚、喀麦隆、阿尔及利亚均负于对手,而东道主南非第二轮则大败于乌拉圭;这次给人眼前一亮的是东亚球队,韩国、日本首轮中分别战胜希腊和喀麦隆,朝鲜虽以 1∶2 向巴西俯首称臣,但虽败犹荣,值得敬佩,他们顽强拼搏的精神、永不言败的意志值得中国足球学习。

　　接下来的比赛越来越惨烈,越来越关键,每一支球队都渴望胜利,失败对于他们来说意味着可能提早打道回府。谁将杀入淘汰赛?谁将进入八强?谁将获得半决赛资格?谁将最终捧得大力神杯?这个激情的夏日,让我们拭目以待吧!

摩方组织大旅游

　　每一批援摩洛哥医疗队在此工作两年,第二年摩方会组织一次大旅游,大约一周时间,原来包吃包住,而现在只包住不包吃。由摩洛哥卫生部派车接送,但得付司机一天至少 200 迪拉姆小费,还得解决司机的吃饭问题。

　　6 月 21 日周一早上 9 点多,我们乘上来自拉巴特的福特全顺面包车出发。想不到这个卫生部派来的司机开车特猛,汽车在一百多公里的山路上剧烈颠簸,令大多数队友晕头转向,呕吐不止,据说晕车的感觉生不如死,难怪有几个兄弟开始打退堂鼓。下午六七点钟终于到达卡萨布兰卡卫生厅,等上半天才来了一位小伙子,安排我们住在当地卫校招待所。打开房门扑鼻而来的是一股霉味,里面还有不少蚊子,而且只有三个四张床的房间,我们一共两女十男,可能得男女混住。与大队部商量后决定先移师穆罕默迪亚,然后再讨论以后几天的进退。估计其它城市卫生厅的住宿安排不会好哪里去,有三人准备自己去丹吉尔,有两个打算留在穆罕默迪亚,还有七个人将继续计划中的旅程。

22日星期二一大早便前往卡萨布兰卡,游览位于大西洋边的哈桑二世清真寺,它是世界第三大清真寺。其实这里我们已经来过,但这次准备花60迪拉姆买张票进入寺内参观。售票处有各种语言的导游,英语、法语、西班牙语等,可以根据自己的需要进行选择。大厅至少有两个足球场大,屋顶及四壁装饰精美,富丽堂皇,晶莹夺目,令人眼花缭乱,地下还有专供伊斯兰教徒沐浴的圣水池。对宗教有兴趣的游客值得来此一看。

在阿加迪尔中国渔业公司张总家作客

周二中午11点多钟赶往马拉喀什,一路高速还算比较顺利,大约下午两三点到达目的地,感觉比3个月前要热很多。安排的住宿地杂草丛生,房内竟然还有壁虎、瓢虫、蚂蚁等动物,连洗澡都困难,对于住惯宾馆的各位医生来说确实是个挑战,幸运的是当地卫生厅在卫校食堂为我们准备了简单的晚餐。晚上看看马拉喀什著名的德杰玛阿·爱勒法纳广场,品尝一下当地有名的小吃,第二天6月23日再去逛逛马约赫勒花园和美娜哈花园,走马观花后迅速赶往下一站阿加迪尔。

马拉喀什到阿加迪尔本是一条蜿蜒的山路,开车需要4个多小时,没想到两地间的高速公路最近刚开通,一路过去又快又舒适。修筑这条高速肯定非常艰难,劈山岭,填沟壑,钻隧道,不知道花了几年? 里面也应该有中国工人的血汗吧。如果塔扎和荷塞马之间也能修这样一条高速公路该多好呀! 两个多小时后我们到达阿加迪尔卫生厅,正好在中国医疗队所在省立哈桑二世医院的隔壁,这边的招待所条件要比前面的好一点,虽然也没有热水洗澡。5点多钟去当地的中国医疗队宿舍,只见到肾内科王医生、烧伤科毛医生和厨师赵师傅,听说队长和其它队员已开车去塔塔运物资。晚上应邀去中国渔业公司张总家里作客,终于品尝到"小摩女"高超的厨艺。他们家位于阿加迪尔的别墅区,那里家家都是花园小洋楼,路边停着不少宝马、奔驰,这儿的生活质量确实不错。晚饭后一起去海边酒吧"BEACH CLUB",伴唱乐队把这里渲染得热闹异常,很多上了年纪的欧洲游客在这里激情热舞,看来阿加迪尔确实是欧洲人度假的胜地。

24日周四上午我们前往位于阿加迪尔南边七八十公里处的小镇迪兹尼(Tiznit)。这里的麦地那老城墙保护得相当完好,还有很多出售银首饰、银壶、银盘等银器的商店,琳琅满目令人目不暇接,更有趣的是和摩洛哥人店主的讨价还价,开价1 000的商品可以还到300,然后再慢慢磨嘴皮子,直至谈到双方都能接受的价格,摩洛哥人做生意也不含糊。下午回到阿加迪尔,欣赏海滩边的高级住宅小区,当地富豪的游艇可以直接开到家门口。看着沙滩上嬉闹的人群,我也情不自禁地加入其中,在大西洋里畅游起来,感觉这里的海水比地中海的要咸一点。回去路过哈桑二世医院时,竟然听到围墙内的两层楼上有人喊中国话:"你们好! 来坐一坐!"定睛望去,原来是中国医疗队的几个女同胞,据说她们每天黄昏没事时都会在这里看看大路上的汽车、行人,这也是一种打发时间的方法。她们很热情,说隔壁电力公司的度假村很漂亮,建议我们去走走。那儿果然别有一番风味,宁静的月光倾泻在清澈的游泳池里,围坐一旁的摩洛哥人或喝着咖啡或窃窃私语,四周的热带树木随着微风婆娑起舞,一排排客房的窗户里已透出点点灯火,好一个恬淡悠闲富足的生活。

6月25日星期五,我们踏上返回荷塞马的旅程,计划还是先到穆罕默迪亚停留一夜,一大堆人又得给这些兄弟姐妹添麻烦,好在他们那儿前段时间刚装修,诊室里添加了好几张治疗床,客厅、厨房也变得更加漂亮。阿加迪尔一路下来都是高速,应该很顺利,想不到又发生一个插曲。司机到了马拉喀什休息区下车抽烟,蹲在一旁默不作声,一般他都会要上一杯咖啡,今天好像有点不一样,我上去问他:"你不喝杯咖啡吗?"他说:"没钱买。"奇怪,连这点钱也没有,我心里犯嘀咕,他又说:"卫生部给我的交通卡里的钱快用光,前面可能要走一段国道,你们觉得如何?"这次大旅游是卫生部组织,高速公路上的费用应该全包,怎么会这样?有些人提出自己掏钱走高速,而有的则怀疑司机的动机。走就走,谁怕谁呀?摩洛哥人司机连这点费用也不放过,到底有什么原因?难道小费还没给他?询问后果然如此,大概想最后一起结账。赶快给吧,摩洛哥人就是这样,每天都得给点刺激才行。拿到一千多迪拉姆的司机一下子兴奋起来,说话口气也不一样了,再问他走高速的话还有没有钱,他的回答变得暧昧:"我试试。"到达卡萨布兰卡收费站刷卡时没有问题,哈哈,这些摩洛哥人。

庆祝中国共产党诞辰 89 周年

1921年7月23日至31日,中国共产党第一次全国代表大会在上海举行,参加会议的代表有李达、李汉俊、张国焘、刘仁静、毛泽东、何叔衡、王尽美、邓恩铭、陈潭秋、董必武、周佛海、陈公博,包惠僧受陈独秀派遣参加会议。共产国际代表马林和尼科尔斯基列席会议。由于突然有法租界巡捕闯进会场,会议被迫中断并转至浙江嘉兴南湖的一艘游船上举行。党的一大宣告了中国共产党的正式成立,大会通过了党的第一个纲领和决议,并选举产生党的领导机构——中央局。把7月1日作为党的诞生纪念日,是毛泽东于1938年5月提出来的。当时在延安的曾经参加过一大的创始人只有毛泽东、董必武两人,他们回忆一大是7月份召开,但记不清楚确切的开会日期,由于缺乏档案材料一时无法查证,所以就把7月1日确定为党的诞生纪念日。

荷塞马医疗分队临时党支部全体党员合影于驻地

　　2010年7月1日,中国共产党成立89周年之际,荷塞马医疗分队临时党支部以座谈会的形式纪念这个隆重而伟大的日子。我们的支部建立于2008年出国的前夕,在摩洛哥的近两年时间里,基本上每月组织一次支部活动,坚持认真学习并贯彻执行党的路线、方针、政策,深入学习和实践科学发展观,充分发挥党支部在国外的战斗堡垒和先锋模范作用。我作为临时支部的书记,积极协助队长搞好队内管理。每位党员都能以身作则,维护医疗队的团结和谐。所有党员都能起到表率作用,以党员的标准严格要求自己,处处吃苦在前享乐在后,努力克服生活和工作中的各种困难,为非洲人民提供最优质的医疗服务,展现出中国医生的人格魅力,为中摩友谊贡献一份力量。同时支部遵循党的优良传统,经常开展批评和自我批评,无则加勉、有则改之,不断自我完善、自我提高。另外,党员同志能密切联系群众、关心群众,处处以群众利益为上,并全面接受群众监督,广泛听取群众意见,使全队在良性的轨道上运行。

　　会上每位党员各抒己见,积极发言,结合自己在荷塞马20余月的生活和工作,畅谈感受、总结思想、展望未来。队长儿外科董医生说:"大家放弃国内优越的生活和工作条件,来到万里之遥的摩洛哥援外医疗,赢得非洲人民的认可和赞扬,每个同志都作出了很多努力、很大牺牲,每个同志都很优秀。还有3个月左右的时间我们就可以回国,接上级通知,我们要站好最后一班岗,坚持到最后一分钟,确保医疗安全、人身安全和财产安全;由于我们这个医疗点即将撤除,要注意处理好和摩方的关系。"骨科闵医生认为,这两年我们就是老老实实做人、踏踏实实工作,对得起摩洛哥人民,更对得起自己,与摩方的交往不卑不亢,既要为国争光、维护祖国尊严,又不失中摩友谊的大局。五官科陈医生很赞成前面的观点,"我们每个人都离开了各自的亲人、各自的家庭、各自的单位,在这里承受着巨大的痛苦和压力,但我们顽强地坚持下来,即将圆满完成两年的援外医疗任务,在过去的工作中治疗病人无数,未发生一起医疗差错,这是非常了不起的记录。遇到与摩方的分歧,我们总是有理有利有节地进行交涉,既要解决问题,又得减少摩擦,确实不容易。"妇产科李医生回想过去的日子,情不自禁地流下激动的眼泪,动情地说:"我们是怀着一腔热情来到这里,虽然各方面条件都很艰苦,住宿简陋、饮食原料有限、工作环境无法与上海相比,有时还会因失眠、食欲差、劳动量大而生病,但我们还是在尽心尽力地为摩洛哥人民服务,我们不需要其它任何东西,只需要摩方的尊重。而摩方医生的随意旷工、摩方领导管理上的无能为力令我们要承担更多的工作,有时真是心有余而力不足呀。值得庆幸的是,目前大家仍是健健康康的,希望能安安全全地回到上海与亲朋好友团聚。"眼科肖医生认为,整个医院一半以上的工作量由我们完成,有些科室甚至达到100%,像前一年的五官科和眼科分别只有一个中方医生,今年才各分来一名摩洛哥医生,所以我们中国医疗队为当地的卫生事业作出很大贡献,如果撤除此医疗点势必造成很大影响,院方肯定会怀念有中国医生的日子,当初为何不倍加珍惜呢?翻译张璞说:"国外生活让我学到很多东西,苦乐自知,不管怎么样,大家都要珍惜这段缘分,开开心心生活,平平安安回国。"

"雄关漫道真如铁,而今迈步从头越",我们的支部和我们的党员将一如既往,再接再厉,继续发挥先锋模范作用,把援外医疗事业进行到底。

又:近日获悉我被评为"2008—2010年度中山医院优秀共产党员",在此感谢中山医院各位领导、老师、同事及中山医院党委和骨科党支部的关心、支持和鼓励。

悲情世界杯

2010年的南非世界杯注定是一届巨星陨落的世界"悲"，C罗和他的葡萄牙队走了，卡卡和他的巴西队走了，梅西和他的阿根廷队也走了，无数球迷为之扼腕叹息、伤心落泪。这就是足球，充满着变数，黑马随时都有可能杀出，以弱胜强、以少胜多的例子比比皆是，名气、身价不是左右比赛结果的决定因素，连著名的球王贝利也因屡屡预测错误而被冠以"乌鸦嘴"的标签。这种不确定性正是足球的魅力所在，试想如果一场比赛事前你就已经知道结局，那你还会有兴趣地看下去吗？它的吸引力将会大打折扣。足球是圆的，足球是一项集体运动项目，一个球队想取得最后的胜利，需要经验丰富、随机应变的教练，需要技术出众、才华横溢的球员，需要灵活多变、出其不意的战术，更需要同心协力、众志成城的团队精神，想依靠一两个大牌球员灵光乍现或一群脚法华丽却各自为战的球员去赢得一场势均力敌的比赛是很困难的。

现在回过头来再看看进入四强的球队，每一支都有获取半决赛资格的充分理由。年轻的德国队有朝气、有活力，注重团队，意志顽强、发挥稳定，德国战车有实力碾碎任何一个对手，虽然小组赛输过一场，但历史上在此情况下还能获得冠军的也只有前德国队（原西德队）；无冕之王荷兰队是崇尚"全攻全守"的代表，在以前的每届世界杯上都是夺标热门，结果都很不如人意，但在这一届比赛中荷兰队变得低调、务实，观赏性上有所下降但更注重防守，讲究功利，像一艘巨型核潜艇一样悄悄地浮出水面，在不被发觉的情况下对目标发起致命攻击；西班牙队是一支球员总身价最高的豪华之师，经过五大联赛之首的西甲联赛洗礼过的斗牛士不缺乏技术和经验，如果能保持旺盛的斗志和坚强的毅力，捧得大力神杯的机会不是没有；乌拉圭队虽然被大多数人认为是一匹黑马，但南美球员的足球天赋和对足球的独到理解使一切都变得有可能，只要他们发挥出脚下技术细腻的优势，控制住中场并做好防守，再加一点点运气，乌拉圭人就会创造奇迹。

晋升感言

7月7日星期三下午,北京时间晚上八九点,中山医院人事处魏处长通知我已通过2009年高级职称晋升院内擂台评审,但还需报请复旦大学批准。尽管最后的结果还未出来,但应该对王玉琦院长、秦新裕书记、樊嘉副院长、沈辉副书记、魏宁处长等领导和高评委表示最衷心的感谢,感谢他们对援外医疗队员的关心和帮助。职称对于在医院、学校、研究所等单位工作的人来说很重要,它在一定程度上代表着医生、教师或研究人员的专业水平和能力,职称不同其工作范畴也会有差异,所以对于我们这些做医生的来说,不仅要完成好临床、教学、科研任务,还要多申请课题、多写文章。随着时代的发展,职称晋升的要求也越来越高,不仅要通过初评、复评,还要参加打擂台,如果没有达到晋升的标准,如果没有领导和高评委的认可,那是绝对不行的。所以我要再次感谢中山医院的领导和高评委,回国后会更加勤奋地工作,为中山医院的发展作出自己的贡献。

分享世界杯

一到夏天,原来参加每周六11人制大场地比赛的摩洛哥人集体失踪,他们怕热。最近的世界杯看得双脚直发痒,好想痛痛快快地踢场足球。7月7日星期三下午6点应约去医院前面的五人制小场地踢球,却没遇到邀请我的球友,已习惯被摩洛哥人"放鸽子",见多不怪。不过那儿有一群青少年正在教练带领下进行教学比赛,我饶有兴趣地看起来,情不自禁地玩起边上的足球,左右脚颠球、搗球、盘球,中场休息时还上去试射一回,球打中远门柱弹入球门,守门员都没来得及反应,那些大人小孩一阵喝彩,有的还和我攀谈起来。小伙子告诉我,他们是梅克内斯孤儿院的,从小就没见过父母,来荷塞马训练并和当地同龄球员进行

荷塞马穆罕默德五世医院附近的五人制足球场

交流,还热情地邀请我参加下一场的青年组比赛。这正合我意。我和梅克内斯队一边,坐镇后场,退可防而进可攻,就让这些小伙子在前面冲杀吧,而教练在另一边。小场地上可以尽情展示个人技术,带球、突破、传球、射门,真是过瘾呀。最终我方以 10 比 8 赢得比赛,我攻入 3 球,其中最漂亮的一个是本方队员射门击中立柱后弹至弧顶区,我跟上一停一拨起脚便是一记抽射,球应声入网,痛快! 结束时他们约我星期五继续切磋。当晚有一场精彩的世界杯半决赛,西班牙斗牛士与德国战车的对决,德国队终于为他们的年轻付出代价,0 比 1 负于经验老道的西班牙队,看来精彩纷呈的西甲联赛确实能锻炼球员。7 月 9 日星期五下午 6 点多,我再次来到医院前的足球场,那班梅克内斯的小伙子已在那里。这次教练想出一个有趣的主意,让我和他们最大的两名球员各带一组,石头剪刀布按次序挑选队员,组成三支球队进行比赛,输的下场赢者继续。大小搭配,以大带小,互相照应,确实是个很有想象力的训练方法。

复旦大学领导来了!

7月13日,由复旦大学医管处赵阳副处长带队,华山医院顾小萍书记、儿科医院曹莲华书记、五官科医院关湧书记和妇产科医院李斌副院长一行五人代表复旦大学来看望援摩洛哥荷塞马医疗分队。领导们乘坐中巴车由首都拉巴特出发,颠簸约10小时后于下午5点半左右到达荷塞马,入住刚装修好的穆罕默德五世宾馆,稍作休整后前往穆罕默德五世医院看望医疗队。与各自的领导相见,队员们兴奋异常、激动万分。领导们饶有兴趣地参观我们的宿舍、厨房、活动室、卫生间,询问我

复旦大学领导与荷塞马分队全体队员合影于医院门诊

们生活中可能遇到的困难及解决的办法，虽然驻地条件简陋，但内务整洁干净还是给领导留下深刻印象。接着便是与全体队员进行座谈，领导们积极肯定了援摩医疗队员舍小家、顾大家的奉献精神，"你们为了祖国的援外医疗事业，放弃国内优越的生活条件和舒适的工作环境，离开自己的家人、朋友和同事，不远万里来到摩洛哥，忍受着孤独和寂寞，克服各种各样的困难，履行救死扶伤的神圣使命，获得非洲人民的认可，为祖国争得荣誉，为中摩友谊作出贡献，你们辛苦了！走在大街上，当地人对我们非常地热情，总是友好地打招呼'NiHao！XieXie！ZaiJian'，这与你们的努力是分不开的，我们为中国医疗队做出的成绩感到骄傲和自豪。""你们离回国还剩下两个多月的时间，要注意医疗安全、人身安全、财产安全，继续努力，站好最后一班岗，开开心心工作，平平安安回国。"会后领导给我们分发了慰问金和慰问品。晚上在米哈道赫体验摩式西餐的风味，品尝富有特色的烤全羊和鱼塔经。

第二天，领导实地考察穆罕默德五世医院，晚上与我们全体队员在驻地共进晚餐。小丁拿出看家的卤牛肉、白斩鸡、烧鸡公、酱萝卜，还有盐水鹰嘴豆、摩国野菜、红烧海鱼、猪味鸡排、雪菜鱿鱼，还专门烹制出龙虾泡饭，这可是我们第一次尝鲜呀。小丁的厨艺得到领导的认可，他的工作有目共睹，为全队的稳定作出很大贡献，应该得到表扬。领导为了活跃气氛，还和我们唱起家乡的歌，倍感亲切和温暖，这是异国他乡难忘的一夜。虽然我们医院的领导因故没能成行，但帮助解决很多关乎切身利益的问题，这是一种更加直接更加实在的关怀，我心存感激。

荷塞马的医疗趣事（六）

与国内一样，在荷塞马做医生也能遇到各种各样的病人和家属，绝大多数人对医生、护士都非常尊敬、非常客气，对医嘱是言听计从，医患关系相当和谐，基本上没有医疗纠纷。但也有一些特殊情况，比如几周前的一个骨科门诊，一老年女性患者腕部骨折石膏外固定1月复诊，摄片显示骨折尚未愈合，仍需继续外固定3至4周，翻译大妈娜依玛告知患者儿子，心急而无知的家属很不乐意，巴不得现在就拆除石膏，与娜依玛争执起来,竟然把翻译大妈骂哭了。这种情况是我来荷塞马后第一次遇到,看到娜依玛哭红的眼睛,我也挺心疼,连忙给以安慰,她委屈地说:"骨折愈合后才能拆石膏,而且得由医生决定,我只是翻译,为什么他要冲我发火?"我说:"家属没有医学常识,不用理他。"这些脾气差的人可能刚从欧洲打工回乡,自我感觉特好。还有一次门诊遇到一个要预约手术的病人,在我们去年10月回国度假前来看过一次,这次可能因为脸熟想插队,结果石膏大叔当天心情不好,两人便吵起来,大叔竟然把病人"打"出诊室,弄得我哑口无言。这种行为要批评,即使有理也应该好言相劝,绝对不能动手。两周后那个病人又来看门诊,老实得不行。唉。

几个月前的一次值班,晚上11点遇到一个右肩外伤的患者,自诉摔倒后右肩部疼痛,摄片未见任何骨折、脱位,伤情很轻微,予以局部制动等处理。12点多钟急诊又打来电话,我以为来了新病人,连忙赶过去,结果还是这个患者,他想开病假条。由于语言因素,中国医生可以拒绝开具任何病情证明。我和急诊室的全科医生讲明情况,但这个病人和他的朋友不依不饶,说第二天要出去旅游,一定要当天晚上开出病假条,见我不从想武力强迫,我亮出强壮的肌肉,摆出少林弟子的架式,镇得他们不敢轻举妄动。为了保护中国医生和荷塞马的所有医护人员,不能便宜这些粗人,叫来警察把他们拉到荷塞马公安局。警察告诉病人及他的朋友,去年有人袭击医院的全科医生,现已被起诉正在服刑,他们听后害怕起来,赶忙陪着笑脸向我道歉:"对不起,医生,请您原谅,我们也没有动手呀,而且还差点挨你这个李小龙揍。"真是恶人先告状,我对他们说:"打医生,想都不可以想,以后要学会尊重包括中国医生在内的所有医务人员,记住!"

这儿阳光强烈,空气干燥,细菌浓度也相对较低,发生感染的机会不大。但由于卫生知识的缺乏,再加上糖尿病高发,还是可以见到一些感染病例,甚至有的相当严重。几周前值班碰到一个女病人,糖尿病伴足趾化脓性感染,气味臭不可闻,竟然还有好几条蛆虫在肉里灵活地游动,这是我做医生以来第一回见到,只能忍着恶臭进行扩创手术。几个月前还遇到过一个只有14岁的男性少年患者,左桡骨陈旧性骨折伴骨髓炎两年,左前臂的创面经久不愈,长年流脓流水,病人痛苦不堪。这种疾病处理起来比较棘手,也容易复发,但不给以治疗,这个患者未来漫长的人生路该如何走？他将来也要娶妻生子，难道要一辈子带着这样的痛苦过日子吗？再加他的姐姐就在隔壁的院长办公室做秘书，既然找到我，就注定有了一份责任。收治入院后全麻下行彻底扩创＋死骨摘除＋开窗搔刮术，术后行庆大霉素灌洗，两周后创口顺利愈合。几个月下来未出现复发，情况相当喜人，我也倍感欣慰。

荷塞马的医疗趣事（七）

摩洛哥的医疗体制很有意思，医院领导并不像中国的那么权威，对本院专科医生的管理也没有太多的办法。摩方的专科医生只要一个电话就可以休病假或事假，就可以不来医院上班，对于这些违反劳动纪律的行为，省卫生厅和医院也不会给予任何处罚，所以这种现象就会经常发生，搞得摩方院长也很头疼，只能求助于中国医生，一次两次可以，时间长了我们也是心有余而力不足。有时下班时遇到院长，总见他摇着头说："事情太多，麻烦太多。"随着老院长的离去，急诊室的全科医生已经换了一茬，而最近不少专科医生又要纷纷离开，都说在这儿干活太困难，看来摩方医生也有同感。这周本是骨科的哈利得医生值班，刚来一年的他周五就要去阿加迪尔边上的迪兹尼工作，周五至周日又没人上班，阿股迷周一打电话给院长说这周公休，院长只能来找我们。我答应下来，能帮就帮吧。

还记得5月的下半月去安哥拉救助一上海公司的中国雇员，出发前已将自己的医疗工作安排好，只是取消了两次门诊，这是专科医生的权力，如果有特殊情况，专科医生可以取消门诊，而且队长已与摩方院长打过招呼。虽然这次行动并未影响我在荷塞马的医疗工作，但是骨科的阿股迷似乎有些不快，想方设法地在排班表上折腾，想通过改变值班顺序来捣乱。2009年10月去欧洲参加脊柱年会后回到荷塞马就是因为他而多值了一周的班，不过我倒不计较多做些手术。从安哥拉回来后第二天便参加值班，并向摩方出示中国驻安哥拉使馆发来的求助传真，你们摩洛哥人需要援助，我们在海外的中国伤员更需要援助，救死扶伤是一个医生必须履行的天职。那周值班收治不少患者，接下来的一个星期得安排好几台手术,需写在急诊手术室前的黑板上。周一神经外科医生准备做一例颈胸段脊髓压迫症减压术,我就排在周二第一台吧。结果周一晚上听说脊柱患者已上麻醉却未做手术,不知道什么原因?周二我早早来到科室让工人把病人接到手术室,准备工作已经做好却迟迟不上麻醉,后来才知道神经外科医生要继续昨天的手术,他说他的脊柱手术是急诊,要安排在第一台,摩洛哥人麻醉师尤瑟夫也在边上帮腔,说骨折不是急诊。挺可笑的!我告诉他们我在国内也是做脊柱的,既然知道是急诊,为什么不一入院就做,脊髓减压越早效果越好!而且昨天麻醉都上了为什么不完成手术?神经外科医生说器械未准备好,这在中国早就成医疗事故了!另外,我的手术也就1个小时,他这台手术推迟1个小时会有本质性的区别吗?我的患者也很气愤,他拒绝下手术台,最后他们把病人强行拉出手术室。如此对待病人让中国医生无法接受。第二天省卫生厅厅长出面交涉,我因为有事未参加,听说在谈到我的病人被从手术台上强行拉下时,厅长用阿拉伯语向院长反复核实,他也觉得不妥。第三天院长来到我们驻地想主动和我沟通,这可是摩方领导第一次登门,记得2009年春节准备了一桌好菜想请他们来却都没来,可见这次摩方态度的诚恳。不巧的是我正好去手术了,该做的手术还得做,谁让我是一个有良知的中国医生呢?我更没有忘记自己是中摩友谊的使者。7月15日凌晨3点多钟,我从梦中被叫醒,又有急诊,一位年轻男性患者右前臂掌侧玻璃切割伤,右尺动脉、桡动脉、尺神经、正中神经及桡浅神经断裂,几乎所有掌侧屈肌断裂,有大量出血。马上在全麻下行清创＋右尺动脉、尺神经、正中神经、桡浅神经吻合术＋屈肌腱修复术,没有显微镜只能肉眼下操作,10-0的缝线比头发丝还细,累得助手都倒在一边,手术结束时天已大亮。

这儿的有些急诊在国内很少遇到,比如驴咬伤,下口很猛,严重者肌腱、骨骼断裂,由于牙齿里细菌很多,伤口极容易感染。只听说驴脾气犟,没想到驴急了还会咬人。摩洛哥人,你干吗要去惹它呀,自讨苦吃。穆斯林忌酒,但在这儿我还是看到不少喝酒的伊斯兰教徒,也许和中国吃荤的和尚一样吧,酒肉穿肠过,佛主心中留。急诊室的好几位全科医生和护士就很喜欢喝酒,还经常向我讨,他们说中国的啤酒味道真不错。前段时间值班遇到一个患者,竟然酒后醉驾撞伤好几个行人,自己也受伤不轻,住院时都有警察严加看管,作孽呀。

援摩总队部领导二度看望我们

8月3日下午5点左右,援摩总队部董大队长等一行数人乘车近10小时到达荷塞马。两个多月后我们将结束援摩医疗任务返回上海,荷塞马医疗点也将随之完成历史使命而撤除,这次领导一方面是来看望我们,另一方面他们将就撤点的事正式通知荷塞马卫生厅。第二天上午,董大队长拜会摩方领导,听说厅长已高升为塔扎-荷塞马-达乌纳特大区卫生厅厅长,派头也比以前更足了。事后董大队给我们通报会谈情况,说厅长高度赞扬和肯定了我们医疗队的工作,尽管因为文化和认识上的差异导致一些分歧和误会,但中摩友谊的大局是不可动摇也不会动摇的。董大队特地关照大家在最后两个月里要一如既往,站好最后一班岗,注意医疗安全、人身安全和财产安全,10月份能健健康康、平平安安地归国。另外还要做好物资和药械的整理和清点工作,顺利完成撤点任务。大队部9月中下旬将派出一支医疗小分队去摩洛哥南部西撒哈拉沙漠边上的扎古拉(Zagoura)巡回医疗,大概两周时间,最缺的就是骨科医生,而我们自9月12日起公休一个月,便积极报名参加此次活动,希望最后再为摩洛哥人民服务一次。

荷塞马的医疗趣事(八)

上周五、六、日三天替摩洛哥人医生值班还挺忙,收治5名患者,有1人是摩洛哥人医生留下的病人。8月2日星期一,右侧髌骨骨折行切开复位内固定术,周二右侧桡骨小头粉碎性骨折行桡骨小头切除术,同时左侧桡骨远端骨折行手法复位石膏托外固定,手术室安排得还算比较顺利。周三就没那么爽,准备行右肱骨外科颈骨折切开复位内固定术,但前面儿外科有两台手术,新来的骨科医生这周值班,他的手术也要排在前面。由于病人家属紧跟着我,看着他们那焦急的眼神,我的心情也紧迫起来,手术室跑了五六次,麻醉护士长夏一倍每次都说:"快好了,到时打你电话。"可直到下午两点都没接到,等我再到手术室时已没几个人,我和值班护士说手术的事,他们说下午两点以后不值班的不能做手术,我说上次开会院长不是说这种情况可以的吗?给院长马索米打个电话说明情况,马索米和夏一倍联系后解释说:"他们护士今天太

和摩洛哥朋友合影于地中海

累,明天肯定给你安排。"周四上午 10 点左右果然打来电话说病人已接到手术室,请我去手术,看来这种事情还得找院长解决。

自从 8 月 4 日星期三中国援摩医疗总队部通知卫生厅厅长关于撤点的事宜后,摩方同事好像都已知道。周四当天手术很快完成,巡回大妈便和我开起玩笑:"听说您 10 月份就要回国,以后还来摩洛哥吗?""可能会回来旅游吧,哈哈!""顾医生还是留下来吧,我们都不舍得你走呀,你可以在这里找个老婆结婚生子,荷塞马女孩可漂亮啦。"我调侃地说:"哈哈,我正在选择呀,挑个最好的带回中国。"那位助手护士说:"顾医生对我们助手很好,很愿意教我们,我要跟顾教授回上海做医生去。""好呀,哈哈。"玩笑开大了。

精彩入球回顾

应卫校实习男护士的邀请,7 月 23 日下午参加一场足球比赛。他告诉我赛场就在米哈道赫边上,我以为是那个以前经常踢球的地方,去后才知道这个场子已被国王的卫队占领。在米哈道赫后面网球俱乐部边上有一个六人制的水泥场地,果然在那里找到这班卫校的学生,可惜我穿的是带钉的足球鞋,在这种地面上踢球很容易滑倒受伤,也不利于

控球、即停、变向。他们一看到我就兴奋起来:"Docteur Gu,来吧,让我们比一比。"哈哈,都是 20 岁左右的小伙子,很调皮。分成两拨开始比赛,双方实力相当,基本打成平手。下半时刚开场,我方围攻对方球门,守门员将球踢出,我在中场附近截住来球,右脚向前带了两小步,同时观察对手的移动,球门前全是人,双方球员挤作一团,不过对方球门的右下角正好暴露在我面前,便用左脚尖猛力捅射,皮球以迅雷不及掩耳之势直窜死角,"啪"地击打在后面的水泥墙上,守门员毫无反应,这些学生拍手叫好起来:"Honda! Honda!"在摩洛哥人眼里球踢得好的亚洲人就是世界杯上表现出色的日本队员本田圭佑,中国足球真的需要好好加油。终场前我又踢进两粒入球,都是球门前 5 米左右的右足背大力抽射,很爽!

　　有次喝咖啡偶遇以前一起踢大场的球友,说周六下午 5 点在老地方有比赛,我很兴奋。8 月 7 日星期六下午,在米哈道赫边上的大球场看到的还是国王卫队,我又来到网球场边的六人制球场,不过这次我带了双田径运动鞋,换上后先和一群小孩练练球。不一会儿陆陆续续地来了两拨年青人,身体都比较强壮,基本功也不错,有两三个是以前和我一起踢过球的,实力很强。刚开始人家一起练习 10 米开外的远射,我的成功率最高,踢进两球,就这个让我得以首发出场。可能我们还不太熟,也没在一起磨合过,所以他们给我的传球不多,我还是先下来休息一下。当我方输了好几个球变得很被动时,有个队员过来把我换上场,该我表现的时候到了。接到同伴的传球沿左边路向前进攻,佯装向中间带球,当防守队员移向中路时突然变向,将球捅向左路继续沿边路前进,接着用同样的方法又骗过一个防守队员,直面弃门出击向我扑来的守门员,我紧跟球的滚动节奏,右脚尖顺势向球门的左侧捅去,球划过守门员的左侧窜入网窝,爬在地上的守门员只有望球兴叹。这个不是我最漂亮的射门,但在今天的比赛里它吹响我方反攻的号角,在这个球的鼓舞下,队友连下几城反超比分,所以它是最关键的射门,令摩洛哥人对我另眼相看,想不到中国人踢球也不错。今天虽然只得 1 分,但已体现自身价值,非常满足。

荷塞马见闻（八）

今年穆罕默德六世进进出出荷塞马共三回，还把登基庆典再一次放在这里，可见当今摩洛哥国王对荷塞马的偏爱。至今年7月30日，穆罕默德六世已执政11年，可以称得上国泰民安，尽管经济发展并无太多亮点，但社会治安总体来讲还不错，犯罪率并不高，这与伊斯兰教不无关系。

今年的哈马旦来得特别早，8月12日摩洛哥就正式进入斋月，可能也是历年来最热的一次。国王在前一天离开荷塞马，这个小山城一下子安静下来，持续近两月的人民广场音乐会终于画上句号，奎马多海滩上的游人也明显减少。一到晚上荷塞马又热闹起来，刚刚吃完饭的人们纷纷走出家门，才开张的咖啡馆门前坐满谈天说地的男人，球场上活跃着年轻的身影而周围是加油的人群，这份喧嚣会一直持续到后半夜。

与去年的斋月一样，奎马多的海水又变得清澈许多，都可以看到海底的鱼。不知不觉中发现自己的泳技已长进不少，来荷塞马以前最多只能算会游，姿势不标准，速度也不快，现在不仅四种泳姿有模有样，而且速度有大幅度的提高，一口气能游上近1 000米，特别是有风浪时照样可以游到深海，这也算是援摩医疗的一大收获吧。

斋月之夜咖啡厅前的摩洛哥人

斋月之夜的超市　　　　　　斋月之夜的音像店

斋月之夜的烧烤店　　　　　　斋月之夜的荷塞马街景

荷塞马的医疗趣事（九）

　　自从和神经外科医生互动过几次后，长得像熊一样的他每次见到我总是豪爽地大叫："Gu！Ca va！"（顾，你好）然后笑着和我握手，搞得就像老朋友一样，其实绝大多数摩洛哥人医生还是非常友好的。他也知道我在这儿做过脊柱手术，包括一例腰2骨折伴截瘫前后路联合减压植骨融合内固定术，所以经常和我讨论脊柱外科方面的病例。前段时间熊正好坐在办公室里，看到我去病房便请我过去，他把手里的X光片递给我，说："这个病人你如何处理？"我举起片子对着光线看过去，原来是一个胸12骨折的病例，椎体压缩约1/2左右，CT显示骨折平面椎管形态正常，我说："可以做体位复位加经皮穿刺椎体成型术，注射骨水泥，这是微创手术，创伤小、出血少、恢复快。"熊笑着说："我们这儿没有这东西呀。""太可惜。""不过我准备做椎弓根钉内固定。""四颗钉可不够牢靠,有可能会折断。""那我就打六颗,连骨折椎体也固定上。""这个可以,你就这样做吧。"

今天我在门诊手术室做小手术,还戴着无菌手套,熊正好过来有事,站在门外就和我一通热情,问我:"什么时候走呀?""9月中旬去扎古拉工作一两周,10月12日就离开摩洛哥。""真舍不得你走呀,以后经常来看看吧。""哈哈,好呀,也欢迎你来上海玩。"熊开心地笑着说:"好,我一定会来找你,留个电子邮箱吧。"

在荷塞马做骨科医生近两年,治疗的病人已经很多,每次去逛街或去奎马多海滩,总能遇到几个以前的患者,他们身上至少有一条我留下的刀痕。有一次在海里游泳,突然边上有个摩洛哥人和我打招呼,我并不熟悉,但他给我展示身上的手术疤痕后我一眼就认了出来,哈哈,又是我的病人,都能游泳了。还记得那个左股骨头、颈、转子间骨巨细胞瘤伴病理性骨折的患者吗?25岁的小伙子,2009年6月2日在腰麻下行人工髋关节置换术,前两天在人民广场边的弄堂口遇到他,正在兜售CD和DVD,问他现在的情况如何,他说好得很,走路一点也不疼,去年来看病时可是痛得直掉眼泪,躺在床上动弹不得,这真让人欣慰!

沙滩足球

你踢过沙滩足球吗?哈哈,这和草地上的足球真是两种感觉。在松软的沙地上奔跑非常吃力,而且坑坑洼洼很容易摔倒,复杂多变的球路有时难以判断,控球、传球、射门极易出现失误。

下午在奎马多海滩玩耍,游上1000米,做上100个俯卧撑,然后和摩洛哥人小伙子一起踢踢足球,三五人围成一圈,挑球、颠球、传球,尽量不让球落地,可以锻炼脚法和球感。见我踢得不错,几个摩洛哥人便在边上的沙滩辟出一块场地,邀请我一起比赛。有了以前沙滩足球的经验,现在玩这个就有数得多,跑动时尽量悠着点劲,控球、带球、假动作可以更从容些,比平时慢上半拍绝对会有意想不到的效果,这样既不容易失去重心,还可以节省体能。不过省下的体能得用在刀口上,当靠近对方时得全力拼抢,当对方抢截时要全力护球,在门前获得机会时得全力射门。尽管赤着脚,依然可以使用草地上的技术,特别是数种射门方式,如推射、捅射、抽射、垫射,根据情况灵活运用,便可享受得分的快感。

荷塞马的告别演出

8月23日这个星期是我在荷塞马的最后一个值班周。回想在摩洛哥这两年的时光,本是令人煎熬的日日夜夜,却感觉过得如此之快,一转眼已到与荷塞马说再见的时候,依依惜别之情油然而生。尽管现在正是哈马旦,但骨科急诊数量反增不减,每天都在十几个以上,再加今年夏天这儿的气候炎热,每次来回急诊室都会满身大汗,但一想到这是荷塞马的告别演出,看病便会倍加认真。这周的手术大大小小算下来已有18台,包括股骨转子间骨折闭合复位+DHS内固定术、桡骨远端骨骺骨折闭合复位+经皮交叉克氏针内固定术、胫腓骨开放性骨折清创复位+交锁髓内钉内固定术、股骨骨折切开复位+钢板内固定术、盖氏骨折脱位桡骨骨折切开复位钢板内固定术+尺茎突骨折切开复位克氏针内固定术+远侧尺桡关节闭合复位经皮克氏针固定术、双踝骨折切开复位钢板螺钉内固定术、数例手部及前臂切割伤肌腱、神经修复术及数例糖尿病足扩创或截肢术等。8月25日骨科门诊手术日,我正在做足拇甲沟炎拔甲术,阿股迷过来说:"Dr. Gu,我今天要上门诊,您能不能帮我的病人取克氏针?"我看了一下X光片,这是个第二掌骨基底部骨折术后的病例,克氏针埋得不浅。我们都知道,取内固定要比打内固定难,有时就像找异物一样,很麻烦,我随口问道:"能摸到吗?"阿股迷摸了半天,没有回答,很客气地又问了我一遍,大概他也怕做这种小手术,另外我们中国医生快离开这里,用一个这种病人来表达对中国医生的信任、对中国同行技术的认可,也算是他这两年里少有的友好举动了,毕竟他从我们中国医生手里拉走不少患者,我们并没有过多追究。对于取异物我还是比较自信,便答应下来,一方面帮助摩方同行,加深中摩友谊,另一方面也可以展现自己的技术。尽管摸不着克氏针,但凭着 X 光片的读片定位能力,基本上没费吹灰之力就已搞定,我对自己的表现非常满意。接下来的一周还有 6 例骨折病人需要手术,手术室前的黑板上写满我的病人,阿股迷又跑来和我说,有两个病人他认识,能不能和我一起做这个手术。两年下来我已很了解他,也很明白他的意思,便说:"你认识的病人你就拿去做吧,没问题。"中国医生很大度,也很好相处,不会太在意过去的纠葛,只要获得相应的尊重,愿意成人之美。这几天阿股迷有意无意地找我交流,也知道我在 9 月中旬要去扎古拉工作两周,还说上海是个很大的城市,我说:"欢迎你去上海。""好呀,有机会就去。"

9 月 1 日星期三,行股骨转子间骨折闭合复位 DHS 内固定术,我以为这是我在荷塞马的最后一台手术,每一步操作、每一个动作都极其投入,手术很快顺利完成,关闭切口时由我亲自缝合,每一针每一线都充满着深情。想不到第二天 9 月 2 日星期四又有两台手术,一个是取内固定,另一个是膝部感染扩创,都是本院同事认识的病人,推托不了只能帮忙,弄得手术室几个年轻护士和我开起玩笑:"顾医生,你总说今天是最后一台手术,已和我们告别过好几次,但还是告别不了,你还是留下来吧。"正好又遇到阿股迷,他一改以往遇事暧昧的风格,难得坦率地告诉我:"你转给我的那个孟氏骨折脱位的病人已手术两天,今天拍片发现上尺桡关节还是脱位,等会在透视下再手法复位试试。"我在手术前就提醒过他,如果上尺桡关节不稳定,就应该行桡骨环状韧带重建术,而且还应该用石膏将前臂固定在旋后屈肘 120 度的位置。唉,遗憾!下午再去手术室时,看到黑板上阿股迷已为孟氏骨折脱位患者排好手术,看来这个病人得再开一刀。

就在我们的援摩医疗工作即将结束之际,又传来不幸的消息,有位队员年幼的儿子刚查出患上白血病。在摩洛哥援外医疗的两年生活已够艰苦,孤独寂寞单调乏味,为何还要让这些队员遭受如此打击?老天爷啊,你为何要如此安排?

8 月 24 日星期二,我们荷塞马医疗分队不计名投票选出两名优秀队员,一个是厨师小丁,另一个就是我。其实我们每个队员都很优秀,万里之遥、远离亲人,吃苦耐劳、努力工作,为我国的援外医疗事业作出自己的贡献。如果没有名额限制,我相信我们每个队员都可以成为先进。

荷塞马的小苏克

就在即将离开荷塞马之际，竟开始留恋起这里的阿拉伯集市小苏克，因为我们每周一或周二都会轮流去那里买菜，两年下来已对小苏克产生特殊的感情，尽管没有上海小菜场那么干净、整洁、气派。它就位于荷塞马的东面、奎马多海湾右岸的山坡上，由四周的砖瓦房和中间成片的帐篷组成，店面一户紧挨着一户，中间的过道相当狭窄，显得陈旧破落、拥挤不堪。一到斋月的下午5点左右，这儿更是摩肩接踵、人山人海，显得热闹非凡，摩洛哥人纷纷走出家门，为晚餐准备新鲜

阿拉伯菜场里的鸡老板，我们每周光顾一次。

新鲜的牛羊肉

的原料。小苏克最南面的入口处摆着不少地摊，多为卖蔬菜、水果和海鲜的，价格都要比里面的贵些。朝前走右手第一家肉店就是我们经常光顾的地方，挂着一只只宰杀好的牛羊，有的还滴着血，质量绝对上乘。再向里是一家家杂货铺，吃穿用一应俱全，斋月里见到最多的还是哈马旦特有的食品——椰枣、布里哇（Briwat）和沙巴几亚（Chabakiya），后两

种是由蜂蜜、糖浆和面粉制成的甜点，晚上配着哈里拉（Halila，由牛肉、香菜、番茄、鹰嘴豆、短意大利面条和阿拉伯香料等熬成的咸汤）一起食用，这绝对是摩洛哥人禁食一个白天后的美味佳肴。继续向东便到了卖鸡的地方，夏天时这儿不愉快的气味很重，空气里飘满着鸡翅扑腾后扬起的灰尘，会有令人窒息的感觉。我们一般到最里面的一家，每次买上5只母鸡（12个人里有两人不吃鸡），有客人来时会偶尔买上一两只小公鸡，让老板杀好切好后带走。这家老板是个小伙子，看上去挺朴实，可能从小就没好好上学，算术很差，刚开始时总是少算钱，我们每次都会提醒他，而且这里的秤比较原始、粗糙，就那么几个大小不一的秤砣两边摆来摆去，也就用不着去斤斤计较了。有趣的是鸡店的墙面上贴着皇马和巴萨的海报，看来他还是一位西甲联赛的忠实球迷。拐弯向北有一个专卖海鲜的地方，扑面而来的鱼腥味非常刺鼻，不过我们通常都是去渔港购买，要么是一大早要么是晚上，渔船正好满载而归，不仅种类多，而且新鲜便宜。到最北端左拐是一排排卖蔬菜的摊位，中间的一家就是我们的固定供应商，因为老板比较会做生意，总是给我们挑选质量最好的蔬菜，结账时零头一般也不收，还会时不时地给几个橙子或苹果作为回馈，为他赢得不少印象分。每次我们都会来这里买上约100迪拉姆的蔬菜，有土豆、洋葱、红薯、西葫芦、黄瓜、番茄、卷心菜、青椒等，有意思的是这儿的生菜按颗卖，一颗2个迪拉姆。所有的东西加在一起也要几十公斤，这时会有一群小孩围在你身边问要不要小推车，刚开始我们都会选那个最可怜的脑瘫患者阿力，让他赚上6个迪拉姆的小费。遗憾的是去年上半年有天晚上我值班，来就诊的病人正是阿力，他摔跤后手指骨折、下巴开裂，我给他做了急诊手术，尽管恢复不错，但小苏克里再也没见到他，听说家里出于谨慎再也不让他出来干活。这里的水果摊遍布于小苏克的各个角落，摩洛哥的水果极富特色，香蕉、苹果、葡萄、提子都相当的甜，秋季上市的橙子又大又便宜，而夏天的西瓜都是大个的，每只足有十几公斤，金黄的香瓜也比国内的更大更甜。这儿还盛产鳄梨（Avocat），是一种著名的热带水果，富含多种维生素（A、C、E及B族维生素等）、多种矿质元素（钾、钙、铁、镁、磷、钠、锌、铜、锰、硒等）、食用植物纤维和不饱和脂肪酸，为高能低糖水果，有降低胆固醇和血脂、保护心血管和肝脏系统等重要生理功能，除食用外，它也是高级护肤品以及SPA的原料之一。所以摩洛哥处处可见卖鲜榨果汁的,有橙汁、阿沃嘎(Avocat,鳄梨汁)、巴娜谢(Banachait,由香蕉、苹果、鳄梨等混合而成,可加橙汁或奶),料足量大,一杯也就15至20迪拉姆,价廉物美。

如何取异物

作为一个骨科医生,肯定遇到过需要取异物的病人。男性患者大多为工人,钢材切割后的碎屑飞入体内所致;而女性以缝纫工为多,工作时不慎将针扎入手中;当然也有些是其它天灾人祸造成,比如打架、车祸、地震等;而在战争年代武器是罪魁祸首,留在体内的是弹头和爆炸后的弹片。在国内时经常碰到这类病人,记得有一次值班来了个男患者,小腿部有一细杆状金属异物,皮肤上只有一针眼般的创口,从X光片上看约两三厘米长,位置深在小腿三头肌内。最初在长海医院就诊,后来转到第六人民医院,接着去了第八人民医院,因为听说那里有个取异物高手,但不知怎么搞的最后来到中山。让我撞上绝对不会把他推走,这是我的性格所决定的,从来都是"明知山有虎,偏向虎山行"。取异物的难度在于大海捞针,不顺利的情况下手术有可能要在透视下进行,医生受到X线照射量较大,积少成多有细胞恶变的危险,就是通常所说的癌变。不过我处理的这些病人,取异物过程都较为顺利,基本上没用到透视机,包括在摩洛哥遇到的几个病例。每次我都会进行总结,在这方面也积累了些经验。(一)异物定位:对可疑区域进行摄片,通过正侧位片进行立体定位,在头脑中形成异物的三维位置,根据这个去操作准确率极高。(二)针头探测:对于一些较浅或较小的异物,可以沿创道用细针头去撩拨,探测到一种阻力感后即是,异物取出的成功率较高。特别是当异物为非金属类时,摄片和透视根本无法定位,用这种办法特别有效。有次一位女患者被仙人掌砸中,小腿内扎入几根透明的花刺,表面只看到一些不明显的灰点,采用此法成功将异物取出。(三)扩大创口:若还不能解决问题,扩大创口是一条途径,只要三维定位准确,直视下取出异物的可能性很大,若未果还可以用针头、手指去探测。(四)透视取物:如果这些办法都行不通,只能尝试C臂机透视X

线下手术,不过医生要尽量做好自我防护。(五)切除组织:如果藏有异物的组织不影响功能,将其切除未必不是一个高效的方法,但在实施以前要仔细权衡利弊。(六)二期处理:实在不行就不强求,开放创口并注意抗感染,留待以后处理也是允许的。这些是我的心得和体会,在此与各位医生共享,也祝各位在摩洛哥工作顺利、健康平安!

荷塞马的医疗趣事(十)

原以为已和荷塞马的手术室告别,想不到阿股迷同志9月6日又打来电话,说在我值班的那周有3个糖尿病足患者收入内科,内分泌科医生希望我去会诊。像这种病人如果血糖很高,就被急诊室的全科医生直接扔到内科,不需要和我们骨科医生打招呼。没办法,去看一下吧。3个女病人在一个房间,糖尿病足坏死伴感染,一个比一个重,室内的气味自然好不了,不过血糖经治疗后基本正常。最轻的一个床旁扩创,另外两个安排第二天去手术室。9月7日星期二,我又来到这个告别了数次都没别成的手术室,第一台截肢,第二台扩创。大概今天手术比较多,连个助手也不给我,止血带没有,电刀没有,要啥没啥,这算开的什么刀呀。幸好我对这些并不强求,再困难也有办法完成,半个小时搞定截肢,10分钟做完扩创。手术室护士长鲁西买了只新的iphone手机,触摸式操作非常方便,里面有一款宠物功能,可以选择自己喜欢的动物并与其互动,宠物还能模仿人的语调与人对话。鲁西眉飞色舞地给大家演示着,对着那只猫一会儿说阿拉伯语,一会儿说法语,还让我教它说汉语,于是这只猫便成了会说三种语言的宠物,逗得大家哄堂大笑,这帮摩洛哥人挺有趣。

9月10日星期五,我在荷塞马的最后一个门诊,印象中已经预约很多病人,有不少是术后复诊的患者,也算是临走前与他们的道别,这才是荷塞马医疗工作的真正谢幕。可惜,当天竟然是穆斯林斋月的开斋节,而日历上也未注明,因为开斋节的确定和月亮有关系,斋月第29天的晚上若能看见新月,次日即为开斋节,若未看见,则第31天为开斋节。这个节日在穆斯林眼里很重要,所有人都会赶回去和家人团聚,有点类似于我们的春节,路上交通拥挤得就像春运。当天的门诊自然被取消,这是荷塞马病人的遗憾,更是我的遗憾。

扎古拉巡回医疗纪实

(一)奔到扎古拉

9月17日晚上8点由荷塞马启程,带上几乎全部家当约七八个箱子,乘坐CTM经过11个小时的颠簸,于次日早晨到达首都拉巴特,再叫辆小货的将所有行李送至援摩总队部。这次出来可能再也不会回荷塞马,想到这崎岖的山路心中暗喜,但难免对荷塞马有一种割舍不掉的情愫。

扎古拉萨拉姆宾馆

董大队长考虑到我们几个准备去扎古拉巡回医疗的同志中秋节正好在外地,决定当天晚上提前搞一个节日会餐,还叫来穆罕默迪亚医疗队一起参加。吃着周师傅烧的一桌好菜,喝着李队带来的五粮液,真有点在家过中秋的感觉。

19日晚,大队部翻译小廖、穆罕默迪亚分队麻醉师严医生、荷塞马医疗分队眼科肖医生和我一行四人启程,乘11点半的航班由卡萨飞往南部城市乌尔扎扎特(Ouarzazate),由于飞机晚点,经过不到1小时的旅程后于20日凌晨2点左右到达。扎古拉省卫生厅早就派专人等候在机场,经过两个半小时的车程便来到南部西撒哈拉边陲小镇扎古拉,入住萨拉姆(Salam)宾馆,与前一天到此的塔塔(Tata)医疗分队的眼科朱医生、普外科庄医生、妇产科黎医生和翻译小赵合兵一处,组成一支扎古拉医疗小分队,在当地开展为期一周左右的巡回医疗。

(二) 首日体验

当日上午9点半,扎古拉卫生厅厅长来宾馆与我们见面,低调、和蔼的感觉与荷塞马厅长的态度相去甚远,可见中国医生在此很受欢迎和尊重。厅长亲自驾车把我们送至达拉克(DARRAK)医院,与院长哈桑碰头并作初步沟通,对未来一周的工作进行安排。接着哈桑带我们熟悉内部环境,给人的第一印象就是设施陈旧,年久失修。这家医院不大,一楼是急诊、手术室、外科病房和放射科,一楼半是妇产科病房和化验室,行政办公室、内科和眼科病房在二楼,看门诊都在病房的医生办公室里进行。

中国巡回医疗队员与扎古拉卫生厅领导及医院工作人员合影

中国医生不顾旅途劳累,迅速进入战斗状态,抓紧时间投入到医疗工作当中。由于当地阳光过于强烈,患有白内障等眼疾的病人特别多,所以眼科是这儿的重点科室,配有自己专用的手术室。可能老百姓早就知道我们中国医生的到来,眼科病房门口挤满就诊的群众,热闹得像苏克。朱医生、肖医生与摩方眼科医生一起对众多患者进行认真筛选,准备次日手术。庄医生与摩方同行就手术病例展开讨论,并一起施行胆囊切除术和白线疝修补术。黎医生和摩方妇产科医生合作为孕妇行剖宫产术。严医生对他们的麻醉工作进行了现场指导。扎古拉长年没有骨科医生,相关的病人都会转往乌尔扎扎特,希望我的到来能留住当地骨科患者,让他们享受到中国医生送到家门口的服务,为此我专门带上电钻、钢板、螺钉、外固定支架等手术器械和部分药品。当天只有 3 个门诊患者,均为陈旧性软组织损伤,给予红花油、伤筋膏药等治疗,病人拿到免费的中国药品,对我又是握手又是哈腰地感激,民风很淳朴。医院里的同事闻讯赶来,有的说自己这里疼那儿痛,有的说自己的家人受过什么伤,都是冲着中国药而来,每人一盒满意而归。有一个小伙子哇弟是麻醉护士,说自己踢球受伤后膝关节不适,便给他一盒红花油局部使用,听说我也喜欢踢球,盛情邀请我参加周二下午的足球赛,我欣然答应。虽然我们想早上班、晚休息、多工作,但只能入乡随俗,早上 9 点半上班,下午 2 点下班,回宾馆吃中饭时都会感觉很饿。当天下午接到电话说有急诊,我马上直奔医院,原来是一名 14 岁的男性患者,左示指末节不完全离断伴指骨骨折,远端还有血供。我建议拍张 X 线片,全科医生说放射科现在没人,那也只能作罢。当班的麻醉护士哇嘎西问我准备怎么做,是不是要用电钻和克氏针,而手术室里又找不到克氏针,那就用注射器针头吧,哇嘎西说他从来没见过这种做法,"好,我今天就让你瞧瞧。"指根麻醉下行清创、末节指骨针头固定、修复术,手术很快顺利完成,哇嘎西竖起大拇指直说:"Bien, Bien, Très bien!"(太棒了)

扎古拉比荷塞马热很多,白天阳光下温度可达 60°左右,刚上汽车座垫直烫屁股,但室内一般都较为凉快。由于边上就是西撒哈拉沙漠,整个小镇显得很干涩,这儿的建筑多为粉红色,像用红土夯砌而成,除了一些零星热带树木外绿色植物并不多,有时还会刮大风,灰蒙蒙一片。扎古拉只有一条南北走向的主干道,省政府大楼就在路的最南端,往北一点就是达拉克医院,萨拉姆宾馆就在主干道的北端。走进朝西的大门便是萨拉姆的大堂、餐厅和酒吧,后面是两层客房小楼围成的院落,中间有一个漂亮的游泳池,一湾碧水让人感觉清凉,游上十几个来回也能锻炼身体。来扎古拉旅游的欧洲人挺多,每天都会有一批新的客人入住,宁静的小镇充满生机和活力。

(三)工作与运动

21日星期二上午9点半,专职司机接我们去医院上班。一到科室,摩方普外科医生就给我介绍两个病人,一个是8岁女性患儿,右前臂肿块,另一个是31岁女性患者,右腕背腱鞘囊肿。太小意思,决定马上手术。小女孩因为害怕吵闹不止,本想在吸入麻醉下手术,但摩方医生说就用局麻,看来是想考验我的抗干扰能力。由于两个手术间都有手术,护士长安排我在隔壁的器械清洗室里开刀,没有正规的手术床、没有明亮的灯光、没有止血带、没有电刀,对我来说都不是问题,只是两个彪形大汉般的男护士强行摁住极不配合的小女孩,让我觉得回到野蛮的原始部落,不过两个局麻下的小手术完成得干净利落,稍稍展现了一把中国飞刀的风采。另外还处理二例急诊,一例手外伤和一例取异物。今天找我看门诊的人数增加至7例,其中一位是萨拉姆宾馆的前台,老头在我入住的那天就和我说过,他因股骨颈骨折在卡萨换人工髋关节,现在走路疼痛,X光片显示骨水泥型人工股骨头插入不够深,导致病人患侧下肢长于对侧,走路明显颠簸,老头问我手术做得怎么样,我只能如实评价,他马上伸出大拇指,我建议他暂时不要做特殊处理。还有一位是医院的工作人员,腰腿痛8个月,症状、体征符合"腰椎间盘突出症",可惜她的CT片远在阿加迪尔,不然可以考虑手术治疗。有趣的是很多摩洛哥同事都来讨中国药,连宾馆的服务员都闻风而动,中国药风迷全城。

下午5点半如约与哇弟去踢球,据他介绍这班球友都来自医院各个部门。球场位于主干道最南端扎古拉省政府的西侧500多米处,显得有些荒凉,由此向南就是广袤的西撒哈拉。这是一块硬土场地,有些地方还有较多的沙石,跑起来身后还会扬起沙尘。本场比赛我的状态不错,多次给同伴创造得分机会,最终本方以5比0大胜,给哇弟助攻两球,有威胁的射门1次。我的表现也得到摩洛哥人的肯定,他们约我后天周四继续较量,以球会友让我和当地人打成一片。回到宾馆正好碰上院长哈桑和他的朋友萨拉姆的总经理,哈桑说:"这儿有两个员工想找你看病,不知道方便不方便?""当然可以。"一个是厨师长,左胫腓骨下段骨折术后两年多,想取内固定,这个手术需要六角螺丝刀,得去手术室找找,另一个厨师膝部术后数月仍感疼痛,有弹响和交锁现象,考虑半月板损伤可能,建议行核磁共振(MRI)检查,待确诊后再进一步处理。院长和总经理都非常满意,想请我喝点什么,刚踢完球一身汗,便婉言谢绝,还是先去游泳池泡泡凉快一下。晚饭时聊起眼科的事情,当天做了5例白内障手术,最后卫生厅长带来一个异物性白内障患者,中方眼科医生处理上稍显保守,让他观察一个月后再看,对此摩方不太满意。大家一致认为,这种手术如果能做尽量明天做掉。

(四)扎古拉中秋

22 日星期三,我和严医生、庄医生查完房后仍回到手术更衣室集中,环境虽不怎样,但空调挺凉快,在这里等待病人就诊。摩方普外科

在扎古拉过中秋,桌上的中国月饼、摩餐、白兰地充分体现东西方文明与伊斯兰文化的交融。

医生建议我们去外科病房的医生办公室,因为那儿更像一个诊室,门口候诊的病人已排起长队。听说摩方眼科医生当天很强势,坚决要求主刀那例异物性白内障手术,看来她似乎通过两天的火力侦察找到突破口,想利用这个机会显示一下自己的实力,我们一下子陷入被动。摩方提出两点质疑,第一,前一批派来巡回医疗的中国医生第一天就做了10个白内障手术,现在两名眼科医生一天只做5例,为什么?第二,摩方眼科医生说异物性白内障可以马上手术,为何中方医生不做?中摩双方就此进行现场协商,从中方角度来讲,无论有多少客观因素,无论有多少实际困难,我们都要从自身找原因,想尽办法竭尽全力提高手术量,当然我们也希望摩方同行做好配合工作,使手术衔接得更加顺畅,但从我的经验来看,要让他们改变不大可能,我们唯一的办法就是提高自身效率。

　　当天我有门急诊11例,其中1例左尺骨远端骨折行石膏托外固定术,1例桡骨远端骨折收治入院准备行手术治疗,可惜没过多久病人就不知去向,有点莫明其妙。早就耳闻这儿的医生爱转病人,难道真是这样?想到昨天要取钢板的病人,便同手术室护士长一起寻找六角螺丝刀,竟然没有,只能与院长哈桑沟通,让他派人去乌尔扎扎特借或买,这应该算是目前最积极最有效的办法。当晚小廖代表大队部和我们这些巡回医疗队员一起度过了一个难忘的中秋,白兰地、摩餐和月饼这三样放在一起,充分体现东西方文明和伊斯兰文化的有机融合,全人类文明是可以相通的。虽然是节日之夜,但我们并没有过多的思乡念家之情,考虑得更多的是如何把这儿的巡回医疗工作开展得更好,更有声有色,不辜负扎古拉卫生厅和当地人民对中国医生的期望,也对得起他们安排的免费住宿和餐饮,因为我们是来工作不是来度假,我们的肩上背负着神圣的使命。今天下午中方眼科医生完成3例白内障手术,朱医生和肖医生立下军令状,明天一定要不惜一切代价冲击极限,我们几个外科医生和麻醉师也都在等待着机会,时刻准备着。

(五)医疗工作忙

　　9月23日一大早,小廖便开着塔塔医疗分队的队车回拉巴特,大队部让我担当临时协调人,尽力而为吧。上午9点半院长亲自开车来接我们,正好送上一个有中国特色的小礼物。眼科有两台显微镜,一台可

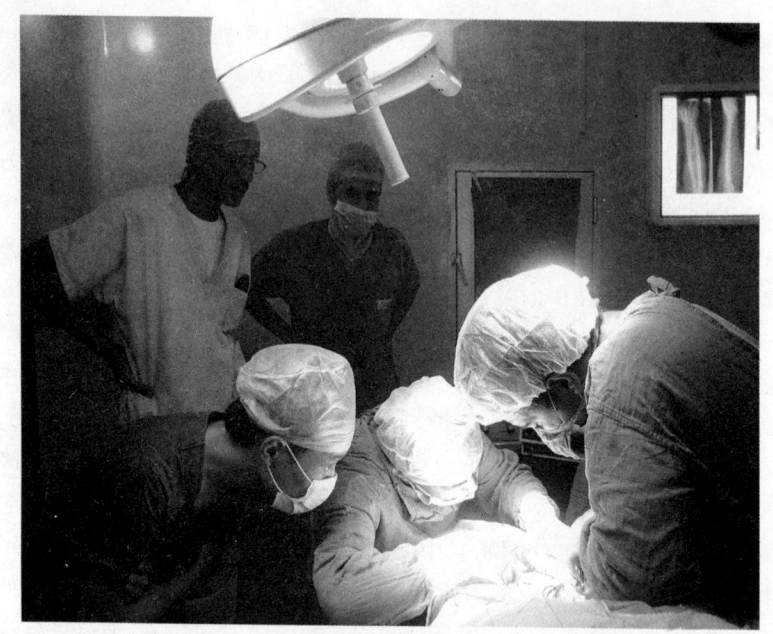

正在为严重的左距骨开放性骨折伴踝关节脱位的患者手术

以开白内障,另一台太老旧,只能做小手术,和卫生厅长、院长商量是否能从乌尔扎扎特借台好一点的显微镜过来,这样两名中国医生可以同时进行,肯定能大幅提高手术量,他们说这个基本上不可能。还有就是六角螺丝刀的事,院长哈桑说没有消息,真拿他们没办法。今天有好几个骨科门诊是哈桑介绍来的,他总是客气地打电话问我在哪里,要不要病人去我诊室,我说:"不用,我去你的办公室就行。"大概摩洛哥的专科医生都很讲究,像这种情况病人必须去医生办公室就诊。当天骨科看了 18 例门诊,又送出去不少中国药。有 1 例左第 10、11 肋骨骨折予以弹力绷带外固定,依然没有手术病人。眼科战果辉煌,当天共完成 8 例白内障手术,到中午时已做完 5 例,厅长和院长特意来外科和我们打招呼,看上去非常开心,和昨天凝重的神情有天壤之别,我们的努力已初见成效。下午 6 点应邀前往上次的球场参加比赛,踢得依然酣畅淋漓,结束时有个大胡子问我在这儿待多久,我说 29 日将离开这里,他说:"你不能走,得留在这儿和我们踢球。"哈哈!

9 月 24 日星期五,骨科门急诊共 23 例,处理 2 例手外伤。中午哈桑打电话给我说有个朋友想找我看病。我来到院长办公室,这儿总是人满为患,干什么的都有,他是够忙的。患者为中年妇女,右足背外侧感染,立即在局麻下行扩创术,待局部换药、服用抗菌素后伤口干净时行缝合术。据说当地有个治病的土办法,用烧红的东西在身体上烫洞,然后会留下几个圆形疤痕,这个病人就是用这种方法治疗后发生的感染,很原始很落后。在急诊室看病人时正好遇到一位32岁的法国女性患者,她是去沙漠探险路过这里,由于气候过于干燥,发生左侧鼻衄,出血不止,这儿又没有五官科医生,转到乌尔扎扎特去也得两个半小时,必须先止血,在护士的协助下用凡士林纱布终于将出血点压住。在这里什么情况都有可能碰上。

　　下午5点多突然接到哈桑的电话,说有一个严重的骨折病人需要处理,我迅速穿戴整齐,乘上救护车赶往医院。患者为32岁男性,左距骨开放性骨折伴踝关节脱位及踝外侧韧带、腓骨长肌腱断裂、左桡骨远端骨折伴舟月骨脱位、右大腿异物,伤口污染挺严重,这不正好是使用外固定支架的适应症吗?因为即使伤口出现感染,也不用拆除固定,而且方便局部换药。难道我带来的器械真的派上了用场?看来机会永远都是留给那些有准备的人。赶快让哈桑通知手术室值班小组,我则回宾馆拿手术器械,再到医院时手术室大门还是关着,等负责消毒的护士来时已是晚上8点多,乘消毒器械时回去吃点饭。今天是周末,来了一群去沙漠探险的欧洲游客,餐桌都搬到室外泳池周围,采用的是自助形式,还有柏柏尔艺人的表演。我哪有心情看这个,匆匆忙忙扒了两口饭,和麻醉师严医生一起出发,普外科庄医生表示对骨科手术很感兴趣,想学习一下,便一道前往。如我所料,摩洛哥人的效率实在太低,1小时后器械消毒还未好,原因是机器操作有问题,得找护士长来解决,我们只有干坐在更衣室耐心等待。其间摩方普外科医生、妇产科医生和麻醉医生都闻讯赶来,拿着病人的X光片左看右瞧,似乎很在行,又不好意思问我,然后在病人房间门口兜来兜去,挺有趣。大概到11点术前准备工作才基本做完,病人被推进手术室,接近12点正式动刀,在全麻下行清创＋左距骨及踝关节开放复位＋外固定支架固定＋左踝外侧韧带及腓骨长肌腱修复＋左舟月骨开放复位＋左腕关节外固定支架固定术,最后还将病人右大腿上的两根树刺取出。当我拖着疲惫的身体走出手术室时已是25日凌晨4点半,台上的助手护士已换两班。这里还要特别感谢严医生所做的麻醉和庄医生在台下的辅助工作,他们为这台手术的顺利进行付出了自己的辛劳。当院长派司机来送我们回去时,清真寺的祈祷声在晨光中悠悠回荡。

(六)周末仍上班

25日周六早上9点,除值班外摩洛哥人都休息,中国医疗队员依然准时上班,院长亲自开着卫生厅的一辆破车来接我们,那辆三菱越野车说是已被送去修理。翻译小赵对院长说:"我们不是来坐好车的,我们是来工作的,是为摩洛哥人民服务的。"哈桑高兴地说"谢谢!谢谢!"谈到昨晚抢救的骨折病人时,他感慨地说:"难怪都说你们中国是一个勤劳的民族,一点也不错,这次算见识了,非常了不起。"今天病人不多,骨科门急诊只有2例。下午5点多院长哈桑又打来电话,说有个病人想请我去医院看看,由于是女性,不能来宾馆。不一会儿哈桑开着车把我接到医院,这病人早已等候在那里。其实也不是什么大毛病,就是膝关节骨关节炎,约好家属晚上9点去宾馆找我拿药。正好急诊室护士在给一个10岁小男孩取异物,怎么取也取不出来,便叫我帮忙。了解后才知道是树刺扎入左手拇指,指根麻醉后三下五除二将其搞定。哈桑正

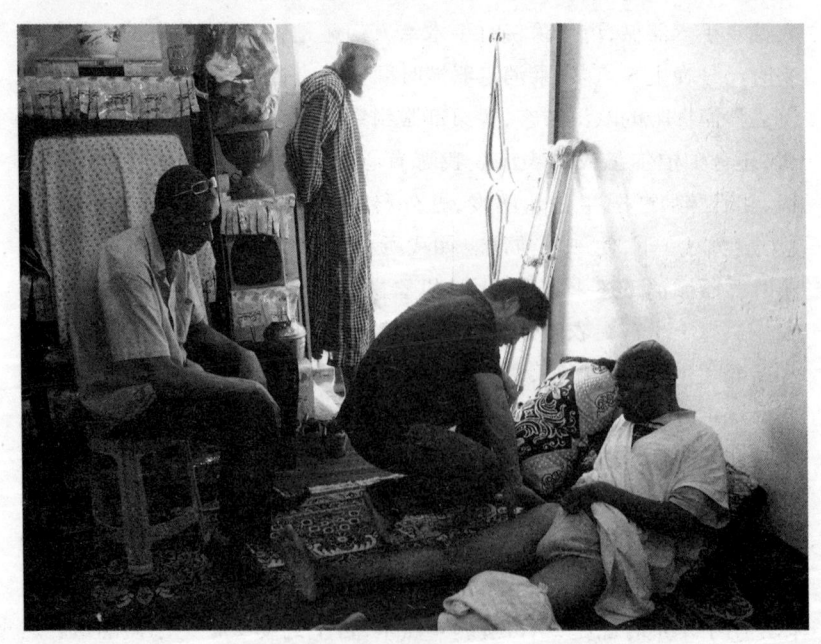

周日送医上门

忙着搬家,他的新院长办公室已装修好,就在急诊室南面的一排平房里,空间比原来大了不少,看得出他很满意,还带着我参观一番。等他忙完开车送我到宾馆已是 8 点,我顺便邀请他共进晚餐,没想到他很爽快地答应下来。席间双方交流甚欢,相互之间的理解和共识得到进一步加深。当约好的病人家属来拿药时,院长介绍说他是教师兼特约记者,他听说我们来扎古拉开展巡回医疗给当地人民带来许多方便和实惠,已准备在摩洛哥报纸上宣传中国医疗队的事迹,真是太巧。卫生厅长虽然很忙,还打来电话向我们问候,他说当地人民的反响很热烈,非常感谢中国医生这些天来的辛勤工作。

9 月 26 日星期天,有骨科门急诊 5 例。那位 38 岁的女性患者,因右足背感染于 24 日在局麻下行扩创术,经两天换药、服用抗菌素后伤口较为干净,今行缝合术。自从完成那台骨折手术后,找我看病的人好像一下子多出不少。麻醉护士哇嘎西找到我,说他有一个朋友右髋部骨折 4 年余,前后共手术 4 次,现在行走还是有问题,请我去他家看看。坐着他的破车在烈日下走了十几分钟,下车后又等上半个小时,看到病人时已汗流浃背。这个病人是右股骨近端骨折,因发生骨不连先后行 DHS、外固定支架、交锁髓内钉内固定术,目前的 X 光片显示骨折仍未牢固愈合,暂不用手术治疗,建议扶拐行走刺激骨痂形成。

(七)无偿捐器械

9 月 27 日周一,扎古拉巡回医疗的最后一天,中国医疗队员仍坚守在自己的岗位上,查房、换药、门诊、手术绝不含糊,针对住院病人的后续治疗方案,中国医生与摩方医务人员进行充分交接。今天,我

医疗队无偿向扎古拉达拉克医院赠送近万元的骨科器械和眼科显微工具包、眼底镜等眼科器械。

们将以中国援摩医疗总队的名义将电钻、外固定支架安装工具、钢板、螺钉等价值近万元人民币的骨科器械和眼科显微工具包、眼底镜等眼科器械捐赠给扎古拉达拉克医院，让他们以后有能力开展相关科室的手术。我作为巡回医疗小组协调人，和哈桑院长分别代表中摩双方在器械捐赠书上签字，卫生厅长由于在马拉喀什开会未能到场，特意打来电话感谢中方的无私援助，感谢中国援摩医疗总队对扎古拉卫生事业的关心、支持和帮助。接着我们向摩方通报中国医疗队这次巡回医疗的工作量统计，眼科朱医生和肖医生门诊 240 例，共完成眼科手术 39 例，其中白内障人工晶体置换术 29 例；我门急诊 69 例，完成大小手术共 15 例，包括抢救并手术治疗 1 例多发性骨折、脱位患者；普外科庄医生门诊 48 例，手术 5 例；妇产科黎医生门诊 45 例，手术 5 例；麻醉科严医生完成 5 例全麻和 8 例局麻监护。摩方对此成绩相当满意，对我们勤勉的工作作风和积极的工作态度非常肯定，迫切希望中国援摩医疗总队能继续组织这样的巡回医疗活动，以帮助缺医少药的贫困的扎古拉人民。

（八）撒哈拉一夜

9 月 27 日的下午 4 点，由扎古拉卫生厅安排，摩洛哥人司机驾驶四轮驱动越野车，载着我们一行四人前往西撒哈拉，听说这里的沙漠比起今年春节去过的美赫祖加要大得多。开车 1 个小时左右，翻过一座山便来到麦哈米（M'hami）——一个沙漠里的小镇，四周都是戈壁和黄沙，不时看到成队的骆驼穿过。接下来的旅程是艰难的，这儿并没有平坦的路，只有沿着前车之辙向沙漠深处慢慢颠簸，要越过一个个小沙丘，有时还会陷在沙里，不得不加大发动机马力以摆脱困境……到了祷告时间，摩洛哥人司机还特地停车下来在

穆斯林祷告时间一到，摩洛哥人司机便停下车在沙漠里顶礼膜拜。

西撒哈拉宁静的夜

沙漠里顶礼膜拜，穆斯林的虔诚可见一斑，这让我想起有时手术过程中麻醉、巡回护士也会这样，病人出现情况也不管，难道对真主的尊敬可以无视伊斯兰兄弟姐妹的生命吗？天渐渐地黑下来，大约下午 6 点半，我们终于看到点点的灯火，那就西嘎嘎沙漠营地，边上早已停着好几辆越野吉普车，看来今天的客人不少。这是一片帐篷的天地，餐厅是大帐篷，客房是小帐篷，不过四周都围以夯土墙，可以遮挡风沙。小帐篷围成一个长方形的院子，沙面上铺着摩式地毯，三三两两席地而坐，边品尝当地的橄榄和小点心，喝着摩洛哥茶，边谈天说地，别有一番风味。晚上八九点钟开始吃晚饭，一顿经典摩餐，面包、哈利拉汤、鸡肉塔经和水果甜点，只是没有看到摩洛哥人司机在半路上买来的新鲜牛肉，当时他还特意说这就是我们的晚餐，哈哈。西撒哈拉的夜晚是迷人的，仰望浩瀚而晴朗的夜空，银河宛如玉带般飘浮在眼前，闪亮的星星离我们如此之近，似乎伸手就能摘到。西撒哈拉的夜晚是诗意的，近处几盏阿拉伯油灯在微风中摇曳，远处是星光下连绵起伏的沙丘的剪影。西撒哈拉的夜晚是安静的，万籁俱寂，没有了城市的喧嚣，耳边听到的是秋虫的呢喃，不时传来邻桌游客的窃窃私语，阿拉伯语、英语、法语，还有我们的汉语，真是个小小联合国。在这里，地球似乎停止转动，时间已被遗忘，你的身体彻底放松，完全融入这大自然里，而你的思想可畅游到九霄云外。阳光下的沙漠是炙热的，到了深夜则变得寒冷，帐篷里虽然很温暖，但我们更喜欢在帐篷外裹上毛毯和衣而睡。

28 日早上 6 点，在向导的召唤下，我们赶紧起床准备去看日出。这儿都是单峰驼，安上专用的垫子后即可骑上，几匹骆驼串在一起组成一支驼队，由向导牵引着在沙漠里缓缓前行，那种一颠一颠的感觉挺悠闲，犹如全身按摩一般舒筋通络。这儿的沙丘虽然没有美赫祖加的线条丰富，但也能让人领略到西撒哈拉的广袤和魅力。随着一轮红日跃出地平线，沙漠、驼队、羊群、帐篷在朝阳的辉映下构成一幅动人而美丽的画卷。

（九）告别扎古拉

9月28日用完早餐我们踏上返回扎古拉的归途，今天应该是当地卫生厅安排游览扎古拉。到达宾馆正想稍作休整，翻译小赵接到院长哈桑的电话，说有几个刚做过白内障手术的患者住在离扎古拉约五六十公里的村庄里，想让我们的眼科医生去看一看。我们回来时曾路过那个地方，手术是拉巴特医生下乡做的，复查需要专用仪器，我们的意见是把病人接到扎古拉医院。问题终于解决，但摩方只字未提游览扎古拉的事，挺有趣。第二天就要离开扎古拉，不管摩方的安排是不是到位，从大局出发，有必要与院长哈桑最后再交换一下意见。哈桑晚上9点忙完公务后打来电话，请我到另外一个四星级宾馆坐坐。寒暄一番后，哈桑诚恳地说："今天的事情挺对不起的，眼科医生有没有生气？""当然不会，我们来就是为病人服务的，只是他们坐了两个半小时的车回到宾馆感觉有点累，再让他们折返五十多公里有点困难，而且用于检查的仪器很沉重，无法随身携带，让病人来医院更好。不过下次像这种情况最好由主刀医生来复查更妥，因为只有他了解手术过程。""是的，是的。"哈桑连连点头，还问我们在沙漠里玩得是否开心，我说："很不错，风景很漂亮。"于是他打电话给安排旅游的老板，让我说声谢谢，我顺便调侃地说："只是骑骆驼蛮贵的，一人200迪拉姆。"哈桑瞪大眼睛说："你们的沙漠之游包括骑骆驼都是免费的，怎么还收钱呀？我一定要问一下司机。""哈哈，没事，我们不差钱。"在

结束巡回医疗前与扎古拉医院院长交换意见

乌尔扎扎特电影城

这儿做院长也不容易，一边吃着晚饭，一边还忙着打电话找人，因为有个脑外伤病人要转到乌尔扎扎特去，需要一个麻醉护士陪同，而护士们都说白天工作很累，拒绝前往，我说："这在中国是件不可思议的事，其一，中国的院长说话是极具权威的，下级都会努力把事情办好；其二，如果医务人员找借口不送病人的话，后果会非常严重，极有可能丢掉饭碗。""还是你们中国好啊！"谈到我们这次巡回医疗活动，我问到："你对我们的工作有没有什么建议？"哈桑说："对你们给予当地人民的帮助我们一直很感谢很满意，过两天拉巴特卫生部有官员来考察，我们会把你们出色的工作向他们反映，上次那个记者的文章已经写好并投稿至编辑部，将在30号的摩洛哥阿拉伯语报纸上发表，到时会把文章传真给你们大队部。我们这儿真的很需要中国医疗队。""好的，我会向大队部反映这儿的情况。明天早上8点我们去乌尔扎扎特，还请和司机打个招呼，到那儿的宾馆后再陪我们一起去城外的电影城，结束后送我们回宾馆就可以了。"本来说好只送到乌尔扎扎特，估计那儿找车出城不容易，让他们再做点奉献，我觉得并不过分。

29日上午8点，眼科护士开着卫生部的三菱越野车准时来到萨拉姆宾馆,不过我们中国医疗队共有 7 个人,还有不少行李,一辆车是肯定不够的,昨天小赵和摩方已经讲过,他们怎么就不明白?专程来送行的院长哈桑只有忙着去找另一辆车,又多花一个小时,摩洛哥人的办事风格实在令人无奈。出发前,队员们把自己用不着的衣服、日用品等东西赠送给宾馆服务员和司机,他们非常开心。到达乌尔扎扎特时已接近中午 12 点,先请司机吃顿烤羊肉,再送上几包中国香烟,还请他一起逛电影城,给他的待遇绝对不低。乌尔扎扎特的电影城拍过不少美国大片,最有名的可能就是那部获得奥斯卡奖的《通天塔》。这儿有中国庙堂、埃及王陵、罗马宫殿、耶路撒冷民居……漫步期间犹如穿越时空。

大使馆举行国庆招待宴

9 月 30 日早上 6 点多,中国援摩医疗队员圆满结束扎古拉巡回医疗活动,由乌尔扎扎特飞抵卡萨布兰卡,人队部翻译小廖来机场迎接凯旋

2010 年 10 月 1 日,中国驻摩使馆举行盛大国庆招待宴。

归来的我们。在大队部与其它荷塞马分队和塔塔分队的队员欢聚一堂，大家都快要回国，心情非常轻松愉快，这次来首都拉巴特是为了办理欧洲申根签证，回国前的欧洲五国游是国家为我们援外工作者专门安排的。还有一个重要任务是向董大队长汇报扎古拉巡回医疗工作的情况，并将签有中摩双方代表名字的医疗器械捐赠书交予援摩医疗总队部。

明天就是我们伟大祖国诞辰61周年的日子，中国驻摩洛哥大使馆将举行盛大的国庆招待宴，我们援摩医疗队员也荣幸地受到邀请。傍晚，中国大使馆花团锦簇，张灯结彩，耳边飘荡着中国特色的民族音乐，一派喜气洋洋的节日气氛。进门后的左手边大红灯笼和中国结高挂，台阶上陈列着展现中国近年来发展成果的图片，2008年的北京奥运会、2010年的上海世博会……尽显我们祖国的繁荣富强。右手边偌大的草坪中央是充满中国风味的池塘、亭台和九曲桥；一头是主席台，大幅的背景上写着"庆祝中华人民共和国成立六十一周年"，上面还有天安门、鸟巢体育场和中国馆的轮廓，边上的大屏幕播放着中国的大好河山；草坪的两侧已搭起数个白色帐篷，里面摆着美酒佳酿，还有各种各样的中国菜，香味已弥漫在四周。仪式开始前遇到经商处王参赞，正好向她汇报了扎古拉巡回医疗工作，得到王参赞的高度评价。大约19点30分，中国大使、参赞、武官等列队迎客，各国驻摩使馆的外交官和摩洛哥当地的政要约800位佳宾一一入场，男士均着正装，军官着军服，女士穿漂亮的晚礼服，款款而来，云集草坪，三五成群，或相互问候，或低声交流，或举杯小饮。晚上20点，宴会正式开始，首先分别演奏摩洛哥和中国国歌，当雄壮的《义勇军进行曲》响起时，我右手抚心，神情肃穆，满怀着崇敬和自豪，接着许镜湖大使用法语发表热情洋溢的讲话，全场多次响起热烈的掌声。仪式结束后各国宾朋尽情享用中国大餐，场面蔚为壮观，真是个超级盛宴。

援摩总结欢送会

10月13日下午6点，拉巴特天安门中国餐厅，驻摩洛哥大使馆经济商务参赞处和援摩医疗总队为穆罕默迪亚、拉西迪亚、塔塔及荷塞马

援摩总结欢送会上我被评为"优秀医疗队员"

医疗分队举行总结欢送会,经商处一等秘书佟德祥、三等秘书李佳、刘芳一及新华社拉巴特分社高级记者林峰等也参加了欢送宴会。会上驻摩使馆经商处王淑敏参赞和援摩医疗总队董鸣大队长高度评价以上四支医疗分队两年来的援外工作,援摩医疗队员们远离祖国、远离亲人、远离朋友,单调孤独寂寞,住宿条件简陋,饮食原料缺乏,工作环境艰苦,但大家都能克服种种困难,将业务开展得有声有色,给摩洛哥人民带来最优质的医疗服务,为祖国争得荣誉,为中摩友谊作出贡献,祝贺以上四支医疗分队胜利完成援外任务。拉西迪亚分队队长郑贯忠代表所有队员发言。会上还宣布了本次评选出的优秀集体和优秀个人,来自嘉定区卫生系统的拉西迪亚分队获得"优秀医疗队"称号,来自上海中医药大学附属岳阳医院的穆罕默迪亚分队的李昌植被评为"优秀医疗队队长",我和来自同济大学后勤部门的厨师丁超获得"优秀医疗队员"称号。欢送会热烈而隆重,队员们纷纷表示这两年的援外生活使自己得到极好的锻炼,从中也学到很多东西,相互之间建立了深厚的友谊,这是人生中难得的宝贵财富,大家举杯畅饮,共祝回国归途一路平安。感谢驻摩洛哥大使馆、经商处！感谢援摩医疗总队部！荷塞马和塔塔医疗分队还要感谢复旦大学及中山医院等各附属医院的领导、老师和同事！感谢你们这两年来对我们的关心、支持、帮助！愿继续战斗在摩洛哥的中国医疗队员们及所有援外工作者们工作顺利！身体健康！万事如意！

援摩体验

当飞机缓缓降落在浦东机场，当眼前出现"祝贺中山医院医疗队凯旋而归"的横幅，当看到党委沈辉副书记、人事处魏宁处长、医务处孙湛副处长等院领导在出口处迎接时，我真正意识到两年的援摩医疗工作终于结束，我们又回到祖国的怀抱。

摩洛哥的生活是特别的。驻地位于医院行政楼的两楼，条件虽然简陋但房间还算整洁、明亮，下面就是神经精神科病房，晚上常被下面的敲墙声惊醒，后来也就慢慢习惯了这种声音。平时所有医生要轮流买菜、洗菜、倒垃圾，每到周日要给全队做饭而让厨师休息，我们在厨房里也能体验乐趣。尽管我们努力寻找着荷塞马的美，但异国他乡的生活难免单调，再加那儿的节奏比上海缓慢许多，除值班的时候较为忙碌，其它时间要想尽办法来充实，以免感觉孤独寂寞。虽然经常停水停电停网络，虽然饭菜的原料没有那么丰富，我们依然保持着良好的心态。但还是有队友病倒，此时同事们都会及时送上关怀，兄弟姐妹之情足可击退病魔，疾痛康复得也特别快。

摩洛哥的工作是富有挑战性的。骨科的外伤病人很多，手术常需使用内固定器械，但往往找不到最合适的材料，只有绞尽脑汁多想办法。在近两年的时间里共完成大大小小各种手术近 400 台，包括荷塞马首例腰 1 骨折经皮穿刺椎体成型术、首例胸 12 骨折后路开放复位减压内固定术及首例腰 2 骨折伴截瘫前后路联合开放复位减压植骨融合内固定术，得到摩方同行的肯定。2010 年 5 月，经外交部、卫生部的批准，受中国驻摩使馆经商处及中国援摩医疗总队部的委派，前往安哥拉抢救一名遭遇车祸后颈椎骨折伴四肢瘫痪的中国雇员，事后上海铂派实业发展有限公司专门致函中国援摩医疗总队,感谢所有的相关人员。2010年9月下旬,利用公休时间前往南部沙漠的扎古拉省参加援摩医疗总队组织的巡回医疗活动,看门急诊69例,完成大小手术共15例,9月24日连夜抢救并手术治疗1例多发性骨折、脱位患者,获得摩方极高的评价。我们还以中国援摩医疗总队的名义将电钻、外固定支架安装工具、钢板、螺钉等价值近万元人民币的骨科器械和眼科显微工具包、眼底镜等眼科器械捐赠给扎古拉省达拉克医院,我作为医疗小组协调人,和当地医院院长分别代表中摩双方在医疗器械捐赠书上签字。

利用业余时间坚持学习专业理论知识、撰写专业论文。援摩期间发表中文论文和SCI英文论文(影响因子1.825)各1篇,另有1篇中文论文修回,还有1篇英文和2篇中文论文正在审稿中。平时还写博客、写日记以记录医疗队在国外的生活和工作,并积极向《援摩通讯》等多家刊物投稿,为展现荷塞马医疗分队的精神面貌、树立荷塞马医疗分队的形象尽自己的一份责任。2010年1月的年终总结大会上,我们荷塞马医疗分队被摩洛哥医疗总队评为"优秀援摩通讯医疗队",我一年里有19篇文章被录用,被评为"优秀援摩通讯员"。照片"摩洛哥国王和我们在一起"在2009年卫生部国际合作司举办的"援外医疗队风采"摄影、摄像比赛中获得鼓励奖。

在援摩洛哥的两年时间里,作为荷塞马医疗分队临时党支部书记,积极组织党支部活动,充分发挥党支部在国外的战斗堡垒和先锋模范作用。积极协助队长搞好队内管理,以身作则维护医疗队的团结和谐,使全队在良性的轨道上运行。2010年4月青海玉树发生地震,委托国内同事为灾区捐款,当援摩医疗总队发起募捐时,再次献上爱心。2010年7月很荣幸地被评为"2008——2010年度中山医院优秀共产党员",援摩结束之际被驻摩使馆经商处及援摩医疗总队授予"优秀医疗队员"称号,这些都是领导和同事对我的鼓励,我时刻提醒自己这只是一个新的起点,还需要继续努力、不断拼搏,争取在未来的工作中取得更大的成绩。

两年的援摩生涯有苦有乐,有得有失,从中学到不少东西,这是我人生中的宝贵经历,将永远珍藏在我的心中。

(获悉,我的高级职称已通过复旦大学审批,从2009年4月起算。感谢复旦大学及中山医院各级领导的关心、支持和帮助!)

附录：发表文章荟萃

重托使命
——参加援摩洛哥医疗队有感
（发表于《中山医院报》）

当得知被选中参加复旦大学组建的援摩洛哥医疗队时，我毫不犹豫地接受了这个光荣而艰巨的任务。尽管一刹那间，我想到要离开中国两年，将无法照顾自己的家人；想到非洲的艾滋病和疟疾，自己的身体将经受严峻考验；想到人生地不熟的遥远国度，自己是否能适应当地气候和生活习惯；想到与当地人的语言障碍，还得重头开始学习以前从未接触过的法语。

摩洛哥医疗队始建于1975年，是中非人民友谊的民间使者。全部成员均来自上海卫生系统的各个单位，至今已派遣120多批、1 300多名医疗队员。2006年胡锦涛总书记出访非洲时亲切接见了援摩医疗队员代表，他说："你们远离祖国，远离亲人，克服种种艰难困苦，救死扶伤，忘我奉献，全心全意为非洲人民服务，为中非友谊做出了出色的成绩，党和人民感谢你们。"

作为一名共产党员，任何时刻都应该起到表率作用，我毅然决定迎接挑战，参加援摩洛哥医疗队。我相信，我的身体素质、性格和技术各方面都应该能胜任这个任务。近几个月来我们援摩洛哥医疗队的队员天天培训，刻苦学习法语发音、单词、语法及课文，掌握基本法语日常用语及医学专业词汇，这些都为我们在摩洛哥更好地工作和生活打下坚实基础。

带着中国人民的重托，带着复旦大学全体师生的期望，带着中山医院领导的信任，不管前面的路有多坎坷、多艰苦、多困难，我都要把中国人民的深情厚谊带到非洲，把最好的医疗服务带到非洲，充分展示中国医务工作者的风采，不辱使命，为国争光，努力圆满完成党和人民交予的援外任务，为中非友谊作出贡献。

荷塞马的医疗趣事

（发表于《中山医院报》）

自从到了荷塞马穆罕默德五世医院后，新老医疗队进行了仔细的交接。从10月15日起，我们全面接管老队员的医疗工作，从门诊、急诊、病房到手术室全部到位。

门诊每周骨科有3次，我被安排在周五。10月17日中午12点半第一次去门诊，骨科门诊护士精通法语和阿拉伯语，来就诊的很多阿拉伯人根本不懂法文，只有靠她进行翻译沟通，再加上我们的法语刚学会，有时发音还不够标准，也真难为她了。我和她简单寒暄后开始叫号看病，靠着在中国打下的法语基础，加上医用法语书和法汉电子词典，必要时手脚并用使出肢体语言。

急诊由我们和当地医生轮流承担，一人一个星期。值班时可以待在宿舍，若有情况他们会打电话，或来我们驻地找人。我第一次值班从10月20日至26日，整整一周被叫了无数次。从局部软组织扭伤、皮肤挫伤肌腱断裂到关节脱位及各种骨折，创伤骨科的病人应有尽有，五花八门，这可能与荷塞马建在山坡上有关，道路坑坑洼洼、高低不平，容易发生车祸，行人极易摔跤。还算好的是，急诊护士清一色男性，简单的打石膏、小缝合他们都能做，除可以手法复位的骨折、脱位及开放性损伤需要马上处理外，其它的骨折都可安排为择期手术。

外科病房由一个50岁左右的男护士长负责，手下也是以中年男性为主，加上两三个年老的西班牙嬷嬷和几个实习生。我们一般早上8点半至9点去查房，看看已做过手术的病人，切口换药只要下口头医嘱即可，护士会很认真地去做。这儿没有正规的医嘱本，要用药开处方就行，格式跟国内也不一样。准备开刀的患者只要查尿素氮、血糖，年龄大点的再加个血常规和心电图，确实有点简单。如果要用钢板、石膏的话，得由医生开处方让家属去外面的药房买，内固定的类型、规格及数量要写得相当精确，不然手术台上很容易出状况，不是型号不对就是数量不够，不像国内可以有一整箱的材料供你挑选。手术时台上最多两人，一个主刀和一个护士，护士既要递器械还要拉钩，有时骨折复位的同时还要固定。手术前后也不点纱布、器械，更没有三查七对，完全靠医生自身的责任心。

荷塞马的春节
（发表于《中山医院报》）

参加援摩洛哥医疗队，来荷塞马工作已近4个月，每个队员都克服了种种困难，将自己的业务开展起来，不辱救死扶伤的使命，获得了肯定和赞赏，也慢慢习惯这里的单调生活。

转眼间2009年的农历新年已至，第一次在国外过春节感觉很特别。1月25日是大年夜，早上7点起床后有点兴奋，虽然这边没有一丝年味。此时国内应该是下午3点吧，想必亲朋好友们都回到家里，正忙着贴春联张罗年夜饭，欢声笑语早已热闹满屋。打开电视把频道固定在央视四套，这是荷塞马能收到的唯一的中文台，每个节目都透着浓浓的节日气氛，我的心似乎已飞到国内，充分感受着那种欢乐和幸福。快到中午12点，大家简单地吃了点东西，准备观看春节联欢晚会。近几年每逢过节都在医院上班，好久没有完整地看过春节联欢晚会，今年也不例外正好轮到我值班。2009年的春晚终于在开心锣鼓中拉开序幕，歌舞、杂技、魔术精彩纷呈，小品、相声引来一阵阵笑声，四川特大地震中幸存的灾民来了，为祖国赢得荣誉的奥运健儿来了，实现飞天梦想的航天英雄也来了，他们给全国人民带来美好祝愿。幸运的是中途我只被叫过几次急诊。当时针指向12点，当新年的钟声敲响，我们不禁心潮澎湃，不由得勾起思乡之情，而此刻摩洛哥正是下午4点，一个多么阳光明媚的除夕夜，我们的心里已是爆竹声声礼花灿烂……为准备晚上的年夜饭，厨师小丁开始忙碌起来，煮牛肉羊排烤目鱼炸丸子，还用南瓜雕刻出"双鹤迎春"。前几天特地从塔扎买来一头猪，总算可以尝到久违的红烧猪肉，看来我们晚上要好好地喝一杯，庆祝在摩洛哥的第一个春节。1月26日是中国的大年初一，还得为一个患者做手术。这个病人于昨日下午值班时收治入院，老年女性双侧髌骨骨折，本想当天就给她急诊开刀，但遭遇摩方的习惯，只能往后推迟到次日上午。手术进行得非常的顺利，也许是新年第一天的缘故吧，神清气爽心情愉快。

手术室的当地同事也知道今天是什么日子,中国医生能在这个时候坚持为摩洛哥病人服务,他们微笑着竖起大拇指表达谢意,并纷纷向我祝贺"Bonne annee"！听说今天大队部领导要来荷塞马,我们每个队员都非常兴奋,毕竟是一支拥有博士最多的医疗队,这是领导对我们的重视、鼓励、关心。一想到他们从首都拉巴特过来,要翻越万重山穿越无人区,路上坐车得花10多个小时,我们的心里已十分感动。等到下午大概5点钟左右,刘大队一行三人走进驻地,风尘仆仆但精神抖擞,顾不上旅途的劳累,与每个队员亲切握手,嘘寒问暖体察队情,领导还到宿舍实地考察,深入了解我们的生活。刘大队提议今晚包水饺过年,厨房里陡然热闹起来,兄弟姐妹一起动手齐上阵,真是个团结的大家庭。到了吃晚饭的时间,厨师小丁端出自己的作品,南瓜雕刻的"双鹤迎春",菠萝做成的漂亮造型,红烧羊排和白切牛肉,还有目鱼大烤和糖醋萝卜,一桌丰盛的新年大餐。领导还带来几瓶红酒,我们把酒言欢谈天说地,吃着自己包的猪肉馅水饺,品尝着难得的美味佳肴,气氛热烈其乐融融。正好队内有队员过生日,在"Happy birthday to you"的歌声中,寿星许下心愿吹灭蜡烛,大家分享着甜美的蛋糕,一个多么富有意义的生日。

卫生部、上海市卫生局给我们寄来慰问信,心内科杨昌生医生和我还收到中山医院领导的新年祝福。祖国人民没有忘记我们,党和领导没有忘记我们,有了这么多的贴心关怀,异国他乡的援外医疗队员倍感温暖,荷塞马的春节不寂寞。

克服困难,坚持到底
(发表于《中山医院报》)

来荷塞马工作已半年多,渐渐习惯这里的生活,除值班的时候较为忙碌,其它时间要想尽办法来充实,以缓解孤独寂寞。一个人时可以看电视看DVD,上网打电话,看书写文章。实在无聊时就三五成群逛街、购物、喝咖啡。有时会凑在一起包水饺,自己和面、擀皮、拌馅,一大家子其乐融融;有喜欢烹饪的会自己购买原料,做剁椒、卤牛肉、水煮鱼,味道鲜美且正宗;有的甚至买了烤架和木炭,在阳台上烤起牛羊肉,香气扑鼻。一到下午驻地成了体育馆,活动室里响着清脆的乒乓声,伴随着兴奋的呐喊;走廊上两人一组捉对厮杀,银色的羽毛球上下翻飞;而我更喜欢早上跑步,每到周末和摩洛哥人踢场足球。晚上爱好打牌下棋的,会聚在一起较量一番;喜欢唱歌的可以卡拉 OK,抒发思乡之情。

尽管大家都很努力,但还是有队友病倒。妇产科李医生突发高热,服药卧床数天才见好转;同是妇产科的高医生突然晕厥,静躺休息后逐渐清醒,体检幸未发现器质性病变;有的队友食欲一直不佳,晚上难以入睡,要靠吃安眠药来解决;有的医生满嘴疱疹溃疡,口中好像有团火一样,吃饭喝水都会很痛;有的一觉醒来牙龈全是血,吃苹果时都会染红。一方面可能远离家人和朋友,牵肠挂肚;另一方面这儿气候干燥,人很容易上火,再加上绿色蔬菜较少导致维生素缺乏,如果值班再劳累点,抵抗力下降便会生病。

每当有队员倒下,队友们都会及时送上关怀,疾病康复得也特别快。心内科杨昌生医生的爱人在国内生病住院,术后回家还得靠她一个人照顾女儿。老杨虽然心里有千万个不放心,但相距万里之遥,再加援摩医疗工作繁忙,杨医生只能舍小家顾大家,毅然决定继续为非洲人民服务。复旦大学医管处夏景林处长、中山医院党委沈辉副书记、人事处魏宁处长、心研所、心内科及其它相关领导,儿科医院的各级部门都给杨医生的爱人送去了关怀和慰问,老杨在国外倍感欣慰和温暖。国内有这样坚强可靠的后盾,解决了援摩医疗队员的后顾之忧,我们在摩洛哥工作和生活更加安心。虽然挡在前面的困难很多,但是我们并未后悔,更没有屈服低头,我们会坚强面对,胜利走完这两年路程。

我骄傲,因为我是中山人
(发表于《中山医院报》)

远在遥遥的异国他乡,我时刻关注着医院的变化。感谢网络,透过它,我看到医院的新手术大楼启用、东院区的"两个中心"动工、国际领先的微创外科手术系统达芬奇 S 落户我院……医院每一个小小的发展和变化,都令我心潮澎湃,作为"中山人"的自豪感油然而生。

如此全国有名的三甲综合性医院,对于每个大学毕业生都充满着诱惑,但有时感觉高不可攀、遥不可及。2004年博士毕业后我心怀忐忑,来中山医院参加就业分配擂台赛,3分钟的英语演讲虽发挥出色,但强大的竞争对手让自己心里也没底。最终我成了被中山骨科录取的幸运儿,犹如做梦一般令人难以相信。从那一刻起我就下定决心,要以德才兼备的前辈为榜样,学习他们的精湛医术和高尚医德,要倾我所能回报中山的知遇之恩。在科室主任和各位老师的引领下,工作上兢兢业业,看好每个病人,做好每台手术,了解本专业最前沿的理论和技术,与国际上最先进的理念保持一致,并在临床实践中不断创新和发展,争取闯出一条有特色的专业之路,同时要完成好科研及教学任务,争取多申请学术课题,多发表专业文章。

即使在万里之遥的摩洛哥,我仍没有忘记自己是个中山人,不敢让自己有丝毫的松懈和怠慢,以免辱没、愧对这个响亮的名号。临床工作中我克服各种困难,想尽一切办法,以最好的医疗质量服务非洲人民。在近一年的援摩工作中完成手术近200台,先后开展荷塞马首例腰1骨折经皮穿刺椎体成型术、首例胸12骨折后路开放复位减压内固定术、首例腰2骨折伴截瘫前后路联合开放复位减压植骨融合内固定术等各种手术。业余时间抓紧法语及专业理论知识的学习,为以后的可持续发展打下基础,做好准备。

每次摩洛哥同行问我时,我总会自豪地说,我们中山医院是上海乃至中国最大的医院之一,占地面积大、环境优美,有好几座漂亮的大楼,最具特色的是将所有建筑连成一体的空中长廊。医疗条件优越,治疗过大量的疑难杂症,开展过大量的新技术。是的,在这样一流的医疗平台上,每个中山人都会努力拼搏,把我们的医院建设得越来越好!

不辱使命,把援外医疗事业进行到底
——记援摩洛哥第八批荷塞马医疗分队
(发表于复旦大学新闻文化网)

我们是复旦大学和同济大学共同组成的援摩洛哥第八批荷塞马医疗分队,也是拥有博士最多的一支援摩医疗分队,包括队长儿科医院普外科董岿然、中山医院心内科杨昌生、华山医院普外科何勍、华山医院眼科肖位保、肿瘤医院麻醉科张勇、五官科医院耳鼻喉科陈泽宇、妇产科医院李雪莲、同济医院骨科闵晓辉、同济医院妇产科高闻、同济大学后勤处丁超和翻译张璞，我担任党支部书记。2008年4月开始参加近半年的法语培训后于10月7日由浦东机场出发，经巴黎转机共历时约15小时到达位于摩洛哥首都拉巴特的援摩医疗总队部，再乘上十多个小时的汽车翻越万重山、穿过无人区进入荷塞马，我们将在这个摩洛哥北部的小山城工作至2010年10月。

因地制宜，开展工作

我们所在的工作单位是荷塞马穆罕默德五世医院，已由原来的省级上升为区级医疗中心。摩洛哥现有68个省(市)，被划分为16个地区，病人可先到城乡卫生中心看病，如有需要可到省级医院就诊，若不行可转至区级医疗中心，再往上就是医学院的附属医院，当然有钱人也可以去私家诊所。穆罕默德五世医院建在山坡之上，除荷塞马省卫生厅大楼外，还有行政楼、门诊楼、急诊病房楼和附属卫校，均为两至三层高的建筑。全院有妇产科、骨科、普外科、神经外科、整形外科、五官科、眼科、麻醉科、儿科、心内科、呼吸科、内分泌科、神经精神科等临床科室及康复科、放射科、CT室、超声波室(包括心超)、化验室、输血中心等辅助科室，还有血透室、重症监护病房和手术室，全院共约200张床位。原来有不少地方条件还不够完善，但新的急诊室和手术室起用以后，穆罕默德五世医院的诊疗环境有所改观。

心内科杨医生一周上三次门诊，如果有住院病人就得天天查房，值班时要负责所有心电图检查，有急诊病人得随叫随到，及时处理。麻醉科张医生除轮到自己值班的一周外，还要负责所有择期手术的麻醉。摩洛哥妇产科病人特别多，李医生和高医生值一天班会做好几台剖腹产，晚上经常忙得无法入睡。骨科的外伤病人也很多，手术常需使用内固定器械，但往往找不到最合适的材料，只有开动脑筋多想办法。这儿的普外科、小儿外科病人也不少。前一年五官科和眼科在本医院均只有一位医生，我们两位大夫分别承担了这两个科室的所有任务，连一周里象征性的一个休息天有时也要去看病人，现在各增加一名摩洛哥人医生后情况有所好转。这儿实行医药分开的制度，药品、耗材需开处方到外面药房去买，对于那些无钱购买的贫困患者，我们会无偿赠送所需的医疗用品。

在荷塞马医疗分队全体队员的共同努力下，第一年里共完成门急诊 13 542 人次，开展各类手术 2 648 例，抢救危重病人 132 人次，得到当地卫生厅及医院各级领导的肯定，并赢得摩洛哥人的信任和尊重。小儿外科董医生为脊髓脊膜膨出、唇裂等少见病例进行了手术治疗。骨科顾医生开创多项荷塞马第一例手术，如首例腰 1 骨折经皮穿刺椎体成型术、首例胸 12 骨折后路开放复位减压内固定术、首例腰 2 骨折伴截瘫前后路联合开放复位减压植骨融合内固定，另外还有数例疑难杂症的手术治疗，如左股骨头、颈、转子间骨巨细胞瘤伴病理性骨折行人工髋关节置换术，左环小指并指畸形行分指矫形术。普外科何医生使腹腔镜手术在荷塞马医院里得到常规应用。眼科肖医生在开展白内障等手术的基础上，还完成当地的第一例青光眼手术和眼外肌手术。耳鼻喉科陈医生在鼻内窥镜下行全组鼻窦开放术及鼻中隔重度偏曲矫正术，还开展一例保护面神经的腮腺巨大肿瘤切除术。

乐观开朗，团结友爱

我们的驻地位于医院行政楼的两楼，条件虽然简陋但房间还算整洁、明亮，下面就是神经精神科病房，晚上常被下面的敲墙声惊醒，后来也就慢慢习惯了这种声音。平时所有医生要轮流买菜、洗菜、倒垃圾，每到周日要给全队做饭而让厨师休息，我们在厨房里也能体验乐趣。尽管我们努力寻找着荷塞马的美，但异国他乡的生活难免单调，再加这儿的节奏比上海缓慢许多，除值班的时候较为忙碌，其它时间要想尽办法来充实，以免感觉孤独寂寞。一个人时可以看电视、看书、上网和写文章，实在无聊时就三五成群，出去逛街、购物、喝咖啡。有时会凑在一起包水饺，自己和面、擀皮、拌馅，一大家子其乐融融；有时会在阳台上炭烤牛肉羊肉，一边还模仿着新疆人的叫卖声："卖啦！新鲜的羊肉串的卖啦！"一到下午驻地便成了体育馆，简直称得上"全民健身"，活动室里响着清脆的乒乓声，伴随着运动员兴奋的呐喊；走廊上两人一组捉对厮杀，银色的羽毛球在空中上下翻飞；而我更喜欢早上起来跑步，每到周末和摩洛哥人踢场足球。晚上爱好打牌、下棋的，会聚在一起较量一番；喜欢唱歌的可以卡拉 OK，抒发念家思乡之情。虽然经常停水停电停网络，虽然饭菜的原料没有那么丰富，我们依然保持着良好的心态。

尽管大家都很努力，但还是有队友病倒，医疗队快成伤兵营。妇产科李医生突发高热，头昏脑胀，四肢无力，服药卧床数天才见好转；同是妇产科的高医生突然晕厥，静躺休息后逐渐清醒，体检幸未发现器质性病变；有的队友水土不服，食欲不佳，一到晚上难以入睡，要靠吃安眠药来解决；有的医生满嘴疱疹、溃疡，口中烧得像有团火一样，吃饭喝水都会很痛；有的一觉醒来牙龈全是血，刷牙时更是鲜血四溅，吃苹果时都会染红。一方面可能远离家人和朋友，承受着牵肠挂肚之苦；另外这儿气候干燥，人很容易上火，再加绿色蔬菜较少，导致维生素缺乏，如果值班再劳累点，抵抗力下降便会生病。每当有队员倒下时，队友们都会及时送上关怀，兄弟姐妹之情足可击退病魔，疾痛康复得也特别快。

心内科杨医生的爱人王传清医生在复旦大学附属儿科医院工作，去年3月中旬生病入住中山医院准备手术。荷塞马与国内相距万里之遥，再加援摩医疗工作的繁忙，杨医生选择舍小家顾大家，毅然决定不回国陪伴爱人，留下来继续为非洲人民服务，虽然心里有千万个不放心，只有通过网络与妻子保持联系。杨医生对手术的程序很熟悉，但还是不断咨询着队内同行，看得出他对手术还有点担心，毕竟现在家里只有他妻子照顾女儿。妇产科高医生、普外科何医生和麻醉科张医生耐心解释着，我们所有的医疗队队友也一直安慰着老杨。摩洛哥午夜12点正是国内早上8点，杨医生的爱人已接进手术室等待手术，他的心情也七上八下、忐忑不安起来，脸上的表情看起来都有点凝固的感觉，此时此刻的每分每秒过得是那么的漫长。1个半小时后国内终于传来消息，杨医生爱人的手术已顺利完成，我们都情不自禁地为他感到高兴。手术前后，复旦大学医管处夏景林处长、中山医院党委沈辉副书记、人事处魏宁处长、心研所心内科及其它相关领导、儿科医院的各级部门都给杨医生的爱人送去了关怀和慰问，老杨在国外倍感欣慰和温暖。虎年春节前夕，中山医院党委牛伟新副书记、工会秦嗣萃副主席和魏宁处长特意去儿科医院给杨医生的爱人送上复旦大学和中山医院的新年问候。国内有这样坚强而可靠的后盾，解决了援摩医疗队的后顾之忧，我们在摩洛哥工作和生活更加安心。今年的三八妇女节，王传清医生和杨医生被评为复旦大学"比翼双飞模范佳侣"，在这里对他们夫妻俩表示热烈的祝贺！

不骄不躁,继续努力

在今年 1 月份的年终总结大会上,我们第八批荷塞马医疗分队被援摩洛哥医疗总队评为"优秀援摩通讯医疗队",我在一年里有 19 篇文章被采纳录用,被评为"优秀援摩通讯员"。援摩通讯由援摩医疗总队部主编,从中可以了解并贯彻领导的指示精神,感受上级对我们的关怀和鼓励,还全方位地反映各医疗队的工作学习生活情况,我们可以在这里抒发情感、交流经验、记录异域风情,援摩通讯给我们提供了一个展示自我的平台和机会。每当新一期的援摩通讯打印张贴出来,我们都会挤在宣传栏前驻足品味,这些文章都是我们的亲身体验,记录着我们的人生足迹,也是我们单调生活中的精神支柱。这次援摩医疗总队部给予我们的精神和物质奖励,是对我们荷塞马医疗分队众多队员踊跃投稿的肯定,我个人的荣誉也属于这个团结和谐的集体,没有队里兄弟姐妹的支持和配合,我不可能写出如此丰富多彩的文章,在这里要特别感谢荷塞马医疗分队的所有队友。在以董鸣大队长为核心的援摩医疗总队的鼓励下,我相信我们会继续努力,写出更多更好的文章,展现我们医疗队齐心协力、众志成城、排除万难、乐观开朗、积极向上的精神风貌,展现我们医疗队竭尽全力为摩洛哥人民提供最优质医疗服务的奋斗历程,展现我们医疗队为国争光、维护国家尊严、为中摩友谊奉献自我的坚定信念。

虽然挡在前面的困难很多,但是我们并未后悔,更没有屈服低头,我们会坚强面对。请祖国人民放心,请复旦大学的各位领导和老师放心,我们一定会不辱使命,继续拼搏,把援外医疗事业进行到底,为中摩友谊做出更大的贡献。

附:2009 年《援摩通讯》工作总结暨获奖通知

这一年来,我援摩各分队积极参与,队员们踊跃投稿,2009 年《援摩通讯》共刊出 24 期,发表新闻、通讯、诗歌、散文及随笔等共 165 篇,在摩华人文章 1 篇。其中荷塞马分队共记被采纳稿件 31 件,拉西迪亚分队共记被采纳稿件 21 件,被采纳稿件量位居各医疗队前两位,荷塞马分队顾宇彤医生共计被采纳稿件 19 篇,被采纳稿件量高踞个人第一位。经"2009 年援摩医疗工作总结会"评定,上述两队被评为优秀援摩通讯医疗队；顾宇彤被评为优秀援摩通讯员。

总队部对以上获奖分队、个人表示祝贺，希望大家向他们学习，共同维护我们学习交流的园地《援摩通讯》。

美丽的荷塞马，我们的第二故乡
（发表于复旦大学新闻文化网）

由复旦大学9人和同济大学3人共同组成的中国援摩洛哥医疗队第八批荷塞马分队于2008年10月来到北非执行援外任务，至今已在这里工作和生活将近1年半的时间。每个队员都忍受着远离亲人的孤独寂寞，克服了各种各样的困难，用精湛的医术治愈一个又一个疾病，挽救一个又一个生命，竭尽全力为非洲人民提供优质医疗服务，并与他们结下深厚的友谊，我们也渐渐地爱上了荷塞马，我们的第二故乡。

荷塞马地处摩洛哥北部山区，濒临地中海，位于首都拉巴特东北445公里处，属多风干燥少雨的地中海气候，每年的10月至来年2月为雨季，天气凉爽湿润，冬季最低温度5～10℃，其余时间都为旱季，天气晴朗阳光充足。荷塞马城最初为西班牙人建造，建筑大多为2～3层的小楼，具有西班牙、法国和阿拉伯的风格，依山坡自下而上排列呈阶梯状，从高处一眼望去很有层次感。给人印象深刻的是这儿有很多清真寺，标志性的绿边白壁的方塔上装着高音喇叭，每隔几个小时就会发出穆斯林祷告声，像防空警报一般低沉凝重传遍全城，刚来这儿的人经常会因此而从梦中惊醒。摩洛哥人都信奉伊斯兰教，会经常看到有人在那里虔诚祷告，走在大街上处处可见包着头巾的女人。但也有些思想开放的年轻女孩，去掉头巾穿上时髦的衣服，显得婀娜多姿、妩媚动人。由于荷塞马毗邻西班牙，又长期被欧洲殖民统治，这儿的人都以混血为主，外貌兼有多种民族的特点，眼睛深邃，鼻梁高挺，轮廓分明，皮肤白皙细腻，身材高大丰满，连农民长的都很英俊、漂亮。这儿的另一道风景线就是处处可见的咖啡馆和门口坐着的一群群男人们，大多数摩洛哥男人十分臃懒，一杯咖啡可以从早上坐到傍晚，晒晒太阳、看看来往的车辆和行人，也不知道是依靠什么维持生计。荷塞马的男女老少对中国人颇有好感，一上街也总能遇到几个治疗过的病人，他们会主动热情地打招呼,"Bonjour, Ca va? Ca va bien!"有时还用中国话讲"nihao",让我们有种宾至如归的感觉。看来中国援摩医疗队已在这里深入人心,无偿救治很多当地贫困的病人,展现了中国医务人员的仁心妙术,赢得摩洛哥人的尊重和信任。

来到荷塞马,终于看到传说中的地中海,坐在海边露天咖啡馆,要上一杯摩洛哥咖啡,沐浴着温暖的阳光,呼吸着新鲜的空气,仿佛置身于风景如画的仙境。奎马多海湾在荷塞马的东面,这片地中海三面被大山环绕,碧蓝的海水清澈见底,显得纯洁而浪漫;豪华游艇静静地停靠在海湾里,每到夏季便开往西班牙,运送来往于欧洲和非洲的游客;南侧可见一块伸出海面的礁石,好像是大山和大海爱的结晶,它就是荷塞马的象征;平坦的奎马多海滩上金光闪闪,柔软而细腻的黄沙被海浪轻轻地拍打着。每年的七八月份,沙滩上总是挤满游泳的人,宁静的海湾将是另一番热闹的景象。海湾的西面是荷塞马的大型广场——人民广场,之所以这么称呼它是因为我们时常想起上海,我们还把广场向南的两条最繁华的大街开玩笑地分别戏称为"南京东路"和"淮海中路"。人民广场占地面积约有五个足球场大小,均为水泥方块地面,中间种着几棵棕榈树,四边围以大型路灯和供人休息的长椅,南面两个角上的照明灯晚上尤为明亮耀眼;广场北边有四个大喷泉和数排小喷泉,会随着悠扬的音乐不断地改变喷射节奏,特别是到了晚上,随着彩灯变幻出五光十色;广场的东北角通往四星级酒店穆罕默德五世宾馆,在它的阳台上喝咖啡聊天看海是一种莫大的享受,连现任国王穆罕默德六世也很喜欢这里,索性把行宫建在了宾馆的隔壁,每年夏天都会来此消暑度假。

气象山位于荷塞马的东北,山体延伸入地中海,因地势较高而将气象台建于此。气象山虽不够雄伟但照样有"一览众山小"的感觉,从山上放眼望去,夕阳下的荷塞马就像躺在大山大海怀抱里的美人鱼,那顺坡而建的住家小楼就是它的鳞衣,东面的奎马多海湾好似它的香吻,那游人如织的人民广场是它的眼睛,绿草茵茵的足球场是它的腰带,而她美丽的鱼尾正沐浴在夕阳下。日落西山的余晖映红了天边的晚霞,西面和北面的大海渐渐泛白又慢慢变暗,满载而回的渔船正在归航;东边的海面上升起一股雾霭,预示着夜幕即将落下,远远地可以看到孤独的西班牙小岛(与荷塞马相距约100米,至今仍归属西班牙),仿佛诉说着古老的阿拉伯故事;海湾里的渔港喧嚣已逝,停靠着的游轮和渔船快要作歇,只有那海鸥还在唱着晚歌。荷塞马的灯光一盏盏亮起,蓦然回首已是万家灯火,而最亮的就是那美人鱼的眼。

荷塞马的西面有个萨巴蒂亚外滩,称为外滩是因为这儿的路人工造就,海边的山崖凿平后水泥铺成,边上种着绿色的热带树木,还有一长列路灯透着温馨气息,宽阔的观景台上摆着浪漫的长椅,游人可在此小憩谈天望海,与上海黄浦江边的外滩有得一比,只是这儿缺少些繁华和人气,多了一份自然、广袤和宁静。远处一望无际的地中海与蓝天融于一色,那白色的海鸥犹如天使般盘旋穿行于海天之间,会让你忘记一切烦恼忧愁,忘记人世间的恩恩怨怨。这儿的海滩布满嶙峋的礁石,涨潮时波涛汹涌,令人想起苏轼的"赤壁怀古",乱石穿空,惊涛拍岸,卷起千堆雪。沙滩上静静躺着的石头长年被海水冲刷,呈现出不同的形状和图案,每个都有着一段动人的故事,"精美的石头会唱歌",把它拾起轻轻擦去沉年的沙土,慢慢发觉尘封已久的美丽传说。

如此美丽的荷塞马也会遭遇暴风骤雨,尽管平时的气候是那么的温和,尽管地中海的阳光是那么的炽热。呼啸的狂风铺天盖地般由海上袭来,以摧枯拉朽之势掠过所有障碍,倔强地钻入每一道缝隙,发出毛骨悚然的哨鸣音,夹杂着风与风的撞击声,令人有种不寒而栗的感觉,伴随着倾盆的瓢泼大雨,打在窗户上噼啪作响,而窗外的天空阴云密布,树枝和电线疯一般地扭摆着。再好的脾性也有爆发的时候,这可能就是大自然的规律吧。在我看来,风雨交加就是一段气势磅礴的乐章,一篇宏伟壮丽的史诗,一幅波澜壮阔的画卷,它冲击感官,震撼人心,夺人心魄。艳阳高照、微风和煦固然心旷神怡,但更要学会承受狂风暴雨,它也是生命中不可或缺的一部分。不经历风雨怎么见彩虹,风雨总是短暂的,过后必然是晴空万里。生活也同样如此,免不了磕磕绊绊,少不了曲曲折折,但绝不能向困难屈服,要迎难而上抗争到底,最终会迎来更精彩的人生。

在摩洛哥过春节
——西撒哈拉漫记
（发表于复旦大学新闻文化网）

2月13日是我们传统的除夕夜,当虎年的钟声敲响时,万里之遥的摩洛哥正是明亮的白天,虽然这里没有一丝年味,虽然没有绚丽的焰火,但荷塞马医疗分队的每个队员一样的激动和兴奋,看着央视四套的春节联欢晚会,和祖国人民一起分享着新年的快乐。由于工作需要,包括我在内的几个队友还得坚持值班至大年初一。2月15日正月初二星期一,终于可以休假一周,在援摩医疗总队部的安排下,我们乘坐旅游公司中巴踏上旅途,前往位于摩洛哥南部、临近西撒哈拉沙漠的拉西迪亚省,那里也有一支当年和我们一起学习法语的兄弟医疗分队。

9点整准时出发,在大山里绕了三四个小时才走出荷塞马来到塔扎,这段山路虽然只有150公里左右,却非常崎岖蜿蜒,不过黄色山头上的点点绿色和刚刚绽放的鲜花给我们带来浓浓的春意。由塔扎向西穿过摩洛哥第二大城市菲斯再向南面的伊夫汗进发,随着海拔越来越高,气温逐渐降低,车窗上的雾气越来越重,天空中也飘起雨来,远远地已能看到白雪皑皑的山峰。下午4点左右我们到达伊夫汗,下车后感受到的是寒冷的冬天,不过这儿种满松针类植物,绿树间隐约可见红色尖顶式别墅,街道旁排列着欧式咖啡馆、餐厅和旅店,整座城市虽然并不是很大,但显得优雅、美丽而宁静,犹如北欧小镇一般,是个休闲度假的好去处,每当最冷的12月、1月时,这儿总是铺满厚厚的白雪,到处是来此滑雪的游人。继续向南就能看到车窗外铺着白雪的山坡,而且越往上雪越来越多越来越厚,当我们来到山顶时已是白茫茫的一片,还有两条专门用于滑雪的坡道。大家一下子兴奋起来,纷纷下车投入到雪山的怀抱,抓起一把雪互相之间打起仗来,充满童趣的嬉闹声回荡在山野,尽管刺骨的寒风让人冻得直跳。天色渐渐暗了下来,我们不得不上车继续赶路,虽然车外景物已变模糊暗淡,我们还是能感觉到山路行驶的艰难。不一会儿山里飘起雪花,而且越来越大,在车灯照耀下像片片鹅毛,车子只能小心翼翼地摸索前进。两个多小时后,雪花变小最后完全消失,可能是已经走出雪山的缘故,车外的气温逐渐回升,这时的夜空群星闪烁,我们又飞奔起来。晚上10点左右,终于来到拉西迪亚中国医疗分队驻地,一年多未曾谋面的我们拥抱在一起,相互倾诉着离愁别绪。他们已准备好两桌丰盛的晚餐,两支医疗分队的队友在推杯换盏间重温着过去美好的时光。

2月16日大家吃完早饭后整装待发,今天的目的地是距离这儿约200公里的西撒哈拉沙漠。出了城区车窗两侧渐显荒芜,地面上的绿草越来越少,大部分是黄黄的戈壁滩。这种条件下还可以看到一个接一个的简陋足球场,除两个球门外只剩下不太平整的石子地,摩洛哥人酷爱足球运动由此可见一斑。令人惊奇的是这段通往沙漠的途中竟然有一条河流,在峡谷中孕育出一片茂密的树林和一座小城。这个西撒哈拉的边陲小镇因欧洲游客的青睐而变得热闹,这里还设有培训专业服务人员的旅游学校,一路上有很多宾馆建得非常气派而且具有当地风味,现任国王的爷爷穆罕默德五世的行宫就在附近。再向前行驶几十公里,穿过茫茫的戈壁,便到达西撒哈拉沙漠,传说这里的沙丘是世界上最美的。

我们在沙漠边上的麦赫祖加宾馆驻扎下来,吃完中饭稍作休息后就去领略西撒哈拉的魅力。这里的空气干燥而温暖,蓝天白云下的西撒哈拉一眼望不到头,连绵起伏的黄色沙丘长年在风力作用下形成一道道沙脊,这美丽骨感的线条有的陡直有的圆滑像刀削般整齐,不禁慨叹大自然的鬼斧神工。今天要征服的是视野内最高的沙丘,离我们大概有两公里的直线距离,准确地说它应该算是一座沙堆成的小山,垂直高度有200米开外。挽起裤腿赤脚踏上征途,任细沙软软地揉搓着肌肤,每走一步都会留下深深的脚印,不一会儿身后已是串串足迹。越向沙漠深处脚下越显松软,踩下去整个小腿肚都会陷入,而沙脊处则感觉相对较为踏实。前行的线路随沙丘忽高忽低忽起忽落,有时是一条直线,有时因弧形的沙脊而变得曲折。沿途还能看到青青的小草,它顽强地生存在沙漠里,这种坚韧和顽强令人感动。没过多时老天爷突然翻脸,天阴沉下来,而且开始起风,前方的沙丘顶上扬起沙尘,犹如烟雾般飘起,眼前的沙地呈现出一条条波纹,规则得像编织在黄色绸缎上的图案。当我们到达最高沙丘的脚下时,风忽紧忽慢地吹过,薄薄的沙尘弥漫在周围,空气中似乎能闻到西撒哈拉的味道,咸咸的涩涩的还有点干烈。风是从南面刮来的，我们顺着沙脊的南坡向上攀登，这样可以利用沙体避开风口。刚开始脚步还挺利索，越往上脚下陷越厉害，每走一步都得退回一半以上，对体能是个极大的考验。爬到半腰时风速突然加大，狂风大作呼啸而起，快要把人整个地吞噬卷走，只有猫着腰紧贴在沙坡上，整个脸部基本上就浸在沙尘里，扬起的沙粒直往眼睛、耳朵、鼻孔里钻，让人不敢睁眼更不敢张嘴，只有把头转向背风的一侧，小心翼翼地呼吸以免带入过多沙子，裸露的小腿被沙粒打得针刺样生疼，这美人儿也有如此狂暴的时候！想直立行走已没有可能，只有手脚并用艰难地向上爬行，尽管沙脊是一条捷径，但为了躲开风沙只有绕点弯路。就这样爬一段歇一段，有好几次都想放弃，但是看看越来越接近的顶点和下面继续努力着的兄弟姐妹，他们的行动鼓舞着我激励着我，让我重新充满信心和勇气，再不犹豫再无畏惧，一心只想着向上向上不停地向上。在我登上顶峰的那一刻，胸中激荡着自豪和骄傲。放眼望去，看到的是一幅震撼人心的画卷，狂风掠过沙脊形成一张巨大的沙幕，铺天盖地般飘浮在半空中并伸向远方，一片惊涛骇浪沙的海洋，好一个壮观的西撒哈拉！当我下到半腰遇到拉西迪亚的队友时，他意味深长地说："兄弟，我爬这个沙丘好几回，今天是风最大的一次，也是最困难的一次，如果你放弃了，我们也不会爬上来。"这番话让我鼻子一酸，人越困难时越需要相互鼓励，殊不知没有他们我也不可能实现目标。看着他们互相搀扶着一起往上攀登，我又一次被震撼了,险峰上固然风光无限，但有了这群可爱的中国医疗队员，这景色变得更加动人。这不就是我们援外医疗队员在摩洛哥工作生活的最好写照吗？互相支持互相帮助，同心协力同舟共济，跨过一道道坎，克服一个个困难，为祖国的外交事业、为中摩友谊不断奋斗着。我情不自禁地加入其中，再一次爬上顶峰，和他们一同分享这成功的喜悦。

走出西撒哈拉回到麦赫祖加宾馆，口齿间只听到沙与牙的摩擦声，头发里、脸上和耳鼻内全是黄沙，连衣服口袋和裤管内也倒出很多，有些队友的照相机竟然因风沙而损坏，这个世界上最美的沙丘让我们尝尽苦头。好好地洗个澡，放松一下身体，已是下午6点多钟，摩洛哥人晚饭一般要到8点才开始，正好可以在这个大漠野店里随便走走。这里的房屋都是由土坯建成，黄黄的外观与沙漠融为一体，风沙吹过让人想起楼兰古城。两圈客房围出一个院落，中间是一个绿色的游泳池，北侧摆放着沙滩椅,南面是一个露天酒吧,播放着激情的阿拉伯音乐。客房很宽敞,除两张大床外还配有两张小的,卫生间设施齐全,还有太阳能热水器。正在此时看到好几批欧洲游客陆续入住,整个小店顿时充满人气,酒香确实不怕巷子深,麦赫祖加已名声在外。餐厅布置得有点欧式风格,而墙上的画儿带有明显的穆斯林和撒哈拉特色,这儿是典型的摩式餐饮,面包、蔬菜色拉、鸡牛羊肉、各式 TAGINE(塔经,一种砂锅样炊具,用塔经煲出来的菜都叫塔经)、鱼和摩式浓汤,厨师和服务员都非常专业。饱餐一顿再美美地睡个好觉,第二天准备去西撒哈拉看日出。

2月17日醒得很早,6点左右听到有人大喊一声,便匆忙起床洗漱后跨出屋门,借着路灯跟着一群人向沙漠走去,与白天相比稍稍感到一丝凉意。西撒哈拉一片黑暗寂静,在东方天际鱼肚白的映衬下,隐约中可以看到沙丘的剪影,和昨天下午相比,这美人现在乖巧温顺了许多,她似乎还在甜美的梦乡里酣睡。我们高一脚低一脚地向前走去,登上一处稍高的沙丘上静静等候着日出。前方数百米外有一处更高的沙丘正好挡住视线,位于我们攀登过的那座最高峰的北侧。我拎着脱下的鞋袜下坡后向东北走去,希望能找到一处最佳视角,不知不觉中已顺着日出的方向深入大漠,越来越接近前方那座更高的沙丘,视野反而变得越来越小,我得赶在太阳出来前爬上去。经过争分夺秒的努力我终于登上制高点,眼前徒然一片开朗,天边的一抹红色跃入眼帘,而且慢慢地越来越浓。突然在那红光里出现一个白点,并迅速地变大变圆变亮,随之一轮红日喷薄而出,顿时朝霞满天,整个西撒哈拉都被映红了,宛如新娘那羞涩的面庞,令人禁不住要去亲吻她。就在那朝阳下缓缓地走出一列驼队,我仿佛已置身于"一千零一夜"的神话,坐着阿拉伯飞毯飘过浩瀚的西撒哈拉。

援摩洛哥第八批荷塞马医疗分队为灾区献爱心

(发表于复旦大学新闻文化网)

4月14日青海玉树发生7.1级地震,至今已造成两千多人死亡,上万人受伤。在党中央的果断决策和英明领导下,全国上下军民一心,众志成城抗震救灾,从废墟下救出一个又一个生命,创造了一个又一个奇迹。玉树地处海拔4 000米左右,空气稀薄,缺氧严重,昼夜温差大,多风沙、多雨雪,给救援工作带来极大困难,但是,为了同灾区的人民在一起,胡锦涛主席提前结束国外访问来到玉树进行慰问;温家宝总理推迟海外行程,赶到灾区看望受灾群众和救援人员;中国军队第一时间奔赴震中地带抢险,有的出现严重高原反应,仍不愿下火线;大批医疗人员不顾自身安危,在高原上履行着救死扶伤的神圣职责。我们身在万里之遥的摩洛哥,虽然不能亲身前往救灾第一线,但我们心系灾区、情牵玉树,每天通过中央四套节目关注着这场生命大营救。看着失去父母的孤儿,失去教室的学生,失去家园的兄弟姐妹,整个医疗分队不禁为之动容,纷纷慷慨解囊相助,通过援摩医疗总队捐献2 500迪拉姆,为灾区人民贡献一点绵薄之力。衷心祝愿玉树不倒!青海长青!

白色之城卡萨布兰卡

(发表于复旦大学新闻文化网)

你看过那部描写二战的爱情电影《北非谍影》吗?你还记得那首经典老歌《卡萨布兰卡》吗?那略带忧郁的浪漫旋律会把我们带回1941年,当时欧洲大陆正处在纳粹的铁蹄之下,要逃往美国必须绕道摩洛哥西北部港口城市卡萨布兰卡,它成为企图摆脱纳粹血腥统治的人们奔向自由天地的最后一扇门户,因此,这里云集了各个国家形形色色的人,使得这座城市的情势异常紧张。卡萨布兰卡什么事都有可能发生,什么东西都可以拿来做交易,而一间美国人所开的里克酒店成为故事的中心。代表各方利益的间谍在这里出没,人们在这里探听消息、等候班机,外表只是个夜总会的酒店,里面却暗藏着赌场、黑市买卖、各种阴谋伎俩,甚至还有个法国革命领袖……一日,捷克反纳粹领袖维克多拉斯洛和妻子伊尔莎来到里克夜总会,希望通过里克获得通行证。里克发现伊尔莎正是自己的昔日恋人,过去的误会解开后,伊尔莎徘徊在丈夫与情人间,而仍深爱着她的里克,却决定护送伊尔莎和她的丈夫离开卡萨布兰卡。在机场,里克开枪射杀了打电话阻止飞机起飞的德军少校,目送着心爱的女人离开……1942年华纳兄弟公司请罗纳德·里根(没错,就是后来的里根总统)和安·谢里丹在这部二战的影片中担任男女主角,因剧本的问题,两人均退出了剧组。替代他们的是英格丽·褒曼和亨弗莱·鲍嘉,他们成功地刻画了发生在战争期间的动人故事,虽然剧本一改再改,但褒曼和鲍嘉的表演令世人难忘,那个曾被认为是最糟糕的剧本成为好莱坞不朽的名片和蓝图。《北非谍影》获得三项奥斯卡金像奖:最佳影片、最佳导演和最佳剧本。

卡萨布兰卡是摩洛哥的第一大城市,也是这个国家的经济文化中心,它在中国的闻名要归功于这部老电影。利用假期正好可以出去走走看看,去卡萨布兰卡寻找"北非谍影"里的老集市和钟楼,还有纠缠着褒曼和鲍嘉的爱恨情仇的里克酒吧。不过出一趟荷塞马真不容易,乘摩洛哥交运公司大巴晚上8点出发,在大山里转三四个小时才能到塔扎,然后向西开上通往菲斯、梅克内斯的高速公路,颠簸一夜于次日早上9点才能到达首都拉巴特,再向西南一个小时路程就进入大西洋边的卡萨布兰卡。

卡萨布兰卡之所以被称为白色之城,是因为整个新城区建筑均为白色,各种风格云集也能称得上万国博览会。市中心各种档次的宾馆、酒店、商场林立,最多的还是摩式咖啡馆和坐在街边喝咖啡的男人。新城区的北边就是麦地纳老城(MEDINA),一眼就能看到标志性的钟楼,以及有点退色而显斑驳的老城墙。老式居民楼里仍然住着人,窄窄的小巷两旁满是各式小店,有的是出售富有当地特色的商品,有的是经营摩式风味的小吃。奇怪的是当地人看到我们,首先会问是日本人吗?我每次都会骄傲地说,我是中国人不是日本人,他们会大叫Bruse Li! Jackie Chan! 哈哈,摩洛哥人还知道李小龙和成龙,挺会讨好我们中国人。

边走边询问着里克酒吧的地址,遗憾的是大部分卡萨人并不知道,真是"墙内开花墙外香"。正着急时猛然看到一家中国饭店,位于新老城区交界的繁华之处,上面写着四个大字"金华餐馆",在这里看到汉字倍感亲切。这家饭店门面装饰得富丽堂皇,可见中国特色的亭角和牌匾,上面还雕刻着双龙戏珠,大红的横批上写着"五福临门",镂空的红木大门和花窗显得很高贵。敲门后迎出一位白发老厨师,他就是该店的台湾老板,知道来者是中国医疗队医生,便特别热情地请我们进屋说话。店内虽然光线有点朦胧,但也能看出布置特别精致,主色调还是传统的紫红色,雕梁画栋、宫灯高悬,水墨书法和古式桌椅透露出浓浓的中国情结,这大概是卡萨布兰卡少有的几家中国饭店之一吧。我们说出寻找里克酒吧的来意后,老板详细地讲述了位置还画了张简易地图。

顺着大路向东再向北走便到达港区,那里好像是个很大的造船厂,船坞里停靠着一艘尚未完工的巨型货轮。沿着港区与老城墙间的公路向西北走,过上一个路口便是一家很有特色的咖啡馆,外面看上去就像一座小城堡,烽火台上摆着四五门古炮,可能是过去抵御海上侵略者之用,里面的环境出奇地幽静。再向前50米左右终于看到一幢白色小楼,外墙上写着"RICK'S CAFÉ",这不就是传说中的里克酒吧吗?可惜要晚上6点半才开门,正好可以先去看看大西洋。继续向西就是摩洛哥最大的哈桑II世清真寺,目前规模仅次于圣城麦加而排名世界第二。偌大的建筑群傍海而建,高耸的方塔、雄伟的殿堂、拱形的圆门、相连的长廊、开阔的广场,还有上面米色和绿色构成的阿拉伯图案,无不显示出伊斯兰教的威严肃穆。站在广场上便可看到大海,惊涛骇浪尽收眼底,你也可以坐在海堤上,近距离接触咆哮的大西洋,体验那些冲浪者的快感。不经意地望去,海边满是一对对情侣,在夕阳余晖的映衬下,显得格外美丽动人。在这个保守的国度,爱情和宗教也能如此相映成趣。

时间快到晚上6点半,该去造访里克酒吧了。这是座两层高的欧式小楼,门口和阳台上种着芭蕉树,门牌上记录着建筑的历史。店内结构与电影中的大体相同,只是黑白的变成了彩色,满眼是鲜花、摩式灯具和饰品,服务生的打扮仍保留着影片中的风格。进门便是一个别致的客厅,地上铺着、墙上挂着毛毯,边上有张六人用的圆桌和藤椅,靠墙是个黑色的西式壁炉。一楼的大厅里摆着几张方桌,可以在这儿享用法国大餐,里面还有个挺大的吧台,架子上放着各种红酒和洋酒,那台钢琴依然静静地躺在一角,仿佛片中的黑人艺术家仍坐在琴前,指间流淌着那曲伤感的"时光飞逝"。顺着老式楼梯往上便来到两楼,左侧是一个四边型的回廊,往下可以看到一楼的大厅,上方是尖型的玻璃屋顶,白天阳光一定很充足。回廊的四周摆着餐桌,客人也可以在这里用膳。楼梯右侧是一个优雅的小型咖啡吧,墙上张贴着《北非谍影》的海报,一侧的大屏幕每晚都会播放这部老电影,欧洲来的中年游客都喜欢坐在这里,品尝着香喷喷的摩洛哥咖啡,重温那二战时荡气回肠的爱情故事。

履行白衣使命，跨国救助同胞
（发表于复旦大学新闻文化网）

5月13日星期四下午，接到一位上海朋友的求救信息，说上海铂派实业发展有限公司22岁、刚结婚两月的中国雇员在安哥拉遭遇车祸，颈部受伤后四肢瘫痪，病情紧急而严重。安哥拉在什么地方？地图上标明安哥拉位于非洲南部，标准的黑非洲，条件肯定好不了，又得不到X线片、CT等第一手资料，我的第一反应是建议把病人转回国内治疗，但这位朋友说安哥拉医生说患者情况不适合乘机飞行，而且病人与医生之间语言上沟通障碍，似乎已到山穷水尽的地步。知道我正好在北非摩洛哥援外医疗，再加对我的专业水平比较信任，请求我去救援，如需急诊手术希望能在当地完成。Mission Impossible，虽然身处同一个非洲，但这是一个跨国医疗行动，必须获得好几个上级部门的批准。上海朋友说已将此事向外交部及中国驻安哥拉大使馆报告，并会按要求由中国驻安哥拉使馆经商处向卫生部国际合作司、中国驻摩洛哥使馆经商处、援摩洛哥医疗总队发出求助函。一种责任感和使命感让我热血沸腾，就像我以前的一位老师说的，作为一个骨科医生，就应该像空降兵一样，在最短时间内出现在最需要的地方，对病人实施抢救。已经是晚饭后7点半，与队长及队友商量后，安排好自己的医疗工作，快速收拾好行囊，带上颈椎专用手术器械，正好赶上8点钟开往首都拉巴特的大巴，同时请队长向援摩医疗总队部报告。获悉此事的董鸣大队长积极联系卫生部国际合作司和中国驻摩洛哥大使馆，所有的领导都非常关心和重视这次跨国救援行动。经外交部、卫生部批准，在中国驻摩洛哥使馆大使许镜湖、政务参赞李津津、经商处参赞王淑敏、三秘李佳和中国援摩洛哥医疗总队部董大队长的迅速决策和积极运作下，我紧急踏上前往安哥拉的行程。

5月15日11:50乘坐葡萄牙航空公司的航班从卡萨布兰卡机场起飞，于1个半小时后到达葡萄牙里斯本机场，在此转乘晚上22:25的飞机飞往安哥拉首都罗安达。机上邻座正好是一个巴西女孩，她在安哥拉的海上石油钻井平台上工作，会说点英语，通过与她交谈才开始了解安哥拉这个国家。这是一个葡萄牙曾经的殖民地，20世纪70年代才获得解放和独立，葡萄牙语是当地的官方语言。安哥拉有疟疾、黑热病、艾滋病等传染病。安哥拉内战直至2002年结束，2005年政局才基本稳定，目前的社会治安状况不佳，晚上经常能听到冲锋枪的扫射声，持枪拦路抢劫和入室抢劫的事件时有发生，而且这种案件往往难以侦破。5月16日早上6点左右终于到达罗安达国际机场，在这里看到一张海报，原来今年1月份的非洲国家杯足球赛就是在安哥拉举行，记忆犹新的是当时电视新闻里报道了多哥国家队在安哥拉北部遭反政府武装恐怖袭击的事件。

出机场后上海公司在安哥拉的合伙人接我立即赶往患者所在的罗安达军队医院。这家医院的建筑显得陈旧，病房的内墙已变得斑驳。所幸的是患者神志尚清醒，精神有些萎靡，看到我才兴奋起来，说："终于把你盼来了！"眼眶里滚动着泪水，我能体会一个中国年青人在异乡遭受重创后的心情，尽量给予他最多的安慰和鼓励，希望他保持乐观平和的心态并积极配合治疗。随后询问患者病史并作仔细的体格检查，结合颈椎CT可确诊为"颈6骨折、脱位伴四肢瘫"，需手术治疗。目前颈部已用颈托外固定，可惜没有作颅钩牵引，正在进行静脉补液，输液牌上的字迹潦草，只能看清上面的氯化钠和氯化钾的代号，难以辨认其它药物。调整颈托位置以求更加服帖，固定效果更佳，积极寻找颅钩以争取尽早施行牵引复位。嘱咐患者哥哥每天来此照顾病人，少量多餐喂些流质和半流质，并给患者作些翻身、拍背、按摩等护理，以使患者恢复体力，保持良好状态，为手术治疗或长途飞行做好准备。这家医院手术室条件不理想，当地医生讲葡语，而有些古巴医生讲西班牙语，无法用英语或法语和他们沟通，在此手术会有很多问题。

5月17日星期一，来到中国驻安哥拉使馆经商处汇报该患者的病情，得到邹传明参赞的热情接待，并表示中国医疗队所在罗安达总医院将会全力支持和协助。由于罗安达总医院手术室设备损坏，无法在当地为患者施行手术治疗，最终决定将患者转至国内医疗条件更好的大医院，飞行途中有再大的风险，患者及家属也必须承担。值得一提的是来自四川省的中国援安哥拉医疗队中的麻醉师杨医生，对我的工作相当配合，让我非常感动，尽管手术最终未能做成。

海南航空公司每周有三个航班从安哥拉飞往中国北京，中间在迪拜稍做停留,全程约需20个小时。海航对运送这种颈椎骨折、脱位伴瘫痪的特殊旅客很谨慎,规定必须由医生及患者家属签署很多文件,特别是医生必须出具"患者适合乘机飞行"的医疗证明,否则他们可以拒载,病人想回国还真不容易。我想这几个字没有一个医生敢写,一番讨价还价后海航没有丝毫松动,为了让患者尽早回国,我只能作出让步,围绕这几个字作篇文章,大意为"患者目前适合乘机飞行,但不排除航行途中出现意外",这下总算搞定。接着便是带着黑人护士去办理赴华签证,以护送患者回国。中国驻安哥拉大使馆知道此事后都很帮忙,护照很快就拿到手。

5月27日星期四,我一大早就来到罗安达军队医院。病人情绪不错,可能是马上要乘飞机回国的缘故,上救护车前我从心理上给他强烈暗示:"路上你肯定没事,你会安全到家的,尽量放松一点。"病人会心地一笑。我又向黑人护士和患者的哥哥交待了些飞行途中的注意事项,希望一切顺利。当飞机腾空而起的那一刻,感觉肩上的重担卸掉不少。第二天中午得知患者已平安回到国内,倍感欣慰。这个患者在当地得不到有效的治疗,会出现褥疮、坠积性肺炎等并发症,最终极有可能遭遇大家都不希望看到的结局。虽然来一趟非常辛苦,但总算完成任务,这下我也可以回摩洛哥了。在这样一个治安较差的地方,安全感极度缺乏,大街上经常可以看到荷枪实弹的士兵和警察,白天从来不敢单独出门,晚上只有乖乖地待在酒店里,每晚睡觉前都要仔细检查门窗,以防不法分子闯入。为了调整情绪,保持状态,每天还要坚持在房间里晨练,出一身汗后心情会好得多。

5月30日星期天深夜接近12点,我终于回到卡萨布兰卡穆罕默德五世机场,竟然有种特别亲切的感觉。5月31日星期一,来到中国驻摩洛哥使馆经商处汇报工作,受到王参赞和李秘的热情接见。王参赞高度赞扬这次跨国会诊、跨国救助行动,援摩医疗队员在接到安哥拉有关方面的的求助函后,反应迅速,动作快捷,第一时间赶到事发地点,不顾劳累,不畏艰险,冒着疟疾等传染病的威胁,发扬"救死扶伤"的人道主义精神,尽最大努力对中国同胞展开救治和帮助,展现援摩医疗队员"召之即来,来之能战、战之能胜"的优秀素质和高尚医德,另一方面说明患者对来自上海的医务工作者的信任和依赖。领导的支持和鼓励让我心潮澎湃,但我更清醒地认识到,如果没有外交部、卫生部的支持,没有中国驻摩洛哥使馆大使许镜湖、政务参赞李津津、经商处参赞王淑敏、三秘李佳和中国援摩洛哥医疗总队部董大队长的迅速决策和积极运作，这次跨国行动是不可能完成的，如果要感谢，就应该感谢他们，他们是海外中国人最可信赖的支柱和靠山。

摩洛哥国王光临荷塞马
（发表于复旦大学新闻文化网）

荷塞马的夏天很有特色，炽烈的阳光下非常热，而室内则比较凉爽，难怪摩洛哥国王很喜欢这里，每年都会来此消暑。六七月份的荷塞马非常热闹，仿佛突然充气般膨胀起来，一下子涌入很多来此度假的欧洲人和本国的外地人，大街上到处可见欧盟牌照的小车。这儿也是个有名的侨乡，这个季节有不少在欧洲打工的当地人回到故里，他们赚足钱准备迎娶美丽的新娘，我们的妇产科医生又要辛苦了。所有的咖啡馆都是爆满，无论是大街两旁不太起眼的，还是依山傍海、环境优雅之处；荷塞马的海滩上显得更加拥挤，白的黄的红的黑的什么肤色都有；人民广场上搭起布满灯光的舞台，激情的歌舞要一直延续到半夜。6月14日星期一，随着摩洛哥国王穆罕默德六世的到来，荷塞马这座小山城的激情被完全点燃，家家户户的门口、阳台、屋顶上插满摩洛哥国旗，建筑物临街的一面悬挂着红色和绿色的绸带，马路两侧和行驶的汽车上也是红旗招展，大街小巷广场上都是洋溢着笑脸的人群，荷塞马犹如过节一般到处荡漾着欢快的气氛。平时冷冷清清的国王行宫现在戒备森严，正门口站立着荷枪实弹的士兵，他们穿着五颜六色代表不同军种的制服，行宫四周三步一岗五步一哨，甚至连面对奎马多海滩的峭壁上也是如临大敌、认真值勤的士兵。顺着行宫东边一条坡度较大的山路盘旋而下，就是已挤满游客的奎马多海滩，穿着比基尼的美女也比以前多出不少，用充气塑料搭成的游乐园和舞台热闹非凡，高音喇叭里播放着的欧美流行音乐和专业DJ高亢、激昂、嘹亮的声音，把整个海滩渲染得活力四射，充满生机。地中海里畅游一番后已是晚上7点，虽然日落西山但天空依然明亮，人民广场上人头攒动、摩肩接踵，荷塞马已万人空巷聚集到这里，还有些穿着民族服装的艺人在此表演，夜晚的舞台上将会更加精彩纷呈,如此国泰民安、歌舞升平的景象,想必国王看了会非常满意,非常开心。

这令我想起去年国王视察我们医院的情景。2009年7月17日,阳光灿烂,万里无云,我们中国援摩洛哥第八批荷塞马医疗分队中午1点半就来到急诊室,和全院工作人员齐聚此处迎候国王。这个新急诊室刚启用不久,大门开在医院东侧并正对大路,由于整个医院顺山坡而建,按摩洛哥人的说法这里叫地下室。急诊大门已挂上国旗、国徽和红绿绸带,红地毯像彩虹般从桥廊一侧延伸至另一侧,以摩洛哥卫生部长领衔的欢迎队伍沿红地毯而立,其中当然少不了荷塞马省省长和卫生厅厅长;北面拿着长矛的摩洛哥皇家卫队已分列两排,静静地恭候着国王穆罕默德六世的到来,西装革履的保镖手持对讲机警惕着每个角落,楼顶、地面、前后左右都能看到他们的身影;马路对面挤满了拿着国王肖像的荷塞马民众,前排是穿着民族服饰的阿拉伯乐队和柏柏尔乐队,吹着长号、打着手鼓、敲着磬,载歌载舞,不时听到摩洛哥女子富有特色的有节奏的舌哨声。2点刚过,随着乐队的鼓声越来越响、越来越快,由警车开道的国王车队慢慢地向我们驶来,前面的几辆汽车和摩托车上下来的都是摄影记者,接着出现的大概是国王的随从官员和贴身侍卫,随后的豪华丰田车里走出一位雍容华贵的人物,头戴红色小帽,身穿GILABA长袍,架着一付墨镜,这就是传说中的摩洛哥国王穆罕默德六世,身材要比想象中的略显富态,但笑态可掬、平易近人。国王接受皇家卫队敬礼后向我们款款走来,所有的人都激动地鼓掌欢呼雀跃起来,他与医院的每位行政人员、医生、护士亲切握手,然后在官员和保镖的簇拥下走进急诊大门,主要是为刚落成的新手术室和监护室剪彩。2点半左右国王结束视察,大步流星地走出急诊大门,当他快从我们面前经过时,立刻停下急匆匆的脚步,和我们站在一起愉快地合影。这是一张富有纪念意义的照片。

在摩洛哥边区巡回医疗

(发表于复旦大学新闻文化网)

荷塞马的医疗工作已经圆满结束,利用公休时间,我参加了援摩洛哥医疗总队部组织的为期一周的扎古拉巡回医疗活动。扎古拉是位于摩洛哥南部的西撒哈拉沙漠边陲小城，长年干燥缺水，白天室外高温可达 60 度。当地贫困落后，缺医少药，摩洛哥医生也不愿来此工作。我们于 9 月 20 日凌晨 4 点半左右到达目的地，不顾旅途劳累，当天就迅速进入工作状态。扎古拉达拉克医院没有骨科医生，相关的病人都会转往乌尔扎扎特，希望我的到来能留住当地骨科患者，让他们享受到中国医生送到家门口的服务，为此我专门带上电钻、钢板、螺钉、外固定支架等手术器械和部分药品。虽然我们想早上班、晚休息、多工作，但也只能入乡随俗，早上 9 点半上班，下午 2 点下班，回去吃中饭时都会感觉很饿。当天下午有 1 例急诊，一名 14 岁的男性患者，左示指末节不完全离断伴指骨骨折，远端还有血供。当班的麻醉护士哇嘎西问我准备怎么做，是不是要用电钻和克氏针，因地制宜就用注射器针头吧，哇嘎西说他从来没见过这种做法，"好，今天你就能看到。"指根麻醉下行清创、末节指骨针头固定、修复术，手术很快顺利完成，哇嘎西竖起大拇指直说："Bien, Bien, Très bien。"（好，好，太好了）接下来的几天看了不少门诊病人，完成十几例骨科手术。针对一些软组织损伤的患者，给予红花油、伤筋膏药等治疗，免费的中国药使用方便效果好，受到当地老百姓的欢迎。没过几天，闻讯赶来取药的人络绎不绝，中国药风迷全城。9 月 22 日晚，我们这些中国医疗队员在扎古拉一起度过了一个难忘的中秋。虽然是节日之夜，但我们并没有过多的思乡念家之情，考虑得更多的是如何把这儿的巡回医疗工作开展得更好、更有声有色，不辜负扎古拉卫生厅和当地人民对中国医生的期望。

9 月 24 日星期五，在急诊室看病人时正好遇到一位 32 岁的法国女性患者，她是去沙漠探险路过这里，由于气候过于干燥，发生左侧鼻衄，出血不止，这儿又没有五官科医生，转到乌尔扎扎特去也得两个半小时。必须先止血，在护士的协助下用凡士林纱布终于将出血点压住，在这里什么情况都有可能碰上。下午 5 点多突然接到院长的电话，说有一个严重的骨折病人需要处理，我迅速乘上救护车赶往医院。患者为 32 岁男性，左距骨开放性骨折伴踝关节脱位及踝外侧韧带、腓骨长肌腱断裂、左桡骨远端骨折伴舟月骨脱位、右大腿异物，伤口污染挺严重，这不正好是使用外固定支架的适应症吗？即使伤口出现感染，也不用拆除固定，而且方便局部换药。看来机会永远都是留给那些有准备的人。

赶快让摩方通知手术室值班小组，我则回去拿手术器械，再到医院时手术室大门仍然关着，等负责消毒的护士来时已是晚上 8 点多，乘消毒器械时回去吃点晚饭。如我所料，摩洛哥人的效率一贯不高，1 小时后器械消毒还未好，原因是机器操作有问题，得找护士长来解决，我们只有干坐在更衣室耐心等待。大概到 11 点术前准备工作才基本做完，病人被推进手术室，接近 12 点正式动刀，在全麻下行清创 + 左距骨及踝关节开放复位 + 外固定支架固定 + 左踝外侧韧带及腓骨长肌腱修复 + 左舟月骨开放复位 + 左腕关节外固定支架固定术，最后还将病人右大腿上的两根树刺取出。当我拖着疲惫的身体走出手术室时已是 25 日凌晨 4 点半，台上的助手护士已换两班。院长派司机来送我们回去时，清真寺的祷告声在晨光中悠悠回荡。

25 日周六上午 9 点半，除值班外的摩洛哥人都休息，中国医疗队员依然准时上班，院长亲自开车来接我们，谈到昨晚抢救的骨折病人时，他感慨地说："如果没有你，这个病人又得转到乌尔扎扎特了。难怪都说你们中国是一个勤劳的民族，一点也没错，这次算见识了，非常了不起。"在完成两年的援摩医疗任务即将回国之际，能再一次为我们的祖国争光，为中摩友谊作出贡献，我感到非常欣慰。

9 月 27 日周一，扎古拉巡回医疗的最后一天，中国医疗队员仍坚守在自己的岗位上，查房、换药、门诊、手术绝不含糊，针对住院病人的后续治疗方案，中国医生与摩方医务人员进行充分交接。当天，我们以中国援摩医疗总队的名义将电钻、外固定支架安装工具、钢板、螺钉等价值近万元人民币的骨科器械和眼科显微工具包、眼底镜等眼科器械捐赠给扎古拉达拉克医院，让他们以后有能力开展相关科室的手术。我作为巡回医疗小组协调人，和达拉克医院院长分别代表中摩双方在医疗器械捐赠书上签字，扎古拉卫生厅厅长感谢中方的无私援助，感谢中国援摩医疗总队对扎古拉卫生事业的关心、支持和帮助。同时，摩方对中国医生所做出的成绩相当满意，对我们勤勉的工作作风和积极的工作态度非常肯定，迫切希望中国援摩医疗总队能继续组织这样的巡回医疗活动，以帮助缺医少药的贫困的扎古拉人民。有位患者的家属正好是当地记者，听说中国医生来扎古拉开展巡回医疗给当地人民带来许多方便和实惠，已写出相关报道并在摩洛哥报纸上宣传中国医疗队的事迹。

仙境荷塞马
（发表于《新民晚报》）

摩洛哥馆是上海世博会非洲唯一的自建馆，很奇怪，当我们获悉这一消息，心中的自豪感油然而生。这可能是由于大家在摩洛哥荷塞马生活工作了将近两年的缘故。

荷塞马建筑有特色

濒临地中海的荷塞马地处摩洛哥北部山区。

荷塞马城最初为西班牙人建造，建筑大多为2~3层的小楼，具有西班牙、法国和阿拉伯的风格，依山坡自下而上排列呈阶梯状，俯瞰下去很有层次感。这里有着为数众多的清真寺，具有标志性的是绿边白壁的方塔，远远望去，整个建筑群显得十分和谐美观。

荷塞马的"人民广场"

来到荷塞马，终于看到传说中的地中海。碧蓝的海水清澈见底，纯洁而浪漫；海湾南侧那块伸出海面的礁石，它就是荷塞马的象征；海滩金光闪闪，柔软而细腻。

海湾的西面就是荷塞马的大型广场——"人民广场"了。这么称呼它是因为我们时常想起上海，我们还把广场边两条繁华的大街分别戏称为"南京东路"和"淮海中路"。

"人民广场"占地约5个足球场大小，北边4个大喷泉和数排小喷泉，会随着悠扬的音乐翩翩起舞，晚上更是随着彩灯变幻出五光十色；当然，在广场东北角宾馆的阳台上喝咖啡、看大海更是一种莫大的享受。

大山怀抱的美人鱼

站在气象山上，夕阳下的荷塞马就像躺在大山大海怀抱里的美人鱼，顺坡的小楼就是它的鳞衣，东面的海湾好似它的香吻，游人如织的"人民广场"是它的眼睛，绿草茵茵的足球场是它的腰带。

夕阳映红了天边的云彩，大海渐渐泛白又慢慢变暗，满载的渔船正在归港；东边的海面升起袅袅雾霭，预示着夜幕即将落下；一切渐归沉寂，只有海鸥还在上下翻飞、引吭高歌；荷塞马的灯光一盏盏亮起，蓦然回首已是万家灯火，而最亮的就是那美人鱼的"眼"——"人民广场"。

跋

复旦大学附属中山医院党委书记

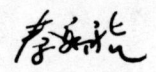

李安桂

摩洛哥是一个医疗资源较为匮乏的国家，尤其在偏远的地区，医务人员更是稀缺。为了祖国的重托和信任，为了增进中非人民的友谊，受国家卫生部委派，上海的医务工作者义无反顾地来到万里之遥的摩洛哥。自从 1975 年中国开始向该国派遣医疗队后，中国援摩医疗队员就承担起极为繁重的医疗任务，援摩医疗队已在摩洛哥度过了整整 35 个春秋。

援摩医疗队换了一批又一批。每一批医疗队都把维护祖国荣誉、增进中摩友谊放在心中，尽心尽责，以精湛的医术、高尚的医德，在两国人民之间竖起了一座世代友好的丰碑，赢得了摩洛哥政府和当地人民的一次又一次的赞扬和认可。

2006 年胡锦涛总书记出访非洲时亲切接见了援摩医疗队员代表，他说："你们远离祖国，远离亲人，克服种种艰难困苦，救死扶伤，忘我奉献，全心全意为非洲人民服务，为中非友谊做出杰出的成绩，党和人民感谢你们。"

中山医院从上世纪 70 年代开始就派医生前往摩洛哥医疗援助。他们不辱使命，圆满完成国家卫生部和上海市卫生局交予的援摩任务，为中山医院赢得荣誉。我们为他们感到自豪和骄傲。本书作者就是其中的出色代表，他通过手中的笔将援摩期间的工作和生活一一记载，读来亲切自然，更为援摩医务工作者的人生增添一缕诗情画意。

后 记

一晃眼,离开摩洛哥快一年了。2010年10月回到上海,心情是轻松的、愉快的,如释重负,好久都不愿去回想这段生活,也许是上海的节奏快而紧凑,真正属于自己的时间并不多。但梦中的我时常还会去到摩洛哥、去到荷塞马、去到那生活过两年的蜗居,耳畔还会萦绕清真寺传遍全城的阿訇声和早晨醒来灌入耳窝的阿拉伯语,这些似乎都已刻骨铭心,无法抹去。

在整理本书时,看到过去的日记和照片,感慨万千,许多人、许多事历历在目,有苦涩也有甜蜜,有辛酸也有快乐,有泪水也有欢笑。这不能不说是我人生中一段难得的经历,更是一笔宝贵财富。

谨以此书献给所有的援摩医务工作者。在此特别感谢中山医院人事处,感谢王玉琦院长、秦新裕书记、樊嘉副院长、沈辉副书记、秦嗣萃副主席、魏宁处长等领导对本书顺利出版给予的帮助。

顾宇彤

图书在版编目(CIP)数据

我在摩洛哥当医生 / 顾宇彤著. 一上海：文汇出版社，
2011.10
ISBN 978-7-5496-0313-8

I.①我… Ⅱ.①顾… Ⅲ.①日记—作品集—中国—当代　Ⅳ.①I267.5

中国版本图书馆 CIP 数据核字 (2011) 第 210944 号

我在摩洛哥当医生

顾宇彤　著

责任编辑 / 竺振榕
特约编辑 / 胡敦伦
装帧设计 / 郭天容
出版发行 / **文汇**出版社
　　　　　上海市威海路 755 号
　　　　　（邮政编码 200041）
经　　销 / 全国新华书店
印刷装订 / 江苏启东市人民印刷有限公司
版　　次 / 2011 年 10 月第 1 版
印　　次 / 2011 年 10 月第 1 次印刷
开　　本 / 640×960　1/16
字　　数 / 320 千字
印　　张 / 20.5（彩色插页 8 面）
ISBN 978-7-5496-0313-8
定　　价 / 28.00 元